Invitación a un asesinato

GW01606599

Novela

Carmen Posadas

Invitación a un asesinato

Planeta

El papel utilizado para la impresión de este libro es cien por cien libre de cloro y está calificado como **papel ecológico**.

No se permite la reproducción total o parcial de este libro, ni su incorporación a un sistema informático, ni su transmisión en cualquier forma o por cualquier medio, sea éste electrónico, mecánico, por fotocopia, por grabación u otros métodos, sin el permiso previo y por escrito del editor. La infracción de los derechos mencionados puede ser constitutiva de delito contra la propiedad intelectual (Art. 270 y siguientes del Código Penal). Diríjase a CEDRO (Centro Español de Derechos Reprográficos) si necesita fotocopiar o escanear algún fragmento de esta obra. Puede contactar con CEDRO a través de la web www.conlicencia.com o por teléfono en el 91 702 19 70 / 93 272 04 47

© Carmen Posadas, 2010
© Editorial Planeta, S. A., 2011
Avinguda Diagonal, 662, 6.ª planta. 08034 Barcelona (España)
www.planetadelibros.com

Diseño de la cubierta: Sabrina Rinaldi / Departamento de Diseño, División Editorial del Grupo Planeta
Ilustración de la cubierta: © Sung-Il Kim / Corbis (copa) y © Orban Thierry / Corbis Sygma (Barbie)
Fotografía de la autora: © Carolina Roca
Primera edición en Colección Booket: octubre de 2011

Depósito legal: B. 28.389-2011
ISBN: 978-84-08-10569-5
Impresión y encuadernación: Liberdúplex, S. L.
Printed in Spain - Impreso en España

Biografía

Carmen Posadas (Montevideo, 1953) reside en Madrid desde 1965, aunque pasó largas temporadas en Moscú, Buenos Aires y Londres, ciudades en las que su padre desempeñó cargos diplomáticos. Su primera novela, *Cinco moscas azules* (1996), la consagró como autora de éxito entre los lectores y los críticos, distinción que se confirmaría con la colección de relatos *Nada es lo que parece* (1997). Ganó el Premio Planeta en 1998 con *Pequeñas infamias*, «una delicia que se derrite en la boca, sostenida sobre una ácida y sorprendente trama de misterio», según *The New York Times*. Ha escrito, además de varias novelas, una veintena de libros infantiles, ensayos, biografías y guiones de cine y televisión. Sus libros han sido traducidos a veintiún idiomas y se publican en más de cuarenta países. La acogida internacional, tanto de lectores como de prensa especializada, ha sido inmejorable. Destacada como una de las autoras latinoamericanas más importantes de su generación por la revista *Newsweek* en 2002, ha publicado también las obras *El buen sirviente* (2003), *Juego de niños* (2006), *Literatura, adulterio y una Visa platino* (2007) y *La cinta roja* (2008).

Más información en: www.carmenposadas.net

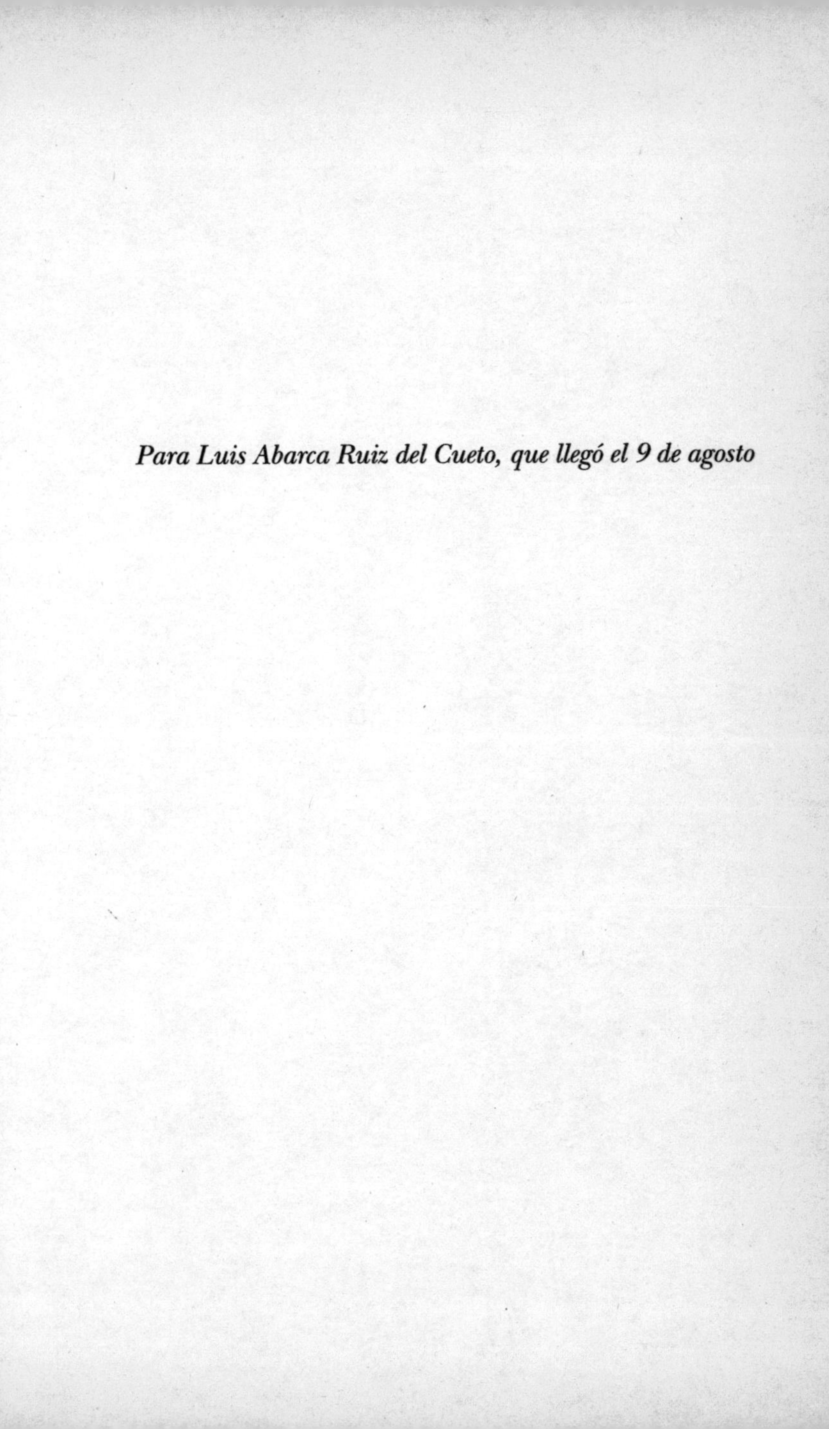

Para Luis Abarca Ruiz del Cueto, que llegó el 9 de agosto

PARTE I
CIANURO ESPUMOSO

—

Todos odiaban a Rosemary Barton. Si el pensamiento pudiera matar, sin duda la habrían matado ya.

AGATHA CHRISTIE
Cianuro espumoso

OLIVIA URIARTE

«Es realmente extraño —sonrió Olivia— que en un tiempo en el que todo el mundo invierte imaginación y tanto dinero en organizar los momentos relevantes de su vida, ya sea un cumpleaños, una boda, un bautizo o cualquier otro tonto aniversario, nadie excepto yo piense en poner igual cuidado en preparar la escenificación del hecho más trascendental de todos, su muerte.»

—O mejor dicho, mi asesinato —añadió en voz alta, y volvió a sonreír antes de decirse que si uno de sus mayores méritos en esta vida había sido organizar y escenificarlo todo con éxito (sus cinco matrimonios, sus amistades, así como no pocos amores clandestinos) ahora, llegado el momento, iba a planear también su mutis final cuidando cada detalle.

«¿Quién dijo aquello de que el asesinato es una de las bellas artes?» En su caso lo sería. Seguro.

«¡*Santa Madonna,* Oli! Hay que ver cómo te gusta hacerte la interesante. Nadie celebra su muerte y menos aún su asesinato. Qué típico de ti es este discursito tan provocador; por lo que veo, sigues siendo capaz de cualquier cosa con tal de escandalizar a quien tengas delante.»

Seguramente algo parecido a esto habría dicho Flavio, su marido, acompañando la frase con un *jettatore, jettatore!* y con un gesto de índice y meñique extendidos en el aire como buen napolitano supersticioso que era. Pero no había nadie delante, estaba sola. Flavio se había ido para siempre. No sólo le había pedido el divorcio sino que además había tenido la imperdonable descortesía de arruinarse (y de verdad, no de forma ficticia como tantos de sus amigos ricos durante la crisis). Arruinada y plantada como una lechuga. O como un manojo de rúcula, que es más fino e italiano, pero igualmente patético.

«¡Olivia, por amor de Dios! ¿Organizar tu propio asesinato? ¿Pero de qué demonios estás hablando? Además, ¿quién va a querer hacerte daño a ti, si todo el mundo te adora? Sí, ya sé que te gusta dártelas de bruja y de adivina, pero por mucho que te empeñes, lo cierto es que nadie sabe cuándo va a morir. Es uno de los pocos consuelos que tenemos en este valle de lágrimas. "Velad, pues no se conoce el día ni la hora."»

Y esto último (seguramente con las manos juntas como en una plegaria) habría dicho su hermana Ágata de estar ahora presente. La pobre Agatita, que era dos años menor aunque pareciera cuatro o cinco mayor que ella. «Velad, pues nadie conoce, etcétera.» Ágata era la culta de la familia, la profesora de Lengua, igual hablaba de literatura que de filosofía, de arte o, por qué no, de Historia Sagrada, como en este caso. Muy leída su hermana, pero descuidaba los detalles. En realidad ése había sido su mayor problema en la vida, no poner atención a los matices y así le había ido. Por eso, si la buena de Ágata hubiera estado delante diciéndole que era imposible saber cuándo va uno a morir, Olivia le habría replicado que no, que incluso la cita bíblica que acababa de usar servía en realidad para darle la razón a ella, puesto que no había más que poner atención a cada una de sus palabras. «¿No te das cuenta, tonta? —le habría explicado Olivia a continuación con su mejor sonrisa de hermana mayor—. La misma frase lo dice todo: "Velad"; en otras palabras, mantened los ojos bien abiertos, *ved*. Antes de que se produzca una muerte existen siempre indicios, avisos, premoniciones, sólo que nadie repara en ellos hasta después del desenlace. ¿Me equivoco acaso? Una vez que ha sucedido una tragedia, todos comprenden que el finado *sabía* perfectamente lo que iba a ocurrir. "Esta mañana se despidió de mí como si se fuera para siempre", llora el trastornado padre cuando le dicen que su hijo ha muerto en carretera. "Me llamó desde el aeropuerto sólo para decirme que me amaba", recuerda la desconsolada esposa cuando le notifican que su marido está entre los desaparecidos de un accidente aéreo. Es cierto. Todos los que van a morir lo saben, la única diferencia es que yo lo sé con más tiempo, con varias semanas de antelación, por eso quiero planear bien las cosas.»

Olivia encendió un cigarrillo, el segundo de la mañana, y miró a su alrededor. Ella nunca había sido una persona nostálgica pero, de no morir muy pronto, no tendría más remedio que abandonar todo lo que ahora la rodea y que tanto ama, como esta casa de Andratx, en Mallorca, que ha ido creando habitación por habitación, igual que una obra de arte. No le quedaría más remedio que mudarse a otro lugar infinitamente más modesto, más «acorde con sus nuevas circunstancias». Dicho de otro modo, deberá empezar de cero con cuarenta y tantos años y malvivir en estos tiempos de catástrofe.

Bueno —se convence ahora exhalando el humo de su cigarrillo muy despacio—, partir es morir un poco, según dicen. Y divorciarse de un hombre arruinado es algo bastante similar aunque... qué más da eso ahora, ni de abandonar las cosas que más ama, ni de su indeseado divorcio tiene que preocuparse ya. La muerte tiene al menos esa ventaja, libera a uno de todo, adiós problemas.

De lo que sí ha de preocuparse, en cambio, es de aquello de lo que se ocupan los que *saben* que su fin está próximo. Y eso cada uno lo hace a su manera. Los hay que prefieren dedicar el tiempo que les queda a poner su alma en paz con Dios y con sus seres queridos. Existen también los amantes de las puestas en escena, esos que planifican al detalle su partida eligiendo hasta la música que quieren para su funeral (Mendelsson para el introito, Beethoven para la despedida...). O bien, en el caso de no ser creyentes, seleccionan los versos (a veces Benedetti, otras Lorca, casi siempre Jorge Manrique) que desean se reciten ante su tumba llena de flores. Los hay por fin con vocación de médium que dejan cartas para ser abiertas cuando estén en el Más Allá; pero nada de esto piensa hacer Olivia. Su plan, en realidad, no es para el más allá sino para el más acá. No para después de morir sino para *antes.*

¿Y cómo se planifica una muerte? ¿Cómo organiza uno su propio asesinato?

Bueno, se hace del mismo modo en que ella lo ha hecho todo en la vida, moviendo hilos, manejando a las personas como un buen maestro de títeres. «Y para eso —se dice—, lo primero que tengo que hacer es convocar a mis posibles asesinos a pasar unos días conmigo, mandar media docena de invitaciones a tan particular aquelarre. Ya tengo un par de ellas a medio redactar, a ver, ¿dónde las he puesto?»

Olivia se dirige hacia su escritorio, que está situado frente a la ventana, de tal modo que cuando trabaja puede mirar hacia el exterior. Desde allí alcanza a ver el jardín que desciende en cuesta hacia el mar festoneado de pinos.

Sobre el escritorio hay dos fotos, una de una niña con un bebé en brazos. La otra de un velero con todas sus velas desplegadas. *Sparkling Cyanide* alcanza a leerse en la popa. El nombre de aquel barco, que a fin de mes dejará también de pertenecerle como todo lo demás puesto que está embargado, tiene para Olivia un significado secreto y ella lo había elegido sacándolo de las páginas de un libro. Así se llama una de las novelas más famosas de Agatha Christie. La idea de copiar su muerte o su asesinato de alguno de los libros de una de sus autoras favoritas parecería más propio de su intelectual hermana, que se llama igual que la Christie, casualidades que tiene la vida. Sólo que su hermana con toda probabilidad hubiese elegido inspirarse en una novela más sesuda, una de Virginia Woolf, por ejemplo. «Mi querida hermana. ¿Qué será de su vida? Hace tanto tiempo que no tengo noticias suyas», se dice Olivia, pero lo cierto es que le han pasado demasiadas cosas últimamente y ninguna buena como para pensar en Ágata. Olivia revuelve ahora su escritorio en busca de las invitaciones y por fin las encuentra donde las había dejado la noche anterior, en el cajón de la derecha. Entonces, ya con la primera de ellas en la mano, se detiene unos segundos para repetir una vez más aquel nombre: *Sparkling Cyanide*, «Cianuro espumoso».

Que la vida imite al arte o a la literatura no es nada nuevo, ocurre con frecuencia, pero para que la imitación salga perfecta es preciso ayudarla un poco y eso depende de la destreza del director artístico. «En otras palabras —sonríe Olivia una vez más— depende enteramente de mí.»

Abre un sobre, extrae la tarjeta que hay dentro y lee: *Olivia Uriarte tiene el placer de convidarle a...* Se detiene por segunda vez. Por supuesto no tiene intención de escribir sobre la línea punteada que hay a renglón seguido *«a su muerte»* ni mucho menos a *«su asesinato»*, sería absurdo. Es preferible que la invitación mencione otro motivo para la convocatoria, como su reciente divorcio, por ejemplo. Sí ¿por qué no? ahora muchas personas celebran sus separaciones casi tanto como sus matrimonios e invitan a sus amigos a una gran fiesta o a pasar un fin de semana. Es la excusa perfecta. ¿Y quiénes serán los convidados que elegirá para tal reunión? Su hermana Ágata (que por supuesto será una de ellos) seguro que se escandalizará cuando vea la elección que ha hecho. ¿Pero a quién invita uno a su asesinato sino precisamente a las personas que más deseos tienen de cometerlo?

«En esta vida hay que saber elegir bien a los amigos pero mejor aún a los enemigos». Algo así le había oído mencionar hace años a Ágata que decía Oscar Wilde. Olivia no ha leído ninguna de sus obras, pero no puede estar más de acuerdo con él. Hay que ser muy cuidadoso, y precisamente eso es lo que había procurado al cursar aquellas invitaciones: elegir bien a cada uno de sus convidados. En otras palabras, a las personas que más la odiaban.

—...O a las que más me aman —dice ahora en voz alta mientras humedece y cierra el sobre destinado a su hermana menor.

«Porque ¿acaso no es una obviedad decir que una cosa y otra son caras de la misma moneda?»

PRIMERA INVITADA, ÁGATA URIARTE

Allí estaba esa carta, junto a otras que le había entregado su casero al tiempo que le recordaba (de muy malos modos, por cierto) que le debía ya dos meses de alquiler. No hacía falta examinarla demasiado para adivinar que no se trataba del impreso de un banco, tampoco de un anuncio de venta por catálogo, propaganda electoral, ni ninguna otra forma de correspondencia no solicitada. Era uno de esos sobres que uno sopesa e incluso admira antes de abrir porque está escrito a mano, lo que trae recuerdos de tiempos lejanos cuando las cartas eran personales, interesantes y, en ocasiones, ay, de amor.

Ágata, sin embargo, no hizo nada de esto. Ni falta que hacía. Aquellos trazos de curvas marcadas que todo lo insinuaban, esas vocales abiertas que se unían a unas consonantes en apariencia débiles pero que un grafólogo hubiera calificado sin duda de tramposas; esas íes exhibicionistas con un circulito por punto... toda esa información sobre la personalidad del remitente estaba bien clara para quien quisiera descifrarla, sólo que nadie más que ella, Ágata, parecía haberlo logrado nunca.

«Olivia Uriarte», rezaba el remitente. ¿Desde cuándo su hermana había dejado de usar el apellido de su marido como era su exasperante costumbre? Quién sabe, hacía tanto tiempo que no tenía noticias suyas. Bueno, eso tampoco era cierto, se veían algunas Navidades y fiestas señaladas. Además, desde hacía años, Olivia solía telefonear inesperadamente desde Johannesburgo, Provenza, Zúrich, Santa Margarita o Corfú y preguntarle retóricamente qué era de su vida para después contarle la suya en una frase que lo resumía todo: «... Yo, en cambio, sensacional, ni te imaginas, tesoro, in-cre-í-ble. Por cierto, Flavio te manda muchos besos.» En realidad lo único que había cambiado en la conversación a lo largo de tantos años era el nombre de quién mandaba los besos. Primero fue Rupert, después Moshe, luego Heine, más tarde Juan Mario, últimamente Flavio... nombres sin apellido porque son de sobra conocidos; salen en las revistas económicas y en las páginas salmón de los periódicos internacionales: su hermana coleccionaba maridos como otros coleccionan ceniceros o tarjetas postales. A veces Ágata se preguntaba con cuántas iniciales entrelazadas a la suyas tendría Olivia toallas de baño, por ejemplo, o servilletas, o sábanas, o sobres de correo. Con media docena, lo menos. Sí, la vida de su hermana estaba llena de monogramas. Y es que ella tenía a gala ser muy tradicional (siempre que fuera en lo accesorio, claro).

Curiosamente, en esta ocasión, las iniciales de su último marido habían sido tachadas del sobre de correos y encima de ellas Olivia había garabateado su nombre seguido de una dirección en alguna parte de Mallorca. Pero ¿por qué le escribiría una carta? Ya nadie lo hace. «Sólo —se dijo— puede tratarse de una invitación.» Claro, eso era y ¿qué esperaba para abrirla? Tampoco podía tratarse de un misterio muy grande.

Aun así, Ágata aguardó un poco más. Siempre le había gustado jugar con su hermana al escondite. Siempre, desde el momento mismo en que ambas descubrieron dicho juego, Olivia con cinco o seis años, ella con dos menos: la hermana guapa y la hermana fea, el ángel y el conguito. Ágata recuerda lo tonta que era de niña y cómo pensaba que la belleza era algo que se adquiría cumpliendo años. «Cuando sea mayor seré guapa como mamá y cuando cumpla seis, tendré el pelo rubio y liso como el de Olivia.» «También tendré sus ojos grises», solía prometerse al descubrir las largas trenzas de su hermana, escondida tras los pliegues de las cortinas de su dormitorio o bajo una mesa camilla. Pero llegó su sexto cumpleaños y luego el séptimo y sus ojos y su pelo siguieron siendo del mismo color que antes, uno que su madre llamaba «color ratón». «Sí, mi amor, tú eres mi ratón gordito.»

«El año que viene seré guapa y *muy* delgada», se había jurado Ágata entonces y a la espera de que se produjeran ambos prodigios continuó jugando a descubrir las trenzas de Olivia entre cortinas o a provocar la expresión contrariada de sus ojos grises cuando la sorprendía escondida, por ejemplo, dentro del armario de la ropa blanca. Allí estaba su hermana tumbada de medio lado, una bella durmiente entre las sábanas buenas de mamá, esas que jamás se usaban. Entonces Olivia se erguía intentando bajar de tan estrecho escondrijo y al darse cuenta de lo difícil que era, clavaba en su hermana sus enojados ojos claros: «Venga, tonta, ya no juego más. Ayúdame, no sé cómo salir de aquí.»

La misma escena iba a repetirse muchas veces, no sólo en su infancia sino a lo largo de los próximos treinta y tantos años: Olivia muy bella, siempre tumbada, siempre en una actitud prohibida: «Venga, no juego más, ayúdame, no sé cómo salir de aquí.» Ágata sonrió. «Realmente —se dijo— la vida es muy poco imaginativa y se repite siempre. No, peor aún: se autoparodia una y otra vez.» Por eso estaba segura de que, fuera lo que fuese lo que contuviera aquel sobre que tenía en la mano, una invitación, una participación a una nueva boda, o cualquier otra cosa, querría decir exactamente eso: «Ayúdame, Ágata, no sé cómo salir de aquí.»

Por fin rasgó el sobre.

Olivia Uriarte tiene el placer de convidarle a rezaba la parte impresa de la tarjeta y luego, a mano, sobre la línea punteada, su hermana había escrito: «Festejo mi divorcio con un grupo de grandísimos amigos (atrás te pongo la lista). El *Sparkling Cyanide* está atracado en Andratx y navegaremos por allí; Flavio me lo deja hasta finales de julio.»

Sólo faltaba añadir: «Y Flavio te manda muchos besos», pero en realidad estaba implícito en el texto. Todo lo que tenía que ver con Olivia estaba rodeado siempre de lo que ahora llaman «buena onda». Por lo que decía aquella tarjeta, su hermana acababa de poner fin a su quinto matrimonio pero, aún así, su ex le prestaba un yate para que paseara con sus amigos en plenas vacaciones de verano. Y es que otra de las grandes virtudes de Olivia era que siempre quedaba en excelentes relaciones con todo el mundo: con sus diversos ex maridos, con los amigos a los que traicionaba, incluso con las mujeres a las que les había robado un amante. Era imposible estar enfadada con ella por mucho tiempo, como imposible era no protegerla; hay gente así, a la que todos desean socorrer.

Ágata se preguntó quiénes y cuántos serían los «grandísimos amigos» a los que Olivia había invitado a tan original reunión. Según anunciaba el texto, en el reverso de la tarjeta había una lista, de modo que la volvió y comenzó a leer:

Cary Faithful.

El primero de los nombres era ya bastante revelador, «el bueno, el pequeño, el insignificante de Cary», se dijo, pero en vez de seguir leyendo el resto de la lista, decidió jugar otro rato más con Olivia al escondite, dedicándose a adivinar quiénes podían ser los demás invitados. Lo más seguro, dados los catastróficos momentos económicos que atravesaba el mundo en ese momento, era que entre ese grupo de «grandísimos amigos» hubiera uno o tal vez dos candidatos a sustituir las iniciales de Flavio en próximos manteles, sábanas, toallas y demás enseres. Sí, seguro, porque si el juego de infancia favorito de Ágata había sido el escondite, el de Olivia era (y seguía siendo) el de la oca y tiro porque me toca. Y claro que le tocaba, una y otra vez, porque ella era tan guapa, con esos ojos grises que nunca habían perdido el brillo confiado de la infancia. «Vamos —se dijo Ágata de pronto—, tampoco había que exagerar, Olivia no podía continuar siendo la maravillosa niña que había sido en tiempos, iba a cumplir 43 años el próximo septiembre. Además, le habían ocurrido cosas terribles en los últimos tiempos. Mucho peores de lo que ella misma estaba dispuesta a reconocer, sobre todo después del accidente y la muerte de sus dos hijas. Sin embargo, Olivia siempre había sido como los buenos boxeadores. No parecía encajar y menos aún acusar los golpes que recibía, para ella todo era siempre… "sensacional".»

Bueno, aunque así fuese, y aunque Ágata hacía tiempo que no la veía, lo más seguro, caviló, era que su hermana ya no fuera tan espectacularmente guapa como antes. «La vida y sus reveses dejan demasiadas cicatrices —se dijo— y la cirugía plástica reiterada más aún. ¿Por qué iba a ser Olivia una excepción?»

«Convéncete querida, las mujeres guapas *siempre* envejecen peor que las feas y no digamos las rellenitas como tú. El tiempo es el gran vengador, ya lo comprobarás.» Algo así le había dicho su *coach* (ahora los llaman *coach*) pocas semanas atrás en una de sus últimas sesiones en aquel consultorio de nombre tan esperanzador: el Mente y Cuerpo al que ella había acudido con la intención de perder seis o, mejor aún, ocho kilos. Pero Ágata no deseaba pensar ahora en *Mente* y mucho menos en *Cuerpo.* En realidad, todo lo que se decía en establecimientos de ese tipo servía de muy poco; sólo de vez en cuando alguna frase aislada como aquélla tenía la virtud de hacer diana. «Las guapas envejecen peor que las feas.» Qué cierto era aquello y qué fácil comprobarlo, no sólo en el caso de las famosas que uno ve en la tele sino también mirando simplemente alrededor. Cuando declina la juventud, de las guapas se dice con fingido, o por qué no, sentido pesar: «Ay, ¡con lo que fue Fulana!» De las feas suele comentarse: «Bueno, mira, sigue siendo la misma de siempre.»

«... Además, tú no tienes un gran problema de sobrepeso, ni mucho menos eres fea, Ágata. Son ideas tuyas debidas, con toda seguridad, a las comparaciones entre hermanas. Y es que, si entre otras personas son odiosas, entre hermanas pueden ser letales. No sabes cuántos casos como el tuyo tengo en mi fichero. Por favor, recuerda siempre esto, querida: ser bella es una actitud; tu hermana la tiene y tú no. Sentirse bella es *ser* bella. Hazme caso: no estás gorda sino hermosa y en el corazón de todos los hombres hay una gordita, te lo aseguro yo que de esto sé un rato.»

Sí, todo esto tan balsámico le había dicho aquella mujer mitad psiquiatra mitad dietista de la que ni siquiera recordaba el nombre. Sólo recordaba la pastilla que le había recetado. Milagrosa, por cierto. A saber qué ocurriría cuando pasara su beatífico influjo, pero de momento le había hecho perder tres kilos, y eso sin dejar de comer, que era lo que más le gustaba a Ágata.

Treinta y tantos años. Durante tres largas décadas, mientras su hermana cambiaba de marido y de iniciales bordadas, ella había cambiado de dietistas y de loqueros. Bueno, tampoco eso era tan malo como parecía. Para empezar, dietista y loquero son palabras feas pero muy útiles. Además, si su hermana había tenido éxito en lo sentimental, ella lo había tenido sin duda en el campo laboral. No en su ocupación conocida, digamos; ser profesora de Lengua y Literatura en un colegio concertado no es exactamente triunfar en la vida, pero Ágata tenía *otra* vida y también otra profesión. Una que había ido creciendo y prosperando entre dietista y loquero, entre sintagmas y fonemas. Y Ágata rió, pensando que era una suerte que existieran «profesiones» como la suya en las que haber tenido una infancia desgraciada o humilde (o las dos cosas a la vez, como en su caso) resultaba de lo más útil. «Que me lo digan a mí, la famosa, la muy comprensiva madame Poubelle...» «Madame Basurero», tradujo Ágata antes de volver a reír, porque ella reía siempre. Y es que también eso lo había aprendido a los cinco o seis años de edad: las niñas guapas consiguen todo lo que se proponen con unas cuantas lagrimitas, las gordas y feúchas deben recurrir a la risa: ya sea la que prodigan o la que provocan.

Se encontraba ahora de pie en el salón de su casa y miró a su alrededor. Aquel apartamento de dos habitaciones no tenía nada que ver con la casa espléndida en la que, sin duda, viviría su hermana, pero había que reconocer que también ella había logrado recorrer un largo camino desde su lejana y oscura infancia. ¿Pensaría Olivia en aquellos años de compartida y gris existencia tanto como ella? Si lo hacía, y, sobre todo, si hablaba de su infancia con sus amigos ricos de ahora, lo más probable es que la adornara considerablemente. En realidad, no le sería muy difícil hacerlo puesto que la infancia de ambas era muy adornable. Bastaba con cambiar apenas un par de detalles para convertirla, incluso, en fascinante.

Durante su adolescencia Ágata había tenido ocasión de oír muchas veces cómo su hermana hablaba a otros de su pasado común. Por eso podía imaginar muy bien lo que contaría a sus amigos ricos, a sus diversos maridos o amantes en una primera cita: «Mira, *cuore*, aquí donde me ves, yo soy una víctima de la guerra fría. Más aún, soy la espía esa de la que hablaba John Le Carré y que surgió del frío.» Ágata sonrió. Si aquél continuaba siendo el discurso de su hermana mayor, pronto iba a tener que revisarlo para no sonar antediluviana: ya casi nadie recuerda qué demonios era la guerra fría. Pero bueno, puesta al día y utilizada con habilidad (y Olivia era muy hábil) la frase seguro que continuaba suscitando cierta curiosidad: «¿Espía?», pongamos que preguntase el intrigado interlocutor, y Olivia seguramente respondería algo así: «Bueno, verás» (sonrisa deliciosa) «para ser exactos, el espía era papá, en la Rusia soviética, ¿sabes? Te hablo de un par de años antes de la Perestroika, allá por los ochenta, en "la capital de las tinieblas", que es como entonces llamábamos a Moscú. No te puedes imaginar lo *in-cre-í-ble* que fue mi infancia dividida entre los terciopelos de las embajadas y el olor a repollo de nuestra escuela Máximo Gorki. ¿Ves esta cicatriz que tengo junto a la ceja? Me la hice en clase de Guerra. Sí, tesoro, como lo oyes. En los colegios soviéticos de entonces nos enseñaban a armar y desarmar un kalashnikov. Hasta las niñas teníamos que estar preparadas para defender la Revolución.»

Si la curiosidad del oyente hacía que éste preguntara si ella era rusa, Olivia seguramente abriría sus maravillosos ojos grises antes de achinarlos en señal de complicidad o de flirteo: «Soy del mismo corazón del Madrid de los Austrias. Pero he vivido en tantos lugares que me considero ciudadana del mundo. Papá estaba en el servicio diplomático ¿sabes?»

«Ciudadana del mundo» y «servicio diplomático» eran dos formas hábilmente engañosas de retratar lo que había sido su infancia. Si pasar un par de veranos junto a una tía emigrante cuyo marido regentaba una cantina militar al sur de Inglaterra la convierte a una en «ciudadana del mundo» y si vivir año y medio en un barrio obrero de Moscú donde su padre ejerció una agregaduría militar de bajo rango puntúa como «servicio diplomático», ambas cosas eran ciertas. Y es que se puede mentir mucho alejándose apenas de la verdad, eso Ágata lo sabía bien, se lo había visto hacer siempre a su hermana. A ella en cambio no le gustaba adornar el pasado. Por eso, cuando contaba su vida (a loqueros o dietistas, por ejemplo, y sólo un tonto les mentiría a unos u otros, según Ágata) solía hacerlo de forma parecida y a la vez completamente distinta.

Empezaba así: «Un eterno vivir de liliputienses en tierra de gigantes, un quiero y no puedo, ésa es la mejor manera de describir lo que fue nuestra infancia. O mejor aún, para comprender lo que intento decir basta con conocer nuestros nombres completos. Mi hermana y yo nos llamamos respectivamente María Olivia y María Ágata Sánchez Gómez-Uriarte. Pero muy pronto perdimos los María, necesarios sólo para la pila bautismal en tiempos franquistas, y más tarde desaparecieron también como por ensalmo el Sánchez y también el Gómez. Mi madre, a la que le encantaban las novelas románticas, había elegido para nosotras aquellos dos nombres poco comunes y a la vez sofisticados porque, según ella, un apelativo con sonoridad aristocrática ya predispone un poquito a serlo.

¿Quiénes son los que sostienen que un patronímico prefigura lo que uno va a ser en la vida? ¿Los esquimales? ¿Los indios sioux? ¿Los bosquimanos tal vez? Y tienen razón, he ahí, en origen, la finalidad de un nombre, abrir camino, crear un personaje, ayudar a inventarse un pasado y más aún un futuro. Por eso, mi hermana Olivia y yo paseamos nuestros bonitos nombres tanto por el sur de Inglaterra en casa de nuestra tía la cantinera como más tarde por la Unión Soviética, con la ventaja de que ambos suenan bien en todos los idiomas. En Moscú, por ejemplo, el ábrete sésamo de nuestros nombres de pila fue extremadamente eficaz, al menos al principio. Allí, y como diría mi hermana Olivia, nos permitieron "pasear desde los terciopelos de las embajadas al olor a repollo de nuestro colegio Máximo Gorki".»

En este punto de la explicación, los dietistas siempre interesados en encontrar a la preocupación de la paciente por su aspecto físico una causa infantil y remota, solían escribir aplicadamente en sus informes la palabra «repollo» y luego la palabra «terciopelo» antes de preguntar: «¿Qué significado tiene para ti la combinación de ambas palabras, Ágata? Háblanos un poco de todo eso.»

La explicación de «repollo» era la más fácil y Ágata solía comenzar por ahí. Relataba cómo, en los tiempos en que ellas vivieron en Moscú, toda la ciudad, todas las repúblicas y todo el grandioso paraíso soviético, olían a berza recocida. Y en la vida de los Sánchez Gómez, tal perfume ambientaba tanto la oscura oficinucha en la que trabajaba su padre como el colegio público en el que ellas estudiaban, para luego reinar omnipresente en el diminuto apartamento proletario que el gobierno facilitaba a los militares «visitantes».

Tal vez fue allí, entre esas tristes paredes que su madre adornaba con tarjetas postales de países extranjeros, como si de obras de arte se tratase, donde Olivia comenzó a soñar. Muchas veces Ágata la había sorprendido calcando el singular contorno del Palacio de Buckingham o el de Versalles en una cuartilla. Entonces pensaba que aquella actividad de su hermana era una forma de matar las horas que no podían matarse ni viendo la televisión (casi inexistente) ni jugando en la calle (veinte grados bajo cero no invitan a ello). Mucho más adelante comprendió que lo hacía por otra razón: igual que los niños aprenden a escribir haciendo palotes, Olivia aprendía los rudimentos de una vida regalada rebordeando sus contornos.

Llegado el momento de describir a su interlocutor la parte del «terciopelo», Ágata solía relatar siempre la misma escena. La vez que, junto a su madre, Olivia y ella asistieron a una función infantil en el Teatro Bolshói invitadas por un tercer secretario de la Embajada de España. La Filarmónica de Moscú tocaba *Pedro y el Lobo,* de Prokófiev, y aquélla sería la primera y única ocasión que ambas tuvieron de ver de cerca cómo era el mundo de sus compañeros de colegio más afortunados, los hijos de diplomáticos de verdad. Porque aunque la escuela a la que acudían era estatal, y por tanto gratuita y popular, estaba de moda entre los diplomáticos extranjeros de entonces matricular allí a sus hijos un par de años durante la educación primaria: «Para que aprendan ruso, querida, el mundo es de los osados e imagínate lo bien que van a quedar nuestros hijos en la Sorbona cuando comprueben que hablan el idioma del Comecón.»

Ágata nunca logró hacerse amiga de ninguno de aquellos niños privilegiados; Olivia, naturalmente, sí. E incluso fue invitada alguna tarde a merendar a casa de la hija de un embajador latinoamericano, una tal Sandrita con apellido muy vasco. Tenía su hermana entonces casi doce años y muy pronto iba a aprender que existe un puente levadizo e invisible que separa el mundo de los ricos del resto de los mortales, uno que permanece transitable durante toda la primera infancia. Y es que la infancia es igualitaria, democrática. Los hijos de los ricos juegan sin restricciones con el niño del jardinero o del lechero; no existen prejuicios ni clases sociales, no hay desdenes, ni narices respingadas. Sin embargo, un día, y sin previo aviso, el invisible puente se hace menos incorpóreo, luego se alza y se acabó la confraternización. Se pasa entonces del «tú eres mi mejor amigo» al «mi madre no me deja», de ahí al «perdona, hoy tengo clase de esgrima» y se acaba en «perdona pero no me acuerdo muy bien ni de cómo te llamabas». Por eso, en un momento dado, todo cambió para Olivia sin que ella comprendiera la razón aunque muy pronto iba a descubrirla.

Allí estaba ahora su gran amiga Sandrita Urziza en el Teatro Bolshói, buscando su localidad entre las butacas de terciopelo, monísima ella con una falda escocesa y un pulóver verde, tan mayor. No como Ágata y Olivia, que a sus diez y doce años vestían aún de niñas pequeñas con nido de abeja, nada menos y (oh, Dios mío) el dobladillo sacado para que no les quedasen cortos sus trajes de fiesta. Las luces se apagaron al fin. El gran telón rojo se alzó y, durante un buen rato, todos parecieron vivir sólo las aventuras de *Pedro y el Lobo.* Todos menos Olivia, que no paraba de mirar a Sandrita Urziza, allá muy lejos, junto a otras amigas también de falda escocesa, quienes, a pesar de los esfuerzos mudos de Olivia por reclamar su atención, no miraron ni una sola vez hacia donde ella estaba. Ágata no recuerda bien lo que pasó a continuación. Tal vez debió quedarse dormida, porque cuando quiso darse cuenta, se encontraban ya casi en el final de la obra, en ese momento en el que el solo de flauta con sus acordes más apremiantes relata cómo el lobo está a punto de comerse al pajarito amigo de

Pedro. Y ya lo tiene en sus garras. Y ya lo va a devorar y Ágata repara en cómo los dedos de su hermana se crispan sobre los pliegues de su vestidito de nido de abeja una y otra vez, mientras las lágrimas resbalan por sus mejillas. «Vamos, Oli, no te apures, sólo es un cuento.» «No llores», quiere decirle, porque ella tiene diez años y aún no sabe nada de los puentes que se levan de la noche a la mañana. Por eso tampoco entiende por qué esas niñas amigas de su hermana ríen y se dan codazos cuando por fin miran hacia donde están ellas dos. Y tan pequeña es Ágata que tampoco sabe distinguir estas miradas de otras «hambrientas», podría decirse, que le dedican a Olivia unos chicos que están en la fila de adelante. Para ella, todo el mundo mira a su hermana por la misma razón. La miran porque es guapa, porque es rubia y con ojos grises, porque llora por el pajarito que están a punto de comerse. «No sufras, Oli, no llores. Ya verás como pronto se acaba todo esto y baja el telón.»

Existe para Ágata otro recuerdo de aquella noche y tiene que ver no sólo con los terciopelos del Teatro Bolshói o con las faldas escocesas de Sandrita Urziza y sus amigas, sino con un nombre que acaba de leer minutos antes en el reverso de la invitación que le ha enviado su hermana: Cary Faithful. «Hay que ver qué pequeño es el mundo», piensa Ágata. El lobo se acababa de comer al pajarito y faltaba muy poco para que se encendieran las luces del teatro Bolshói, cuando uno de los muchachos, uno de la clase de los pequeños, Cary Faithful precisamente, se inclinó hacia Olivia para alcanzarle un pañuelo para sus lágrimas. Y al ofrecérselo, Ágata creyó ver como casi le daba un beso a su hermana. «Qué bien, ahora se morirán de envidia Sandrita Urziza y sus amigas», se dijo entonces Ágata porque ella conocía el mágico efecto del llanto de

Oli. «Sí, sí, seguro, —añadió—. Esas bobas han visto perfectamente cómo el chico le ha dado a Oli un beso, que se fastidien.»

Pero qué pequeña es Ágata y qué tonta también, que no entiende nada de nada, porque en vez de morirse de envidia, lo que ocurre es que, al ver aquel beso, las niñas se mueren de risa redoblando los codazos cómplices. Y al mirar la cara de su hermana, Ágata descubrió con asombro que no había en ella lágrimas, ni una sola, y que incluso rechazaba de un manotazo el pañuelo que le ofrecía aquel niño tan amable. Y esa tarde, a pesar de sus pocos años, Ágata aprendió dos cosas interesantes sobre el amor y sus misterios: una, que los gestos bondadosos y los besos no valen nada de por sí, sino que dependen de quién los prodigue. Y dos que, a pesar de que las chicas guapas todo lo consiguen con unas cuantas lagrimitas, hay ocasiones en las que una niña guapa no llora así la aspen, y es, precisamente, cuando otras niñas guapas ríen.

«El bueno, el pequeño, el insignificante de Cary», se dice Ágata mientras recuerda el aspecto que tenía entonces aquel muchacho. ¿Quién iba a pensar que un chico no demasiado inteligente ni muy atractivo, con un aire desgalichado y un perpetuo gesto de azorada sorpresa, acabaría convirtiéndose en uno de los hombres más sexys del mundo? Cary Faithful, sí, aquel del que todos se reían en el colegio porque, para colmo, tenía nombre de chica, era ahora el actor inglés al que todos consideraban heredero del gran Cary Grant, con quien incluso compartía nombre de pila, qué cosas.

«Qué razón tiene mi dietista —se dice Ágata con una carcajada—. Verdaderamente el tiempo es el gran vengador.» Porque lo más probable es que, treinta y tantos años más tarde, la tal Sandrita Urziza y sus monísimas amigas fueran todas damas otoñales. Amas de casa aburridas, vestidas aún con idéntica falda escocesa allá en Quito, en La Paz, en Asunción, o donde quiera que vivan con más pena que gloria. Devoradoras de tranxiliums, y madres de otras sandritas urzizas igualmente monísimas que también reirán y se darán codazos ante niñas «distintas» a ellas. «Y en sus viditas de ahora —se dice Ágata—, cuando hojeen alguna revista de cotilleos de Hollywood en la que aparece Cary Faithful, o una de esas publicaciones de sociedad que tanto se ocupan de Olivia y sus sucesivos maridos, sin duda comentarán con mal disimulado orgullo a otras amigas tan devoradoras de tranxiliums como ellas: "Huy, a estos dos los conozco yo de toda la vida. Fuimos amigos en la infancia y siempre supe que llegarían lejos. Somos íííntimos, ni te imaginas."»

«Sí, eso dirán —rió una vez más Ágata—. Sin sospechar que yo, la hermana fea, el conguito, soy tanto o más conocida que ellos dos, a mi modo.» «La famosa madame Poubelle», vuelve a decir Ágata en voz alta con el aire de misterio del que gusta rodearse cuando habla de cierta parcela secreta de su vida. «La invisible, la influyente, la *in-fa-li-ble* madame Poubelle que ahora se dispone a utilizar sus largas —y muy mal pagadas, por cierto— vacaciones como maestra de escuela para embarcar en el ¿cómo dicen que se llama ese barco tan superguay? Ah sí, en el *Sparkling Cyanide.* Bonito nombre.»

SEGUNDO INVITADO, CARY FAITHFUL

—

Early morning tea es una clásica costumbre inglesa. El *Early morning tea* consiste en que, mucho antes de la hora de levantarse, con las primeras luces del día más o menos, un criado abre las puertas del dormitorio, deposita una bandeja con una solitaria y humeante taza de té sobre la mesilla y luego se evapora de ese modo inaudible que es propio de los criados ingleses. A veces, si en el último correo de la noche ha llegado una carta importante, se suma ésta a la bandeja del té y allí queda a la espera de ser abierta por su destinatario. Todo el mundo dice odiar el té tempranero, hábito que, al parecer, se popularizó en tiempos del Imperio. Y es lógico que lo detesten, porque si malo es madrugar, peor aún es que le despierten a uno un par de horas antes de la hora prevista. Pero las costumbres son las costumbres, en especial para algunos representantes de la nobleza rural, fieles depositarios del espíritu británico, del *stiff upper lip* y del *Rule Britannia.*

—*Fuck* —dice Cary Faithful, y vuelve a repetirlo dos veces más antes de abrir por fin un ojo y ver que, en efecto, sobre la bandeja, además de la maldita taza de té hay un sobre gris con reborde rojo—. *Fuck, fuck* —y luego, dirigiéndose al mayordomo—: ¿Ha sido usted quien ha dejado aquí esta carta, Meadows? —Pero Meadows ha desaparecido ya de la habitación tan silente como siempre—. *Fucking Meadows, oh shit.*

Cary Faithful consulta su reloj. Las seis y media. Faltan solo cinco horas para que llegue el tren de las 11.27 que trae a su tía, lady Daliah; *shitty hell* qué lata, nunca se puede estar tranquilo en el campo sin que irrumpa alguna latosa tía o pariente lejano, suspira, y entonces se le ocurre que a lo mejor, con un poco de suerte, la carta de la bandeja puede que sea de tía Daliah, que ha cambiado de opinión y ya no viene. ¿Por qué no? Los dioses son de vez en cuando misericordiosos, así que mejor será, *oh fuck,* que venza de una vez la insuperable pereza, alcance la carta, rasgue el sobre y vea si hay suerte, *bloody lazy, fuck, fuck.*

Cary Faithful se incorpora. Viste un bonito pijama de Savile Row con hermoso anagrama bordado en el bolsillo superior. Ya tiene el sobre en la mano, y está punto de abrirlo cuando una voz perfectamente detestable salida de algún rincón a su izquierda grita:

—Jo-der, por todos los diablos pero ¿qué coño pasa aquí? *¡¡¡Raccord!!! ¡¡¡Raccord!!!*

«Raccord» es una palabra del argot cinematográfico. Con ella se designa algo muy importante en el rodaje de toda película: la memoria que ha de llevarse entre una escena a otra y la vigilancia que ha de mantenerse para impedir que se produzcan fallos desastrosos como, por ejemplo, que el Cid Campeador muestre de pronto un reloj de pulsera en pleno asedio a la ciudad de Valencia en el siglo XI. El *raccord* sirve también para velar que no ocurra que, en la primera parte de una escena, un actor aparezca, pongamos que con el pelo revuelto y segundos después y sin razón, perfectamente peinado.

Normalmente, la persona que se encarga de llevar el llamado *raccord* es la *script.* Pero ese día, la *script* debía estar a por uvas o tomando un *early morning tea,* porque lo cierto es que, en la escena que está rodando Cary Faithful en esos momentos, se ha colado un elemento extraño. Nada tan cantoso como que Charlton Heston empuñe la *Tizona* con un Rolex en la muñeca, pero extemporáneo en cualquier caso.

—A ver: ¿quién coño ha puesto aquí este sobre con rebordes rojos? La carta de tía Daliah que preparamos ayer es blanca con monograma azul, coño, joder, ¿dónde está? ¿Y de dónde ha salido este puto sobre?

Nadie sabe de dónde ha salido, pero al examinarlo, el director se da cuenta de que el destinatario es el propio Cary. «Puta mierda, ¿se puede saber qué hace tu correspondencia privada colándose en mi película, joder?», y Cary, que tampoco tiene ni idea responde: «Puta mierda y coño joder, Leslie» (que es el director) «ni zorra idea», y luego, mientras se levanta de la cama con su pijama de monograma azul de Savile Row y se calza las zapatillas de terciopelo negro también con monograma, piensa que qué harto está de esta puta película. Qué harto está de todas las putas películas que ha rodado en los últimos tres años. Todas son iguales, clónicas. ¿Por qué a los productores americanos les gustará tanto la ambientación, los temas y el acento inglés de Oxford? Tanto les excita, tanto les pone la madre patria británica, que acaban siempre obligando a actores como él a hacer el panoli película tras película actuando de Bertie Woosters y diciendo cosas que ni el más estereotipado de los personajes de Wodehouse diría jamás como «Oh *dear,* señora baronesa, no pise usted las petunias». «Jo-der. Parece que llevo toda mi puta vida rodando la misma escena: gilipollas de familia bien, mayordomo de nombre Meadows, tía Daliah y el tren de las 11.27... Lo único que han tenido a bien cambiar para diferenciarse de las pelis de los años cuarenta son las interjecciones: antes, en cada frase, había que exclamar *Oh dear!*, *Oh dash it!*, y *By Jove!*, ahora, en aras de la modernidad, gritamos *fuck!*, *shit!*, *shitty fuck* o *bloody hell!*, ¿pero qué diferencia hay? *Fucking bloody, shit,* ninguna.»

—Venga, Cary. A ver si ponemos atención a lo que hacemos. ¿Prevenidos? Vamos en dos y medio.

Cary mira el sobre con rebordes rojos que continúa sobre la bandejita. En un par de minutos comenzarán de nuevo a rodar. Son las putas siete de la mañana y se ha tenido que levantar a las cuatro para llegar al estudio. ¿Dónde coño está el glamour del séptimo arte si puede saberse? Para colmo hace un frío de cojones y, a menos que alguien quite la jodida carta de la bandejita, volverán a rodar la escena con ella ahí y habrá que repetirla una vez más. Cary decide entonces cogerla él mismo para evitar nuevos desastres y la examina más de cerca. Es cierto, está dirigida a él, y además la letra, para su desgracia, la conoce bien, aunque hace varios años que no tenía noticias de su remitente. Titubea. No sabe qué hacer. Preferiría no haberla visto siquiera pero...

—Coño, Cary, ¿se puede saber qué haces ahí con cara de gilipollas? Métete en la cama de nuevo y empecemos. A ver, ¿dónde estábamos? Ah sí, cuando tú decías que el tren de tía Daliah llegaba a las 11.27. Prevenidos, ¡treinta segundos!

Horas más tarde, el mismo sobre gris asoma del bolsillo superior de la chaqueta de Cary aún sin abrir. No se rueda ya película alguna pero el decorado es bastante similar al anterior. Estamos ahora en una casa «al lado del zoo», eufemismo que usan los moradores de este barrio londinense para explicar dónde viven sin que suene esnob o petulante. Porque «al lado del zoo» las casas no bajan de ocho o nueve millones de libras y allí tienen su domicilio varios intelectuales y artistas. No sólo Paul McCartney, Kate

Moss o Jude Law. También vive en ese barrio Cary Faithful, el soltero más codiciado del celuloide, porque tal vez esté harto de representar el papel de gilipollas de Eton y Oxford, pero desde luego le pagan muy bien por hacerlo. Además, según la revista *People*, se ha convertido de un tiempo a esta parte en el segundo hombre más sexy del planeta a pesar de —o gracias a, según se mire— «ese aire desgarbado de perrillo con ojos tristes y ese frunce de cejas mitad perplejo, mitad suplicante que tan bien combina con su flequillo de niño bueno» (todo esto *People* dixit). «Qué tiranía de profesión ésta que le obliga a uno a estar agradecido a todo aquello que más odia», se dice al cerrar tras de sí la puerta de calle. Y sin embargo, existe otra tiranía aún peor. Una que está relacionada no sólo con su profesión sino también con esa carta que lleva en el bolsillo, aunque no quiera de momento pensar en ella. Mejor será entrar primero en casa y tomar ciertas medidas precautorias antes de enfrentarse a la emergencia. En otras palabras, prepararse un baño, llamar a Miranda, su novia, beberse un whisky con un lexatín y luego telefonear a Paul, su amante, para que pase con él la noche: aunque no necesariamente en ese orden.

«Empecemos por el whisky y el baño», se dice, y dejando la chaqueta sobre una silla del vestíbulo, se dirige a la biblioteca y, más concretamente, hacia el lugar donde están las bebidas alcohólicas, en el interior de un mueble, junto a la ventana.

Si Leslie Fox, el director de su última película, estuviera rodando la presente escena, seguro que se demoraría unos segundos en mostrar al espectador el panelado de madera de la biblioteca de Cary Faithful. También las persianas venecianas. La bella encuadernación de los libros, las alfombras armenias, la colección de objetos africanos, todo ello para terminar en un plano corto, enfocando el Torres García que hay en la pared de la izquierda y el Bacon de la derecha. Pero Leslie Fox no está y a Cary le importa un carajo la decoración. De eso, como de lo demás, se ocupa Miranda, que Dios la bendiga. Y Cary avanza sin reparar tampoco en dos mesitas japonesas que hay junto a la pared de la izquierda, menos aún en las butacas que son una la *Bubble chair* y la otra la *Tomato chair,* ambas de Aarnio años sesenta y que tan bien contrastan con el resto de la decoración, mezcla ecléctica de clásico con vintage y oriental. En realidad, lo único que le interesa a Cary en estos momentos es un mueble Biedermaier que hay al fondo, y no por su aspecto exterior (que es inmejorable) sino por lo que contiene. Ya está junto a él. Ya lo ha abierto y sin más preámbulo se dispone a servirse un Cardhu triple con hielo y tres rodajitas de naranja. De naranja, sí, la ocasión merece una cierta excentricidad, y luego, tras subir una de las venecianas, bebe despacio mientras sus ojos escapan hacia el exterior, hacia la plaza que tiene enfrente, que es en forma de media luna con sus múltiples casas blancas, todas iguales, que se alinean formando una medialuna en torno al jardín central. Las mira como si fueran elementos de un acertijo: «Descubra usted las siete diferencias», pero qué difícil es encontrar siquiera la más mínima. Parecen todas pequeños merengues altos y estrechos pegados unos a otros por los flancos, cada una con sus puertas blancas y sus aldabas de bronce.

Cuentan que, a mediados de los años sesenta, en una casa muy similar a éstas, Disney rodó *Mary Poppins.* Tal vez por eso, desde que Cary se mudó aquí, más de una vez se ha encontrado en la misma situación que ahora, con la vista perdida en el exterior y dando rienda a una fantasía tan infantil como reconfortante: la de imaginar que bastaría con separar los pies en ángulo obtuso, abrir un paraguas y ¡volar! Sí, por qué no, sería perfecto poder elevarse más allá de su carísima casa de diez millones de libras, por encima de este barrio lleno de intelectuales falsamente de izquierdas. Arriba, arriba, lejos de esa ciudad que todos consideran una de las más civilizadas del mundo y fuera por fin, muy lejos de este planeta absurdo en el que términos como tolerancia, libertad, comprensión o diversidad no son más que palabras gastadas, tan huecas y manidas que han perdido todo significado. Elevarse, sí, y desaparecer como un globo de helio allá por la estratosfera y que les den por culo a todos.

—Coño, joder —dice en voz alta.

Cuando está a solas, Cary intenta no hablar tan mal como lo hace en su vida profesional pero joder, puta y coño, esta vez resulta muy difícil: ¿qué va a pasar ahora?

Para continuar con las cuatro cosas que se ha propuesto hacer antes de abrir la carta que lleva en el bolsillo, ahora debería subir a la planta superior de su bonita casa-merengue, dejar correr el agua de la bañera mientras se toma un segundo Cardhu con un lexatín y a continuación llamar a Miranda. No, lo del lexatín y el whisky está bien pero luego, mejor telefonear a Paul. No, a Miranda... No, no, definitivamente lo mejor será que decidan por él san Cardhu y Nuestra Señora del Lexatín una vez que esté metido en el agua.

Cary se dispone a subir la escalera. Si el bueno de Leslie Fox estuviera por aquí filmando esta escena, sin duda elegiría a continuación realizar un rápido contrapicado de los peldaños y luego un barrido lateral. Así el espectador tendría la oportunidad de ver cómo las paredes del hueco de la escalera están recubiertas de diversos diplomas y menciones especiales de tal o cual festival cinematográfico. También hay allí varias fotos enmarcadas en las que puede verse al dueño de casa junto a diversos amigos: Cary jugando a los bolos con Madonna y al críquet con el príncipe

Guillermo. Aquí hay un diploma que lo acredita como el mejor actor del festival de Toronto en 2005, allá otro de un Globo de Oro del 2001, acullá la foto de una farra con Martin Scorsese, ambos fumando grandes Cohibas. Fotos y diplomas interesantes no sólo por los personajes que retratan sino por cómo describen la vida de Cary Faithful. Sin embargo, para describir verdaderamente su vida, antes de que él termine de subir la escalera, Leslie Fox debería cerrar plano sobre una foto en particular. Una menos glamourosa que el resto pero más reveladora que todas juntas. Aquella en la que aparece Cary flanqueado por un muchacho a su izquierda y por una chica a su derecha. Ella aparenta treinta y muy pocos y, aunque la foto no es del todo nítida, puede apreciarse que posee una de esas cabelleras extraordinarias, rojizas y rizadas, que la convertirían en perfecta modelo de un pintor prerrafaelista. Pero aún hay más datos destacables, como una sonrisa bondadosa que desentona con unos rasgos demasiado angulosos entre los que reinan al fin unos asombrados ojos verdes. Y si esto fuera una película y no la vida real, al pasar por delante de dicha fotografía Cary debería detenerse al menos unos segundos para dirigir a la muchacha un pequeño hiato o gesto de cariño cansado. «Miranda», tendría que decir idealmente y luego continuar su camino evitando de forma deliberada detenerse en el rostro del personaje que aparece a su izquierda en la instantánea y que es, en principio, mucho menos notable que Miranda. Nada extraordinario, realmente. Un muchacho recio de aspecto sanote de apenas unos dieciséis o diecisiete años, con un solo rasgo destacable: unos ojos negros y profundos que parecen reírse del mundo. Y es conveniente que la cámara ofrezca sólo un cicatero y muy fugaz atisbo del chico para que el espectador quede cavilando y con deseos de saber más sobre aquellos ojos burlones. De este modo, los espectadores más avisados podrían lucirse ante sus compañeros de butaca. «Mira qué chico tan joven» (codazo cómplice al vecino), «seguro que es el tal Paul del que antes han hablado. Quédate con su cara, seguro que aquí hay tomate». Y luego, satisfechos, ya podrían volver todos con ahínco a las palomitas y a la coca-cola light.

Dos sorbos más de Cardhu y Cary está ya en el piso de arriba. El whisky empieza a hacer su previsible labor beatífica dentro de su cabeza. Tanto, que por un momento piensa que no va a necesitar recurrir, por esta vez, al lexatín. «Un baño y un poco más de whisky serán suficientes para tranquilizarme», se dice mientras abre al máximo los grifos de la bañera. Empieza a desnudarse. Lo hace pausadamente, imitando, sin darse cuenta, el modo sexy en que lo hizo en su última película llamada *Petticoat Lane*, junto a Hilary Swank. Porque he aquí otra de las maldiciones de ser actor: se actúa todo el tiempo. Incluso sin público, incluso en los momentos de angustia. ¿O debería decirse *sobre todo* en los momentos de angustia? Cary Faithful se encoge de hombros, qué más da, actuar o no actuar ésa no es la cuestión ahora, y con un rápido movimiento comienza a meterse en la bañera. Ésta es alta y antigua y al elevar la pierna derecha, por un segundo sus testículos rozan el borde de la bañera, que está frío en contraste con el agua hirviendo, y la sensación dispara en su cabeza una corriente eléctrica (oh Paul, amor mío), pero es sólo un instante. En seguida se hunde en el líquido sedante, amniótico, donde parece (casi) que nada malo le puede ocurrir.

Y sin embargo, el sobre gris con rebordes rojos continúa ahí. Ha quedado donde estaba antes, en el bolsillo superior de su chaqueta, que está colgada en el respaldo de la silla de modo que Cary podría alcanzarla con sólo estirar la mano. Una vez más desea pedir ayuda por teléfono, pero ¿a quién llamar primero? Da igual, Miranda o Paul, Paul o Miranda, el orden de los factores no altera el producto en este caso; cualquiera de ellos servirá para neutralizar el maléfico efecto de aquel sobre.

«Olivia Uriarte.» Por primera vez desde que recibió la carta, Cary se anima a decir el nombre de su remitente. Y pensar que hace una treintena de años ese nombre lo fue todo para él. Sí claro, y precisamente por eso se había equivocado tanto respecto de Olivia de ahí en adelante. ¿Quién dijo aquello de que el primer amor es el único verdadero y que los demás no son más que remedos, torpes tentativas de volver a sentir la maravillosa sorpresa, la divina turbación de amar por vez primera? Sin duda alguien así como Eric Segal, el olvidado autor de *Love Story,* o si no, una de esas millonarísimas autoras de novelas rosa tipo Danielle Steel. Por supuesto es falso que el primer amor sea el único verdadero pero en algo sí tiene razón esa gente: un primer amor posee la llave de algún viejo mecanismo dentro de nosotros, por eso es capaz de poner en marcha ciertos extraños resortes que hacen que bajemos la guardia ante esa persona. De este modo, al volver a verla, resulta que la consideramos de inmediato alguien cercano e incluso íntimo aunque hayan pasado más de treinta años desde que esa proximidad existiese.

Cary mira ahora su cuerpo desnudo entre dos aguas. Ese al que la revista *People* ha nombrado el segundo más sexy del planeta. Joder, si lo vieran ahora, con su sexo arrugado y minúsculo, su pecho exiguo y una barriguita feminoide... Cary desconoce el contenido de la carta de Olivia Uriarte pero sabe que nada de lo que ella hace o dice carece de un motivo específico. «Cuando vuelvas a saber de mí será por algo muy bueno... o muy malo...» Así fue como se despidió unos años atrás.

Se habían encontrado por casualidad en París, en plena calle, junto al Pont D'Alma, los dos mirando como turistas curiosos el lugar en que se estrelló el coche de Lady Di. Y después de hablar de todas las obviedades que cabía esperar «Qué terrible ¿no?... Lo tenía todo y ya ves...» «Sí, sí, hoy estamos aquí y mañana quién sabe, más vale disfrutar mientras se pueda...» Tal vez empujados por los fantasmas del *carpe diem* y también por los de su viejo amor adolescente, acabaron pasando la noche juntos. Fue en el Ritz, en la habitación de ella, y él había tenido el gatillazo más monumental de los últimos ocho siglos. Ni siquiera pudo aducir que había bebido más de la cuenta. El encuentro coincidió con una de sus periódicas épocas de «ramadán», es decir uno de los intervalos de diez o, a lo máximo, doce días que él mismo se imponía sin alcohol una vez al año; y tuvo que suceder justo entonces para dejarle sin coartada posible. Así, tras dos o tres nuevas tentativas verdaderamente patéticas («no lo entiendo, esto no me ha pasado nunca», «espera un poco a ver», etcétera), Cary dejó de intentarlo, se sentó en la cama y le contó a Olivia su vida. No, peor aún, le contó la parte de su vida que nunca le había confesado a *nadie.* Cary se pregunta si algún psiquiatra o psicólogo habrá estudiado bien lo que él llama el «vértigo del gatillazo». Porque según Cary —que antes de conocer a Paul había conocido muchas y muy diversas formas de gatillazo— existen ante el fiasco dos actitudes conocidas: el silencio sepulcral o la palabrería incontenible, el autismo absoluto o la puta hemorragia verbal. Dicho de otro modo, una vez que ha ocurrido el desastre, o bien se calla uno como un muerto y no articula palabra hasta el día siguiente, o bien habla hasta por los codos y dice un sinfín de estupideces en un vano intento de camuflar lo incamuflable. Y en el caso de su confesión a Olivia, según Cary, se habían confabulado contra él dos espectros: el antes mencionado fantasma del primer amor y el del gatillazo, funesta combinación. Por eso aquel día, Cary había empezado a hablar por esa boquita y le había contado a Olivia su más oculto secreto. Aquel que jamás había contado a persona alguna. Porque desde los lejanos tiempos en que ambos vivieran en Moscú, hacía de esto más de un cuarto de siglo, él era fiel al menos a una máxima soviéticoleninista incontestable: «Las paredes oyen y lo que realmente no quieres que se sepa no se lo digas ni a tu sombra.» De mucho le había valido aquella enseñanza que, según Cary, parece una perogrullada pero no lo es en absoluto. Porque todo el mundo piensa que hay excepciones a la regla, amigos fieles, hermanos discretos, confidentes que son una tumba; mentira, gran mentira, la única manera de mantener oculto un secreto vergonzoso es no confesarlo jamás. De ahí que Cary no había revelado a persona alguna su debilidad por los muchachos, a pesar de vivir en un ambiente liberal y supuestamente tolerante como el del cine. Porque en aquel mundo estúpido del que él querría escapar volando como Mary Poppins, todo era mentira. Mentira que no importe la inclinación sexual. Tal vez dé igual si uno es escritor, pintor, comerciante, hombre de negocios, médico, abogado, oficinista, empleado, funcionario, piloto, barrendero, o alto ejecutivo. Irrelevante también si uno es banquero, político o primer ministro, incluso, pero importa y mucho cuando se gana uno la vida en el cine haciendo papeles de galán, coño, que hasta el palabro suena decimonónico. ¿Porque dónde se ha visto que quien encarne a Rhett Butler sea gay, a James Bond invertido, o a Rocky Balboa maricón? He ahí la gran paradoja de lo que es su vida. Cary Faithful tiene una profesión que todos ven como una de las más liberales del mundo y en realidad está doblemente atrapado: atrapado en papeles gilipollas por un lado, y por otro, mintiéndole a todos sobre lo que siente y sobre lo que es. Su único consuelo es que lo mismo le ocurre a seis o siete actores de primera fila (ay, si la gente supiera) pero todos callan como putos, ¿qué van a hacer si no?

Cary bebe otro trago de su Cardhu y recuerda cómo había confesado sus inclinaciones con todo lujo de detalles, nombres —y sobre todo edades— a Olivia. Ella lo observaba, primero, esbozando ese tipo de maternal sonrisa que las mujeres prodigan cuando escuchan confidencias masculinas y, poco después, como quien no quiere la cosa, comenzó a juguetear con el móvil. Desde el mismo momento en que soltó su confesión, Cary supo que había cometido un grave error. Uno sabe siempre esas cosas. Entonces no se había atrevido a preguntarle a Olivia a qué venía ese súbito interés por jugar con el teléfono en medio de una conversación. ¿Y si le había grabado mientras hablaba? Pero no, claro que no. Con toda seguridad, una mujer de mundo como Olivia jamás haría cosa semejante…

Otro sorbo de Cardhu. Cary tiene la impresión de que el whisky ejerce sobre él un efecto benéfico pero también ciclotímico porque un trago le hace sentir mejor y el siguiente lo devuelve a sus temores: un sorbo optimista y otro horripilantemente pesimista. «Bueno, toca a continuación sorbo malasombra, bebamos con cuidado.»

Entonces recuerda cómo, una vez que había metido la pata y con el secreto terror, además, de que Olivia le hubiera grabado, lo único que pudo hacer fue suplicar su silencio. «Tranquilo, tonto, no le diré a nadie que te gustan los efebos, yo soy una tumba», le había asegurado ella con la misma sonrisa maternal de antes. «Si algo odio en esta vida es a la gente que traiciona a sus amigos famosos por dinero yendo con el cuento a los periódicos.» Y luego, con una sonrisa mucho menos maternal, había añadido: «*Muy* necesitada tendría que estar para llegar a hacer algo así, descuida.» A continuación de estas palabras vino una ducha a dos (Cary se había empeñado en ello: un pequeño juego erótico en desagravio, pensó, pero no había más que ver el tamaño de su pene y la antisexy laboriosidad de Olivia con el jabón y la esponja para saber que hubiera sido mejor no intentarlo). Más tarde llegaron las despedidas:

Olivia dijo: «Ha sido un estupendo reencuentro, de veras.»

Cary dijo: «Sí, ya, cuídate.»

Olivia dijo: «Claro.»

Y al final Cary dijo: «Me gustaría tanto volverte a ver...»

¿Por qué diablos le había dicho eso? Bueno, porque sabía que Olivia estaba «felizmente casada», según le había contado ella horas antes. Sabía también que su marido tenía mucho dinero, lo que resultaba un antídoto perfecto contra la tentación de contar vergüenzas ajenas a precio de exclusiva mundial. Sin embargo, aun así, le pareció más prudente intentar seguir en contacto con Olivia por aquello de que siempre resulta más difícil traicionar a alguien con el que uno tiene relación que a un antiguo amigo al que se ha perdido la pista. «¿Lo intentamos otra vez la semana que viene en Londres?, esta vez con champagne o whisky de por medio, ¿qué te parece? Venga, Oli, por los viejos tiempos.» Pero Olivia, con otra sonrisa maternal, se había mostrado inflexible: «Lo siento, amor, no hay repetición de la jugada. Estar casada con un napolitano tiene sus servidumbres y yo sólo me permito infidelidades de una noche. Flavio es un marido maravilloso pero me arrancaría la piel a tiras —y la pensión, que sería aún más doloroso— si se entera de que estoy liada con alguien.»

Entonces fue cuando ella dijo la frase que tanto habría de preocupar a Cary de ahí en adelante: «Descuida, *cuore*, si vuelves a saber de mí, será sólo por algo muy bueno… o muy malo.»

Otro trago de Cardhu. Toca sorbo pesimista nuevamente, pero al mismo tiempo realista y práctico. «Pero vamos a ver —se dice Cary—. Lo mejor sin duda es abrir la maldita carta y salir de una vez de tanta incertidumbre. Además ¿por qué tendría que contener nada malo? Él siempre tiene propensión a agobiarse y a lo mejor no es nada. Más aún: ¿por qué piensa tan mal de su antigua amiga? ¿Qué sabe de ella en realidad? Nada. La conoce desde hace treinta años pero no sabe de Olivia más de lo que pudo vislumbrar en una noche de gatillazo y lo que su intuición le dicta. ¿Que es egoísta? (bueno, ¿y quién no en estos días?) ¿Que es práctica y bastante cínica? (vale, pero ¿acaso ambas cosas no pueden también ser virtudes?) ¿Que su intuición le previene a gritos de que no es persona de fiar? (cierto, pero ¿no se equivoca uno todo el tiempo con las intuiciones?). Vamos —se repite Cary Faithful—, te estás ahogando en un vaso de agua (o, lo que es más patético, en uno de malta doce años, abre esa carta de una puta vez).»

«Por algo muy bueno… o muy malo», eso había dicho Olivia. Por tanto, también podía ser por algo positivo. Más aún: lo más probable es que no fuera ni bueno ni malo sino completamente irrelevante para él. Algo relacionado, tal vez, con un dato que ella le había comentado también aquella noche. Cary recuerda entonces cómo, a cambio de sus muchas confidencias, Olivia le había hecho una a él. Su inalcanzable deseo de ser madre y sus muchas tentativas realizadas sin éxito. ¿No podía ser *ésa* la «buena» razón para ponerse en contacto con él después de estos años? ¿Que por fin había tenido un bebé y deseaba comunicárselo? La carta tenía aspecto de ser una invitación. A un bautizo, quién sabe ¿por qué no?

Un sorbo más de Cardhu y ya todos sus temores le parecen infundados. Claro, eso es. Las personas egoístas como Olivia catalogan de buenas o malas las noticias según lo sean para ellas no para los demás. «Venga, ábrelo —se dice—, no pasa nada.»

Cary rasga el sobre y por fin lee:

Olivia Uriarte tiene el placer de convidar a —reza la parte impresa de la tarjeta y a continuación, con letras grandes y exhibicionistas, Olivia ha rellenado a mano la línea punteada con lo siguiente: *a Cary y a Miranda (...O si no, tráete a uno de los que tú ya sabes).* A continuación y con letra más pequeña pudo leer: *Festejo mi divorcio con un grupo de grandísimos amigos, Flavio me presta el* Sparkling Cyanide *hasta finales de julio y navegaremos por Baleares.*

Cary lee las dos frases manuscritas por segunda vez como si fueran mensajes cifrados de los que trata de extraer la mayor información posible. La primera es decididamente inquietante: que lo invite con *Miranda...* O si no *con uno de los que tú ya sabes* indica dos cosas. Una, que Olivia está al corriente de su vida sentimental «oficial» con Miranda. Y dos, que no ha olvidado en absoluto lo que descubrió de él a través del vértigo del gatillazo. La segunda frase manuscrita es, en cambio, más tranquilizadora. Porque si bien anuncia su divorcio (y los divorcios suponen un cambio en la situación financiera, en el caso de mujeres como Olivia), el hecho de que el tal Flavio le preste su barco para «pasearse con amigos» indica que no hay peligro de falta de pasta. Y es que ningún marido (napolitano por más señas), razona Cary, presta un velero de lujo a su ex a menos que la separación haya sido muy, pero que muy amistosa. Tranquilidad, pues. Por lo que se ve, la línea de crédito sigue abierta. «Y a chorros —se dice entonces Cary, dejando por fin la carta de Olivia y también el vaso de Cardhu sobre el borde de la bañera—, lo que aleja todo peligro de chantaje, está claro. En cuanto a la invitación de marras, ¿por qué no aceptarla y acudir? (con Miranda, naturalmente). Seguro que a ella, que es medio escocesa pero también medio colombiana, por lo que adora el calor y languidece con las brumas de Londres, le encantará pasar unos días los dos juntos al sol. La buena de Miranda, la incondicional, la novia perfecta... y también la mujer más ciega de Occidente, que Dios la bendiga.»

«Y ahora —se dice Cary envolviéndose en un bonito albornoz color burdeos—, hagamos algo para celebrar que mi tonta intuición estaba equivocada ¿Dónde dejé el móvil? Ah, aquí está.»

—¿Sí, sííí? ¿Me oyes, Paul? Sí, amor, soy yo. Vente para aquí lo antes posible; tenemos toda la noche para nosotros dos y te necesito tanto... Pero antes... ¿Te importaría pasar por una farmacia? No, no es nada realmente, pero tráete un paquete de aspirinas, vida mía. Sí, y también, de paso, una tortilla de Alka Seltzer, no sabes qué día tan tonto he tenido.

Después de colgar, Cary vuelve a coger la invitación de Olivia, pero esta vez con una actitud mucho más despreocupada que antes. «A ver, a ver —sonríe—. Aquí dice que detrás se incluye una lista de los invitados. ¿Conoceré a alguien? Está Ágata Uriarte, naturalmente, y quién más... Sonia San Cristóbal, ¿de qué demonios me suena este nombre?»

TERCERA INVITADA, SONIA SAN CRISTÓBAL

—Ya ves, mami —dijo Sonia San Cristóbal mirando a su madre—. Ahora, además de los bautizos, bodas y primeras comuniones se festejan los divorcios. ¿No te parece superguay? ¡Es tan bonito tener cosas que celebrar! Olivia es un encanto invitándonos a su fiesta, a pesar de los pesares. ¿A que sí?

La madre miró a Sonia y tuvo la misma sensación que tantas otras veces. Idéntica a la que experimentara la primera vez que sostuvo a su hija en brazos una mañana de hacía veintiún años. O en el primer día de colegio de la niña en el Instituto Británico de Madrid, con cinco recién cumplidos. O cuando la vio desfilar para Donna Karan en Nueva York a punto de cumplir los diecisiete. «Taita-Dios tiene un extraño sentido del humor —se había dicho en cada una de esas ocasiones—. Extrañísimo, realmente.» Y es que aquella niña linda como un sol era la respuesta a todas sus plegarias y sin embargo…

Cristobalina Sosa había llegado a España de su Cuzco natal treinta años atrás con una maleta de cartón y un escapulario del Señor de los Temblores por todo equipaje. En cuanto puso pie en Madrid y aún sin haber visto nunca *Lo que el viento se llevó*—ni tampoco ninguna otra película, dicho sea de paso— besó aquella tierra que le era extraña y, con un puñado de ella en la mano, desafió a los cielos jurando que nunca más volvería a pasar hambre. Su primer año en la capital fue un compendio de obviedades. Comenzó sirviendo en una casa cerca de la plaza Castilla, pero sólo estuvo allí el tiempo suficiente como para conocer un poco los alrededores y poder hacerse con algunas cosas indispensables: unas botas de charol negro, una minifalda decididamente poco favorecedora para sus piernas chuecas, un perro callejero al que llamó *Pisco* y unos ahorrillos que le permitieran alquilar durante quince días un cuartucho cerca del metro de Tetuán. Y aunque existen ciertas profesiones para las que resulta delicado solicitar la bendición del Señor de los Temblores, Cristobalina le recordó a éste su debilidad por la Magdalena al tiempo que le rogaba «que un día, Papá Lindo, estas manos mías luzcan anillos caros y grandes como los de las señoritas de Arequipa. Y ya que estamos metidos a plegarias, Diosito, que otro día un poco más adelante, tenga yo una niña tan relinda que no necesite anillitos ni oros para hacerse querer y respetar.»

En sociedad con su perro *Pisco,* Cristobalina hizo la calle durante siete u ocho fructíferos años. Es cierto que no era muy agraciada. Además de las piernas zambas, era petisa, tenía la piel áspera como un sapo y le faltaban dos o tres dientes, pero tenía, en cambio, unos bellos ojos y un arma infalible: el don de hacer creer a un hombre (aunque fuera durante poco tiempo, aunque fuera completamente inverosímil) que no había en el mundo nadie tan regio como él. Pronto aprendió además que los varones europeos, en especial ciertos caballeros de posibles, lejos de abominar de cholas feas como ella, deliberadamente las buscaban para satisfacer algunos deseos recónditos. Así, aprendió el significado de varias palabras desconocidas para sus oídos hasta entonces como «lluvia de oro», «beso negro», «piolita», «carrete» y otras por el estilo. Y qué importaba que aquellas palabras raras escondieran ni se imagina nadie qué chanchadas; lo importante es que pagaban el alquiler del cuartito (que fue creciendo en metros y mejorando de barrio), las botas de charol (que ya no eran de plástico sino de Moschino) y también alguna que otra joyita que demostraba a las claras que el Señor de los Temblores comprendía e incluso aprobaba su conducta tal vez porque había captado la indirecta sobre la Magdalena. Cuando tuvo por fin un capitalito aceptable y el perro *Pisco* había partido de este mundo dejándola sin un cariño verdadero, Cristobalina consideró que había llegado el momento de planear la segunda parte de sus sueños y el más difícil milagro de los dos que había solicitado hasta el momento al escapulario del Señor de los Temblores. Cristobalina sabía para entonces cómo funcionaban las cosas arriba, en el Más Allá. Si uno quiere que le hagan un milagrito acá abajo, es imprescindible poner los panes y los peces. Y en este caso nada más fácil, se dijo. Si ella deseaba tener una niña relinda, lo único que debía hacer era encontrar el papá adecuado. Pero no, no hacía falta que se alarmaran sus clientes, ella no iba a solicitarles pensión ni ayuda alguna (algo imposible de conseguir en cualquier caso en aquel entonces), lo único que pensaba tomar de sus señorías era su semen, su semillita y cuanto más bella mejor. Por eso, durante meses y como si fuera la responsable del casting en una agencia de modelos (premonitorio, esto, por cierto), Cristobalina se dedicó a calibrar las virtudes y atributos de diversos candidatos. Contaba con mucho y muy buen material, puesto que en su cartera de clientes figuraban políticos de renombre y prohombres intachablemente virtuosos más allá de las cuatro paredes de casa de Cristobalina. Había también actores de fama, grandes periodistas que eran la conciencia moral de

Occidente, profesionales de todos los ramos, e incluso tres o cuatro estrictos miembros de una Santa Obra. Y ella, que no sabía de genética más que lo que le dictaba el sentido común, unido éste a la sabiduría popular de su tierra milenaria, se dijo que, más que inteligencia, lo que debía procurar añadir al bagaje de la criatura era una sobredosis de belleza y dulzura, por lo que acabó decantándose por el donante ideal: Fernandito Lugones. Como Dios y el Señor de los Temblores —a pesar de evidencias en contra— no son del todo injustos, en Fernando Lugones, hijo predilecto de un famoso notario de la capital, gran jugador de golf y consumado bailarín, la Providencia había derramado una belleza sin par pero, para equilibrar, lo dotó en cambio de un cerebro de mosquito. Sin embargo, en opinión de Cristobalina, poco importaba tal inconveniente porque, como guinda de tan bello pastel, los cielos habían derramado sobre Fernandito otro don: una extraordinaria bondad, algo que a Cristobalina le pareció una virtud sumamente deseable para su hija. «Belleza y dulzura son una combinación perfecta para triunfar y, a la vez, agradar al Santo Cristo —se dijo—. Sobre todo —concluyó— porque el otro ingrediente fundamental para tener éxito en la vida, las luces y las entendederas, ya las aporto yo.»

Así, con todo atado y bien atado, Cristobalina durante casi un año se ayudó de unas sabias hierbas cuzqueñas que, según dicen, resultan infalibles cuando se quiere concebir una niña y no un niño (algo que hubiera sido un gran contratiempo) y, unos meses más tarde, acunaba ya en sus brazos aquel prodigio.

—Lo tengo —dijo cuando la enfermera le preguntó si había pensado en un nombre para la bellísima criatura que acababa de nacer. Y acto seguido, cuando la misma enfermera, acostumbrada a alumbramientos como el de Cristobalina, inquirió con tacto si era su deseo tal vez darla en adopción, ella exclamó que no, que de ninguna manera, que la niña tenía nombre y *también* apellido. «Sonia San Cristóbal, nada menos», enfatizó la madre, por lo que la partera no se atrevió a preguntar quién se escondía tras aquel santo que invocaba con la cabeza tan alta. De haberlo hecho, ella habría improvisado cualquier embuste para despistar, mientras que la verdadera razón era que si llamó a su hija Sonia fue porque ese nombre salía a menudo en las revistas de moda que solía leer para sacar ideas y aprender las maneras del gran mundo. «Un nombre de niña de casa bien», se dijo, mientras que la razón del recién inventado apellido San Cristóbal era, simplemente, que constituía una variante dignificada de su nombre de pila. Un recordatorio, además, de todo lo que había tenido que trajinar antes de permitirse el lujo de concebir a tan divina criatura. Pero es que además hay que señalar que, por esas fechas, Cristobalina como nombre había dejado de existir. Hacía ya una temporada que ella se hacía llamar Ana Christie. Primero, porque, por aquel entonces, acababa de descubrir su fascinación por el Séptimo Arte y en especial por las actrices antiguas, tan elegantes, tan señoras ellas. Y segundo, porque Ana Christie sonaba mucho mejor que Cristobalina, dónde va a parar, y gustaba enormemente a los clientes.

Desde aquel año a principios de los noventa y hasta el momento en que Sonia y ella recibieron la invitación de Olivia Uriarte para embarcase en el *Sparkling Cyanide*, la cuzqueña había vuelto a cambiar de nombre una tercera vez. En el presente se hacía llamar doña Cristina, algo mucho más acorde con su edad y también con su actual profesión de prestamista informal así como intermediaria en negocios del amor y en otros algo más turbios.

Sea como fuere, aquí estaba ahora Cristobalina, Ana Christie, doña Cristina o como quieran llamarla con aquel ángel de belleza y bondad sentada ante sí comiendo una matutina tostada con *gelée* de frambuesa mientras ambas abrían su nutrida correspondencia. Y al mirar a su hija tan relinda, tan señorita, la madre suspiró al pensar, por segunda vez en el día, lo mismo que había pensado tantas veces a lo largo de estos años sobre Taita-Dios y su extraño sentido del humor.

Si la frase era tan recurrente en sus cavilaciones era porque, aunque el Santo Cristo había atendido todas y cada una de sus plegarias, el problema estribaba precisamente en eso: en que había cumplido *todos* sus deseos. Si doña Cristina hubiera sido más leída, cosa que no era porque ella no tenía tiempo para zarandajas, al ver el resultado de sus oraciones posiblemente habría recordado esa sabia advertencia que aconseja ser muy cuidadoso con aquello que se desea porque es posible que se cumpla punto por punto. Y es que la doña no se había tomado la molestia de pedir a los cielos que la niña tuviera luces, suponiendo que heredaría las suyas. Pero el caso es que heredó las de Fernandito Lugones, carajo qué vaina, y ahora aquel ángel de belleza y bondad tenía (en opinión algo xenófoba de doña Cristina y no muy propia de Cristobalina, dicho sea de paso) menos luces que una patera.

—Mira lo que dice la invitación, mami. Por lo visto, Olivia ha decidido convidar a un grupo de amigos adorables a pasar unos días a bordo del barco de Flavio durante la última semana de julio. Desde luego es un cielo invitándonos a nosotras dos y también a Churri. ¿No te parece superguay?

Doña Cristina bebió un sorbo de su té Lapsang Souchong y achinó los ojos. Lejos de parecerle superguay y un cielo, Olivia Uriarte siempre le había parecido una sierpe, un áspid. No, peor a aún: una mangosta hipnotizante y devoradora de animales. ¿Cómo era posible que Sonia no le guardaba al menos un *poco* de rencor por lo que le había hecho años atrás cuando era apenas una niña? Cualquier otra muchacha, al ver cómo le robaban el gran amor de su vida al pie del altar, tal como le ocurrió a ella, no habría vuelto a dirigir la palabra a la ladrona. Pero he ahí otra prueba de la bondad insobornable de su niña heredada de Fernandito Lugones: su absoluta falta de resentimiento por lo ocurrido. Doña Cristina recordó cómo unos años atrás Sonia se había enamorado perdidamente de Flavio Viccenzo. Él acababa de firmar su segundo divorcio cuando conoció a Sonia, y durante unos meses no miró más que por sus ojos. La niña estaba rodando un spot publicitario para una marca de relojes en Cerdeña y Flavio la abordó en plena calle. A partir de ese momento se habían convertido en inseparables: *ski* en Cortina, *brunch* en Nueva York, pascua en San Petersburgo, Año Nuevo en Punta del Este... Por supuesto también le había regalado muchos objetos de valor: joyas, relojes, abrigos de las más estrafalarias pieles y otros enseres que Cristobalina —que se ocupaba de tasar e inventariar los regalos que recibía su niña en previsión de posibles vacas flacas— no dudó en catalogar de «muy extraordinarios». Por fin, apenas siete meses después de su primer encuentro, Flavio le propuso matrimonio para alegría de Sonia y más aún de doña Cristina. Es un hecho habitual que los partidos que gustan a las madres disgusten a las hijas y viceversa, pero hasta de este detalle parecía haberse ocupado el Señor de los Temblores. Y es que Flavio era el sí de las niñas y también el de las madres; un rico muy rico con una fortuna de origen un tanto oscuro, es cierto, pero a cambio de eso, era aún bastante joven, guapo y sobre todo de una generosidad fuera de lo común. ¿Qué más se podía pedir?

Cristobalina, siempre temerosa de los reveses de fortuna de última hora, había redoblado por aquel entonces las oraciones a su milagrero escapulario. También las limosnas a algunos santos locales para que nada se torciese, pero algo debió de cortocircuitarse allá en los cielos porque, con el traje de novia colgado en el armario, una fatídica mañana en que la niña estaba fantaseando en casa con su velo de tul ilusión, recibió de Flavio un Frank Müller de brillantes muy caro y una carta de despedida muy corta. ¿Qué fue lo que pasó? ¿Dónde estuvo el fallo? ¿Cómo se desvaneció el hechizo? Doña Cristina, que sabía leer los corazones (y más aún las mentes) del sexo opuesto igual que libros abiertos, nunca tuvo dudas al respecto. En su opinión, los hombres, incluso los más inteligentes y triunfadores, o mejor dicho, precisamente éstos, son criaturas frágiles, vanidosas, y sobre todo dependientes. De ahí que cualquier mujer que sepa manipular con astucia estos tres defectos masculinos tiene todas las de ganar muy por delante incluso de sus congéneres más bellas y jóvenes.

Doña Cristina nunca había visto a Olivia más que a través de las páginas de alguna revista de chismorreos, pero no necesitaba conocerla en persona para hacerle la radiografía. Porque ella, además de saber leer hombres, también sabía leer rostros femeninos, aun a través de una foto. Y la cara de Olivia no tenía secretos para una profesional del amor como Cristobalina alias Ana Christie, ahora reconvertida en doña Cristina. Aquellos labios finos pero determinados que Olivia Uriarte lucía en las instantáneas. Esos ojos taimados que siempre buscaban los de Flavio como los de una cobra a su rata, y sobre todo aquella forma suya de posar en las fotos siempre un pasito detrás de él para que no se sintiera eclipsado... «Maldita, maldita bruja» —se dice la doña casi en voz alta, y luego, controlándose y ya para sí de modo que no pueda oírla su adorable niña sonríe—: En todo caso, qué poco te ha durado tu influjo, querida cobra, apenas unos años. Y es que, por lo que dice esta invitación que tengo acá, también te ha llegado la hora como a cada chancho su San Martín. Porque de lo que no cabe la menor duda, querida —razona doña Cristina como si tuviera delante la cara de Olivia Uriarte— es de que te han dado el chaucito, el adiós para siempre. ¿Cuál será la causa del despido? Quién sabe. Me faltan datos para deducir si Flavio te cambió por otra o por simple... desgaste de material, digamos. Pero lo que está clarísimo, linda mía, es que la idea del divorcio fue de él y no tuya. Porque ¿qué hombre presta su barco a una ex esposa para que pasee con sus amigos a menos que sea él quien la ha plantado como un ají? Qué pena —ironiza doña Cristina mientras dirige las siguientes palabras dedicadas a Olivia a la tostada con *gelée* de frambuesa a la que acaba de dar un mordisco—: Te han abandonado, además, en el peor momento posible, ¿verdad? No sólo porque son inciertos estos tiempos que vivimos sino porque ¿cuántos años tienes ahora, maldita víbora? ¿cuarenta y cuatro, cuarenta y seis? En todo caso malísima edad para tipas como tú. Un ERE y te dejaron fuera de plantilla —remacha doña Cristina con tono patronal mientras que la Ana Christie que aún lleva dentro opina que los ricos son siempre causa de gran precariedad amatoria para según qué mujeres que no sirven para otra cosa. Por su parte, la Cristobalina que también lleva dentro tiene algo que añadir al respecto y lo expresa así—: Una-buena-patadaen-el-poto, he ahí lo que mejor explica la generosidad de Flavio para contigo, linda mía, porque, como decimos allá en mi tierra: *Marido rumboso, marido culposo.*

Quizá una mujer menos experimentada que Cristobalina alias Ana Christie, alias doña Cristina, al enterarse de que el gran amor de su hija estaba de nuevo libre, habría caído a continuación en la ingenuidad de albergar esperanzas de que la boda que no tuvo lugar años atrás pudiera celebrarse ahora, pero ella sabe que eso es del todo imposible. Y no porque Flavio no esté dispuesto, a lo mejor sí puede estarlo (los hombres, según su experiencia, son románticos de espoleta retardada y un amor inacabado es siempre un amor maravilloso y deseable de retomar). No es posible porque su niña se ha enamorado de otro. De un perfecto don nadie, según doña Cristina, pero de un hombre bueno, según Cristobalina. Doña Cristina y Cristobalina, naturalmente, están de acuerdo en todo, y, hasta ahora siempre ha mandado la primera sobre la segunda pero... será la edad que debilita las voluntades más firmes. Será el paso del tiempo que ablanda incluso las pieles de yacaré, pero lo cierto es que por un momento la cuzqueña que llegó a Europa treinta años atrás con la maleta llena de sueños prevalece sobre la doña. Y Cristobalina se dice que, en el fondo, es comprensible que, después de tan gran desengaño como el sufrido con Flavio, su hija haya elegido como ha elegido. Porque la cuzqueña, que en toda su vida no ha amado ni ha sido amada nunca por nadie más que por el perro *Pisco,* aunque no lo aprueba, casi —y dice bien *casi*— comprende lo que le ha ocurrido a su niña. ¿Y qué le ha ocurrido? Churri, eso es lo que le ha ocurrido o, lo que es lo mismo, la aparición en su vida de un insignificante camarero búlgaro de nombre Kardam Kovatchev.

Sucedió que, después de aquella ruptura que la llevó, para gran dolor de su madre, a ingresar en una clínica con las muñecas desgarradas y casi desangrándose, Sonia buscó refugio en su trabajo y poco tiempo después había logrado convertirse en una de las más bellas modelos del mundo, en una de las más envidiadas también. Sin embargo, nunca volvió a ser la misma. Tanto es así que meses más tarde, una vez salida de aquella clínica de reposo tan cara, llegaron incluso a arrestarla. A doña Cristina no le gusta recordar este episodio de la vida de su hija, porque hasta el día de hoy no lo entiende. ¿Cómo una niña que puede comprarse todo lo que se le antoje acaba sustrayendo unos pendientes en una joyería? «Es muy común —eso le había dicho el psicólogo chapetón que la había tratado al salir de la clínica— que cuando a una muchacha inestable se la desposee de lo que más quiere, aparezcan rasgos de cleptomanía. Ni siquiera hace falta que haya una tentativa de suicidio de por medio como en el caso de su hija, señora San Cristóbal. Mire los muchos casos que se conocen de actrices y modelos riquísimas. Yo lo llamo "compensación emocional".»

Y con todo, nada de esto era lo peor. Lo peor, según doña Cristina, era que, después de lo ocurrido, su niña, que había vuelto a ser cortejada por otros cuatro o cinco Flavios tan guapos y ricos como él, acabó rechazándolos a todos porque, según ella, ya había elegido a *su* hombre, Kardam Kovatchev, el tal Churri. Un tipo ni guapo, ni rico, ni siquiera inteligente o emprendedor, sino un simple camarero que trabajaba en la clínica en la que estuvo internada tres meses tras su intento de suicidio. «Un perfecto don nadie», eso opina de él doña Cristina. Un mindundi que la conquistó contándole un cuento tristísimo sobre una hermana suya de nombre Cósima. Una muchacha, por lo visto muy parecida físicamente a Sonia, a la que le había pasado algo terrible y muy injusto que doña Cristina ahora no recuerda porque, como es lógico, no prestó la menor atención a los traumas familiares del tal Churri.

Por su parte, la segunda persona de tan particular santísima trinidad, esto es Ana Christie, que es gran lectora de revistas del corazón, ve todo lo sucedido a su niña de manera un tanto distinta de doña Cristina, pero igualmente negativa. Según ella, lo que le pasa ahora a su princesita es algo bastante común entre algunas chicas muy guapas y con todas las posibilidades para triunfar en el amor: sufre el síndrome Estefanía de Mónaco. En otras palabras, pudiendo besar a todos los príncipes que se le antoje, ella prefiere besar ranas.

Dicho esto, queda aún por reseñar qué piensa de tan enojoso asunto la tercera y más antigua persona de esta santísima trinidad. Y en lo que a Cristobalina respecta, existe un matiz extra que no se puede desdeñar de ninguna manera. Es que, según ella, no es sólo que su hija guste de las ranas sino que —ya metidos en comparaciones con el reino animal— lo que la niña ha hecho después de todo lo ocurrido es optar por un hombre muy parecido al difunto perro *Pisco*. En otras palabras: por un ser cariñoso, leal, que la adora —no por cómo es por fuera sino por dentro— un tipo incondicional, bondadoso, con un gran sentido de la familia... y un perfecto chucho cacharento. Por eso, doña Cristina, Ana Christie y por supuesto Cristobalina, que son tres personas distintas pero una sola ambición verdadera, saben que poco se puede hacer ya. Por mucho que ellas se empeñen, no habrá en la vida de su niña más flavios guapos e influyentes. Tampoco habrá boda de postín con la madrina luciendo mantilla negra de blonda como las antiguas señoritas cuzqueñas ni ninguno de esos maravillosos y redentores sueños con los que doña Cristina tanto ha fantaseado a lo largo de años en complicidad con el Señor de los Temblores. Y la culpa de todo la tiene Olivia Uriarte. Ella, que le robó a su hija el amor ideal cuando no era más que una niña condenándola a regresar, qué ironías, al ambiente y grupo social que su madre tanto había luchado por dejar atrás.

—Mira, mami, aquí lo pone muy claro. Olivia quiere que vayamos a su barco los tres, Churri, tú y yo. ¿No te parece guay?

Doña Cristina odia esa palabra. «Guay» engloba toda una filosofía moderna que le parece deplorable. Guay es organizar una fiesta de divorcio pagada por un ex e invitar a un grupo de personas con las que festejar un fracaso matrimonial. Guay es robarle el novio a alguien y a continuación dedicar esfuerzos para hacerse amiga de esa persona como, muy extrañamente, ha hecho Olivia con Sonia en los últimos meses. Guay es también ser tan cándida y buena como su hija y no darse cuenta de que en la vida a veces es mejor ser un poco mala o, al menos, un poco más astuta.

«Sí, hoy en día todo el mundo es guay y *supercool* y buen rollito», resume entonces para sí la doña usando palabras tan cojudas como ajenas a su vocabulario habitual, pero según ella, desde que el mundo es mundo y hasta que el Señor de los Temblores decida que deje de serlo, las pasiones humanas son las de siempre: «Mismitos perros con distintos collares, he ahí la *única* verdad», se dice. Por eso, a pesar de tanto rollo *cool* y superguay, doña Cristina opina que, o mucho se equivoca su instinto, o en esta invitación fuera de lo común algo huele a podrido. ¿Qué será lo que se propone la tal Olivia Uriarte con su convite? La doña echa ahora otro vistazo a la invitación. Lee dos veces más el texto manuscrito mientras intenta descubrir en él algo que se le escape. *Guapísima* ha escrito Olivia Uriarte con su estudiada caligrafía de niña rica. *Atrás te pongo la lista de los invitados, de todos los grandísimos amigos que vendrán a mi fiesta de divorcio...* Doña Cristina vuelve entonces la tarjeta. Lee primero el nombre de Ágata Uriarte y luego el de Cary Faithful acompañado de una tal Miranda. A juzgar por el apellido, Ágata debe ser familia de Olivia, eso está claro y, en cuanto a Cary Faithful ¿será *el* Cary Faithful que se imagina? ¿El de las películas? Ojalá. Con lo que a ella le gusta el cine tendrá al menos esa minúscula alegría, aunque, en su opinión, los actores de ahora no son ni sombra de los de antes, adónde va a parar. Por su parte, el nombre que cierra la lista, el del doctor Pedro Fuguet, le resulta del todo desconocido, de modo que vuelve a girar la tarjeta.

...un grupo de grandísimos amigos... ¿Qué pinta ella, Cristobalina o Ana Christie o incluso la más que respetable doña Cristina entre aquel «grupo»? ¿No es acaso extraño que la incluya en la invitación?

En su vida doña Cristina ha visto muchas cosas raras y sabe que ante ellas existen dos actitudes posibles: una es plantarles cara; la otra, esquivarlas, y ésta es la actitud que suele preferir la mayoría de la gente. Sin embargo, ella no sería esa particular santísima trinidad que es si hubiera evitado situaciones extrañas en el pasado, y no va a empezar a hacerlo ahora.

—Sí, princesita —le dice a su hija— contesta a esa amiga tuya que iremos encantadas. *Encantados* —corrige rápidamente recordando con desagrado que la invitación incluye también al perro *Pisco*.

Luego, y por una inevitable asociación de ideas, Cristobalina dedica un fugaz recuerdo a aquel perro pulguiento, a su viejo amigo, consuelo en tantas noches. ¿No será mejor —piensa— dejar a un lado todo reparo y aceptar que la niña sea feliz con quien elija, sea quien sea? Pero en seguida tanto Ana Christie como doña Cristina neutralizan tan incómodo pensamiento. Cojudeces, claro que *no* es mejor. Además, quién sabe, tal vez quien esté detrás de esta invitación tan rara sea el mismísimo Señor de los Temblores. ¿Por qué no? Quizá todo esto haya sido planeado por él para que la niña conozca por fin a alguien que le haga olvidar a Churri (la esperanza es lo último que se pierde). Y si no es así, a lo mejor la razón es otra. Como por ejemplo, permitir que ella, Cristobalina Sosa, encuentre el modo de darle a Olivia su merecido por interferir en los designios de alguien como servidora, que siempre ha conseguido cincelar su destino y el de su hija como si fuera un bajorrelieve mochica y sin reparar en obstáculos.

«"La venganza es mía", eso dice el dios de la Biblia, el justiciero Yavé —recuerda ahora la doña—. Sin embargo, es necesario recordar siempre que para que Papalindo haga sus milagritos allá arriba, alguien acá abajo tiene que poner los panes y los peces. ¿Verdad que sí, Taita-Dios?»

—¿Quieres mi hijita que te prepare un baño calentito en la tina, con sus aceites y perfumes? —le dice a continuación la madre mientras se acerca a darle el beso en la frente que todas las mañanas marca el comienzo del día para ambas—. ¿Un bañito ni muy frío ni muy caliente y con dos pastillitas de aroma de ámbar con magnolia? ¿O te gusta más de ámbar con azahar? ¿Azahar prefieres? Claro que sí, preciosura, el azar es algo muy importante en la vida de las personas, si lo sabré yo. Ahora dale otro beso a tu mamá. Ella se va a ocupar de todo lo relacionado con este viaje. Como siempre, mi princesita.

ÚLTIMO INVITADO, EL DOCTOR FUGUET

Dos años. Ése era el tiempo que Pedro Fuguet llevaba sin noticias de Olivia Uriarte: veinticuatro largos meses, ciento seis semanas, setecientos treinta interminables días con sus noches en las que su vida había sido plácida pero también plana como los son aquellas que carecen del divino (otros opinan que el maldito) desasosiego de una pasión. Y durante todo este tiempo Pedro Fuguet había logrado adaptarse bien a las ventajas de una vida sin sobresaltos, en la que el timbrazo del teléfono no provocaba en su cerebro una corriente eléctrica tanto de alegría como de temor y en la que los sobres de correo no eran sospechosos de contener nada más inconveniente que una multa de tráfico.

«Dios mío —pensó mientras extraía aquella carta del buzón—. Es de ella», y acto seguido, al notar el temblor de su mano izquierda, se maravilló de cuánto se equivoca el bolero cuando dice que la distancia es el olvido. De lo mucho que mienten también los libros de autoayuda, esos que sostienen que hay cura para el mal de amores. Y de cómo se columpian por fin todos los tratados de antropología moderna que aseguran que el enamoramiento no es más que un cóctel de endorfinas con dopamina o serotonina y que dura exactamente treinta meses.

A diferencia del resto de las personas que hasta ahora habían recibido la invitación de Olivia Uriarte para embarcar en el *Sparkling Cyanide*, Pedro Fuguet no retrasó ni un instante el momento de rasgar el sobre. ¿De qué le serviría hacerlo? Sabía que fuera cual fuese el contenido, no tendría más remedio que obedecer sus mandatos.

Una vez leída la tarjeta, apenas le sorprendió el hecho de que su antigua amiga celebrara de modo tan poco usual su nuevo divorcio, uno más. Tampoco prestó demasiada atención a la lista de invitados que, dicho sea de paso, le resultaban todos desconocidos. En cambio, lo que sí llamó su atención fue la firma de Olivia. Y es que él conocía cada trazo de aquella rúbrica, la había visto muchas veces en cheques, en papeles oficiales, en los documentos que ambos habían falsificado juntos. «El crimen une tanto», eso le había dicho ella más de una vez, mientras le regalaba una de esas maravillosas sonrisas suyas que tenían la virtud de derretir icebergs y también conciencias. «Aquellos que delinquen unidos permanecen unidos», había dicho, y sin duda, así habría sido, ligados para siempre por tan corredizo nudo si él no hubiese logrado juntar coraje y cortar.

Y es que, desde el comienzo de su relación varios años atrás, ella tenía por costumbre aparecer y desaparecer de la vida de Fuguet a su antojo, hasta que un día él logró no verla más. Se había dejado jirones de piel y también de alma al hacerlo, pero lo había conseguido. O al menos eso creía hasta que recibió aquella carta. Pedro Fuguet podría haber cavilado a continuación qué nuevos sufrimientos y peligros se anunciaban con la llegada de la invitación de Olivia. Podría haber reflexionado también sobre lo que era ahora su vida en comparación con lo que fue años atrás cuando Olivia reinaba en ella, pero en lo único que atinó a pensar fue en la firma que tenía delante y lo que ésta delataba. Él no era grafólogo ni mucho menos adivino pero algo en esos trazos inciertos y en la vacilante forma de la «O» mayúscula, que dejaban traslucir un cierto temblor, lo convencieron de que no había duda: «Dios mío —se dijo—, algo muy serio le sucede y necesitará mi ayuda. ¿Qué voy a hacer entonces?»

Era sábado. En la vida sin contratiempos que de dos años a esta parte se había forjado con tanto esfuerzo, los sábados de Pedro Fuguet estaban dedicados a la jardinería, y allí se encontraba él ahora, en el patio, podando su único rosal. Vivía en una pequeña y vieja casa de ferroviario, cerca de la estación de un pueblo cercano a Madrid, una que él mismo había ido reformando poco a poco y de la que se sentía orgulloso. Se trataba de un edificio de posguerra construido con materiales de entonces, de baja calidad: ciento quince metros cuadrados repartidos en tres minúsculas plantas. «Una torrecita alta y estrecha como en la que vivía encerrada Rapunzel», eso había dicho Olivia cuando Fuguet la llevó a conocer el edificio antes de la reforma, casi cuatro años atrás. «¿Que quién es Rapunzel, dices? Tesoro, hasta los niños lo saben. Es esa doncella de larguísimos cabellos rubios de la que hablan los hermanos Grimm y que vivía prisionera de una bruja en una alta y estrecha torrecita sin puerta y con un solo ventanuco allá arriba. "¡Rapunzel, Rapunzel, tira tus trenzas de oro!", gritaba desde abajo la hechicera cuando le llevaba de comer, y entonces la doncella no tenía más remedio que dejar caer sus largas trenzas para que la malvada trepara por ellas. Hasta que un día llegó un príncipe...»

Aquí acababa Olivia su relato con una gran carcajada, no sin antes explicar que —a pesar de su casi metro noventa de estatura— él era Rapunzel, el de las trenzas de oro encerrado en su torrecita; ella, la mala hechicera que lo iba a visitar siempre que le daba la gana, y que príncipe no había ni se le esperaba.

Pedro Fuguet nunca había leído a los hermanos Grimm. Sus lecturas infantiles iban más por Julio Verne y el Capitán Trueno, pero años más tarde, cuando ya Olivia había desaparecido de su vida, consultando internet logró comprobar que su historia con Olivia Uriarte guardaba muchas similitudes con la de Rapunzel. Y es que aquella casa suya tan alta y estrecha había sido punto de encuentro siempre que ella necesitaba algo y él, muchas veces a su pesar, la dejaba entrar y disponer a su antojo... pero en fin, qué más daba todo eso ahora, para bien (y para mal), las visitas de Olivia eran cosa del pasado.

En los años que habían transcurrido desde la despedida definitiva, Fuguet había logrado erradicar por fin de su casita de ferroviario todos los recuerdos de Olivia. A Dios gracias, porque, según él, casi lo más doloroso de los amores fracasados es la captura y exterminación de todo lo que recuerde a aquella persona, tantos minúsculos y terribles fantasmas. Afortunadamente, en su caso la «limpieza» no entrañó la eliminación de fotos, libros, ni mucho menos (y gracias al cielo) otros efectos personales como ropa o lencería íntima. Ya fuera por suerte o por desgracia, Olivia nunca había pasado allí más que unas horas, lo que libraba a Fuguet de eso que Joaquín Sabina certeramente llama «la maldición del cajón sin su ropa». Pero los amores desdichados dejan su rastro por todas partes, opinaba él, incluso donde no han reinado nunca. Por eso a Fuguet le había llevado años eliminar de su vida otros espectros que se manifiestan de muy diversa manera. Aquellos, por ejemplo, que asaltan la primera vez que se hace algo sin la persona amada, ya sea pasear por cierta calle, oír determinada música, o degustar su plato preferido. Sí, según Fuguet, la vida de quien se ha amputado voluntaria —o no tan voluntariamente como en su caso— un amor, está llena de dolorosos muñones, y él los conocía todos. Los conocía y los creía cicatrizados, y sin embargo, igual que dicen que aquellos que han perdido una mano o un pie sienten a veces picor en sus inexistentes extremidades, Fuguet descubrió esa mañana que también los dedos del alma dolían como si no se los hubiese cercenado varios años atrás.

Tal vez por eso ahora, en su patio y junto a su único rosal, al mirar desde la puerta de la calle su bonita casa de ferroviario, Pedro Fuguet la vio de pronto destartalada y vieja tal como era antes de la reforma, cuando Olivia llenaba su vida. E incluso le pareció oír el repiqueteo del timbre alegre e impaciente que anunciaba su llegada con un: «¿Estás ahí Fug?»

Nadie antes ni tampoco después le había llamado Fug, era un nombre absurdo, pero sonaba tan bien en sus labios. «Mira, he traído todos los papeles que necesitamos para conspirar, vamos dentro», añadía ella entonces. Y qué deliciosas eran esas tardes juntos, solos los dos, cuando Olivia reinaba en su vida y el mundo exterior dejaba de existir. De la vieja casa, sólo la planta superior estaba más o menos habitable en aquella época y allí se encerraban ellos, como Oli decía, a conspirar. ¿Y de qué tipo de maquinaciones se trataba? Pedro Fuguet prefería no pensar en eso por el momento, sino en rememorar los besos, las caricias, los deliciosos juegos de amor que Olivia le regalaba antes de entrar en materia. «Reconócelo, te vendiste a esa mujer por un mísero plato de lentejas.» Algo así le había dicho Perkanta X, una amiga que se había hecho por internet el año pasado, y que era la primera persona a la que se había atrevido a confesar al menos en parte su vieja historia de amor. Pero ¿qué demonios podía saber Perkanta X, que vivía en Jujuy, Argentina? Desde la distancia (y la ignorancia) lo suyo con Olivia es lógico que pareciera una relación desigual: él había arriesgado, entregado y también perdido mucho, mientras que ella le había dado a cambio lo que, en palabras de Perkanta, eran sólo lentejas o peor aún, migajas de un cariño. «Pero ¿se pueden realmente considerar migajas —pensaba a menudo Fuguet— varias tardes de amor de un mendigo con una reina?»

Fuguet rememoró cómo se habían conocido. Él tenía veintisiete años, acaba de llegar de Soria y comenzaba a ejercer como ginecólogo en una pequeña clínica privada cerca del paseo de La Habana. Por eso le sorprendió tanto que una mujer como Olivia apareciera un día por su consulta; más aún, que le pidiese que fuera su médico de ahí en adelante, porque las señoras de su clase tienen siempre ginecólogos de campanillas, no jóvenes inexpertos y sin pedigrí como él. «Pero es que yo me parezco muy poco a esas cacatúas de las que hablas, ya te irás dando cuenta», le había respondido ella mientras le dedicaba la primera de sus sonrisas derrite-icebergs, y desde ese día se había colado en la vida de Fuguet, iluminándola entera. Por eso era mentira que él se vendiera por un plato de lentejas, tonta e ignorante Perkanta X. Olivia se había convertido, para empezar, en su paciente; las conspiraciones vendrían más tarde, y hasta cierto punto a él le gustaba pensar que, incluso, la primera idea de saltarse la legalidad había sido suya y no de ella.

Por aquel entonces, Olivia acababa de divorciarse de su tercer ¿o era su cuarto? marido, pero aún así —o quién sabe si precisamente por eso— su mayor deseo era tener un hijo. Según llegó a confesarle a Fuguet, en los últimos años lo había intentado todo sin éxito: tratamientos de fertilidad, inseminaciones, fecundación in vitro, curanderos, charlatanes, rogativas. «En realidad sólo me falta vender mi alma al diablo. Y lo haré, puedes estar seguro, cuando no me quede más remedio, pero antes me gustaría que me ayudaras.» Eso le había dicho la tercera vez que acudió a su consulta, muy poco antes de que comenzaran los periódicos encuentros en casa de él. La carrera profesional de Pedro Fuguet no era tan corta como para ignorar que existen mujeres capaces de cualquier cosa con tal de tener un hijo. Y las que están diagnosticadas desde muy jóvenes como estériles más aún. En sus años de MIR, Fuguet había visto cosas increíbles. Mujeres que hipotecan su casa o se prostituyen con tal de pagarse una inseminación artificial. Mujeres que engañan a maridos que ellas suponen estériles con el único propósito de quedar embarazadas. Mujeres que hasta llegan a robar criaturas del nido y luego aseguran que son suyas. «Yo también estoy dispuesta a eso y a lo que haga falta. Tú me ayudarás ¿verdad, Fug? Júralo.»

Él entonces se había reído diciéndole que no necesitaba convertirse en una asalta cunas, que había otros métodos para conseguir su deseo. Primero, porque ella era aún joven pero es que, además, suponiendo que su problema fuera irreversible, existía siempre la posibilidad de una adopción. Algo que, a pesar de no estar casada en ese momento, con su dinero e influencias no tenía por qué ser demasiado difícil.

Así empezó todo. Las primeras conspiraciones a las que se refería Olivia habían sido muy inocentes. Consistían en cosas tan relativamente sencillas para Fuguet como extenderle un certificado médico en el que se aseguraba que Olivia no estaba sometiéndose a ningún tratamiento de fertilidad, requisito éste obligatorio para iniciar los largos y complicados trámites de una adopción. Un punto, por cierto, sobre el que las autoridades no admiten engaños. Era falso que ella no estuviera en tratamiento. Como pronto descubrió Fuguet, Olivia seguía intentándolo mes tras mes con uno de esos ginecólogos de moda en Madrid «... Pero lo hago sólo por si suena la flauta, Fug. Todas las mujeres que estamos en esta triste situación jugamos a dos barajas ¿tú me comprendes verdad?»

Naturalmente que la comprendía y, a medida que ella se refugiaba más en él, ayudarla se convirtió en su único deseo. En realidad lo habría hecho sin contrapartida alguna, por una mirada, por una sonrisa siquiera, pero Olivia se había mostrado mucho más generosa que todo eso, y fue por aquel entonces cuando comenzaron a hacerse frecuentes sus citas fuera de la consulta, sus divinos encuentros en la casita de ferroviario. «Porque ahora, además de ser mi médico y mi cómplice, eres mi amante, Fug», le dijo una tarde, y aquel título que era tanto más grande que todo lo que Pedro Fuguet jamás se había atrevido a soñar, le pareció muy poca contrapartida a cambio de esa primera falsificación que ella le había solicitado, una que, por cierto, es bastante común desde que se han puesto de moda las adopciones. Pasaron varios meses, seis o tal vez siete. En una ocasión Olivia había quedado embarazada y Fuguet, a pesar de ser ginecólogo, a pesar también de saber las remotísimas posibilidades de que tal cosa fuera posible, llegó a fantasear con la idea de que el bebé fuera suyo y no de una probeta. Sin embargo el cuerpo de Olivia no logró retener aquel feto más allá de unas semanas y las ilusiones de ambos se malograron. Ni uno ni otro se detuvieron demasiado a sentir lástima de sí mismos; había que seguir adelante. Olivia debía ocuparse de la desesperante carrera de obstáculos a la que las autoridades someten a las personas que aspiran a adoptar un bebé: papeleos, entrevistas psicológicas, cursillos, súplicas, sobornos... Y durante toda esta larga ordalía, él estuvo a su lado, ayudándola a preparar las entrevistas, conjurando sus temores, mirando hacia otro lado mientras ella intentaba comprar voluntades. «Dios mío, parece que se aprovechan de la desesperación de personas como yo, cuántos requisitos estúpidos, cuántas trabas, eso por no mencionar que, en mi caso, al tratarse de una maldita adopción monoparental todo es mucho más difícil. Tal vez debería buscarme un nuevo marido. ¿Tú qué opinas, Fug?»

(Por un divino segundo él pensó que le estaba proponiendo matrimonio. Pero no, claro que no, las reinas nunca se casan con mendigos ni las damas con vagabundos, a menos que sea en una película de Walt Disney.)

—Estoy harta de todo, Fug, voy a agenciarme un marido para que no me den más la lata. Bueno, para eso y también porque se me está acabando la pasta. Qué vida ésta en que la felicidad resulta siempre tan cara.

Si fue después de esta última declaración de intenciones cuando comenzó a fraguarse su desgracia, Fuguet no llegó a ser consciente en aquel momento. Ahora, en cambio, con la perspectiva que dan los años y la distancia, aquellas palabras de Olivia se le antojaban anticipatorias de todo lo que ocurriría poco después. Y lo primero que sucedió fue que a ella le denegaron el certificado de idoneidad para adoptar. La suerte de las personas depende a menudo de pequeñas mezquindades, de la necesidad de un funcionario o funcionaria de demostrar quién manda y Olivia tuvo esa mala fortuna. Bastó que coincidiera la presencia de una inspectora muy poco sensible a los encantos de Olivia con el soplo que recibió de que continuaba con los tratamientos de fertilidad para que la declararan no idónea. Eso cerraba toda posibilidad legal de adopción, pero Olivia no estaba dispuesta a darse por vencida. Después de una tarde los dos en la cama, ella entregada a las más terribles manifestaciones de autocompasión y Fuguet al divino placer de consolarla y acunarla como una niña, Olivia desnuda y muy pálida se secó las lágrimas y lo miró a los ojos.

—Ayúdame, Fug, tú eres el único que puede.

—No sé qué más puedo hacer —le respondió él—. Ya me he metido en un lío extendiéndote un certificado falso por el que seguro me abrirán expediente. Sabes que por ti soy capaz de cualquier cosa pero…

Nunca debió pronunciar aquellas palabras porque con una determinación, con una calma que a Fuguet se le antojó terrible, Olivia comenzó a desgranar su próxima petición:

—Mi felicidad está en tus manos, sólo tienes que hacer lo que yo te diga.

—¿Y qué es eso, mi vida?

Olivia acababa de liberarse del abrazo de Fuguet y lo miraba erguida, desnuda y fría, como una estatua.

—He estado haciendo mis averiguaciones. Hay otros métodos para conseguir un bebé y son muy sencillos para alguien como tú.

—¿Como yo? —había repetido él genuinamente sorprendido—. No sé a qué te refieres.

Olivia entonces comenzó a hablar de un mundo sórdido del que Fuguet no tenía noticia o que, en el mejor de los casos, consideraba una leyenda urbana. Habló de los vínculos que unen a ciertos médicos de renombre con abortistas y a estos con comadronas y enfermeros sin escrúpulos. Habló también de clínicas privadas, en apariencia respetables, en las que conviven partos normales con otros que no lo son tanto. Lugares en los que adolescentes, apenas niñas a veces, dan a luz y luego se les retiran sus bebés, en ocasiones por voluntad propia, otras asegurándoles que la criatura murió en el parto. Habló por fin del nada desdeñable negocio que se mueve alrededor de estos alumbramientos y lo hizo con tal precisión y abundancia de datos que a Fuguet no le quedó duda de que había dedicado muchas horas y no poco dinero a hacer sus averiguaciones. «Estás loca —la interrumpió entonces—. Aun suponiendo que ese submundo que dices exista, yo desde luego no quiero tener nada que ver con él. Además, piensa un poco Olivia. Una vez que te entreguen a la criatura ¿Cómo vas a legalizarla? ¿Y cómo te asegurarás de que esos desalmados no te harán chantaje una y mil veces, que te compliquen la vida con...?»

Ella le dejó hablar. Luego, fría y muy pálida, se levantó de la cama y comenzó a vestirse ante él. Lo hizo lentamente, con tal deliberación que a Fuguet no le cupo la menor duda de que era la última vez que la veía, a menos que hiciera algo por retenerla. Olivia comenzó primero por ponerse su collar, luego los anillos, los pendientes. Se puso a continuación la blusa negra cubriendo muy poco a poco el pecho desnudo, demorándose en abrochar uno a uno los botones. Era un juego perverso porque su pubis continuaba ahí, expuesto para que él pudiera admirarlo. A continuación se agachó para ponerse los zapatos, que eran altos y tan provocativos... «Dios mío, que acabe esta tortura —pensó Fuguet—. Olivia, vida mía. Olivia, mi amor.» Alargó entonces una mano deseando desesperadamente tocarla y, contra todo pronóstico, ella se lo permitió. Estaba helada.

Dos días más tarde comenzó para Pedro Fuguet la parte de su existencia que él desearía borrar para siempre, fingir que nunca tuvo lugar. Ojalá —había pensado mil veces desde entonces— que la vida se pareciera un poco más al maravilloso mundo de internet en el que basta con pulsar la tecla *supr* o *delete* para que todo desaparezca sin dejar rastro. Pero no. La vida no tiene tecla *supr*. Por eso, aunque Fuguet procuraba no pensar en aquellos meses que vinieron a continuación, todo permanecía en su memoria, archivado de forma indeleble. Primero el modo en que, siguiendo indicaciones de Olivia, él entró en contacto con un submundo que, para su enorme sorpresa, resultó que existía en su lugar de trabajo: casual o no tan casualmente en esa clínica próxima al paseo de La Habana en la que él pasaba consulta. ¿Puede uno ser tan cándido o ciego que no ve según qué cosas? Por increíble que parezca, así era y, después del primer estupor al descubrir qué respetables nombres formaban parte de aquel entramado clandestino, lo que más llamó la atención de Fuguet fue la forma en la que se conducían las... negociaciones, digamos, y el modo tan profesional de tratar ciertos asuntos. En conversación con compañeros de trabajo que ahora lo miraban con una mezcla de sorna y displicencia como quien dice «también tú eres de los nuestros», aprendió entonces que las formas se mantienen siempre en las transacciones inmorales, tal vez para convencerse unos a otros de que no lo son tanto. Por eso no se hablaba de madres, por ejemplo, sino de «cedentes». Las criaturas no eran bebés sino sólo «adopciones», los médicos y comadronas que atendían este tipo de partos eran «facilitadores», mientras que la mujer que buscaba hacerse con un bebé era «la clienta» y el pago de todo el proceso no era soborno o mordida, naturalmente, sino un simple abono «al contado y nada de cheques, por favor».

Así, tras algunos trámites, paradójicamente mucho menos engorrosos y largos que los de una adopción legal, Olivia ya estaba apuntada para un «advenimiento» que debía producirse un par de meses más tarde. Y una vez entrado en aquel submundo, Fuguet comprobó además con qué rapidez las cosas irregulares comienzan a verse como normales. Uno de aquellos colegas suyos le había indicado, por ejemplo, que, previo pago de una módica suma adicional, podía organizarse para que su «clienta» viera de modo confidencial a la «cedente». «Nada más fácil —había añadido aquel tipo— venid los dos a mi consulta el martes, ella estará ahí con un familiar para su revisión mensual. Porque como ya irás viendo, Fuguet, aquí todo se lleva con rigor y mucha profilaxis. Además, así podréis comprobar la clienta y tú lo guapa que es la cedente.»

Él le había suplicado a Olivia que no acudiera, que para qué añadir más carga emocional a todo el proceso, pero ella, adoptando una vez más esa actitud de helada esfinge que Fuguet tanto temía, le había dicho que daba igual lo que dijese, que iría con o sin él. Por eso, tres días más tarde, a los ya abundantes fantasmas que rondaban la cabeza de Pedro Fuguet se unió uno nuevo. La carita de una niña búlgara de trece años que no aparentaba más de diez u once y a la que su padre había metido en aquel «negocio». Una cara y una expresión entre aterrada y desvalida que, de ahí en adelante, tendría para Fuguet un nombre: Cósima. Conocer el nombre de la cedente estaba totalmente «contraindicado» en aquel submundo, pero sucedió que al padre de la muchacha se le escapó en una ocasión y por eso aquellas tres sílabas pasaron de inmediato a engrosar para Pedro Fuguet las huestes de sus pesadillas. Y si existiera esa bendita tecla *supr* o *delete* en la vida de las personas, él habría hecho desaparecer de su memoria dicha escena presenciada desde detrás de un cristal trucado tras un espejo. Pero, más aún, habría borrado y para siempre lo ocurrido apenas nueve semanas más tarde durante el parto. Aquel acontecimiento tuvo, además, varias notas sórdidas suplementarias porque, para que la cedente y los facilitadores no tuvieran problemas y todo fuera más fácil para la clienta, que había pagado una suma adicional para presenciarlo, el «alumbramiento» no se produjo en la clínica del paseo de La Habana sino en casa de Cósima, en unas condiciones que no podían ser más deplorables. Por eso, entre todos los fantasmas y recuerdos que Pedro Fuguet tuvo años para conjurar sin éxito, había uno que atormentaba sus sueños más que el resto. El grito de la madre-niña tumbada en su cama —tan infantil, tan incongruente con un ratón Mickey dibujado en el cabecero— al ver el rostro aún sanguinolento de su bebé.

Por lo general, y según supo Fuguet más tarde, se tomaban todo tipo de precauciones para que «contratiempos» como éste no tuvieran lugar, pero a veces ocurrían imprevistos. Por eso nadie, ni los facilitadores ni desde luego él, que había presenciado el parto con el alma sobrecogida, pudieron prever lo que iba a ocurrir. La criatura acababa de nacer oculta tras la preceptiva sábana verde, cuando la madre, en una reacción rapidísima e imprevisible en alguien en sus circunstancias, la apartó de un manotazo. Y he aquí por tanto la razón de que ahora Fuguet aún se estremezca al recordar, al revivir cómo aquella madre, aquella niña, suplicaba a gritos que le dejasen dar un beso a su bebé, uno solo, de despedida.

La escena duró apenas unos segundos. De inmediato el padre de Cósima se abalanzó sobre su hija tapándole la boca al tiempo que los facilitadores envolvían a la criatura en una toalla, para llevársela de allí, fuera, lejos, hacia el mundo que entre todos le habían comprado, mientras Fuguet, en una esquina de la habitación, la cara vuelta hacia la descolorida pared, temblaba de arriba abajo sin haberse decidido —cobarde, maldito cobarde— a intervenir.

Supr, supr, supr.

Y si la vida tuviera esa bendita tecla, Fuguet la oprimiría aún una, dos, hasta tres veces más para borrar una nueva serie de escenas que también se agolpan en su memoria. Por suerte estas que vienen a continuación tienen al menos la generosidad de presentarse rápidas, fugaces, casi inasibles. De ahí que, en el patio de su casa, con la invitación que acaba de recibir por correo en una mano y las tijeras de podar en la otra, Pedro Fuguet vea de pronto y muy brevemente la maravillosa sonrisa de Olivia Uriarte. En su recuerdo ella se encuentra asomada a la cuna de su bebé y le mira al tiempo que dice: «¿Verdad que es guapísima mi hija, Fug?»

Clara, así se llama la criatura y su nombre no puede ser menos adecuado. Clara es oscura, feúcha y enfermiza, pero es tan rápido el desfile de los recuerdos de Fuguet que, al instante, desaparecen las caras de Olivia y de Clara para dar paso a otra escena. La de él apenas unos meses más tarde en este mismo patio recogiendo del buzón un sobre, igual que acaba de hacer minutos antes con la invitación de Olivia para embarcar en el *Sparkling Cyanide.* Y en esa misiva anterior puede verse la misma caligrafía que en el de hoy, sólo que aquí la forma de la «O» de Olivia y la de todas las demás letras es firme, despreocupada:

Querido Fug:

Sé que te alegrarás de saber que soy muy feliz. Acabo de casarme. Aquí te incluyo una foto de Flavio, Clara y yo en Bahamas. Los tres te mandamos muchos besos.

Te quiere,

Olivia

Ahora, tanto tiempo después, al recordar aquella breve nota, Pedro Fuguet vuelve a sentir lo mismo que sintió ese día, cómo el sol allá arriba parece girar a gran velocidad en el cielo hasta que todo se vuelve negro. Y él lo mira sin comprender cómo se puede pasar en un segundo del día a la noche, de la luz a las tinieblas. Pedro ni siquiera había oído hablar del tal Flavio hasta ese momento. Cierto que, de un tiempo a esta parte, Olivia estaba muy ocupada, con muchos viajes, según ella. Cierto también que hacía varias semanas que no lo visitaba en su casita de ferroviario, pero ella era así, entraba y salía con frecuencia de la vida de Fuguet y hasta ahora no habían significado nada sus ausencias. Hasta ahora.

Desaparece también este recuerdo para dejar paso a otro. Y esta vez se trata de uno no visual sino acústico, el del alegre repiqueteo del timbre de calle con una contraseña que le es muy familiar, un timbrazo largo y dos cortos:

—¿Estás ahí Fug?

Y a este recuerdo únicamente le falta añadir «Rapunzel, Rapunzel tira tus trenzas de oro» como en el cuento de Grimm puesto que, cuatro o cinco meses después de la carta en la que anunciaba que se había casado, Olivia rcapareció un día por casa de Pedro Fuguet como si tal cosa. Él la dejó entrar sin hacer preguntas, y dos tardes, dos divinas tardes siguieron a esa visita en la que Olivia no había hablado de nada que tuviera lugar fuera de los muros de aquella casa. «Para que sea como siempre entre nosotros. Tú y yo contra el mundo Fug, bésame.» Y él la había besado, claro que sí, con tanto fervor, con tanta desesperación, con tanto alivio también, hasta que ella de pronto se zafó de su abrazo para rodar al lado opuesto de la cama y mirarlo con una de sus ya conocidas sonrisas. «Te necesito, Fug, tienes que ayudarme.»

Si todos los anteriores recuerdos habían volado fugaces a su alrededor, el que viene a continuación es aún más misericordiosamente breve. Por eso Fuguet apenas tiembla al revivir la siguiente escena. Los dos desnudos sobre sábanas revueltas, su largo cuerpo envolviendo la espalda de Olivia acunada en él «como cucharitas guardadas juntas en un cajón, Fug; me encanta estar así contigo, me siento protegida», exactamente eso había dicho ella justo antes de liberarse de su abrazo y añadir:

—Y ahora escucha: necesito que me ayudes, quiero devolver a Clarita.

Al principio le pareció que no había entendido bien; el tono empleado por Olivia era trivial, despreocupado. Sin embargo, las siguientes palabras que pronunció no dejaban lugar a dudas.

—Sí, me has comprendido perfectamente, quiero devolver a la niña. ¡Vamos Fug! no me mires así, ya va siendo hora de que bajes de tu nube particular. Esto es la vida real y cosas así pasan todos los días. Sólo tú en tu torrecita de marfil sigues creyendo en los cuentos de hadas, pero el mundo es como es y no como nos gustaría que fuera. Venga, tonto, no pongas esa cara, no soy ningún monstruo. ¿Sabes qué porcentaje de adopciones fracasan? ¿Sabes cuántas devoluciones de niños se producen? En este año y sólo en Madrid, ha habido entre quinientas y seiscientas, ésas son las estadísticas, te las puedo enseñar.

—Tú siempre tan bien documentada —acertó a decir Fuguet, recordando cómo, antes de adoptar a Clarita, ella también había hecho averiguaciones tan precisas como aterradoras. Pero Olivia aventó sus ironías con un impaciente vaivén de la mano.

—Es verdad, me gusta estudiar bien las cosas antes de actuar. ¿Quieres más estadísticas, Fug?, yo te las daré. El noventa y cinco por ciento de los niños adoptados tiene problemas psicológicos al crecer y sólo el quince por ciento no cuestiona jamás el vínculo. Clarita es aún muy pequeña, pero ya se ve que no será una niña feliz ni tampoco sana. No puede serlo, porque yo nunca debí sacarla de la vida que le correspondía por nacimiento. Éste es mi castigo por querer torcer el destino de una criatura. Además, existe otra razón importante para replantearme su futuro. Estoy embarazada, Fug, y esta vez mi médico asegura que todo saldrá bien. ¡Por fin tendré un hijo, uno mío de verdad! Con un poco más de suerte será chico, que es lo que quiere Flavio. Ya sabes lo importante que es para un hombre, sobre todo para uno tan tradicional como él, que sea un varón y de su sangre, así me lo ha dicho. ¿Y sabes?, al final, a pesar de tanta liberación y tanta zarandaja, las mujeres somos así de tontas: siempre queremos complacer a quien amamos. Pero dime: ¿no te alegras por mí, Fug? ¿Verdad que me ayudarás a encontrar a la madre de Clara para devolverle su niña? ¡Se pondrá tan contenta! Serán felices ellas dos. Y yo también.

Supr, supr, supr.

Hasta aquí lo que Pedro Fuguet tanto desearía borrar. Sin embargo, a partir de este momento, los recuerdos siguientes sí merecen en cambio que los rememore. Que recuerde por ejemplo el modo en que él había reaccionado al oír todo lo anterior, y cómo, sin que le temblara apenas la voz, fue capaz de hacerle creer a Olivia que la ayudaría a conseguir sus deseos a sabiendas de que jamás lo haría.

Si eligió mentir fue porque era la única manera de sacarla de su cama, de su casa, de su vida. Porque así, una vez fuera, sin ella delante, sin el sonido de su voz ni el perfume de su cuerpo, sin la maldición de su mirada ni el extravío de su sonrisa, le sería un poco más fácil no contestar sus llamadas. Resistir al apremio de sus sms y de sus mensajes en el contestador a veces imperativos, otros en tono de súplica. Resistir incluso al repiqueteo del timbre de su casa con aquella consigna de un timbrazo largo y dos cortos seguidos de un alegre: «¿Estás ahí Fug? Venga abre, no seas tonto.»

Fue así cómo, a partir de ese día, Rapunzel se cortó las trenzas para que aquella hechicera no pudiera trepar nunca más hasta su interior. Más que un corte fue una amputación para atajar una gangrena, pero lo cierto es que lo había conseguido y se sentía orgulloso. Y no flaqueó ni una vez, ni siquiera el día en que —casi un año más tarde— el azar tuvo a bien desvelarle del modo más imprevisto el epílogo de su fallido cuento de hadas. Pedro Fuguet jamás leía revistas de chismorreos. Las evitaba, por si alguna de ellas hablaba de Olivia. Por eso debió de ser más el destino que un empujón casual una mañana en el atestado autobús que lo llevaba al trabajo, lo que hizo que su cara aterrizase de bruces entre las páginas de una de aquellas revistas. «Perdone señora», le dijo a la dueña de la publicación, y ya se incorporaba cuando vio una foto de Olivia llorando apoyada en el hombro de alguien. «Dios mío», pensó, e intentó evitar mirar con más detenimiento. Pero el titular era demasiado grande como para no leer aun sin desearlo. *La doble tragedia de Olivia,* rezaba a tres columnas, y luego en letras más pequeñas había un subtítulo: *A la muerte de su bebé se añade ahora la pérdida de su hija mayor, Clara.*

Con el empalagoso y sensacionalista estilo habitual de estas publicaciones, se contaba a continuación cómo Olivia Uriarte había tenido la mala fortuna de sufrir un accidente de coche en plena ciudad en el que había muerto en el acto su hija de menos de un año. Una niñita que según pudo enterarse entonces Fuguet se llamaba Caridad. En cuanto a Clara, que viajaba en el asiento de atrás, nunca superó el coma en el que había caído y murió también después de unas semanas.

Tras leer esto, el primer impulso de Pedro Fuguet fue telefonear a Olivia de inmediato, decirle que él estaba ahí, en el mismo lugar de siempre, para todo lo que pudiera necesitar, que la quería, que todo estaba olvidado... Sin embargo, lo detuvo el miedo a la gangrena. Su amor por ella había devorado gran parte de su alma y no podía permitirse que devorara el resto, había aún demasiadas heridas sin cicatrizar, demasiados muñones en carne viva. Además, era evidente que, a pesar de lo ocurrido, Olivia no había vuelto a intentar ponerse en contacto con él. De haberlo hecho, no habría tenido más remedio que acudir, que obedecer, pero por lo que se ve, la vida le daba una tregua, no debía ni podía desaprovecharla.

Dos años exactos. Ése era el tiempo que había transcurrido desde la lectura de aquella revista hasta la llegada de la carta de Olivia. Mientras, él había cambiado un par de veces de lugar de trabajo. Ahora era médico en un gran hospital de las afueras, tenía reconocimiento profesional y una situación económica que empezaba a ser desahogada. En su vida personal, en cambio, no había muchas novedades. Seguía —tal como hubiera dicho Olivia— «encerrado en su torrecita de Rapunzel y tan solitario como siempre». Claro que, de un tiempo a esta parte, hasta las torrecitas inexpugnables estaban mucho más conectadas que antes. Conectadas y a la vez a salvo de toda invasión, que era precisamente como a él le gustaba sentirse. Y es que se daba la circunstancia de que, una vez que se cortó las trenzas, Pedro Fuguet se había dejado crecer otra cabellera aún más larga. Una tupida e infinita trenza que, por un lado, lo conectaba con el mundo exterior, y por otro lo preservaba de él y sus demonios.

«Internet», he ahí el nombre de su nueva cabellera, o mejor aún, de su nueva amante, una casi tan extraordinaria como su amada anterior y desde luego mucho menos tiránica. Por eso, si alguien se hubiera asomado a la ventana más alta de la casita de ferroviario de Pedro Fuguet, allá arriba, en esa misma habitación aislada del mundo que había sido testigo de su historia de amor con Olivia, habría podido ver, noche tras noche, a su propietario entregado a su nueva relación amorosa. ¡Y eran tantas las satisfacciones que su muy complaciente amante le prodigaba sin pedirle nada a cambio!: entretenimiento, consuelo, sabiduría; tantas y tan maravillosas sorpresas sin moverse siquiera de su asiento. Pero sin duda el mayor placer que le proporcionaba su amada internet era la posibilidad de entrar en relación con muchos corazones solitarios repartidos por el mundo que él se imaginaba encerrados en otras tantas torrecitas altas y aisladas como la suya. Personas de diversa edad y condición con las que establecer relaciones tan intensas o fugaces como se le antojara en cada momento. Amigos y amigas invisibles, como Perkanta X de Jujuy, Argentina, por ejemplo, que a veces le servían de confidentes y depositarios de sus más ocultos o inconfesables secretos. Sí, qué gran invento era ése de los contactos virtuales. Amigos y relaciones que, curiosamente y para satisfacción de uno sus deseos más antiguos, *sí* podían borrarse y hacerse desaparecer con sólo pulsar la bendita tecla *supr.* Y eso mismo, suprimirla para siempre, es lo que había hecho con su amiga de Jujuy, Argentina, en cuanto se puso pesada con sus consejos y sermones insistiendo en que él se había entregado a Olivia por un plato de lentejas. Porque en realidad, ¿que sabía la tal Perkanta X de sus amores? Nada. Nada en absoluto, de ahí que chau, Perkanta, adiós pampa mía, la borró igual que había hecho con otras relaciones virtuales. De hecho con todas, porque últimamente había descubierto su contacto cibernético ideal, el inmejorable, el insustituible.

Madame Poubelle, ése era su *nick.* ¿Quién sería la tal madame? Cualquiera sabe, su identidad estaba oculta por ese manto de anonimato que para él constituía el más preciado atributo de su amada internet. *Madame Poubelle te da el refugio y apoyo que tú necesitas,* así rezaba el encabezamiento de su blog. *Bienvenidos todos los corazones solitarios que laten sin ser comprendidos,* explicaba a continuación, y desde luego así era. Porque madame Poubelle no abrumaba con consejos moralizantes, cháchara s de psicólogo barato y otros bla, bla. Tampoco se escandalizaba cuando uno le confiaba un secreto atroz o le hacía una confesión brutal. Fuguet lo sabía bien porque, antes de abrirle su corazón, la había puesto a prueba. El *nick* de Pedro Fuguet en la red era, cómo no, Rapunzel, pero tenía varios más que usaba cuando no deseaba ser reconocido. Por eso, utilizando dos o tres de esos *nicks* alternativos, le había enviado a la tal madame todo tipo de falsas confesiones a cual más imaginativa y contranatura. «Madame Poubelle, estoy pensando en matar al novio de mi marido, ¿qué me aconseja?» «Madame Poubelle, soy una chica de quince años que se ha enamorado de su perro San Bernardo. ¿Qué puedo hacer?» «Madame Poubelle, soy sacerdote y todas las noches rezo para que el Señor aparte de mi camino a una niñita de doce años que me mira con concupiscencia. ¿Cómo puedo vencer al demonio que me tienta de modo tan cruel?»

Y eran tan inteligentes, tan sensatas, tan *compasivas* las respuestas que había recibido a todos estos disparates que a Fuguet no le quedó duda alguna de que aquélla era la única persona a la que podía confiar su gran secreto. Por eso ahora, después de recibir la carta de Olivia y aún con las tijeras de jardinero en la mano, Rapunzel dejó su rosal a medio podar, subió al piso más alto de su torrecita y entró de inmediato en el Club de los Corazones Solitarios o, lo que es lo mismo, en la página de su nueva confidente y amiga. *Hola madame Poubelle,* escribió, y luego, tras hacer un resumen somero de las circunstancias de su historia con Olivia (cambiando por supuesto todos los nombres y otros datos delatores para que nada fuera reconocible aun en el remotísimo caso de que su camino y el de madame Poubelle llegaran a cruzarse un día), tecleó:

...Y ahora que lo sabe todo, madame, ¿cree usted que debo aceptar la invitación que me envía esta persona?

La respuesta tardó apenas unos minutos en llegar y fue la siguiente:

Un pasado infeliz sólo puede conjurarse sometiéndolo a la inmisericorde luz del presente, querid@ Rapunzel. Por tanto mi consejo es que sí, que aceptes de inmediato la invitación.

PREPARATIVOS PARA UN VIAJE

«Cría cuervos y te sacarán los ojos», se dijo Olivia Uriarte admirando la bellísima espalda desnuda de Vlad Romescu mientras él trabajaba al sol.

«Vlad», que suena igual que sangre en inglés. Vlad, que es el nombre de pila del conde que inspiró el personaje de Drácula. Vlad, el Empalador, el vengativo. ¿A quién sino a ella se le podía ocurrir embarcar junto a sus invitados en el *Sparkling Cyanide* al mando de un capitán tan poco de fiar como éste? Lo menos malo que podría suceder era que los abandonara a todos una noche a la deriva cerca de las rocas para que se estrellaran sin remedio. «Pero bueno, según y cómo —pensó— también esto puede favorecer mis planes, dejemos que el destino decida por mí.»

Olivia encendió un cigarrillo. Se encontraba tomando el sol en la terraza de su casa de Andratx, ésa que muy pronto dejaría de ser suya para pasar a ser de los acreedores. Desde allí podía ver cómo su empleado Vlad (que, irremediablemente también dejaría de serlo en breve) cargaba en el Range Rover (propiedad ahora del banco) una maleta y varios bolsos (de momento suyos, pero a saber) que debía trasladar de la casa al puerto. Y allá lejos en dicho puerto, cabecearía impaciente el *Sparkling Cyanide* (propiedad de los acreedores, naturalmente), preparado para el último viaje y a la espera de la llegada de sus invitados.

—Cuidado con esa bolsa, tesoro —le gritó Olivia a Vlad—, contiene mis mejores sombreros; no me gustaría nada que se aplastasen. Y ahora vete tú por delante al barco. Yo bajaré en mi coche dentro de un rato.

Vlad le lanzó una mirada tan azul como asesina y Olivia, sonriendo, volvió a repetirse aquello de cría cuervos al tiempo que añadía este otro retazo de sabiduría popular: «Haz un favor y perderás un amigo.»

Quedaban menos de diez minutos para la hora de llegada de sus invitados al puerto, pero la puntualidad nunca había sido una de sus virtudes. Es más, la consideraba una horterada. A pesar de que se dice que es cortesía de reyes, ella era de otra opinión. La gente importante y las mujeres guapas siempre han de hacerse esperar, es su prerrogativa, casi su obligación. «Bah, total, tampoco pienso retrasarme demasiado», se dijo mientras se entretenía en filosofar un poco más sobre Vladimir y también sobre la veracidad del refrán que acababa de invocar. «Sí, lo tengo más que observado, algunas personas no sólo no te agradecen que les hagas un favor sino que después te odian por ello. ¿Será que no quieren que les recuerdes sus miserias? ¿Será porque les molesta estar en deuda con alguien? Curioso fenómeno.»

Olivia encendió un nuevo cigarrillo y luego estiró el brazo para alcanzar la copa de vino blanco que hace rato había dejado sobre una mesita cercana. Se la llevó a los labios pero el líquido estaba ya caliente y la mezcla de tabaco con alcohol tibio le hizo pensar nuevamente en Vlad que, en ese momento, le dedicaba otra de sus miradas antes de pasar por delante de ella en su Range Rover y desaparecer envuelto en una gran nube de polvo. «Cuánto han cambiado las cosas», pensó, y a continuación no pudo evitar recordar la primera vez que había visto aquellos ojos azules, tan maravillosos. «Mira Oli, este es mi sobrino Vlad; con lo que a ti te gustan los niños, seguro que muy pronto te encariñarás con él.» Eso había dicho Flavio, su marido, al presentárselo. Claro que un hombre de treinta y dos años no es exactamente un niño. Menos aún si además de ojos tan fuera de lo común, se caracteriza por tener un espectacular cuerpo trigueño y una sonrisa de anuncio. Pero Flavio no parecía ser consciente de estas particularidades. Como buen italiano meridional, para él la familia era una vocación, casi una religión, y la palabra «niño» la aplicaba a todo pariente diez o doce años menor que él al que había que ayudar o proteger. Esto Olivia lo sabía bien puesto que, en los pocos años que llevaban juntos, lo había visto socorrer a toda una cohorte de parientes del más diverso pelaje, desde niños de papá tan inservibles como caprichosos, hasta viejos tíos lunáticos y arruinados pasando por un par de primas lejanas *sedottas* y *abbandonatas*. Flavio era inmisericorde con el resto de la humanidad pero adoraba a su familia. ¿Y cómo de extensa puede llegar ser una antigua estirpe napolitana para que siempre aparecieran parientes nuevos? Olivia no había logrado desvelar el misterio, como tampoco comprendía por qué algunos de esos parientes eran cultos y sofisticados mientras que otros, como este bellísimo pero sin duda rústico Vladimir, parecían recién llegados de algún remoto lugar de la Italia más profunda y atrasada. Pero es que además, en este caso existía un enigma añadido, aquel nombre de pila tan poco mediterráneo. ¿No es Vladimir un nombre más propio de algún país centroeuropeo? Así se lo preguntó un día a Flavio y él entonces sólo le había revelado parte del misterio. Por lo visto, Vlad pertenecía al tercer grupo de los parientes en apuros, aquel que incluía a las *sedottas* y *abbandonatas.* Años atrás una de sus primas mayores tuvo un descuido con un jornalero rumano de nombre Vlad Román mientras se dedicaba a la recogida de la fresa, una actividad, por lo visto, muy de moda entre las estudiantes ricas y aburridas de su generación. El hecho de que aquel fugaz romance hubiese tenido lugar fuera de Italia permitió, en este caso, camuflar de modo muy conveniente tan lamentable traspié. Para la versión oficial de los hechos, el desconocido padre de la criatura se convirtió entonces de jornalero en conde, su apellido pasó de Román a Romescu, como la salsa del mismo nombre, y se le inventó una muerte a tono con su rango: baleado por error en una cacería de ciervos durante la luna de miel. Fue así como la prima de Flavio volvió de la recogida de la fresa embarazada de un hijo supuestamente póstumo que al nacer recibió el nombre de pila de su desaparecido progenitor, del que, por cierto, heredó también aquellos maravillosos ojos.

Estos últimos detalles sobre los orígenes del muchacho no se los había contado Flavio. Él nunca hablaba de según qué asuntos porque ciertas cosas simplemente *no pasaban* en familias tradicionales como la suya. Pero cuanto más se afanan algunos en ocultar secretos, más fácilmente se extienden. Los trapos sucios eran mercancía común en los círculos en los que se movía Olivia, de modo que, no más de un par de semanas más tarde de que Vlad entrara en su vida, ella ya estaba al tanto de todos los pormenores de su llegada a este mundo. Desde que se conocieron y hasta el día de hoy habían pasado casi dos años y en ese tiempo habían tenido lugar muchas cosas relacionadas con los tres vértices del triángulo que muy pronto formaron Flavio, ella y el muchacho. En la geometría variable de tan curioso trígono, al principio todo fue normal y previsible. Vlad, que había nacido y crecido en un pueblecito marinero cerca de Sorrento en el que su madre fue a recalar «tras quedar viuda», traía bajo el brazo un supuesto título de licenciado en Economía. Su intención era trabajar en alguno de los muchos negocios de Flavio, por lo que comenzó un peregrinaje por varios de ellos para ver dónde encajaba mejor. Mientras se le buscaba una colocación adecuada a sus aptitudes (que no parecían muchas, así, a primera vista), las visitas a casa del matrimonio comenzaron a hacerse más frecuentes y, durante un fin de semana, Vlad viajó con ellos a Mallorca para pasar unos días en el *Sparkling Cyanide.* Muy poco después ocurrió aquello que Olivia tanto lucha por olvidar y de lo que habla lo menos posible por simple instinto de supervivencia: el accidente de automóvil y la pérdida de sus dos hijas. Primero, la pequeña Caridad, su niña tan deseada de menos de un año de vida, y después, tras unas semanas de sufrimiento, también Clarita, como una terrible maldición o castigo. Olivia enciende un nuevo cigarrillo. Realmente debería dejar de fumar o al menos recortar un poco el número. Como las desgracias nunca vienen solas, lo suyo no es para tomárselo a broma según le ha dicho el médico.

«Páncreas», ésa es la palabra que mencionó el doctor Pedralbes antes de explicar lo que significaba dicho término en su caso. «"Páncreas" e "incurable" son palabras que suelen ir juntas», así lo sintetizó él, vaya eufemismo. «Pero bueno, qué coño importa eso ahora», se dice. Si todo sale según sus planes, morirá muy pronto de todas maneras. Todos tenemos que pasar por ahí, tarde o temprano, lo verdaderamente importante es el *cómo,* no el *cuándo.*

Aspira con fuerza una primera calada de este nuevo Marlboro y, mientras exhala, procura evitar que se cuele en sus pensamientos el recuerdo de Caridad, su bebé, y también el de su desdichada hija mayor, Clara, al tiempo que se obliga a revivir sólo lo ocurrido una semana después de la muerte de ésta. «Vamos, Oli, tienes que sobreponerte. Mira, he estado pensando y ya sé lo que necesitas, verás como te gusta mi idea.» Flavio, que en opinión de Olivia había encajado la muerte de las niñas con una entereza que se parecía demasiado a la indiferencia, apareció una mañana con dos pasajes de avión para las islas. Por un momento ella pensó que le proponía pasar unos días solos, lejos de todo, para olvidar lo ocurrido. Sin embargo, él negó con aire de disculpa: «Me encantaría, claro, pero en esta época del año es imposible pensarlo siquiera, por eso le he dicho al niño que te acompañe.»

«El niño», según supo ella más tarde, no estaba muy feliz con el arreglo. Vlad lo que deseaba era medrar en los negocios de su primo, no convertirse en acompañante de mujeres tristes. Sin embargo, no tuvo más remedio que aceptar, y a partir de ese momento empezó un paréntesis bastante feliz para Olivia. Pronto descubrió que lejos de su ambiente habitual, le resultaba más fácil no pensar en lo ocurrido ni sentir lástima de sí misma. Además, Vlad se reveló como un acompañante agradable. Al principio parecía demasiado callado y taciturno pero, un par de días después, tanto Olivia como él se dejaban llevar de puerto en puerto bebiendo tal vez demasiadas margaritas sin más compañía que la discreta tripulación del *Sparkling Cyanide*, que estaba compuesta por varios marineros filipinos o malayos que se movían por el barco mudos y —según Olivia— también ciegos.

Fue a bordo de aquel velero donde Olivia descubrió los dos verdaderos talentos de su «primo» Vlad que, por cierto, distaban mucho de su pericia en el mundo de los negocios en el que él deseaba introducirse. El primero era que, así como en tierra podía parecer un muchacho rústico de modales toscos, en el mar se transformaba por completo; no había más que ver cómo se movía por cubierta y su pericia a la hora de ponerse al timón. Era evidente que había crecido rodeado de marineros, aprendiendo de su sabiduría, compartiendo su forma de ver la vida. Hasta tal punto esto era notable que la tripulación, reacia siempre a recibir órdenes de cualquiera que no fuera el dueño, lo aceptaba y obedecía de buen grado. «He aquí tu mundo», le dijo ella un día mientras señalaba el mar con un amplio gesto de su brazo y también el blanco interior del *Sparkling Cyanide.* Pero ante su sorpresa, él respondió de forma cortante que no había salido de su pueblo para convertirse en criado de ningún pariente rico y ahí acabó la conversación. Olivia no quería ofenderlo, lo único que deseaba era pensar lo menos posible, de modo que no volvió a hablar del asunto. Era mucho más agradable olvidar su gran pérdida charlando con él, aprender de su recién descubierta sabiduría y disfrutar de la singladura.

El segundo talento de Vlad se reveló una noche de viento suave al son de Vinicius de Moraes, con la sola compañía del mistral y de varias margaritas bien heladas. Tal vez la culpa fue de la bossa nova, o quizá del tequila, es posible también que fuera del viento. Pero no, sin duda todo se debió a otro factor al que Olivia se creía inmune. El dolor unido al olor de un cuerpo bastante más joven que el suyo.

¿Y cómo definir, en este caso, tan irresistible perfume? Olivia calculó que se trataba de un entrevero de sal y canela, sudor y tequila acompañado de una colonia tan barata como detestable llamada Old Spice que ella había percibido antes en otros cuerpos, pero que en éste se conjuraba para conformar una combinación irresistible. En un principio, le costó seducir (o al menos eso creyó ella entonces) al muchacho. Sin embargo, tras un breve tira y afloja, se amaron esa noche, y también de madrugada. Se amaron incluso por la mañana antes del desayuno aun a sabiendas de que los marineros malayos mudos y, seguramente no tan ciegos, trajinaban muy cerca de ahí, entregados a sus quehaceres.

Nada de lo antes descrito habría tenido mayor importancia ni se hubiera diferenciado de otras muchas aventuras de Olivia a no ser por una salvedad. Ese día, ella rompió por primera vez una premisa a la que había sido siempre fiel. Como le había dicho a otros amantes anteriores a Vlad, en lo que a infidelidad conyugal se refiere, cuando una tiene un marido difícil o caprichoso o las dos cosas al mismo tiempo, la única forma de jugar sin quemarse es que no exista una segunda vez. «Lo siento, tesoro —comenzó por tanto diciéndole a Vlad— yo sólo me permito aventuras de una noche. Por eso, a partir de ahora, será como si nada de esto hubiera sucedido.»

Lo dijo así, sin cambiar siquiera un par de palabras del discurso que había utilizado con otros muchos hombres pero, en cuanto terminó la frase, supo que no lograría cumplir su propósito. Ella hubiera podido resistir quizá esos ojos azules, también aquel cuerpo espectacular que ahora se estiraba orgulloso y desnudo junto al suyo en la cama, resistir incluso la contrariedad que supondría, de ahí en adelante, verle todos los días en compañía de Flavio. Todo, sí, salvo aquel olor a sal y canela, sudor y Old Spice. «¿Cómo es posible que una colonia que siempre odié enganche tanto? —se preguntó entre el asombro y la alarma—. ¿Se puede una enamorar de un olor que detesta?»

Después de aquel primer viaje en el *Sparkling Cyanide* volvieron a amarse muchas otras veces y para Olivia constituyó el mejor antídoto contra la pena. Lo hicieron en moteles baratos, en playas desiertas, también en ese mismo

Range Rover que acababa de desaparecer de su vista minutos antes envuelto en una nube de polvo. Olivia conoció entonces el poder curativo de las amistades peligrosas. Descubrió el maravilloso desasosiego que las acompaña y se aficionó a él. Y así hubieran continuado sin duda las cosas hasta que la pasión se extinguiese (o hasta que se descubriera todo) de no ser por algo sucedido un par de semanas más tarde. Se dice con frecuencia que, así como un hombre es el último en enterarse de las infidelidades de su mujer, una mujer, en cambio, sabe siempre cuándo su marido la engaña. Y, según teoría de Olivia, esto es así, no porque ellas sean más inteligentes o sensibles sino porque las mujeres son menos proclives al autoengaño. Siempre según su teoría, tanto unos como otras, tarde o temprano, acaban topándose con una primera y muy delatora evidencia. Pero, mientras que ellos la ignoran y entierran en el más oscuro rincón del subconsciente, ellas prefieren tirar del hilo y acaban así por descubrir la madeja.

Desde luego Olivia cumplía a la perfección con esta premisa, porque bastaron uno o dos cabos de tan inquietante hilo para darse cuenta de que había alguien más en la vida de Flavio. En este caso, las evidencias no fueron las habituales. Nada de marcas de carmín en el cuello de su camisa, nada de largos cabellos rubios adheridos a la chaqueta de un traje, u horquillas «olvidadas» en la alfombrilla del automóvil.

«¿Qué es esto?», preguntó una mañana Olivia al encontrar unos calzoncillos Calvin Klein negros entre los bóxers que invariablemente usaba su marido desde que ella lo conociera. Y fue la reacción tan apresurada de Flavio al arrancárselos de la mano con un «deja eso, es mío» lo que se convirtió en el primer hilo, o mejor aún, en la primera de una larga serie de piedras de Pulgarcito que iban a llevarla a un inesperado descubrimiento. Un par de días más tarde, durante el fin de semana y desde esta misma terraza en la que ahora se encuentra tomando el sol, Olivia pudo observar a Flavio y a su primo afanados en la reparación de una vieja moto allá abajo, cerca del garaje. No alcanzaba a entender lo que decían, pero sus gestos resultaban más elocuentes que las palabras. Tal vez un observador menos perspicaz que Olivia no le hubiera dado demasiada importancia a lo que vio. Al fin y al cabo se trataba sólo de dos camaradas compartiendo una actividad de esas que tanto entretienen a los hombres. Sin embargo había una tensión extraña en los movimientos de uno y otro, un brillo especial en el torso desnudo de su marido, también un tono un punto más agudo e infantil en las carcajadas de Vlad, que se alzaban por encima del murmullo ininteligible de sus palabras. Fue después de esa escena cuando Olivia decidió poner más atención a las piedras de Pulgarcito que el destino dejaba en su camino. Y, poco a poco, éstas la fueron llevando hasta una puerta cerrada.

Se trataba de una hoja de madera muy conocida para Olivia aunque ella no la había franqueado jamás. «Tesoro, con lo grande que es el mundo, sólo los amantes confiados, y, por tanto, estúpidos, cometen la torpeza de amarse en el dormitorio de uno u otro.» Eso le había dicho ella a Vlad la primera y única vez que él sugirió encontrarse en la habitación construida encima del garaje que se había convertido en alojamiento provisional del muchacho cuando los tres visitaban Mallorca.

«Se ve que hay gente que nunca aprende de la prudencia ajena», recuerda ahora Olivia haber pensado mientras seguía los pasos de los dos primos escaleras arriba y a discreta distancia. Lo había dicho así, como quien resta importancia al asunto, intentando mantener ese perpetuo aire de ironía que era no sólo su rasgo más característico sino también su refugio en momentos delicados. Un, dos, tres pasos más hacia la planta superior guiada por las risas de los dos hombres y entonces su corazón pareció saltarse un latido al oír cómo la puerta se cerraba tras ellos. Olivia no era masoquista, tampoco era de las que, para creer, necesitan meter el dedo en la llaga o la mano en el costado, y maldita la falta que hacía en este caso. Sin embargo, un extraño impulso la hizo mirar hacia arriba, hacia el estrecho ventanuco de cristal esmerilado que se abría en la parte superior de la puerta. Ver o no ver, meter o no meter el dedo en la llaga, no sabía bien cómo actuar, pero al final se inclinó por lo segundo. Por eso, un par de minutos más tarde, con la ayuda de una silla, Olivia Uriarte pudo entrever todo lo que ocurría al otro lado de la hoja de madera. Bendito cristal incierto que le ahorraba los detalles más explícitos pero, aun así, su rugosa superficie permitía distinguir dos siluetas que se anudaban y desanudaban en un ballet tan bello como brutal. Dos cuerpos masculinos desnudos, que ella había amado muchas veces, muy blanco el uno, el otro del color del trigo. Una sincronía perfecta de movimientos parecía acompasar todos los sonidos que de ellos procedían: risas, embates, gemidos, suspiros y jadeos, interrumpidos tan sólo por el crujir de las maderas o el chirrido rítmico de un muelle.

«Qué distintos —recuerda ahora Olivia haber pensado—. Pero qué distintos son los movimientos de dos hombres», y se maravilló también de la irresistible atracción que a veces ejerce la visión de lo más detestable. Por eso continuó allí, sin respirar siquiera, admirando aquella escena distorsionada por la rugosidad del vidrio, extrañamente bella, letal. Y lo hizo con algo muy parecido a la paralizante fascinación con la que una mosca atrapada en una telaraña observa a la tarántula que amenaza con devorarla. ¿Cuánto tiempo transcurrió así? Olivia no lo recuerda;

demasiado, en todo caso, hasta que por fin, igual que un insecto en la telaraña, también ella logró reaccionar para liberarse de la pegajosa trampa y emprender la huida.

Sí, porque lo más importante era salir de allí cuanto antes, librarse de aquella visión horrible, escapar. Ella era una persona racional, calculadora en el mejor sentido de la palabra. Necesitaba alejarse primero para poder meditar qué le convenía hacer a continuación. En realidad era sencilla la huida. Sólo debía descender de la silla sin hacer ruido, dar apenas un par de pasos hasta el pasillo y ya está. Comenzó, por tanto, a girar su cuerpo, lo hizo lentamente, pero para su desgracia se le ocurrió mirar por vez postrera a través del cristal esmerilado. Y ojalá no lo hubiera hecho, porque las sombras realizaban ahora un nuevo ballet de movimientos sincopados, tan hipnóticos, que la mosca en su telaraña ya no fue capaz de mover un músculo y continuó allí, cautiva, sin poder siquiera despegar los ojos de lo que tenía delante.

Atacar, he ahí la segunda estrategia de cualquier víctima cuando descubre que la huida se hace imposible. Desde luego, ganas no le faltaban, fuerzas tampoco. ¿No se dice siempre que la mejor defensa es un ataque? Claro que sí, sólo necesitaba abrir la puerta y montar un gran escándalo, gritarles a esos dos maricones que todo el mundo se iba a enterar de lo que eran, chillar que iba a pedir el divorcio y luego sacarle a Flavio hasta el último céntimo, incluida la herencia de toda su familia de mafiosos elegantes, panda de bujarrones, estirpe de sarasas, sodomitas y putos, putos maricones de mierda.

Las tenues alas de la mosca en su trampa intentan alzar el vuelo para cumplir su propósito. Hacen un primer ensayo, luego un segundo y hasta un tercero pero ni una sola fibra de su cuerpo obedece sus órdenes. Mira entonces a su alrededor y, después de un momento de desconcierto, comprende qué es lo que le impide moverse: sus alas sí, sus alas están lastradas sin remedio.

«Prenup», así se llama el insuperable peso que le impide elevarse y volar. Prenup es el nombre gringo con el que se conoce ese contrato que ella había firmado con Flavio antes de su boda, una precaución muy común ahora entre los ricos de este mundo. «En caso de divorcio, y *sean cuales fueren las circunstancias que lo provoquen, la parte b* (ésta era Olivia, claro) *no reclamará más pensión que la que la parte a* (éste era Flavio, maldita sea su estampa) *estipule como justa.*» ¿Qué por qué lo había firmado? No por romanticismo, desde luego, tampoco por generosidad, sino por pura estrategia; porque sabía bien que, con los ricos muy ricos, la única arma infalible es mostrarse rendidamente desinteresada. Y es que Olivia conocía ya lo suficiente a los flavios de este mundo como para comprender que nunca se gana contra ciertas personas a menos que se finja ser un cordero degollado. Por eso había accedido a aquellas condiciones tan desfavorables. Por eso y porque —según le explicó el estirado picapleitos inglés experto en «prenups» que Flavio le había enviado para, según él, «discutir dos o tres pequeños detalles sin importancia, *amore*, ya verás que no hay ningún problema»— la oferta era eso o nada. «...Seguro que usted lo comprende, Ms. Uriarte. No se trata de nada personal, como es lógico, pero es que mi cliente va por su segundo divorcio y nosotros aconsejamos ser muy cautos con ciertas cosas. *Nunca* se puede ser lo suficientemente precavido con los temas crematísticos, ¿no cree usted lo mismo, Ms. Uriarte?»

Más o menos eso había dicho aquel tipo de modales untuosos y culo escurrido como una espátula. También tenía las manos manicuradas y llevaba kohol en los ojos, lo que lo hacía desagradablemente inolvidable. «Ahora que lo pienso —se dice Olivia al recordar estos detalles—, seguro que el fulano ése forma parte de la todopoderosa Mafia Pink que mueve el mundo. ¿También él se habría tirado a Flavio? ¿Es que ya no quedan tíos heterosexuales en este puto mundo de mierda?

Olivia, ante el cristal esmerilado, se dio cuenta entonces de que, descartadas la huida y también el ataque como estrategias, sólo le quedaba la posibilidad de recurrir al último y desesperado recurso de toda criatura aprisionada en una telaraña. Y al recordarlo ahora, casi un año más tarde, Olivia sonríe al encender un nuevo Marlboro porque el método elegido es uno que requiere temple y más aún perseverancia, pero que cuando se usa con astucia, resulta infalible: ella lo llamaba la catalepsia.

Igual que una criatura que no tiene otra escapatoria opta en última instancia por hacerse la muerta, eso mismo decidió Olivia aquel día. Fingir de ahí en adelante que nada veía, que nada oía, que nada *sentía* a la espera del momento en que su suerte cambiara y le permitiera conseguir sus propósitos. Por eso, apenas una hora más tarde, esa misma noche sin ir más lejos, se había sentado a la mesa a cenar con sus dos hombres como si nada hubiese pasado. Como si fuera tonta, sorda y tan ciega que no reparase en sus cabelleras húmedas y repeinadas, que recordaban a dos escolares traviesos que atusándose el pelo y poniendo cara de buenos intentan camuflar su última trastada. Tonta, ciega, sorda y también muda, así había continuado Olivia durante varios meses a la espera de su ocasión. Meses en los que Flavio había seguido intentando ayudar a su primo a encontrar un puesto para el que estuviera dotado. Pero lo cierto es que pronto se hizo evidente para todos —incluso para Flavio— que en el caso de Vlad la palabra «dotado» remitía a aptitudes que poco tenían que ver con el mundo de los negocios. Y durante todo ese tiempo tan doloroso, tan humillante, la mosca falsamente muerta fue fiel a su estrategia de la catalepsia hasta que le pareció notar que algo, muy sutil, comenzaba a cambiar en la actitud de Flavio hacia su primo, lo que presagiaba que pronto podría presentarse la ocasión para por fin ganar la partida. Dicha ocasión no apareció de un día para otro, se hizo esperar aún un poco más, pero Olivia conocía a sus clásicos. O, lo que es lo mismo, a su marido y el estrato económico al que pertenecía. «Un rico —solía consolarse pensando con no poca frecuencia—, tiene una desventaja que, según y cómo, puede ser también una gran virtud: tarde o temprano se cansa de todos sus juguetes.»

Por eso, al fin un día en que, después de una de esas noches en las que Flavio llegaba a casa muy tarde, según él de «un viaje de negocios» con su primo, Olivia notó que la mención del nombre Vlad no tenía ya como consecuencia que su marido irguiera imperceptiblemente el cuello en señal de alerta como hacía otras veces. Pronto se dio cuenta además de que los chistes que contaba el muchacho y las cosas que decía cuando estaban los tres juntos no hacían reír a Flavio como antes, y que los bostezos comenzaban a ser más frecuentes que las sonrisas. Fue entonces cuando la mosca falsamente muerta comenzó a desperezarse y, poco a poco, alzó el vuelo.

Se dice a menudo que nadie resulta más agradable y encantador a otro que la persona que, sin solicitarlo, le aligera de una carga que mucho le estorba pero de la que, por lo que sea, no se atreve a deshacerse. Y he aquí precisamente el papel que adoptó Olivia. El de inocente cómplice involuntaria en la caída de Vlad; y lo hizo, con toda deliberación, para dar un nuevo giro a la geometría variable que configuraba el singular triángulo amoroso formado por ella, su marido y el muchacho.

—He estado pensando —le dijo una tarde a Flavio mientras almorzaban—, que a pesar de lo mucho que has hecho por ayudar a Vlad, es evidente que el pobre no tiene demasiadas dotes para las finanzas. Pero no se lo reproches, tesoro, en realidad cada uno sirve para lo que sirve en esta vida. Mira, he estado dándole vueltas al asunto y se me ocurre el trabajo perfecto para él. Claro que la colocación a la que me refiero lo alejaría de nosotros, pero algún sacrificio tendremos que hacer para que el chico encuentre su lugar ideal. ¿No te parece?

Por la forma en que Flavio había dejado los cubiertos sobre el plato para escucharla con más atención, Olivia se dio cuenta de que iba por buen camino, de modo que continuó.

—Tu problema, Flav, es que eres demasiado bueno, demasiado generoso con todo el mundo. Pero ya has hecho por Vlad lo indecible —añadió, y al pronunciar esta última palabra notó cómo la voz se le quebraba, por eso continuó con redoblado énfasis. Desplegó entonces sus dotes de persuasión, que eran muchas, para explicarle a Flavio que lo mejor era relegar a su primo a tareas más sencillas y por tanto más acordes con su forma de ser—. A Vlad lo que le gusta realmente es el mar, por eso podríamos mandarlo a Mallorca para que supervise las obras que estás haciendo en el *Sparkling Cyanide* durante el invierno. Al fin y al cabo —añadió con su mejor sonrisa samaritana— es para lo que ha nacido, para estar entre marineros, velas y anclas, *ésa* es su verdadera vocación. Además, ahora que viene el frío tú viajarás con menos frecuencia a Andratx; en cambio yo puedo ir de vez en cuando y enseñarle lo que esperamos de su trabajo. No es que me vuelva loca el plan, el pobre me parece cada vez más cortito, pero todo sea por la familia ¿no crees?

Sobre el humo de la última calada de su Marlboro, Olivia recuerda cómo, a partir de ese día, Vlad comenzó a cumplir con su indefectible destino de juguete roto. Y lo hizo aquí mismo, en esta casa de Mallorca, desterrado de los salones y de la parte noble de la casa, relegado para siempre a esa habitación sobre el edificio del garaje, una, por cierto, que desde entonces habría de ser testigo de nuevos encuentros amorosos que tenían como participante al menos a uno de los protagonistas de aquella escena que Olivia no lograría olvidar jamás. Y es que, en más de una ocasión, aquel cuerpo trigueño, el mismo que se había trenzado ante sus ojos con el de Flavio Viccenzo, se anudaba ahora con el de su nuevo amo. Ama, habría que decir, porque su propietaria no era otra que Olivia, que viajaba a menudo a la isla para hacerle compañía en su destierro. «Para que no estés solo, tesoro; para que todo sea como antes entre tú y yo. ¿Verdad que te gusta cuando estamos juntos? Como ves, yo no soy de las que se olvida de ti, bésame Vlad.»

Y él no había tenido más remedio que besarla, que hacerle el amor, que estarle agradecido si no quería acabar en la calle, qué dulce venganza. Más que dulce en realidad, porque Olivia descubrió entonces que, si bien la primera vez que se había llevado a Vlad a la cama en aquellas circunstancias, su razón para hacerlo había sido un ejercicio de poder con el que demostrar quién mandaba, existía además otra razón secreta. Sal y sudor, tequila y Old Spice, así se llamaba esa poderosa razón. ¿Y qué importaba que ahora el muchacho la mirase con un nuevo brillo en el que a Olivia no le era difícil identificar algo parecido al odio? ¿Qué importaba que ni siquiera le agradeciese el haberle salvado del cruel destino de los juguetes rotos? «Los sentimientos son tan extraños —se decía— que a veces, cuando una no cuenta con otros afectos en la vida, acaba amando a alguien a contrapelo como le ocurría a ella con Vlad. ¿Cómo le llaman lo franceses a eso? Ah sí, amar *à contre coeur* o, lo que es lo mismo, hacerlo por razones que uno ni entiende ni aprueba.» «Ven, tesoro, ven aquí. Bésame otra vez.»

El resto de los recuerdos de Olivia Uriarte respecto de triángulos y juguetes abandonados ya no era tan feliz. Y es que lo malo de las geometrías variables, lo malo también de los caprichos de los ricos muy ricos, es que ambos se rigen por reglas inexorables y apenas tienen excepción alguna. Por eso, a pesar de que durante unos meses Olivia pensó que había ganado la partida con cada vértice del triángulo colocado en el lugar preciso que ella deseaba, el equilibrio se descubrió inestable. Así, un buen día comenzaron a aparecer en su camino nuevas y muy evidentes piedras de Pulgarcito. Una, otra y otra más. En esta ocasión dichas piedritas se ajustaban mucho más al patrón clásico de infidelidad conyugal que la vez anterior. Porque, en lugar de calzoncillos Calvin Klein y risas masculinas, se trataba ahora de horquillas de pelo «olvidadas» en los asientos de los automóviles; también de cuellos de camisa manchados de *Cherry d´Amour,* un tono de lápiz de labios que a Olivia siempre le había parecido decididamente chillón. «Parece que volvemos a la ortodoxia», se dijo al realizar este nuevo descubrimiento y, apenas con un suspiro de dolor, se preparó para volver a adoptar la estrategia de la catalepsia que tan buenos resultados le había dado la última vez. Lamentablemente en esta ocasión sirvió de poco. Sólo una semana más tarde, Flavio le daba la noticia. Kalina, así se llamaba su nuevo juguete. Tenía metro ochenta de estatura, pelo castaño y unos ojos tan azules como los de Vlad pero —y lo que sigue no lo dijo Flavio aunque resultaba evidente— a diferencia de su anterior capricho, éste no necesitaba esposa ciega, sorda y muda que sirviera de tapadera.

—Espero que lo comprendas, Oli. Kalina tiene dieciocho años y a esas edades todo es romántico, maravilloso, inocente. Además, ella viene de una familia de Cracovia superconservadora y tan convencional como la mía (sí, sí, eso dijo el muy cabrón), de modo que nos vamos a casar. Pero eso no es todo. Estamos esperando un bebé, un pequeño Flavio III. ¿Te das cuenta? Por fin un chico (sí, también eso dijo el grandísimo hijo de puta, lo que le hizo comprender a Olivia algo que nunca había entendido hasta el momento. La tibia, por no decir casi fría reacción de su marido ante la muerte de las niñas). Pero no te preocupes Oli —añadió entonces Flavio—, yo sé ser generoso con las personas que se portan bien conmigo y tú has sido una mujer estupenda en todos los sentidos. Te dejaré como una reina, descuida.

Como una reina destronada, así pensó Olivia que quedaría. «Pero en fin —se había dicho procurando, una vez más, mirar el lado positivo de las cosas—, qué remedio me queda.» «En realidad —añadió después de haberlo pensado un poco más— no está del todo mal el papel de divorciada de un marido rico con mala conciencia y, según y cómo, es bastante menos humillante que el de malcasada.»

Por eso, ya se aprestaba a asumir el nuevo revés (uno más) cuando, de pronto, hizo su aparición en el horizonte un nuevo contratiempo. Uno que jamás hubiera imaginado podía visitarla a ella y mucho menos a Flavio Viccenzo. Crisis, he ahí el nombre de aquel nuevo espectro. Crisis, crash, crac. («¿Por qué todas las catástrofes —se había preguntado entonces— se escriben con "c"? ¿Con "c" de Cósima, de Clara, de Caridad o con "k" de Kalina, que es casi lo mismo?») «C» también de calamidad, colapso, cataclismo... Y «c» por fin de cambio (para mal, para peor imposible) como el que la esperaba ahora que la fortuna de Flavio se había ido por el mismo sumidero que tantas otras después de la crisis financiera internacional. Sí, tantas y tan malditas «ces».

Olivia enciende un nuevo Marlboro y mira su reloj, que es un carísimo Franck Muller, de serie limitada. «Mi último resto del naufragio —se dice con una sonrisa antes de añadir que va a llegar muy tarde y que seguro que ya están a bordo todos sus invitados desde hace más de una hora—. ¿Y qué estarán haciendo en el *Sparkling Cyanide* mientras me esperan? Confío en que Vlad les haya ofrecido una copa para romper el hielo, de modo que vayan conociéndose. Sí, seguramente, allí estarán todos ellos ojeándose con recelo: Ágata, mi hermana, Sonia San Cristóbal con su chico y su encantadora mamá, Cary Faithful y su novia Miranda, Pedro Fuguet y, por supuesto, mi guapísimo ex primo político Vlad Romescu. ¿Cuál de ellos es el que más me odia? ¿Cuál me hará el inmenso favor de facilitarme el paso al otro mundo? Seguro que, si mi querida hermana Ágata pudiera oírme en este momento, comenzaría a hacer un montón de preguntas sobre qué demonios me propongo con tan extraña reunión de "amigos". Imagino perfectamente lo que diría: "Carámbanos Oli" (Ágata es la única persona que conozco que utiliza esta expresión tan ñoña y trasnochada). "¡Carámbanos, Oli! cuéntame por favor qué estás tramando. ¿No es todo muy enrevesado? Cuando una quiere desaparecer de este mundo por las razones que sean —y acepto que tú tienes unas cuantas— no invita a otros a que la asesinen. Lo normal, si de normal puede hablarse en casos así, es quitarse de en medio y hay varias maneras de hacerlo, algunas incluso indoloras, si lo que temes es al sufrimiento. Pero tú tienes otra idea adicional en la cabeza, ¿verdad? ¿Cuál es la razón para preferir que tu muerte *no* parezca un suicidio? Venga, cuéntamelo, que para eso soy tu hermana...»

«En efecto, seguro que algo parecido a esto diría mi querida hermana Ágata si pudiera oírme ahora. Y es verdad. Desde luego tengo mis razones para hacer las cosas de esta manera y no de otra. ¿Te imaginas cuáles son, Agatita? No, claro que no. Tú nunca tuviste demasiada imaginación, querida, y eso a pesar de llamarte igual que una de mis escritoras favoritas y una de las personas más imaginativas e inteligentes que he tenido ocasión de leer. Pues sí, tesoro, para que lo sepas: tengo un plan muy bien trazado, que tú irás descubriendo poco a poco. Y no te será difícil, te lo aseguro. Pienso dejarte todas las pistas necesarias para que, una vez que yo muera, puedas descubrir "el porqué", también "el cómo", igual que hace tu tocaya en cada una de sus novelas. Igual también que en nuestra infancia, cuando jugábamos al escondite, ¿recuerdas? Tú siempre acababas encontrándome pero ni por asomo lo habrías logrado sin las pistas que yo me tomaba la molestia de dejarte, así como al descuido. Y ahora sí. ¿Lista para empezar nuestro nuevo juego, querida Ágata... o querida Agatha mejor dicho? Pon mucha atención, tesoro, comienza la partida.»

LA LLEGADA A BORDO

Tal como había imaginado Olivia, todos sus invitados llegaron al puerto mucho antes que ella y la primera en hacerlo fue su hermana Ágata, que era extremadamente puntual. Allí se encontró con el primer imprevisto. Según le explicaron en Comandancia de Marina, el *Sparkling Cyanide* no estaba atracado en ningún pantalán sino fondeado fuera del puerto y a una distancia considerable de tierra. Debido a este contratiempo, Ágata tuvo que dar muchas vueltas hasta conseguir alquilar una zódiac que la llevara a bordo.

«Ya está mi querida hermana poniendo a prueba la paciencia de todos», se dijo mientras ayudaba al indolente marinero que le había tocado en suerte a embarcar su vieja y única maleta. Una vez instalada en popa y procurando, sobre todo, que su ordenador portátil no se mojara con el agua que encharcaba el fondo de la barca, Ágata Uriarte se entretuvo en observar la silueta cada vez más cercana del *Sparkling Cyanide* y en cavilar qué le depararía la singladura. Para empezar se dijo que, visto desde el mar, aquel velero azul marino de dos palos con cerca de cuarenta metros de eslora y ocho de manga (éstos eran datos facilitados por su marinero) parecía enorme. ¿Pero lo sería tanto como para permitirle tener los momentos de privacidad que necesitaba para continuar con sus actividades en internet y con su Club de Corazones Solitarios, por ejemplo? Seguramente no. Seguramente madame Poubelle iba a tener que tomarse unas forzosas vacaciones y ella abandonar el mundo virtual en el que se sentía tan cómoda para adentrarse en el real. O peor aún, en el tonto y caprichoso mundillo ricachón de su hermana Olivia que le resultaba tan desconocido como desasosegante.

—*Sparkling Cyanide* —vocalizó intentando que aquello sonara lo más irónico e impostadamente mundano posible, porque lo cierto es que nunca había estado a bordo de un barco así.

«Aunque por mucho lujo y amplitud que tenga —se dijo— cuarenta metros no son tantos en realidad y en ellos habremos de convivir ocho personas que no nos conocemos de nada, sin mencionar a la tripulación, algo siempre complicado.»

«Más o menos igual que en esos experimentos en los que meten varias ratas de laboratorio en un espacio cerrado —caviló a continuación—. Y cuando eso ocurre, ya sabemos lo que pasa. Las ratas primero se miran, luego se vuelven amistosas (algunas incluso se aparean), pero al cabo de un tiempo empiezan a mostrarse impacientes, nerviosas, y, al final, acaban devorándose entre ellas.»

—Qué, señora, ¿desembarcamos o no? —Era la voz del dueño de la zódiac la que se inmiscuía en sus pensamientos—. Haga usted el favor, ya hemos llegado. Vaya subiendo que ya me ocuparé de que le alcancen el equipaje.

Ágata miró hacia arriba. Ahora tocaba subir por la escalera que conducía desde el agua hasta la cubierta del *Sparkling Cyanide.* Para ser un barco tan lujoso, aquella especie de escala adosada a un lateral de la nave tenía un aspecto bastante bamboleante, la verdad. «Pero en fin —pensó poniéndose en pie con resignación— a ver qué tal se me da eso que llaman pie marinero.» Y luego —invocando el diminutivo de su nombre (algo que solía hacer sólo cuando ironizaba sobre sí misma o, como en este caso, cuando necesitaba infundirse ánimo), sonrió: «Vamos Agatita. Arriba querida mía, comienza la comedia.»

En realidad no le resultó tan difícil como había previsto ponerse en pie dentro de aquella zódiac medio pinchada. Tampoco salvar la distancia que había de la barca a la escalera; sin embargo, cuando había subido apenas un par de peldaños, algo la detuvo.

«Qué típico —se dijo entonces—. Pero qué típico de mi exhibicionista hermana mayor es que, para llegar a bordo, nos veamos todos obligados a echar un vistazo a su camarote.» En efecto, un ojo de buey más grande que los demás y desprovisto de cortinas permitía observar con detalle el camarote principal. Así, desde el exterior podían verse las paredes bellamente paneladas en madera clara, los armarios recubiertos de espejo, los cuadros todos ellos tan caros como absurdos e incomprensibles, y por supuesto una gran cama doble en la que reinaban varios almohadones entre los que había uno, distinto de los demás y rodeado de puntillas en el que alcanzaba a leerse: *Hay amores que matan.*

«Muy impropio de Olivia tener un cojín tan cursi y con semejante topicazo bordado en él —pensó Ágata mientras se agarraba con prudencia al pasamano, pero luego se dijo que su hermana no hacía nada a humo de pajas y que incluso aquella inscripción debía significar algo especial en la puesta en escena que les tenía preparada—. ¿Querría eso decir que el viaje iba ser un tipo de casting para elegir nuevo marido? Y de ser así ¿qué papel jugaba ella en dicha reunión?: ¿la de chaperona?, ¿la de la hermana fea en contraposición a la guapa para que todos compararan?, ¿la de paño de lágrimas de los candidatos desechados que le pedirían consejo para recuperar el favor de la bella?» En realidad ese papel era ya un clásico en su vida; durante su adolescencia y buena parte de la veintena de ambas, a Ágata le había tocado consolar a los innumerables descartes de su hermana mayor. De hecho, de ahí le había venido la idea de inventar a madame Poubelle y su Club de Corazones Solitarios; había tantos en este mundo.

Todas estas cavilaciones se vieron interrumpidas de pronto por la irrupción de un largo y musculoso brazo del color del trigo allá arriba en cubierta. Uno que, al ayudarla a subir a bordo, la hizo encontrarse cara a cara con un tipo guapísimo. «Soy Vlad», dijo aquella aparición sobrenatural, y Ágata sólo pudo tartamudear al decir: «...y... yo la hermana de Olivia». Pero por suerte, en seguida logró sobreponerse y sonreír: «Tonta, qué falta de mundo —se dijo— pareces una pueblerina. Una pueblerina de hace treinta años, además, porque ahora ya nadie se extraña de nada, ni siquiera de las apariciones arcangélicas, digamos.»

Mientras un silente marinero oriental se ocupaba de subir el equipaje, Ágata aprovechó para mirar a su alrededor al tiempo que se divertía en rememorar todos los términos marineros que había aprendido en sus lecturas juveniles en *La isla del tesoro* o en las novelas de Salgari. Vio entonces dos grandes mástiles de madera antigua y rubia, la cubierta de teca impecable, vio también los *winches* pulidos, perfectos, que brillaban al sol y, más allá vio extenderse toda la zona de popa decorada con almohadones tapizados en cuero marfil. Soberbio sin duda aquel barco de casco tan azul e interior tan blanco. «Y qué adecuado —se dijo entonces— es el nombre que han elegido para él: Cianuro-espumoso (cian quiere decir azul ¿verdad? Cian de cianuro, cian de cianótico).» Y es que, en su opinión, nada podía sintetizar mejor la sensación que producía el espectáculo que estaba viendo: «Me recuerda a una gran copa color cobalto llena de Dom Pérignon», rió.

—¿Me acompaña, por favor? —le preguntó en ese momento Vlad.

«Qué demonios hará un ángel como él en este maravilloso y a la vez inquietante decorado», se dijo Ágata, admirando la silueta del muchacho que se recortaba contra a la barandilla de estribor. Pero aunque eran muchos los interrogantes que se agolpaban en su cabeza, ya no le dio tiempo a más cavilaciones; él la llamaba con un gesto de la mano.

—¿No quiere ver su camarote? Yo la acompaño, señora.

—Por favor, llámame Ágata, y de tú; no soy nadie importante —rogó, mientras ambos descendían un par de escalones hacia el interior de la nave y se adentraban en un amplio salón. Al principio, cegada por la luz del exterior, nada podía ver pero, poco a poco, Ágata fue recobrando la visión. Entonces pudo comprobar que todas las paredes de aquel recinto estaban recubiertas de una madera color miel. Venecianas de láminas grises filtraban la luz de las ventanas exteriores que daban sobre cubierta, así como a los pasillos laterales de la nave. Y, al ambiente de penumbra general, contribuía además el tono de la moqueta, que era de un azul tan intenso que casi parecía negro. Oscuros y de cuero eran también los sofás sobre los que podían verse diversos almohadones confeccionados en telas de dibujos africanos en las que se entremezclaban los rojos, los verdes, los malvas. Hasta el olor de aquel lugar era especial porque, al particular aroma de las maderas y el cuero, se sumaba algo parecido al ámbar o tal vez una resina oriental. Ágata se detuvo. Qué mundo tan ajeno al suyo era ése y qué lejos quedaba ahora su pisito de Madrid de cincuenta metros cuadrados. También su empleo como profesora de Lengua y Literatura en un colegio concertado. ¿De veras era éste el ambiente en el que reinaba desde hacía años su propia hermana?, ¿cuántos años luz separaban su mundo del de ella?

Pasados unos segundos de cavilación, Ágata no tuvo más remedio que reanudar la marcha porque la rubia cabeza de Vlad acababa de desaparecer por el hueco de una gran escalera tapizada también en moqueta oscura. Pronto descubrió que los peldaños conducían al interior del *Sparkling Cyanide* y a una especie de distribuidor en el que se alineaban varias puertas que estaban abiertas, por lo que no le fue difícil espiar el interior. Las dos de la derecha correspondían a camarotes amplios y espléndidos con cama doble, de modo que dedujo que estarían destinados a alojar parejas. Los dos restantes, en cambio, a pesar de ser tan amplios y bellos como los anteriores, tenían camas algo más pequeñas, de esas que los americanos llaman *queen size*, «...y que ya quisiera cualquier simple mortal como cama de matrimonio», se dijo Ágata, que imaginaba que uno de esos camarotes sería el suyo.

Sin embargo, Vlad pasó de largo dejando atrás todas aquellas puertas y continuó su camino (hacia proa y siempre por estribor, se dijo Ágata ya muy ambientada). «Seguro que ahí adelante hay otros tantos camarotes igual de fastuosos —pensó— desde luego este barco es aún más grande de lo que parece desde fuera.»

Siguieron avanzando y Ágata se dio cuenta de que, poco a poco, el decorado comenzaba a cambiar. Desapareció primero la moqueta oscura tan elegante, después las venecianas de láminas grises y hasta el maravilloso aroma a madera, resina y ámbar se trocó en otro efluvio que Ágata no tuvo dificultad en reconocer como una fritanga oriental mezcla de soja con repollo, o algo muy parecido.

Siguiendo siempre al silencioso Vlad, sus pasos acabaron por llevarla a un mundo interior, funcional y laborioso en el que pudo ver, primero, las cocinas del barco y a continuación, una especie de recinto que se abría hacia babor, en el que dos camareros filipinos o tal vez malayos repartían comida a cuatro o cinco marineros también orientales ataviados con camisetas azules en las que podía leerse en discretas letras blancas *Sparkling Cyanide*.

—Buenos días —saludó educadamente Ágata, pero ninguno de aquellos individuos pareció oírla, por lo que continuó adelante tras los pasos de su guía hasta que, por fin, éste se detuvo ante una pequeña puerta un par de metros más allá. Segundos más tarde, Vlad se hacía a un lado caballerosamente para introducir a Ágata en un habitáculo de reducidas dimensiones en el que se peleaban por convivir una cama individual, un armarito metálico y una solitaria mesilla de noche algo desconchada. Sobre la cama, cubierta por una colcha gris, había tres toallas y, sobre la mesilla, un libro.

—¿Es aquí? —inquirió, aunque tenía más que fundada sospecha de cuál sería la respuesta.

—Sí, me temo que el resto de los camarotes están todos adjudicados —dijo Vlad, con lo que a Ágata le pareció genuino apuro, de modo que ella inmediatamente se dedicó a quitarle importancia al asunto. Y, para demostrar que, en efecto, no la tenía, le sonrió al tiempo que fingía echar un vistazo a la carátula del libro que había sobre la mesilla. «Por lo menos un detalle acogedor en esta celda monacal», pensó antes de calcular, así a ojo, que su camarote debía de ser más o menos del tamaño del *closet* del de su hermana Olivia y desde luego mucho menos glamouroso.

—... Además, Ágata —dijo en ese momento Vlad con el mismo tono de antes—, está previsto que el ocupante de este camarote comparta conmigo el cuarto de baño. Espero que no te moleste demasiado.

—Claro que no —contestó ella, viendo desde ese instante su habitáculo con ojos bastante más benévolos—. Será un verdadero placer —dijo, y él se lo agradeció con la primera sonrisa que dibujaban aquellos bellísimos labios.

Diez minutos más tarde, después de colocar en sitio seguro su ordenador y mientras deshacía la maleta intentando no chocar demasiado con las paredes (como un hipopótamo al que han asignado una jaula demasiado pequeña en el zoo, así lo describió ella), Ágata tuvo ocasión de observar a través del ojo de buey de su camarote el comienzo de un curioso desfile: la llegada por turnos del resto de los invitados al *Sparkling Cyanide,* traídos hasta allí por la misma zódiac que la había transportado a ella.

«¿Será ése el tal doctor Fuguet?», se preguntó, al ver cómo, en la proa de tan precaria embarcación, se aproximaba ahora un hombre de unos treinta y tantos años y de aspecto sombrío. Una vez que la zódiac se abarloó al barco, el desconocido aquel se puso en pie y entonces Ágata pudo comprobar que era extremadamente alto y tan delgado que, a pesar de que no soplaba ni la más mínima brisa, su figura parecía cimbrearse y tremolar a merced de un gran viento. «Qué cosas se te ocurren —se dijo entonces—. No es que se cimbree, tampoco que se estremezca. No hay más que verle para darse cuenta de que lo que le ocurre es que no sabe ni cómo moverse en estas circunstancias. El pobre parece tan fuera de lugar en este ambiente como yo. ¿Qué relación tendrá con Olivia? No creo que sea candidato en su casting de maridos.»

Diez minutos más tarde, Ágata se encontraba en el pequeño cuarto de baño (el que iba compartir con Vlad, qué inesperado regalo del cielo) desplegando sus productos de aseo, también su batería de adelgazantes, cuando nuevas voces allá afuera, en el mar, llamaron su atención.

La vida de Ágata Uriarte era tan solitaria últimamente que tenía más puntos de referencia con la literatura o el cine que con el mundo real. Y es que, aparte de las cada vez más largas horas que dedicaba a sus actividades como madame Poubelle, el resto de su tiempo lo pasaba leyendo o disfrutando de viejas películas. Tal vez por eso, al observar a los nuevos invitados que se acercaban en zódiac al barco (y que eran en esta ocasión doña Cristina San Cristóbal y su hija Sonia, acompañadas de su novio Churri), todas las comparaciones que se hizo para describirlos estaban relacionadas con personajes del celuloide. «¡Pero si es igual a madame Serpent!», se dijo, por ejemplo, al ver a Cristobalina Sosa sentada al frente como un pequeño y bastante aterrador mascarón de proa. En realidad, Ágata no se acordaba del verdadero nombre de aquel personaje cinematográfico al que tanto le recordaba esa mujer, pero en su imaginación siempre la había llamado así. Se trataba de la pequeña y enigmática emperatriz china que aparece en *55 días en Pekín* cargada de joyas y envuelta en sedas pero cuyo rasgo más significativo eran unos labios finos y ojos minúsculos.

«Claro que esta madame Serpent no es exactamente china sino (así al primer vistazo) yo diría que tal vez peruana o boliviana —se dijo Ágata haciendo cábalas—. Tampoco su túnica talar (naranja y rosa chicle, por cierto) tiene aspecto de ser oriental sino más bien de Dolce & Gabanna. Pero esos ojos... —añadió a continuación—. Dios mío, parecen dos estiletes manchurios. ¿Quién diablos será esta señora y por qué la habrá invitado Olivia?»

En esas cavilaciones estaba cuando su vista se desvió para estudiar a los dos restantes pasajeros de la zódiac; y lo que observó en ellos le resultó mucho más fácil de interpretar y desde luego más agradable a la vista. «Toni Manero con un toque de sangre centroeuropea —se dijo al ver al novio de Sonia San Cristóbal, el tal Churri. Y luego, como si estuviera haciendo una descripción policial de él añadió—: Veintitantos años, calculo yo, un metro setenta y pocos centímetros de altura, mucho gimnasio (no hay más que ver esos bíceps). ¿Y de qué nacionalidad puede ser? ¿Será turco, serbio? ¿Búlgaro tal vez? Lo que está claro es que es un pez tan fuera del agua como madame Serpent o el invitado que subió antes. O yo —añadió entonces con una sonrisa— de modo que ya somos cuatro sapos de otro pozo...»

Las suposiciones que hizo sobre la tercera pasajera de la zódiac, Sonia San Cristóbal, no necesitaron comparación alguna con personajes del celuloide. Hasta el momento, Ágata no había logrado verle la cara porque se encontraba oculta tras un gran sombrero de paja, pero en cuanto se lo quitó para subir al barco, comprobó que le era muy familiar. «Bueno, bueno, parece que por fin los personajes que embarcan en este espumoso cianuro son más acordes con lo que espera una encontrar en un mega yate. Vamos a ver: ¿cómo demonios se llama esta niña tan guapa? Su nombre venía en la invitación que mandó Olivia pero —Alzheimer mío, que galopas— ahora mismo se me ha ido de la cabeza. Aún así, estoy segura de que la he visto en un montón de revistas, también en la tele. ¿Cómo demonios se llama?, lo tengo en la punta de la lengua. ¿Linda Evangelista? No, no, es muchísimo más joven que la Evangelista. ¿Eva Longoria? De ninguna manera, ésta es lo menos veinte centímetros más alta que ella.»

—Cuidado, mi princesita, agárrate fuerte al pasamanos. Con cuidadito, preciosura —le oyó entonces decir a madame Serpent, que en ese momento hacía grandes esfuerzos para que la túnica talar de Dolce & Gabanna no le hiciera vela y la arrastrara a las profundidades.

Entonces, al reparar en el acento sudamericano de la dama en cuestión, a Ágata ya no le quedó duda de quién podía ser la última pasajera: «Claro —se dijo—, qué tonta soy, se trata de Sonia San Cristóbal, la famosa modelo madrileña. Siempre pensé que era una leyenda urbana eso de que es hija de una indígena de la sierra andina de apenas metro cincuenta de estatura y no precisamente Miss Perú. ¿Cómo es posible que de una madre así salga criatura tan celestial? —se preguntó al comprobar que Sonia, después de dejar a la vista un pelo oscuro, casi negro, miraba hacia la cubierta del barco con ojos brillantes y azules, como dos aguamarinas—. Desde luego —añadió Ágata— la genética tiene cada capricho, cada extravagancia. Claro que qué me van a contar a mí sobre ese tema...»

Las agujas del reloj caminaban ahora hacia las seis de la tarde. A estas alturas, Ágata hacía rato que había terminado de deshacer su exiguo equipaje, por lo que bien podía haber elegido subir a cubierta e intentar recabar información más directa sobre cada uno de los recién llegados. Sin embargo, prefirió seguir donde estaba. Era más divertido ver sin ser vista, juzgar sin ser juzgada. «Aquí viene de nuevo Caronte con más pasajeros —pensó al observar cómo se acercaba por tercera vez aquella vieja zódiac con el mismo marinero a la caña—. ¿Quiénes serán los próximos invitados a nuestro Hades particular? —añadió mientras se aprestaba a hacer nuevas cábalas.»

Sin embargo esta vez no iba a necesitar de su imaginación porque al menos a uno de los pasajeros lo conocía desde la infancia.

«Mira tú —se dijo al espiar el inminente desembarco de su antiguo compañero de colegio, Cary Faithful—. Qué poco ha cambiado este chico.»

En todos los años que la separaban de su infancia, ella había visto multitud de fotos de Cary publicadas por ahí, también un par de películas suyas, pero siempre había tenido la impresión de que se trataba de alguien muy distinto al niño que conociera en tiempos. Sin embargo, le bastó observarlo unos minutos desde su escondrijo para darse cuenta de lo grandes que son las trampas del celuloide, qué enormes los milagros del *photoshop*. Y es que, si en el cine y también en las fotos Cary parecía atractivo, sexy y con una mirada de perpetua ironía, ahora, al natural, nada de esto era evidente. «Mi camarote puede ser una birria como habitáculo, pero como puesto de observación resulta inmejorable —se dijo Ágata no sin cierto placer—. Y yo parezco una *voyeur*», sonrió para luego decirse que bueno que por qué no, que tal vez el destino de mujeres sin relevancia especial como ella fuera ser más una observadora que una participante en la vida, pero que, como todo tiene sus compensaciones, nadie conoce tanto a las personas a las que tiene que enfrentarse como un espía y un voyeur.

—A ver qué más veo —añadió en voz alta, segura de que nadie podía escucharla—: Barriguita incipiente... pelo en franco retroceso por no decir en desbandada, y... ¿Serías tan amable de quitarte las gafas de sol un momento para que pueda ver tus ojos, Cary? ¡Gracias! —exclamó, porque en ese instante, como si, en efecto, hubiera oído su petición, Cary Faithful acababa de pasarle las Ray-Ban a su acompañante para que se las limpiara antes de subir a bordo, lo que hizo que dejase al descubierto una mirada que Ágata no dudó en calificar de huérfana.

¿Por qué diablos se le ocurriría esa palabra tan poco adecuada para describir a una estrella de cine y encima archimillonario? «Tal vez —caviló a continuación— por la actitud que mostraba hacia él la chica que lo acompañaba.» Y es que, según pudo ver Ágata, ésta era una muy atractiva pelirroja de unos treinta y pocos años. «Pero qué curioso, a pesar de la diferencia de edad, ella lo trata como si fuera su hijo pequeño, o algo así —se dijo antes de preguntarse asombrada de quién podría tratarse, porque en ningún caso creía que fuera su novia por la actitud que mostraba. ¿Será su secretaria?, ¿su entrenadora personal?, ¿su asesora de imagen?, ¿su enfermera, quizá? Sea lo que fuere, su aspecto resulta extraño porque las mujeres que hacen de coche escoba o chica para todo de un famoso suelen tener otra apariencia física, pienso yo, una más bien insignificante. Esta muchacha en cambio parece un error de casting. Es como si para hacer el papel de la madre Teresa de Calcuta hubieran elegido a Rita Hayworth o, peor aún, a Raquel Welch.»

Ágata observó cómo la chica, que hablaba español con acento latinoamericano, parecía ocuparse de todo con una diligencia tan serena como eficaz: de que izaran a bordo el equipaje, de advertir a Cary que tuviera cuidado al subir por la escala, de agradecer al dueño de la zódiac y darle una buena propina. «Creo que de ella bien podría hacerme amiga —pensó entonces Ágata, como si estableciera con la recién llegada una repentina corriente de simpatía o solidaridad. Pero de inmediato decidió mostrarse más cauta—. No corramos tanto —añadió—. En realidad una mujer así parece *too good to be true,* como dicen los ingleses, demasiado buena para que sea cierto.»

—¡Miranda, por favor! Creo que me he olvidado la BlackBerry en la zódiac, haz *algo* te lo ruego —estaba diciendo Cary Faithful en ese momento en inglés a la pelirroja en un tono entre suplicante y conminatorio.

«Miranda —pensó entonces Ágata con otra sonrisa— es un bonito nombre y suena igual en todos los idiomas. ¿De qué país será esta chica a pesar de su aspecto tan inglés? ¿Cubana?, ¿venezolana?, ¿colombiana? Con tantas nacionalidades distintas como las que se reúnen en este barco —pensó a continuación—, de estar aquí uno de esos tontos cronistas de sociedad hablaría sin duda de "una moderna torre de Babel". Dejémoslo mejor en arca de Noé, vaya zoo —se dijo antes de añadir—: Y es que ninguno de ellos es el tipo de persona que yo imaginaba invitaría mi muy sofisticada hermana mayor a su barco. A Olivia le pegaba más convidar a aristócratas decadentes mezclados, qué sé yo, con mafiosos italianos o rusos o falsificadores internacionales, por ejemplo. Me pregunto por qué diablos habrá elegido precisamente a *esta* gente que, además, parece no tener nada en común. Y ahora —se dijo al fin después de esperar un buen rato por si veía acercarse algún nuevo pasajero— me pregunto si faltará alguien más por subir a bordo de arca tan particular. ¿Algún otro espécimen de animal, mineral o planta? Para mí que sólo falta ella, nuestra querida anfitriona, que como siempre llegará tardísimo.»

«¿Es que realmente Olivia *nunca* aprenderá a ser puntual?»

PREPARATIVOS ANTES DE LA CENA

Cristobalina Sosa, alias Ana Christie, alias doña Cristina, se encontraba sentada ante una gran mesa de tocador. Gracias al espejo que tenía delante podía ver, a su espalda, el decorado del camarote que le había sido asignado y que consistía en una cama doble cubierta por una colcha color té verde, dos mesillas de madera rubia a juego con el panelado de las paredes y un gran cabecero del mismo tono que el cubrecama. «Lindo cuarto, sí señor —se dijo mientras se empolvaba la nariz—. Veamos que más hay por aquí digno de ser admirado —añadió al tiempo que pasaba revista a una mesita de madera de raíz, una alfombra afgana que resaltaba sobre la moqueta oscura y unas cortinas a rayas en tonos muy suaves. Todo muy chic» —concluyó casi a su pesar, porque su natural antipatía hacia Olivia la predisponía a encontrar algún fallo.

No pareció hallar ninguno, de modo que siguió escaneando por los alrededores hasta que... «¡Ajá! —se dijo al detectar por fin algo que decididamente desentonaba con tanto buen gusto—: Este libro mugriento que alguien ha dejado aquí sí que rompe la armonía. ¡Pero si incluso parece manchado de kétchup o algo peor! —se escandalizó al cogerlo con dos dedos—. Qué as-co. ¿A ver cuál es? Vaya, es *Némesis,* de Agatha Christie. Sólo por tratarse de este título no lo tiro ahoritita mismo a la basura —añadió mientras hojeaba distraídamente sus primeras páginas. Mira tú, pero si parece que está dedicado a alguien...

A mi hermana Ágata para que en caso de emergencia pueda consultar con Mycroft H

«¿Porqué me habrán dejado aquí un libro que es para otra persona y quién será ese Mycroft H? No había ningún Mycroft en la novela *Némesis,* de eso estoy segura, porque vi la película y me encantó. Qué lindo ambiente todo lleno de personas distinguidas, todo de lo más regio. Incluso me acuerdo del desenlace. Al final la asesina es una persona de lo más interesante que mata a alguien para evitarle un sufrimiento mayor.»

«Me encantan las historias ambiguas en las que los malos acaban siendo los buenos y al revés —añade ahora doña Cristina, sentada una vez más ante su mesa de tocador y mirándose a los ojos en el espejo—. Son mucho más reales que todas esas cojudeces que uno ve y lee por ahí, dónde va a parar.»

El doctor Pedro Fuguet acababa de deshacer el equipaje y se disponía a guardar su ordenador portátil en el armario cuando le sobresaltó oír, al otro lado de la puerta, la inconfundible voz de Olivia Uriarte dirigiéndose a alguien.

—Sonia, tesoro, no sabes cuánto siento no haber estado aquí para daros la bienvenida. Me alegro muchísimo de tenerte a bordo. ¿Te gusta tu camarote?

Aquellas palabras no podían ser más mundanas e intrascendentes y, sin embargo, tuvieron el efecto de sonar dentro de la cabeza de Fuguet igual que un timbre de alarma.

«¡Dios mío! —se dijo—. Es ella, ya está aquí. —Y como tenía el ordenador tan a mano, y como aún faltaban unos treinta minutos para la hora de la cena, inmediatamente pensó en ponerlo en marcha y buscar amparo en ese inmenso y misericordioso mundo virtual que era siempre su refugio. Se sentó en la cama para encenderlo pero, a pesar de que esperó varios minutos, no logró pasar en Internet Explorer más allá de esa frustrante barrera que dice "Atención no se puede mostrar esta página". Probó conectar su módem, el que siempre usaba cuando estaba de viaje, pero fracasó también—. En este barco no hay wifi y, al menos de momento, tampoco cobertura —se dijo, y se sintió de pronto solo, sin recursos—. Como un náufrago en alta mar —añadió tratando de reírse de sí mismo y de su dependencia de aquel divino artilugio—. Venga, tonto —se recriminó entonces—. Esto de recurrir a cada rato a la red se está convirtiendo en un vicio de lo más estúpido. Además, ya sabías a lo que te exponías acudiendo a esta cita. Tarde o temprano llegará el momento de encontrarte con ella, de modo que vete haciéndote a la idea.»

Cerró su ordenador y ya se disponía a guardarlo cuando, de repente, un alegre repiqueteo de nudillos sonó en su puerta. Y su sonido parecía imitar una vieja contraseña muy conocida de él: un timbrazo largo y dos cortos.

—¿Estás ahí, Fug?

—¿Te has fijado —le estaba diciendo en ese mismo momento Sonia San Cristóbal a su novio Churri— en qué reloj tan maravilloso llevaba Olivia en la muñeca?

—No —contestó él.

—Es un Franck Muller de serie limitada, un tourbillon. Tiene más de veinte años, pero precisamente por eso me gusta, es raro. ¿No te rechifla? Me encantaría tener uno. Y por cierto: ¿a que es un cielo y superguapísima mi amiga?

—No —contestó él.

—Verdaderamente tienes que hacer un esfuerzo por ser un poquito más simpático con la gente, Churri. A Olivia, hace un momento, por ejemplo, no sólo no le has dado la mano, sino que le pusiste una cara... Mira, si actúas así por lo que me hizo hace unos años, de verdad que no vale la pena, eso está más que olvidado. Mami dice que cambié mucho después de todo aquello, pero para mí que fue para bien. Si no, no te habría conocido a ti, ¿a que no?

—No —contestó él.

—Fíjate si será un sol Olivia que, a pesar de cómo la miraste, te dio un abrazote bien fuerte e incluso preguntó amablemente por tu hermana Cósima. Y mientras tanto, tú venga ponerle cara de asco. No hay que juzgar a las personas que uno no conoce de nada, Churri. Porque tú nunca habías visto a Olivia antes, ¿verdad? Claro que entonces... ¿Cómo demonios sabía de tu hermana?

Él no contestó.

También Vlad Romescu se encontraba en su camarote en la zona destinada a la tripulación en ese momento. En la mano tenía una nota manuscrita que acababa de entregarle uno de los marineros.

Corazón,

Es fundamental que esta noche cenes con todos nosotros, luego te explicaré por qué. Te aseguro que es por algo que te interesará,

Besos,

O.

«No pienso hacerlo —se dijo—. A ver si Olivia se ha creído que esto es un crucero turístico y yo el capitán aquél de *Vacaciones en el mar* que cena con los invitados y sonríe todo el rato como un gilipollas.»

Con la nota aún en la mano, Vlad enciende un cigarrillo y da dos largas caladas. Fumar en esta parte del barco está prohibido por las ordenanzas, pero qué carajo importa ya. «Gracias a la quiebra de Flavio, dentro de muy poco este barco y todo lo demás desaparecerá sin dejar rastro, igual que este papel», añade al tiempo que acerca la brasa de su cigarrillo a la nota de Olivia y observa cómo comienza a quemarse empezando por la esquina superior. Arde despacio, y Vlad se entretiene en ver oscurecerse las palabras escritas, una tras otra. Primero la palabra *Corazón*, luego *es fundamental*, hasta llegar a *por qué*. Pero entonces ocurre algo imprevisto. El fuego continúa hacia abajo de modo que quema *Besos, O.*, pero en cambio, deja incólume, como en una isla, la última frase de la misiva.

«Qué bobada», se dice Vlad, dispuesto a deshacerse de los restos que quedan de aquella nota que desde luego no piensa obedecer de ninguna manera. Sin embargo, se detiene. Y es que la frase sin quemar es *por algo que te interesará*, y Vlad, que es supersticioso o prudente o las dos cosas, se dice que el destino rara vez se entretiene en dar avisos tan claros como éste.

«Está bien, iré —decide—. Pero no pienso hablar con ninguno de esos pijos de mierda; no entra en mis obligaciones. Es más, me sentaré, no donde diga Olivia sino donde me dé la gana, junto a Ágata, por ejemplo. Me cae bien. Supongo que por lo poco que se parece a la grandísima hija de puta de su hermana.»

—¿Qué haces, Miri? —acaba de preguntar Cary Faithful a su novia en ese mismo momento.

—Nada, escribir un rato. Redacto mis memorias, ¿sabes? Serán una bomba aunque mucho me temo que en este barco no hay wi-fi, de modo que mi público tendrá que esperar un poquito más para leerlas —bromea ella.

Él la mira. Con su BlackBerry en la mano y el ceño fruncido, Miranda parece realmente concentrada en su labor.

—¿Y las escribes ahí? Vaya trabajera, el teclado es demasiado pequeño. Espero que no se te ocurra contar la verdad sobre mí. Sospecho que mi depravada vida jamás pasaría la censura —bromea también, porque sabe perfectamente que no tiene nada que temer. Miranda nunca haría ni diría nada que pudiera perjudicarle, no existe en el mundo persona más leal. ¿Cuántas veces ha tenido ella en su mano la otra BlackBerry gemela de ésta, la que le pertenece a él? ¿Cuántas veces habría podido descubrir, por ejemplo, toda una colección de mensajes comprometedores de Paul, también de otros amantes eventuales, y sin embargo, nunca ha visto ni por supuesto sospechado nada?

—¿Y en qué consisten tus memorias, Miri?

—Verás, mi amor, cada vez que conozco gente nueva, me gusta hacer un pequeño perfil y anotar mis impresiones. Más adelante y sólo con estos datos, logro reconstruir punto por punto todo lo que he vivido en su compañía. Yo soy extremadamente observadora.

Como esta conversación está teniendo lugar en inglés, Cary Faithful responde lo siguiente, acompañado de una imperceptible elevación de su ceja derecha:

—*Of course you are, my dear.*

De haber tenido lugar en español dicho diálogo, Cary hubiera respondido algo como «claro que lo eres, querida», mientras que su pensamiento era este otro:

—Sí, y que santa Lucía te conserve la vista, Miri.

Es importante que se preste mucha atención a las siguientes instrucciones, lee Ágata Uriarte con intención de seguir al pie de la letra lo que indica el prospecto del producto farmacéutico que tiene entre manos en ese momento. *Nongrass 321 es un medicamento de última generación cuya eficaz función consiste en impedir que las enzimas que digieren la grasa se unan a ella y ejerzan su acción. Esto impide que se absorban las grasas de la dieta. Su acción queda limitada al intestino, por lo que no tiene efecto sobre ninguno de los demás órganos, como pueden ser el corazón, hígado o cerebro. Las encimas lipasa y amilasa bla, bla, bla.*

Ágata no puede evitarlo. Cada vez que lee el prospecto de uno de los muchos preparados que constituyen su colección de adelgazantes, se le va el santo al cielo, su atención comienza a divagar y ella a pensar en otras cosas. O, si no, en el mejor de los casos, lo que lee se le entremezcla con pensamientos, más o menos así:

...Encimas lipasa y amilasa controlan la digestión de las grasas e hidratos de carbono... «Mira tú, parece que ese libro que mi querida hermana tuvo a bien dejar en mi mesilla de noche alguien lo ha puesto ahora sobre la cama. A ver cuál es.»

...Cuando las enzimas ven frenada su actividad por acción de Nongrass 321, la absorción de grasas resulta... «Bah, *La muerte de Roger Ackroyd,* de Agatha Christie, vaya chasco. Por la carátula minimalista que tiene parecía otro tipo de literatura...» *Se recomienda tomar Nongrass tres veces al día, antes o durante las principales comidas ricas en grasa. Debe ingerirse con un vaso de agua...* «Por lo que se ve, Olivia sigue empeñada, como cuando éramos niñas, en lograr que me guste la literatura de mi tocaya; difícil lo tiene, la verdad...» *Está absolutamente contraindicado tomar Nongrass en caso de estar en tratamiento con laxantes osmóticos...* «Aún

así, recuerdo que esta novela en concreto me la prestó hace añares y me gustó bastante. Al final resulta que el mismo personaje (un médico), que cuenta la historia en primera persona, es el asesino...» *aunque es preferible consultar a su dietista si está usted consumiendo fibra...* «Una trama realmente ingeniosa, sí señor...» *tampoco se debe tomar Nongrass 321 en caso de embarazo o lactancia, presentar cuadros diarreicos, déficits vitamínicos, enfermedad inflamatoria intestinal, bla, bla, bla...*

La lista de contraindicaciones es tan larga que Ágata deja por fin el prospecto que tiene entre manos para volver a interesarse en el libro. Piensa en abrirlo y hojearlo un poco pero al final desiste, se hace tarde. «A lo mejor le echo otro vistazo mañana o pasado», concluye antes de volver a dedicar su atención al maldito Nongrass 321.

«Bueno, allá va mi experimento adelgazante de hoy», se dice ahora, al tiempo que descarta definitivamente el libro y se dispone a guardar en un pastillero de nácar la mágica pildorita que ha elegido, entre varias otras, ingerir esa noche media hora antes de que comience la cena. Los médicos desaconsejan vivamente lo que está a punto de hacer, probar un día un adelgazante y al siguiente otro. Incluso le parece oír la voz de su dietista: «...Ni falta que te hace Ágata, tu problema de obesidad es mínimo, seis o siete kilos no son nada.»

«Eso, como siempre, depende de con quién se compare uno —piensa ella con un suspiro entre irónico y falsamente trágico antes de añadir que ya le gustaría ver a Toñi, su dietista, en este barco de ricos y guapos. Seguro que ella (que no es precisamente un junco, dicho sea de paso) también tomaba medidas drásticas. No tendría más remedio que hacerlo, no sólo porque hay ambientes en los que una se siente, inevitablemente, como una morsa, sino porque Ágata está segura de que Olivia, con la ayuda de ese ejército de silenciosos tripulantes orientales, les tiene preparadas unas comilonas estupendas a las que será dificilísimo resistirse, maldita sea—. Porque otra cosa no será mi querida hermana, pero hay que concederle que siempre ha sido una anfitriona de primera —piensa ahora antes de decirse que precisamente ésa es la razón por la que ha traído con ella todo su muestrario de productos-milagro—. Y según reza, por ejemplo, este pesadísimo prospecto de Nongrass 321 que acabo de leer, gracias a esta pildorita, podré comer todo lo que me dé la gana con la tranquilidad de que resbalará intestino abajo sin engordarme ni un gramo.»

«Ay —añade entonces con un pequeño suspiro irónico— si una pudiera *nongrassarse* no sólo por dentro sino por fuera para que le resbalaran otras cosas en esta vida además de la comida…»

PARTE II
LOS DIEZ NEGRITOS

En medio del silencio se oyó una voz... inesperada, sobrenatural:
«Señoras y caballeros. Silencio por favor.»
Todos se sobresaltaron, se observaron unos a otros y escudriñaron las paredes. ¿Quién había hablado?
La voz continuó alta y clara:
«Os acuso de los siguientes crímenes.»

AGATHA CHRISTIE,
Los diez negritos

UN BREBAJE MUY ESPECIAL

—Mirad todos, esto es lo que yo llamo un *Sparkling Cyanide* —dijo Olivia Uriarte observando al trasluz su copa en la que brillaba un líquido azul intenso. Acababa de encender un cigarrillo, y dejó que el humo se enroscara en el esbelto pie de la copa, igual que un áspid—. ¿A que parece letal? Sin embargo, se trata sólo de una parte de Curaçao, tres de champagne y un suspiro de angostura. Apuesto que nunca imaginasteis que un brebaje así podía ser tan delicioso.

Pronto serían las dos de la madrugada. Las drizas tintineaban contra los mástiles y una luna menguante iluminaba en gris la bañera del barco donde se había servido la cena. Después de la comida (que, tal como había imaginado Ágata, fue deliciosa) algunos invitados expresaron su deseo de regresar al interior de barco, no sólo para combatir el relente de la noche sino también, o mejor dicho sobre todo, para contrarrestar el extraño efecto de aquel brebaje con el que Olivia se había empeñado en hacer un brindis a los postres.

(—¡Hasta el fondo y de un solo trago! ¡Venga, como los vikingos, todo de un golpe!)

—Creo que será mejor que me vaya a la cama, estos horarios españoles matan a cualquiera —dijo Cary Faithful en inglés mientras comenzaba a ponerse en pie.

Pero descubrió que la cabeza le daba tantas vueltas que no tuvo más remedio que desistir y volvió a sentarse pesadamente.

—Prohibido irse a la cama —dijo Olivia con una sonrisa—. Además, todavía falta lo mejor. ¿Estáis preparados para una gran sorpresa?

A continuación fue Ágata la que intentó levantarse.

—Ya está bien, Oli, es tardísimo y estamos todos cansados. ¿No pretenderás que juguemos ahora a uno de esos tontos pasatiempos sociales tipo descubra al asesino o el juego de la verdad, supongo? Venga, déjalo. Ya habrá tiempo mañana; yo también me voy a dormir.

Eso dijo, pero no logró moverse. Tenía los músculos rígidos.

—Carámbanos, Oli. ¿Qué demonios has puesto en este mejunje?

—Ya os lo he dicho —sonrió ella—, se trata sólo de Curaçao con Dom Pérignon, una combinación inofensiva. ¿No os sentís maravillosamente bien?

La velada había comenzado un par de horas antes y del modo más convencional. Ágata había sido la primera en subir a cubierta y a los pocos minutos hizo su aparición Sonia San Cristóbal. Aparición era, sin duda, la palabra adecuada. La modelo iba vestida con una corta túnica blanca de algodón con unos levísimos adornos color plata en los puños. Vista de frente, el aspecto no podía ser más angelical pero, de espaldas, la túnica se abría en un escote profundo que le llegaba más abajo de la cintura.

—Una noche maravillosa —dijo ella después de las presentaciones—. ¿Dónde está mi mami? ¿La has visto por aquí?

En ese momento, como si sus palabras fueran un conjuro, Ágata vio materializarse a su izquierda a madame Serpent. Y esta segunda aparición (no exactamente angélica) llevaba una túnica de una tela similar a la de Sonia que recubría su pequeño y sarmentoso cuerpo. Sólo que la suya era negra y sin escote en la espalda. «A Dios gracias —se dijo Ágata—. Parecen la noche y el día, el sol y las tinieblas. —Sonrió a continuación al comprobar que la madre le llegaba a la hija más o menos a la altura del antebrazo—. Son —concluyó Ágata— como el punto (uno bastante oscuro, por cierto) y una muy luminosa "i".»

—Usted debe de ser la hermana de Olivia ¿verdad? —inquirió la doña, y Ágata tuvo la impresión de que, al hacerle la pregunta, su interlocutora debía de estar cavilando más o menos lo mismo que ella sobre los caprichos de la genética—. ¿Son hermanas de padre *y también* de madre? —volvió a preguntar con evidente curiosidad, pero Ágata apenas tuvo tiempo de asegurarle que sí, porque en ese momento un golpe seco anunció la llegada a cubierta de un nuevo invitado.

—Santo Cristo —exclamó madame Serpent— tremendo cocacho se acaba de dar en la cabeza. ¿Está bien, ya pues?

—Sí, señora, creo que no ha sido nada —respondió el recién llegado, que no era otro que el doctor Fuguet.

Al salir a cubierta, su frente había chocado con el dintel de la puerta; un buen golpe, a juzgar por cómo había sonado aquello.

—Es lo malo de tener las piernas tan largas —dijo la doña con una sonrisa que dejó al descubierto un prodigio de remodelación dental que debía valer un Potosí—. Con esa estatura que usted tiene, apenas se pasa por las puertas, menos aún en un barco. En el mar hay que ir con cien ojos, muchacho, los golpes y los accidentes están a la orden del día, todo el mundo sabe eso.

—Jo-der, suegri, no sea usted mala follá —dijo una tercera figura que empezaba a emerger también del interior del barco, y Ágata pudo comprobar entonces que se trataba del novio de Sonia San Cristóbal, el tal Kardam Kovatchev, alias Churri.

A la luz de la luna y de los potentes focos que iluminaban la cubierta, Ágata tuvo oportunidad de estudiarlo con más detenimiento. A la primera impresión que había tenido al verle desde el ojo de buey de su camarote de que era corto de estatura, asiduo de algún gimnasio y posiblemente centroeuropeo, se unía ahora un dato más: una mirada entre dulce y melancólica que desentonaba manifiestamente con la frase macarra que acababa de pronunciar. A Ágata Uriarte le entretenía mucho intentar conocer a las personas por su forma de hablar y era firme creyente del «dime cómo hablas y te diré quién eres», pero en el caso de este muchacho había una clara contradicción. «Qué curioso —pensó—, lo que acaba de decirle a su "suegri" suena vulgar y malencarado, pero este chico no parece ni una cosa ni otra. Aunque… ya sé a qué puede deberse la contradicción —caviló entonces como si hubiera hecho un descubrimiento elemental—. Lo que le pasa es lo mismo que le ocurre a los muchos emigrantes que aprenden un idioma en poco tiempo y en la calle; no alcanzan a captar los matices que toda lengua tiene, por eso usan las mismas expresiones cuando hablan con una persona de edad que con un amiguete. Me pregunto qué pensará doña Cristina de que la llame mala follá y joder-suegri.

La pregunta era sólo retórica porque no había más que observar la mirada que madame Serpent acababa de dirigirle con sus ojos tipo puñales manchurios para saber cuál era la respuesta.

El desfile de invitados continuó entonces con la llegada de Cary Faithful y su novia Miranda.

Desfile, sí, porque, en opinión de Ágata, aquello empezaba a parecerse por fin, y tal como ella había imaginado antes de embarcar, a una pasarela de moda.

—*Hi*, Agatha —la saludó Cary con un movimiento desmayado de la mano derecha.

«Qué lata —pensó ella antes de responder con otro *Hi* tan indolente como el de su antiguo compañero de colegio—. Con Cary a bordo todos nos veremos obligados a hablar inglés, con lo pesadísimo que es eso. Pasa siempre que hay un guiri en el grupo. Como ellos no hablan idioma alguno y son la lengua dominante, al final obligan a todo el mundo a chapurrear en la suya.»

—Cary, *darling* —le dijo entonces Ágata a su antiguo compañero de colegio (en un deliberado «macarronic» *english* y sin poder ocultar un cierto retintín)—. ¿No crees que es un *poco* absurdo lo tuyo? Por si no te has dado cuenta, es de noche cerrada.

Este último comentario venía al caso porque Cary acababa de aparecer en cubierta con gafas de sol. Él ni se molestó ni se inmutó. Siguió avanzando en dirección a una tumbona próxima con la mirada muy alta, muy perdida en el horizonte, muy a lo Stevie Wonder.

Lo único interesante de este primer intercambio de palabras fue que Miranda, que venía detrás de él con un jersey por si su chico sentía frío, le explicó a Ágata dos cosas. La primera fue que no hacía falta que le hablara en inglés. Según ella, la creciente influencia latina en Los Ángeles, y por tanto en Hollywood, hacía que muchos actores se hubieran puesto a dar clases intensivas de español, y Cary no era ninguna excepción. Lo segundo que explicó Miranda estaba relacionado con las gafas negras.

—Es por los focos que iluminan la cubierta —le excusó ella—. El pobre tiene los ojos completamente fastidiados a causa de las luces de los rodajes.

Aun así a Ágata no le llegó a convencer la explicación. Tampoco durante una muy breve charla que había mantenido con él un par de horas antes, al subir a bordo, se había quitado Cary las gafas, y en el interior del barco desde luego no había foco alguno. «Para mí que hay gente que prefiere parecer un ratón ciego antes de que les vean los ojos —se dijo, y luego rió al pensar—: Yo no sé si será porque este barco se llama cianuro espumoso o porque ésta es una reunión tan variopinta, pero lo cierto es que estoy empezando a observar y clasificar a la gente como si fuera un sabueso investigador en busca de no sé qué pistas.»

A continuación vino la cena, que transcurrió sin incidente alguno. Ágata se había tomado no una sino dos pastillas de *Nongrass*, lo que le permitió disfrutar primero de un gran aperitivo (inolvidable aquel foie caramelizado, y del caviar mejor ni hablemos, casi se lo come a cucharadas). Vino luego un salmorejo, que era uno de sus platos favoritos, después un rodaballo en papillote delicioso con todas sus engordantes patatitas, y por fin, glorioso, dorado y *coulant*, un suflé de Baileys que derramaba calorías por todas partes. Para más deleite, resulta que Vlad Romescu eligió sentarse a su lado y, pese a que en todo momento se mostró silencioso, el par de veces que abrió la boca fue sólo para dirigirse a ella. En cuanto a la conversación general, también ésta fue agradable. Versó sobre todos los temas triviales y mundanos que cabía esperar. Sólo hubo un momento de lo que Ágata solía llamar insoportable esnobismo y fue cuando Olivia y Sonia dedicaron más de media hora a comentar las virtudes del reloj que la primera llevaba en la muñeca. Por lo visto se trataba de uno de esos carísimos artilugios de una marca que a Ágata no le sonaba lo más mínimo pero que muchos de los presentes admiraron; sobre todo al saber que sólo existía un número limitado de ellos en el mundo. «Mato por tener uno», le oyó Ágata decir a Sonia antes de desinteresarse por completo de la conversación. Y así pasó cerca de una hora acompasada por música brasilera (María Bethania y Gal Costa para ser exactos). No fue hasta después del café cuando Olivia les conminó a tomar aquel brebaje de inquietante color azul; y lo cierto es que nadie se atrevió a decir que no. Al fin y al cabo, llevaba el mismo nombre que el barco, y además, a pesar de su extraña apariencia, al probarlo descubrieron que tenía un sabor algo amargo pero no por eso menos delicioso.

A los pocos minutos comenzaron a notar su efecto. En realidad no se trataba de algo desagradable, sino, simplemente, paralizante. «Como en aquella película de Buñuel —pensó Ágata— en la que los invitados se quieren marchar de una fiesta pero por mucho que lo intentan no lo consiguen. ¿Cómo demonios se llamaba?»

Se esforzó en recordar algún otro detalle de la cinta o al menos el nombre, pero su memoria iba tan lenta como el resto de sus movimientos. Aun así y poco a poco, entre sus pensamientos logró colarse uno que le había rondado durante toda la noche sin que pudiera darle forma: la desoladora impresión que le había causado el aspecto físico de su hermana a la que hacía tiempo no veía. ¿Dónde habían ido a parar su belleza tan luminosa o el brillo de esos ojos grises que siempre reían? Olivia parecía cansada, empequeñecida, como si el tiempo hubiera comenzado a jibarizar un cuerpo y unos rasgos que antaño habían sido plenos y sobre todo mucho más armónicos. En realidad, sólo su voz parecía la de siempre y fue ésta la que de pronto, segura y muy clara, rompió el silencio que se había apoderado de todos para decir:

—Y ahora que ya por fin estáis relajados y con más de una copa en el cuerpo, escuchad bien porque llega mi sorpresa. Tú, Ágata, hablabas hace un momento del juego de la verdad, y algo similar vamos a hacer a continuación. Apuesto que nunca habéis jugado a nada parecido.

UNA EXTRAÑA PROPUESTA

La música brasilera cesó de pronto y, a través de los altavoces, irrumpió una grabación metálica e impersonal en la que, sin embargo, todos identificaron la voz de Olivia Uriarte:

> Supongo que no sorprenderé a nadie si confieso que esta reunión tiene otra finalidad muy distinta de la que figuraba en la invitación que os envié por correo. Si os he convidado no es para festejar mi divorcio, sino para invitaros a cometer un asesinato.

Al oír estas palabras grabadas que se abrían paso entre la difusa percepción de la realidad que permitía el alcohol que habían ingerido, todos se volvieron a mirar a su anfitriona. Ella los observaba fumando el enésimo pitillo de la noche. Luego, con una extraña sonrisa, Olivia se dedicó a vocalizar pequeños párrafos de un discurso, que fue desgranándose así:

> Todos tenéis buenas razones para desear mi muerte. Cada uno conoce la suya pero es necesario que conozca también la de los demás. Escuchad:

> Cary Faithful. El gran Cary Faithful, el segundo hombre más sexy del planeta, por el que suspiran millo-

nes de mujeres. ¿Sabéis cuál es su secreto? Yo sí, y tengo grabada su «confesión». Digamos por el momento que se trata de un juego de niños. Y cuanto más guapos y jóvenes sean esos «niños», mejor. ¿Verdad, Cary?

Pedro Fuguet. Mi querido doctor Fuguet: si alguien realmente tiene motivos para odiarme, ése eres tú. ¿Recuerdas cómo te utilicé en más de una ocasión y las cosas tan terribles que te viste obligado a hacer por mí? ¿Recuerdas a la pequeña Clara, Fug? ¿Y a Cósima, su madre, que apenas había cumplido los trece años cuando la trajo al mundo? Seguro que no has olvidado la carita de esta última al suplicar que le dejaran besar, por única vez, el rostro aún sanguinolento de su bebé.

Doña Cristina San Cristóbal, antes llamada Ana Christie y antes aún Cristobalina Sosa. Obviando las prostituciones, también todas las maniobras rastreras y posiblemente ilegales a las que tuviste que recurrir para llegar donde estás y educar a tu hija, ¿qué estarías dispuesta a hacer ahora por ella? ¿Eliminar a alguien que amenace su felicidad? ¿Vengar una antigua y gran afrenta de la que yo soy culpable? ¿Suprimir cualquier obstáculo que se interponga en el camino de la que consideras «tu» obra maestra? Todo esto y más. ¿Me equivoco, querida?

Y ahora vienes tú, Sonia. El único hombre al que has querido de verdad te dejó plantada por mí, y acabaste en lo que eufemísticamente llaman ahora una «casa de reposo» después de una tentativa de suicidio. Todo el mundo sabe que eres la bondad —y la estupidez, dicho sea de paso— personificada. Pero hasta las personas más pánfilas y estúpidas a veces son capaces de hacer cosas que uno ni imagina...

Vlad, tesoro, en esta lista no podía faltar tu presencia. No eres un invitado, no eres más que un marinero, un criado, un don nadie, condición a la que yo contribuí mucho a que llegaras. Para que lo sepáis: Vlad se acostaba con mi marido y me ocupé de mandarlo a galeras a remar. Por todo ello él me adora, como es lógico.

Muchos se preguntarán por qué he invitado a este aquelarre a dos personas a las que no conozco siquiera, como Miranda de Winter y Kardam Kovatchev. La primera está aquí porque pertenece a una extraña especie. Aquella de los hombres y mujeres que aman demasiado. Y lo hacen tan sin medida ni razón que son capaces hasta de matar con tal de proteger a quienes aman. Como le pasa a Miranda con Cary, por ejemplo. ¿No es así, Miri?

El caso de Kardam es más complejo. Está aquí por una razón que sólo él y yo sabemos. Como la vida está llena de casualidades, resulta que es el hermano de Cósima, la madre de mi pobre hija Clara. Cósima nunca se recuperó de aquel parto. Desde entonces entra y sale de instituciones psiquiátricas a cual más sórdida. Siempre juraste que la vengarías, ¿verdad, Kardam?

Y ahora sólo falta mi querida hermana Ágata. ¿Qué puedo deciros de ella? Supongo que todos conocéis la historia de Caín y Abel. El mayor era Abel, el guapo, el brillante al que todo le salía bien. Era egoísta, vividor, y pasaba el día sin dar golpe; sin embargo, gozaba siempre del favor de Yavé. Luego venía Caín, que era responsable y trabajador pero, por mucho que lo intentaba, todo le salía al revés. Caín el gafe, el insignificante, el pobre hombre. ¿Hace falta que os diga cómo acabó aquello? Es una de las historias más viejas de este mundo.

La voz calló de pronto. Todos se miraron y un silencio espeso se extendió por cubierta. Si alguno intentó moverse, no lo consiguió. Era como si sus músculos se negaran a obedecer. Entonces, desde donde se encontraban, pudieron observar cómo Olivia Uriarte se levantaba de su puesto en la cabecera de la mesa y lentamente desaparecía hacia el interior del barco, igual que si fuera devorada poco a poco por las entrañas del *Sparkling Cyanide.*

¡POR DIOS, QUE ABRAN ESA PUERTA!

«Qué sueño tan extraño he tenido —he aquí lo primero que pensó Ágata al despertar muy temprano a la mañana siguiente. Le dolía la cabeza y le zumbaban los oídos pero, aparte de esos detalles, no creía posible que lo que recordaba de la noche anterior hubiera tenido lugar en realidad—. Debió de ser una absurda pesadilla —se dijo, y sin embargo, allí estaba, para desdecirla, el vestido que llevara la noche anterior e incluso el pastillero en el que había guardado las dos cápsulas de Nongrass 321 ahora vacío—. ¿Y si entre los efectos secundarios de aquel medicamento estuvieran las pesadillas e incluso pequeñas alucinaciones? —pensó—. No, claro que no, pero en todo caso debía tener más cuidado de ahora en adelante con sus pastillas-milagro.»

Ágata decidió vestirse sin más demora. Un bikini y un pareo destinado a camuflar algún que otro michelín era todo lo que necesitaba para subir a cubierta y darse un buen baño tempranero. «Uno sin testigos —pensó, porque, el primer día en bikini tras los meses de invierno siempre le había parecido deprimente por no decir terrorífico—. Al menos hasta coger un poco de color que matice estas lorzas —rió antes de recorrer en silencio el largo trecho hasta llegar arriba. Todas las puertas de los camarotes estaban cerradas—. Mejor así, qué lujazo un baño sin nadie a quien dar palique.»

En lo primero que reparó al salir a cubierta fue en que estaban bastante lejos de la costa. Debían de haber navegado durante toda la noche porque el incierto contorno de la isla se recortaba a varias millas de distancia entre la bruma de la mañana. «Qué típico de los ricos —se dijo entonces— es esto de no parar. Cuando están en un lugar, venga tirar millas a otro cuanto más lejos mejor, y luego ooootra vez para otro lado. Gracias a su proverbial baile de san Vito debemos estar como mínimo a dos horas de tierra firme —añadió mientras procedía a quitarse el pareo, lo que la hizo sentirse maravillosamente bien y dejar de pensar en los ricos. Y es que era tan suave la brisa y estaba tan en calma la mar que todo invitaba a zambullirse despreocupadamente desde la cubierta saltando la barandilla de popa. Por fortuna no lo hizo. De haberlo intentado se habría estrellado contra una plataforma desplegada dos o tres metros más abajo, a ras del agua—. Por todos los diablos —pensó—. Esa plancha de madera desde luego no estaba ahí cuando embarcamos ayer. Debe ser —caviló entonces— que la pliegan cuando el barco está a punto de hacerse a la mar y sólo la abren para facilitar el baño de los pasajeros una vez que paran o fondean.»

Ágata recordó a continuación una foto de su hermana que ésta le había enviado el verano anterior en forma de tarjeta postal, como era su costumbre. En ella podía verse a Olivia sentada de espaldas al mar en esa misma barandilla de popa en la que ella estaba acodada ahora. «Conociendo a Oli, apuesto que cuando se fotografió estaba desplegada la plataforma de allí abajo, con lo peligrosa que es una caída hacia atrás. Cualquiera se rompe así la crisma —reflexionó, juiciosa, recordando cómo en su infancia era ella, la hermana pequeña, la que alertaba a Olivia, tan despreocupada siempre, de posibles accidentes—. Me pregunto —se dijo a continuación, puesto que acababa de invocar el nombre de su querida hermana— qué mosca le habrá picado para comportarse ayer de modo tan incalificable, mira que soltar toda esa sarta de disparates sin pies ni cabeza después de la cena. "El juego de la verdad", así lo llamó, vaya numerito, nunca he visto nada parecido. ¿Será éste el último entretenimiento entre los millonarios aburridos? ¿Decirse burradas a la cara cuando están tan borrachos que ya no pueden moverse o reaccionar? Qué tropa, para mí que no saben qué hacer para dar emoción a sus tediosas vidas.»

El ruido de una ducha proveniente del interior del barco interfirió de pronto sus pensamientos. «Vaya —se dijo entonces con un pequeño gesto de contrariedad—, parece que empiezan a despertar los más madrugadores», e inmediatamente decidió tirarse al agua para asegurarse de que, en efecto, podía disfrutar de un baño a solas. Se dirigió a una de las barandillas. No a la de popa debajo de la que se abría la plataforma para los bañistas, sino a la de babor, la misma en la que estaba adosada la escalera por la que todos habían subido a bordo ayer. «¿Y no te da miedo bañarte así, a varias millas de la costa, sin nadie en cubierta por si te pasa algo? ¿Y qué me va a pasar? ¿Me va a comer un tiburón? Lo peor que puede ocurrir —se dijo como quien intenta conjurar un tonto temor— es que me tope con una medusa y, según recuerdo haber leído en alguna parte, las medusas prefieren la costa.»

A continuación se dispuso a bajar utilizando la escalera pero luego, sintiéndose atlética, optó por saltar (no de cabeza, no se sentía *tan* atlética, sino de pie). Uno, dos, tres, allá voy y, segundos más tarde, Ágata se dejaba ya envolver por un agua de un azul tan intenso que casi parecía tinta. Y qué sensación maravillosa era aquélla de disfrutar del primer baño de la mañana a solas, ver cómo las gotas resbalaban sobre la piel de sus brazos, de sus manos, y luego comprobar cómo éstas se hundían fingiendo buscar las profundidades. Abrió por un momento los ojos y pudo ver los haces de luz que atravesaban el agua oscura, oleaginosa, hasta perderse en un fondo tan lejano como invisible e incierto. «Sólo es un remojón —volvió a decirse recordando la prudencia de no alejarse demasiado del barco, porque era evidente que si nadie sabía que estaba allí abajo, tampoco nadie podría ayudarla en caso de que sufriera un percance—. Siempre has sido un poco cagueta, querida —sonrió mientras pensaba—: No te va a pasar nada por alejarte un par de metros. —Y eso hizo, nadar alrededor del casco, hasta que, pasados unos diez minutos, decidió subir. Entonces se dio cuenta de que, para llegar arriba, tenía necesariamente que pasar por delante del ojo de buey del camarote principal, lo que la obligaría a echar, tal como había hecho ayer, otro vistazo al camarote de su hermana—. Aunque supongo —se dijo— que a estas horas las cortinas estarán echadas y Oli, dormida como un tronco, menuda es ella para los madrugones» —pensó antes de recordar algo que su hermana solía decir a menudo: «Nada que me interese en lo más mínimo sucede antes de las once de la mañana.» Y qué típico de Oli era ese discursito, qué acorde con su filosofía de vida. Muy fácil además para alguien que jamás había tenido que madrugar, no como ella que estaba en clase poco antes de las ocho a la espera de la llegada de unos cuantos adolescentes medio dormidos que se interesaban poco y nada por la lengua y menos aún por la literatura.

En esas cavilaciones andaba cuando le sorprendió reparar en que las cortinas del camarote de Olivia estaban abiertas, y no de un modo discreto o al descuido, sino de par en par. «Dormir a la vista de todo el mundo, eso sí que es exhibicionismo innecesario —pensó Ágata con puritano reparo justo antes de observar que la figura de su hermana, tendida sobre la cama, tenía un aire inerte y desmadejado que la alarmó—. ¡Oli! —exclamó al tiempo que con los nudillos golpeaba el cristal del ojo de buey—. ¿Estás bien? ¿Te pasa algo?»

Con la cara semioculta por el pelo, el resto del cuerpo de su hermana dibujaba sobre las sábanas algo muy parecido a un signo de interrogación.

Ágata intentó gritar pero la voz se le quebró. Tenía que terminar de subir a toda prisa, bajar al camarote de Olivia, abrir esa puerta, tirarla abajo si hacía falta. «Dios mío. ¿Qué ha podido pasar?»

—¡Por favor, por Dios, que alguien me ayude!

Minutos más tarde, los invitados del *Sparkling Cyanide* se arremolinaban en el reducido espacio que había frente a la puerta del camarote principal. Allí estaba Sonia San Cristóbal, por ejemplo, con cara de sueño y un mini *baby doll* rosa. Y Cristobalina Sosa, envuelta en una flotante y sin duda carísima bata de seda blanca. También Cary y Miranda, que compartían pijama: ella la parte de arriba, él la de abajo. Un poco a la derecha podía verse a Kardam Kovatchev ataviado sólo con una toalla a la cintura mientras preguntaba a los allí presentes si era necesaria su ayuda para derribar la puerta. Sin embargo, Vlad, como capitán del barco, se apresuró a responderle que no, que él tenía una llave maestra, que no tardaría más de un par de minutos en traerla y que no había que ponerse nerviosos.

—¿Nerviosos? ¿Quién está nervioso?, desde luego no yo —dijo doña Cristina mientras aguardaban el regreso del capitán—. Si a esa mujer le ha dado un patatús de algún tipo allá dentro, será por culpa de la porquería que nos hizo beber ayer. Y bien merecido tiene lo que le pase por las cosas imperdonables que nos dijo.

—¿Y qué dijo? —intervino Cary, que con pantalón de pijama y sus sempiternas gafas de sol tenía un aire más ambiguo que nunca—. No recuerdo nada que pasara más allá del postre.

—Yo tampoco —corroboró Miranda de Winter, que llevaba su maravillosa cabellera prerrafaelista envuelta en una toalla, lo que le hacía tener un aspecto muy distinto al del día anterior. Y es que, desprovista de su atributo más significativo, la nariz y la barbilla se le afilaban hasta conferirle el aspecto de un ave, de una rapaz.

—Exactamente lo mismo me pasa a mí. No recuerdo *nada* en absoluto de lo que dijo Olivia —se sumó Vlad, que en ese momento regresaba con la llave maestra y comenzaba a forcejear con ella (no con mucha determinación, por cierto).

«Mienten —le dio tiempo a pensar a Ágata—, claro que recuerdan lo ocurrido anoche, ¿cómo no van a recordarlo? ¿Y Vlad? ¿Qué demonios hace que no acaba de abrir la puerta? Por el amor de Dios, Vlad, ¡a qué esperas!»

En realidad, toda la escena duró apenas unos minutos, tres o cuatro a lo sumo. Y sin embargo, más adelante, cuando Ágata recordara los acontecimientos de aquel día tan pródigo en ellos, se sorprendería al comprobar que podía dar cuenta de todo lo ocurrido incluso con detalles intrascendentes como el color del forro de la bata de Cristobalina Sosa, que era de un amarillo pálido, por ejemplo. O insignificantes, como el modo en que Cary Faithful jugueteaba con los cordones del pantalón de su pijama al decir que no recordaba nada en absoluto de lo ocurrido la noche anterior. O extraños, como el modo en que la mirada de Kardam Kovatchev parecía escrutar una y otra vez las caras de los presentes en busca de quién sabe qué: ¿un gesto de culpabilidad?, ¿una expresión cómplice?, ¿algún secreto regocijo?

En efecto, qué lentos y preñados de pormenores habían sido esos escasos minutos. Como cuando Ágata reparó también en la mirada que intercambiaron Sonia y su madre al ver que la puerta se resistía a la llave maestra. O el momento por fin en el que el doctor Fuguet, el último de los pasajeros en reunirse ante el camarote de Olivia, de pronto se abrió paso entre ellos y, con una calma en la que se adivinaba un gran temor, se acercó a Vlad, y sin mediar más que media docena de palabras le conminó a que le entregara la llave. Pocos segundos más tarde y con un insignificante clic, la puerta cedió, permitiéndoles entrar al camarote. Ágata recuerda a continuación el inconfundible olor a almendras amargas que envolvía la habitación de su hermana y el «Dios mío» que escapó de los labios del doctor Fuguet, que estaba a su derecha y que posiblemente percibió aquel aroma en el mismo instante que ella. Y es que allí, entre las sábanas revueltas, podía verse el cuerpo de Olivia Uriarte, con la cara semioculta por su pelo rubio y los brazos yertos a un lado del colchón.

Sólo dos de los presentes corrieron hacia ella. La primera, Ágata, mortalmente pálida; el segundo Pedro Fuguet, con un grito ronco, terrible.

—¡Olivia! —sonó aquel nombre en ambas gargantas pero, apenas un segundo más tarde, ambos gritos se trocaron en otro de asombro porque, como quien sale de un letargo, como quien regresa de un prolongado y no precisamente nada desagradable sueño, Olivia se irguió en la cama para mirarlos con lo que parecía genuina extrañeza.

—¿Pero se puede saber qué demonios os pasa a todos? ¿A qué viene tanto alboroto? Cualquiera diría que habéis visto un fantasma.

El desconcierto fue tan general que nadie atinó a decir palabra. Un silencio espeso como el que se había extendido anoche después de los postres pareció apoderarse de todos los presentes.

Y sin embargo, apenas ocho horas después de esta escena, Olivia Uriarte estaba muerta. Esta vez de verdad.

RECUERDA, RECUERDA

—Tranquila, señora, lo más importante ahora es que haga memoria. Ya sé que son momentos difíciles, pero intente sobreponerse y pensar con claridad. Vamos a hacer una ronda de preguntas a todos ustedes, posiblemente por separado, por lo que es necesario que permanezcan en sus camarotes.

Ágata observó al hombre que tenía delante. «Qué poco se parecen los policías de verdad a los de las películas —pensó al ver a aquel guardia civil tan joven y menudo que casi flotaba dentro de su uniforme verde—. ¿Cuántos años podía tener, ¿veinticuatro? ¿veinticinco? Incluso parecía menos.»

—¿Quiere que comience a hablar ya? —preguntó.

Pero aquel muchacho (el cabo Padilla, dijo llamarse) la tranquilizó con unos golpecitos en la mano.

—Hay tiempo. Cuando mi superior, el teniente Gálvez, termine con la inspección ocular, procederemos a hacer el atestado. Usted permanezca aquí y procure recordar las horas previas al descubrimiento del cadáver. Todos los detalles son importantes.

Fue Vlad Romescu quien descubrió el cuerpo de Olivia. Eso es lo primero que logra recordar Ágata. Eso, y que éste apareció en la plataforma de los bañistas, sin signos de violencia. Recuerda también cómo, a la voz de alarma del capitán, todos se habían congregado en cubierta junto a la tripulación. Cuando ella llegó, allí estaba ya el doctor Fuguet, que intentó reanimar a la accidentada durante lo que a Ágata le pareció una eternidad, pero sin éxito. ¿Qué había pasado? Alguien aventuró que parecía claro que Olivia hubiese caído de espaldas desde la barandilla de popa. Pero ¿estaba sola en ese momento o había alguien más? Cada uno negó haber visto u oído nada.

Lo que hicieron a continuación fue pedir ayuda por radio y entonces, siguiendo las indicaciones de la Guardia Civil del mar, el barco regresó a tierra. Ahora se encontraban atracados en el puerto de Andratx a la espera de la llegada del forense, pero se hacía esperar. Por lo visto había habido un accidente en carretera con varios muertos y se estimaba que tardaría por lo menos una hora. Había por tanto mucho tiempo para poner en orden las ideas tal como le pidió el cabo Padilla que hiciera. ¿Estarían los demás haciendo lo mismo en sus camarotes? Los recuerdos de unos y otros rara vez coinciden, se dijo Ágata, pero ella estaba muy segura de cuáles eran los suyos. Ahora se preguntaba si tendría razón Olivia cuando decía que la muerte suele anunciarse con pequeños avisos o señales. Reviviendo cierta conversación mantenida con su hermana unas cuantas horas atrás, mientras ésta se vestía para el desayuno, Ágata no tenía más remedio que reconocer que sí.

—¿Cómo diablos se te ocurre gastar semejante broma estúpida, Oli? Peor aún: cruel y macabra si le añadimos tu numerito de anoche. Fingirte muerta, ¡y además perfumar tu cuarto con olor a almendras amargas como si de una novela de crímenes barata se tratara! ¿A qué vienen tantas estupideces? Supongo que éste es uno más de tus jueguecitos de millonarios aburridos, pero no tiene ninguna gracia. No hay más que ver la cara que se les ha quedado a tus invitados.

—Precisamente *eso* es lo que yo pretendía, tonta, verles las caras. ¿No lo comprendes?

—Desde luego que no. ¿Qué es lo que tengo que comprender?

—Hay que ver lo simple que puedes llegar a ser a veces, tesoro; intentaré explicártelo de otro modo. Se dice siempre que si uno pudiera estudiar las caras de las personas que tiene alrededor en el momento de morir, no sólo comprendería quién le ha querido de verdad y quién no, sino también quién más desea su muerte e incluso quién está dispuesto a darle matarile. Por tanto, yo ahora *sé perfectamente* qué piensa cada uno. ¿Te importa subirme la cremallera? ¿Cómo demonios se las arreglan las mujeres que no tienen marido ni mucama para ponerse ropa que se abrocha a la espalda? ¿Cómo te las arreglas tú que nunca has tenido ni una cosa ni otra?

—Ya basta, Oli —la había interrumpido ella a punto de perder la paciencia—, ni siquiera yo, que soy tu hermana, me creo este cúmulo de frivolidades y provocaciones en el que has convertido tu vida. ¿Además, qué quieres decir con eso de verles las caras? ¿Y qué carámbanos ganas con escenas absurdas como la de anoche o como la de hace un rato?

—¿Aún usas esa exclamación del paleolítico inferior?, ¿carámbanos? Qué deliciosamente absurda eres, mi sol.

—Déjate de tonterías y contesta a lo que te he preguntado.

A continuación Olivia aspiró profundamente y, como quien intenta hacer acopio de paciencia, continuó diciendo:

—Veamos, querida, a ver si esta vez captas la idea. Nadie va por ahí diciendo lo que verdaderamente piensa o siente. ¿No es así? La hipocresía, o lo que es exactamente lo mismo, la buena educación, es un gran invento que sirve, sobre todo, para evitarnos el molesto espectáculo de los pensamientos ajenos. Hasta ahí estamos de acuerdo, ¿verdad? Sin embargo, cuando se rompen las reglas, cuando alguien, como hice yo anoche, dice a las claras lo que posiblemente nadie se atreve siquiera a confesarse a sí mismo, las formas saltan por los aires. Y existe además otro momento aún más interesante en el que no hay disimulo que valga: al producirse una muerte, ya sea real o fingida como la mía de hace un rato. Por eso lo que viste en la cara de todos esos lobos hambrientos minutos atrás no es más que el ensayo general de lo que sucederá dentro de muy poco si los acontecimientos se producen según mis planes.

—¿Y qué demonios va a suceder? Nada, en absoluto. Ninguna de las cosas que dices tiene pies ni cabeza, a mi modo de ver.

—Precisamente ahí está el problema. En tu forma de ver, en tu forma de pensar, mejor dicho; tú nunca piensas fuera de la caja, tesoro.

—¿De qué caja? Explícame por favor qué nueva y superferolítica teoría tuya es ésa —retrucó Ágata, más sarcástica que curiosa.

—No es ninguna teoría mía, aunque yo siempre la he practicado. Pensar fuera de la caja significa no razonar como todo el mundo, salirse del dos y dos son cuatro. En otras palabras, es relacionar cosas dispares, sumar peras con manzanas para solucionar lo que aparentemente no tiene solución.

—Vaya estupidez —respondió Ágata, ya muy irritada, y acto seguido se dedicó a descartar con un vaivén hastiado de la mano derecha todo lo que acababa de oír.

Es más, lo archivó en cierto apartado mental suyo muy antiguo, muy misceláneo y molesto que, de tener un rótulo, rezaría algo así como «Cosas de Olivia» o «Disparates de mi hermana». ¿Para qué seguir escuchando tonterías? Eran casi las once y con toda seguridad ya estaría servido en cubierta (y, con un poco de suerte con la presencia en la mesa de Vlad Romescu, como anoche) un gran desayuno. Uno de esos que se disfrutan en sitios pijos y caros y en los que abundan excentricidades como *rollmops,* arepas, quién sabe si incluso blinis con caviar o huevos rancheros. «A Olivia siempre le ha gustado —ironizó Ágata— mezclar *"cuisines"*. ¿Podré tomarme otro Nongrass 321?», se preguntó, mientras cerraba la puerta del camarote de su hermana para subir a cubierta. Al hacerlo le pareció oír, al otro lado de la hoja, una risa ahogada y a la vez amarga, pero una vez más archivó el dato en el apartado «Cosas de Oli» mientras ponderaba si tomarse un Nongrass o ensayar, en cambio, algún otro nuevo milagro adelgazante. Probar, por ejemplo, una cápsula homeopática, carísima, que le había recomendado su vecina de rellano y que, según había leído en el prospecto que la acompañaba, tenía efectos controladamente laxantes.

«Uno de estos días voy a tener que dejar de hacer experimentos con las dietas-milagro —se dijo (por supuesto sin la menor intención de cumplir su propósito)—. Mañana, juro que mañana seré buena —añadió antes de concluir—: Y ahora, ¡a desayunar!, estoy muerta de hambre. Me pregunto qué pasará con los invitados a la hora de sentarse a la mesa después de todas las bromitas de Olivia.»

En este punto, Ágata detiene sus recuerdos. ¿Iba a contarle todo lo anterior al cabo Padilla y a su jefe, el teniente Gálvez, cuando la interrogaran? Sí, por qué no, de este modo podrían conocer la personalidad de Olivia. En las películas, al menos, la policía siempre intenta averiguar este tipo de detalles. «Lo que no pienso mencionar de ninguna manera —se dijo Ágata a continuación— son mis problemas con los adelgazantes. A nadie le importan. Pero bueno, ¿por dónde iba? Ah sí, me dirigía a cubierta a desayunar.»

—Esperen y van a ver —recuerda Ágata que estaba diciendo doña Cristina Sosa cuando emergió del interior del barco—. Yo no estoy educada en el Sacré Cur (así lo pronunció ella) ni en ningún colegio platudo como ustedes, de modo que no tengo naditita así de pelos en la lengua. Tampoco tengo edad de aguantar cojudeces de niñas ricas y aburridas. De modo que, o esa mujer nos pide a todos disculpas por el susto que nos ha dado esta mañana así como por sus palabras de anoche, o a mí que me llevan a puerto ahoritita nomás.

—Vamos, mami, no eran más que bromas sin importancia —eso le dijo Sonia San Cristóbal, quien con unos shorts blancos y una camisa celeste descuidadamente abierta resplandecía como un sol.

Pero a juzgar por la cara de al menos tres de los presentes (Miranda de Winter, Kardam Kovatchev y hasta el doctor Fuguet), Ágata no tuvo más remedio que deducir que el resto estaba más de acuerdo con madame Serpent que con su adorable hija.

Cary Faithful, por su parte, continuaba con su habitual política de hacer como si nada de lo que ocurriera a bordo le afectase en lo más mínimo. A ello contribuía el hecho de que, una vez más, sus ojos se encontraban ocultos tras sus Ray-Ban, que hoy parecían, si cabe, aún más inescrutables. Y, para completar la impresión de «esto no va conmigo», su atención estaba acaparada por una BlackBerry (¿querría eso decir que por fin había cobertura?) en la que se entretenía en escribir larguísimos textos a los que acompañaba con pequeñas exclamaciones, a veces de fastidio *(oh shit)* y otras de infantil impaciencia *(oh, come on, for Christ, sake, fucking, shit).*

—Por fin aparece su señoría —empezó diciendo doña Cristina en cuanto vio a Olivia hacer su entrada en cubierta pocos minutos más tarde—. Venga para acá que le voy a decir un par de cositas. Olivia respondió distraídamente «Sí, claro, ahora voy», pero lo cierto es que continuó su camino deteniéndose tan sólo ante el doctor Fuguet, al que dedicó una de esas maravillosas sonrisas que su hermana tan bien conocía de antaño. «Qué guapa está —recuerda Ágata haber pensado en ese momento sin prestar ya más atención a las protestas de madame Serpent, que se fueron diluyendo poco a poco—. Es curioso, pero Oli tiene ahora un aspecto completamente distinto del ajado y tenso que presentaba anoche o incluso hace un rato en su camarote. Casi parece una niña —pensó, aunque inmediatamente tuvo que rectificar esta impresión porque, una vez que la sonrisa dedicada al doctor se apagó, la cara de su hermana volvió a tener su aspecto desmejorado de antes. Ágata miró entonces a Fuguet. ¿Habría él visto lo mismo que ella? Por la expresión desconcertada de su rostro estaba segura de que sí—. El pobre está loco por Oli» —se dijo antes de preguntarse a qué podía deberse la sonrisa de su hermana. Tal vez tan sólo a la cortesía, no había que buscar más explicaciones.

Ágata detiene aquí sus recuerdos por segunda vez: «¿Le interesarán estas lucubraciones mías al cabo Padilla? —se preguntaba—. Por Dios, qué difícil es decidir qué debe uno contar a la policía y qué no.»

Sea como fuere, lo que sí tiene claro Ágata en ese momento es que los dos recuerdos que vienen a continuación *no* piensa contárselos a la policía ni a nadie. Y no lo hará «porque lo que más podría interesar a alguien que investiga un accidente —se dice— son, supongo yo, las conversaciones que hubo entre los invitados pero éstas yo no las recuerdo en absoluto.» («Cómo es posible, señora, tiene usted aspecto de ser una persona muy observadora», tal vez le diga Padilla que, a su vez, parece perspicaz), «pero es la pura verdad, no recuerdo ni una palabra —enfatiza Ágata antes de repetirse que lo que *sí* recuerda en cambio no piensa contárselo a nadie, así la aspen—. Porque vamos a ver —se dice—. ¿Cómo cuenta uno las dos situaciones que vienen a continuación y que son una buena y otra muy mala sin provocar más de una carcajada?»

De las dos, la primera tiene por protagonista a Vlad Romescu y unos deliciosos huevos rancheros con chile poblano, la segunda... La segunda es mejor ir por partes, porque Ágata, a pesar de los, sin duda, mucho más trágicos acontecimientos del día, aún tiembla al recordarla.

Todo comenzó con ella tomando asiento en la única silla que quedaba libre en ese momento en la mesa, una que estaba entre Cary Faithful (que por fin había dejado su BlackBerry y se dedicaba a mirar con más intensidad de lo que la buena educación aconseja los bíceps de Kardam Kovatchev) y el siempre silencioso doctor Fuguet. Se trataba de un desayuno-buffet, por lo que era necesario que cada uno de los presentes se acercara a una segunda mesa que había instalada al fondo, junto a la barandilla de popa. Y allí, en posición de revista podía verse todo un repertorio de delicias: frutas tropicales, huevos preparados de tres formas y cocciones distintas, también beicon, salmón, caviar, fiambres de diversas clases, y hasta unos arenques a la crema que hicieron relamerse a Ágata. Todo estaba al alcance de los comensales salvo las bebidas e infusiones que, según pudo ver ella, eran servidas por marineros que iban y venían entre los invitados ofreciendo dos termos, uno con agua para el té, el otro con humeante café. «Yo acababa de regresar con un plato que daba gusto verlo —recuerda ahora Ágata, y al hacerlo casi puede revivir el delicioso entrevero de aromas de todas aquellas exquisiteces—. Tres miniblinis con caviar compartían espacio escénico con una gran cucharada de arenques a la crema y luego, dorados, crujientes y rodeados de frijoles negros por todos lados como una isla, reinaban en mi plato dos soberbios huevos rancheros con mucho chile.

Mientras daba cuenta de los arenques a la crema y a la espera de que llegara el café, hice dos cosas: primero, tomarme la mágica píldora homeopática que me había recomendado mi vecina, y después me entretuve en observar la llegada de Vlad Romescu, que acababa de hacer su entrada en cubierta. «Mirar es gratis, me dije, al tiempo que recordaba que, de ser verdad lo que Olivia había apuntado la noche anterior (y por qué no iba serlo), este guapísimo Vlad del que yo no lograba apartar la vista ni un segundo y que tenía un aire tan masculino, habría sido un buen hoplita en los ejércitos de Esparta, digamos. Tonta, más que tonta, me dije, ya verás lo que ocurre cuando pase por delante de Cary, que también es de la misma cofradía y sus cuerpos se rocen. Qué mundo éste en el que es más difícil encontrar un tío heterosexual que un rinoceronte albino, añadí con un suspiro y, a la espera de tener la confirmación de mi teoría, recuerdo que enterré un gran trozo de pan en la anaranjada yema de uno de mis huevos rancheros como quien intenta cegar un ojo demasiado iluso. Llegó entonces el momento en que Vlad se disponía a acercarse a Cary, y yo venga mirar. Pero por más atención que puse, lo cierto es que no logré detectar nada, ninguna reacción delatora en él. Qué raro, continué cavilando muy asombrada mientras aquella perfección de hombre se acercaba a mí.»

Aquí Ágata hace otra pausa en sus pensamientos. Y es que lo que viene a continuación lo quiere paladear despacio, muy poco a poco, como un manjar. No culinario pero igualmente exquisito, porque lo cierto es que después de acercarse a darle los buenos días, fue *él* quien la rozó a ella y, no una, sino dos veces. Sí, sí, no había duda posible. Vlad había dejado que su brazo se deslizara sobre el hombro de Ágata demorando el contacto y lo retuvo ahí mientras le hablaba de algo que Ágata ni siquiera recuerda porque estaba atenta a otro tipo de lenguajes que poco tienen que ver con las cuerdas vocales, la verdad.

«Vamos, querida —se reconvino entonces mientras engullía una cantidad considerable de arenques a la crema revueltos con la yema de dos huevos—, más vale que pares ahora mismo de hacerte la novelita rosa. No sólo tú no le gustas (cosa bastante comprensible) sino que te recuerdo una vez más, por si no te has enterado, que el tío es g-a-y» —deletreó como si intentase tatuar esas tres letras en su iluso y, según ella, bastante patético corazón.

Entonces es cuando Ágata cree que comenzó a fraguarse su desastre. No la muerte de su hermana, eso vendría unas cuantas horas más tarde, sino otra calamidad. Una anterior y no tan terrible pero que sin duda jugaría un papel decisivo en su percepción de todo lo ocurrido aquel día. Quizá la culpa fuera de aquel roce imprevisto que le regaló Vlad Romescu. O tal vez del café, que estaba muy cargado. Quizá se debiera a que había engullido casi sin masticar dos huevos rancheros con arenques a la crema. Aunque lo más probable es que se debiera a todo eso unido a aquella píldora homeopática de efectos, oh, Dios mío, laxantes. Pero lo cierto es que en cuanto Vlad se alejó un par de metros para servirse unas tostadas, Ágata sintió los primeros indicios de una suerte de turbulencia. De un tsunami que comenzaba a manifestarse no en el mar, que estaba en perfecta calma, sino en su estómago o, más concretamente, en sus intestinos. Uno siempre sabe cuándo se avecina este tipo de catástrofe. Primero fue un eructo perfumado al café y revuelto con chile poblano. Después un ruido como de cañería obturada, seguido de una especie de desplome o «plop» interior que la hizo estremecerse de arriba abajo y romper a sudar en frío. «Oh no», se dijo, y a partir de ese momento ya todos sus recuerdos son de los que no se pueden rememorar ni siquiera a solas sin enrojecer de espanto. Sucedió de modo tan repentino y a la vez fugaz que tal vez hubiera sido posible («sí, sí, ojalá, ojalá, Dios mío») que a nadie le diese tiempo de observar cómo por su pareo (de color kaki, qué gran bendición) se extendía infamante cierta mancha parda que fue creciendo, creciendo, antes de que ella acertara a levantarse y correr como alma que lleva el diablo.

Ágata ahora, sentada al borde de su cama a la espera de la llegada del cabo Padilla y su superior, el teniente Gálvez, para comenzar con la ronda de preguntas, cierra de modo instintivo sus rodillas y contrae los glúteos. No. Nada de todo esto piensa contárselo a la Guardia Civil, ni loca que estuviera. Por eso es necesario que invente alguna otra razón que explique por qué, desde la hora del desayuno hasta el momento en que se descubrió el cadáver de su hermana Olivia, hacia las cinco de la tarde, ella no había estado con los demás.

«Verá, cabo, después del desayuno me sentí levemente mareada (sí, eso dirá. Tan digno el mareo, tan socorrido, y en un barco más que comprensible)... muy levemente, pero claro, usted ya sabe lo desagradable que puede llegar a ser esa sensación. He ahí la causa de que pasara tantas horas sola en mi camarote.» «¿Entonces desde la hora del desayuno hasta las cinco, cuando se descubrió el cuerpo de su hermana, usted no vio ni oyó nada?» Seguramente Padilla y su superior preguntarán algo parecido a esto y a continuación tal vez añadan: «Y dígame, señora Uriarte, ¿nadie en todo ese tiempo se acercó a su camarote a ver cómo estaba usted? ¿Tampoco a través del ojo de buey vio o escuchó algo, una conversación, un grito, un golpe?»

Y, si los policías de la vida real se parecen en algo a los de las películas —piensa Ágata—, tras la pregunta anterior es muy posible que Padilla o quizá su jefe se asomen al ojo de buey de su camarote, con lo que comprobarán que, en efecto, desde allí sí se alcanza a ver al menos la mitad de la plataforma de madera. La misma que ella había visto esta mañana antes de su baño matutino, la misma en la que apareció por la tarde el cuerpo sin vida de su hermana Olivia.

«Una caída muy desafortunada. Con toda probabilidad su hermana de usted estaba sentada allá arriba en cubierta en la barandilla de popa, hablando por teléfono de espaldas al mar (encontramos su móvil en la plataforma) y cayó. Desnucada, sí, es fácil de colegir que ésa ha sido la posible causa de la muerte. Pero es necesario averiguar si estaba sola o acompañada. Piense una vez más, señora, mientras estaba usted aquí en su camarote con su leve mareo, ¿vio o escuchó algo?»

Ágata cierra aún con más fuerza sus rodillas. Un nuevo amago de tsunami recorre su cuerpo y hasta su boca sube incluso una pequeña ola con regusto a café rancio. Sí. Si la policía le hace esta pregunta, ella no tendrá más remedio que contestar de forma afirmativa. Y es que fueron varios los retazos de conversaciones que llegaron hasta sus oídos en aquellas cinco o seis horas. También varias las sombras que habían bailoteado ante el cristal de su ojo de buey desde el que, en efecto, se alcanza a ver parte de la plataforma. ¿Pero qué decían esas voces? ¿Y qué demonios hacían esas sombras? «Si esto fuera una película y no la vida real, seguro que ahora —se dice Ágata— comenzarían a acudir a su memoria, poco a poco, ráfagas de conversación, palabras sueltas, incluso alguna visión fugaz pero muy reveladora que ayudasen a descifrar cómo se produjo el mortal accidente. Pero esto no es una película sino la realidad. Y, por lo que se ve —continúa diciéndose Ágata— la vida real no tiene el menor escrúpulo en mezclar lo irreparable con lo inconfesable, lo luctuoso con lo bochornoso. O, dicho en román paladino, la muerte de mi única hermana con una monumental cagalera.»

Por eso, en los recuerdos de Ágata Uriarte se entreveran y confunden palabras sueltas con retortijones. También una risa que tiene la particularidad de acabar en una nota aguda, muy infantil y luego, al cabo de varios minutos, la fugaz visión de algo a través del ojo de buey (un móvil caído, unas gafas de sol), todo esto mezclado, por supuesto, con desesperados corre-corres al cuarto de baño y con oh dios mío, que otra vez no llego al retrete.

«Qué mala, pero qué mala guionista es la vida y, sobre todo, qué desconsiderada», se dice ahora Ágata aún con las rodillas muy juntas y tratando de hacer memoria y poner en orden sus recuerdos antes de que se abra la puerta y aparezca Padilla con el teniente Gálvez para comenzar la ronda de preguntas.

«Piensa, Ágata piensa, por lo que más quieras ¿Qué fue exactamente lo que viste u oíste y en qué orden? Recuerda, recuerda.»

INVITACIÓN A UN ASESINATO

Notas para una posible novela

Por Ágata Uriarte

Ha pasado un tiempo desde la muerte de mi hermana Olivia y aquí estoy, tomando lápiz y papel (esto es sólo una licencia literaria, claro; yo, como todo el mundo, escribo en ordenador) para contar lo sucedido desde entonces. Una parte de mí piensa que se trata de una historia que merece ser publicada en una novela, o mejor aún, en un blog, para que la gente opine sobre sus extrañas circunstancias, que son muchas y poco comunes. Pero otra parte —que de momento es la que manda— razona que es preferible que jamás vea la luz. Hay historias así, que mejor no se sepan nunca.

Sea como fuere, de momento mi intención es escribirla con detalle. ¿Otra de mis muchas contradicciones? Sí, es cierto, pero ocurre también que determinadas cosas que uno vive sólo se comprenden en su totalidad cuando se ponen negro sobre blanco.

Además, una vez que termine con esta crónica, si por fin prefiero que no se sepa, siempre puedo quemarla o mejor aún, pulsar la tecla *supr.* Todos los que pasamos mucho tiempo en internet sabemos que tiene algo de divino hacer que lo vivido se disuelva en un segundo, así, sin dejar rastro. Pero bueno, me parece que ya estoy elucubrando demasiado. Volvamos al comienzo de este relato, que empieza conmigo sobre la cama de un hotelucho de nombre Sa Tomasa, cerca de Magaluf, una semana después de la muerte de mi hermana Olivia, sola como es mi costumbre, pero rodeada de recortes de periódico y revistas. Aunque, antes de lanzarme a narrar los hechos, tal vez debería dedicar un par de líneas a describir mi estado de ánimo. Eso es lo que haría un escritor profesional, ellos conceden mucha importancia a lo que llaman «el factor humano». Muy bien, seguiré su ejemplo y para eso he de decir que, por aquellas fechas, me encontraba aturdida, preocupada y también vacía. Sí, creo que esta última es la palabra exacta. Es verdad que Olivia y yo nunca estuvimos lo que se dice muy unidas, pero era la única persona de la familia que me quedaba, si exceptuamos unos primos ingleses a los que hace años no veo. Y algo se extingue dentro de uno cuando desaparece la última persona de la familia, o al menos eso me ocurría a mí. Además, para qué voy a hacerme la dura e imperturbable, es terrible tener que contemplar el cuerpo sin vida de alguien de nuestra misma sangre. Y sin embargo, ahora que lo pienso, el de Olivia parecía tan sereno... Incluso estoy por afirmar que había una mínima sonrisa en sus labios cuando la encontramos. Pero no, deben de ser figuraciones mías, nadie más pareció reparar en tan significativo detalle. Por eso es mejor que vuelva al punto en que me disponía a comenzar esta historia, a aquel hotelucho de Magaluf y a los recortes de periódico sobre mi cama.

«La muerte viaja en yate», así rezaba el titular de uno de ellos, y otro decía: *«Una caída mortal acaba con la vida de divorciada en apuros»*. *«El actor Cary Faithful y la "top" Sonia San Cristóbal, testigos de una muerte fortuita»* era el enfoque de un tercero, y había lo menos tres o cuatro más si sumamos periódicos, revistas y hasta uno de esos escandalosos confidenciales de internet que yo había tenido la pruden-

cia de imprimir para leer con más detenimiento. Los subtítulos de unos y otros, por su parte, se ocupaban sobre todo de guarismos. *«A pesar de que la tragedia se desarrolló en cuarenta metros de gran lujo con diez personas de tripulación y ocho invitados a bordo, nadie vio ni oyó nada.»* Y luego estaba este otro que hablaba de ciertas cifras que fueron una verdadera sorpresa para mí. *«Una deuda de cien millones de libras, un tercer divorcio y varios embargos proyectan su larga sombra sobre una muerte accidental.»* Con todo detalle se exponía la situación financiera del ex marido de Olivia, Flavio Viccenzo, que yo desconocía por completo. Se hablaba de una quiebra ocurrida meses atrás y de cómo un gran imperio se puede desmoronar de la noche a la mañana. Aunque lo más sorprendente para alguien lega como yo en los muchos enigmas del sistema capitalista, eran las líneas que venían a continuación. En ellas se explicaba que todo lo que habíamos vivido a bordo del *Sparkling Cyanide* —la gastronomía tres estrellas, el lujo, también la cohorte de silenciosos e invisibles marineros asiáticos— no era más que un espejismo. *¿Cómo se explica que una persona arruinada y con sus bienes embargados como Flavio pueda seguir disponiendo —e incluso prestar a su ex— un yate de cuarenta metros que cuesta la friolera de 4.100 euros al día mantener?*, se preguntaba el autor de aquel interesante reportaje para luego, bajo el subtítulo de «Los ricos también lloran... pero menos» explicar otra cosa que, al menos para mí, resulta casi imposible comprender. Me refiero al hecho de que, a diferencia de los simples mortales que cuando se arruinan lo pierden todo y a la calle, los multimillonarios que quiebran pasan de ser ricos en dinero a serlo en deudas. Y por lo visto, cuanto más debes a todo el mundo, mucho mejor, por lo que a ellos se les permite seguir navegando —ésta era la oportuna metáfora que utilizaba aquella publicación— hasta que, a veces logran salir a flote y otras —como al parecer era el caso— naufragan sin remedio. Sin embargo, incluso cuando se van a pique, los millonarios en deudas lo hacen con mucho estilo. Es algo parecido al hundimiento del *Titanic*, se van al fondo entre comilonas y saraos mientras la orquesta toca *Nearer my Lord to thee*, como quien dice.

Sin embargo, no todo eran sarcasmos ni enfoques económicos de lo sucedido. Otras publicaciones, más interesadas en el lado rosa de la noticia, hablaban de naufragios de una índole bien distinta. Junto a una foto nada favorecedora de Oli, se publicaba, por ejemplo, la de una de esas rubias ninfas centroeuropeas, tan jóvenes y perfectas que parecen diseñadas por ordenador. A continuación se contaba su historia: Se llamaba Kalina, y según relataban aquellos medios chismosos, ella no sólo era la causante del precipitado divorcio de mi hermana, sino que estaba embarazada de ocho meses. También se decía que Olivia, incluso en el caso de que la ruina de su marido no fuera tan absoluta como parecía, no iba a poder reclamar ni un ochavo de pensión, puesto que existía un «prenup», palabra desconocida para mí pero que ahora me entero que quiere decir contrato prematrimonial (y leonino, por lo general).

Confieso que leí toda esta información sobre la vida de Oli como si hablara de otra persona, de una perfecta extraña. Porque en efecto, así era, yo no conocía a mi propia hermana, y recién estaba empezando a descubrir quién era después de su muerte. ¿Cómo es posible que ella no me hubiese contado circunstancias de su vida que, ahora me doy cuenta, eran del dominio público? Cierto es que, en el día y medio que estuvimos embarcados, no hubo mucho tiempo para hablar. Y el poco que compartimos lo dedicó —no a contarme su situación tan apurada— sino a esas ocurrencias típicas suyas como asegurar que todos lo que estábamos a bordo teníamos razones para cometer un asesinato. Horas más tarde, como si el destino se riera de ella y de paso también del resto de nosotros, se producía el accidente. «La Providencia tiene un extraño sentido del humor», eso le gustaba decir siempre a Oli, y me temo que, una vez más, tenía razón.

Un terrible, estúpido y también paradójico accidente fue lo que acabó con la vida de mi hermana. Me apresuro a decirlo, puesto que es importante señalar que, desde el primer día, no hubo dudas al respecto. Incluso aquellas publicaciones escandalosas que recogieron la noticia en ningún momento se atrevieron a especular con otras posibilidades. Una suerte, en realidad, porque la profusión de datos sobre quiebras repentinas, divorcios apresurados, así como el escenario en el que se había producido la muerte de mi hermana, daban para especular, y mucho, sobre sus posibles causas. Estoy segura de que si Olivia hubiese sido más rica, más importante, o simplemente, no hubiera sido abandonada por Flavio, ahora correrían por ahí todo tipo de bulos. Pero el fracaso y la ruina tienen al menos esa agradable contrapartida, no se especula tanto sobre el cadáver de alguien que se ha convertido en un don nadie.

Llegado este punto, creo que debería dedicar unas líneas a relatar qué sucedió una vez que subió a bordo la Guardia Civil de mar. Explicar también cómo se produjeron eso que ahora se llaman «diligencias informativas». He visto tantas películas, que tenía demasiadas ideas preconcebidas sobre cómo ha de ser una investigación policial. Yo imaginaba, por ejemplo, que se procedería a hacer un minucioso rastreo en busca de huellas así como una toma de muestras de ADN a lo largo y ancho del *Sparkling Cyanide*. También imaginaba un interrogatorio individual a los posibles sospechosos para comparar después sus versiones. Y por supuesto pensaba que todo se completaría con una inspección minuciosa del lugar en que se encontró el cadáver. Sin embargo, he de decir que, de estas tres diligencias, la única que se pareció un poco a la de las películas fue la última. En efecto, se sacaron fotos, se midió bien la plataforma en la que apareció el cuerpo de Olivia al tiempo que se recogían los objetos que se encontraron junto a él. Sin embargo, respecto de las otras diligencias, todo parecido con el cine y las novelas brilló por su ausencia.

Empecemos por la primera. Posiblemente en otros accidentes con resultado de muerte se tomen muestras biológicas, huellas dactilares y cosas por el estilo pero, como tuvo a bien explicarme el cabo Padilla, que era muy amable: «¿Qué huellas y qué muestras de ADN cree usted que pueden buscarse en un barco de cuarenta metros, señora?» Tenía razón, no hacía falta mucha sesera para darse cuenta de que, en un caso como éste, en el que habíamos convivido estrechamente cerca de veinte personas en un espacio reducido, no había ni un rincón, ni un centímetro cuadrado del *Sparkling Cyanide* que no contuviera una huella dactilar, un pelo, o un rastro de algún fluido corporal de uno o incluso de varios de nosotros. «Qué situación perfecta para cometer un asesinato», recuerdo haber pensado al oír esto, pero por supuesto en seguida descarté tan infantil pensamiento. Para mí, entonces, no había la menor duda de que la muerte de Olivia había sido accidental.

En cuanto al interrogatorio de los sospechosos (o mejor dicho de los testigos, que es como deben llamarse en realidad), tampoco éste se ajustó a la idea que todos tenemos por las películas. Para empezar, y pese a lo que me había dicho Padilla de que se realizaría por separado, al final no fue así. «Y es que, mire usted, no estamos investigando los crímenes de Jack el Destripador, precisamente. Sucesos como éste pasan todos los días, aunque no en un decorado tan fino», explicó en esta ocasión el teniente Gálvez, con lo que me pareció un cierto retintín, y dirigiéndose a madame Serpent. Y es que ella, minutos antes, había manifestado su deseo de declarar en su camarote para, según dijo, «no tener más orejas delante».

Tampoco creo que pueda llamarse «interrogatorio» a la ronda de preguntas rutinarias que a continuación procedieron a hacernos los dos guardias civiles. Nos habían reunido a todos en el salón interior del *Sparkling Cyanide*. Primero teníamos que dar nuestro nombre, dirección, razón por la que estábamos a bordo y, a continuación, se nos preguntaba si habíamos visto algo que mereciera ser investigado cerca de la hora del accidente; también, si habíamos hablado con la víctima y cuándo. Como es lógico, a esta última pregunta todos respondimos que sí, pero que cada uno lo había hecho a una hora distinta. Y es que se da la circunstancia de que la muerte de mi hermana se descubrió a las cinco de la tarde, la hora de la siesta, y en un momento en el que casi todo el mundo se había retirado a su camarote a descansar. Cary, por ejemplo, dijo haber hablado con ella por última vez cerca de las cuatro. Según explicó, había subido a cubierta para darse un baño y vio entonces a Olivia tumbada en popa tomando el sol. También Miranda dijo haberla visto hacia esa hora. Según parece, unos minutos después de que Cary subiera, ella le siguió para ver si necesitaba una toalla.

Sonia, por su parte, aseguró haber visto a Olivia *después* que ellos dos. Hacia las cuatro y media o cinco menos cuarto, dijo. Había olvidado su iPod en cubierta y observó que mi hermana mantenía una larga conversación telefónica con alguien (sobre esta conversación tendré que volver más adelante porque es una ironía, una más, en la muerte de mi hermana).

Ahora no recuerdo con exactitud si madame Serpent dijo haber subido a cubierta a las cuatro y cuarto o a las cuatro menos cuarto. Pero bueno, tampoco creo —o al menos *creía* en ese momento— que la precisión fuera tan relevante. Lo que sí recuerdo es su razón para ir allí: «Olvidé la novela que estaba releyendo —explicó y, sin que nadie le preguntara cuál era, reveló su título—: *Némesis*» —dijo, y luego añadió que lo mejor de las novelas de detectives es que *«a cada chancho le llega su San Martín»*. Sí, exactamente ese fue su comentario, muy poco afortunado, la verdad.

Kardam Kovatchev era el único de los invitados que no había bajado al camarote a descansar después del almuerzo. Según le explicó a la Guardia Civil, deseaba estar un rato solo y se había tumbado en proa. A la pregunta del cabo Padilla de si allí no hacía un calor achicharrante sin sombra donde cobijarse, Kardam meneó filosóficamente la cabeza. «Mejor al sol que estar demasiado cerca de las sombras», fue su extraña respuesta, pero yo en ese momento, tampoco le di importancia. El castellano de este muchacho dista mucho de ser perfecto. «Seguro que quiso decir "sombra" en singular», recuerdo haber pensado.

Puesto que Kardam estaba en cubierta y a menos de treinta metros de donde se produjo la fatídica caída, la Guardia Civil se extendió en su interrogatorio. Se le insistió, por ejemplo, para que recordara si había visto u oído algo digno de mención. Él negó una y otra vez con la cabeza. «No estaba mirando hacia popa —dijo, pero luego, tras pensárselo unos segundos, mencionó que, en un momento, calculaba él que más o menos quince o veinte minutos antes de que Vlad diera la voz de alarma al descubrir el cuerpo sobre la plataforma de los bañistas, una ráfaga de viento le trajo unas palabras sueltas de Olivia—. Fueron éstas —dijo—: "Lo sabía" —y luego, siempre según Kardam, ella añadió: "Las desgracias nunca vienen solas", seguido de una carcajada—. Seguramente mantenía una conversación telefónica» —añadió el muchacho—. «¿Algo más que haya usted oído?», insistió el jefe de Padilla, pero él dijo que no, que no tenía por costumbre escuchar conversaciones ajenas y menos aún las de personas que no le gustaban «ni unos pelos», así lo expresó él, de modo no tenía nada que añadir.

Continuando con la ronda de preguntas, le llegó el turno a Vlad. Dijo que no había hablado con Olivia desde la hora del almuerzo pero que, hacia las cinco, comenzó a levantarse mucho viento, por lo que subió a preguntar a la «jefa» (así la llamó, supongo que para darle más formalidad a sus palabras delante de la policía) si quería que levaran ancla en busca de un sitio más resguardado. «Al no verla en popa, miré hacia el agua suponiendo que estaría dándose un baño —explicó—. Entonces descubrí su cuerpo, abajo, tendido sobre la plataforma y, en efecto, debía de estar hablando por teléfono cuando cayó porque su móvil se encontraba junto a ella. También reparé en unas gafas de sol» —añadió. «¡Las mías —intervino entonces Cary a toda prisa—. Me las debí dejar olvidadas al salir del agua. No me he dado cuenta hasta ahora de que las había perdido.»

El doctor Fuguet, por su parte, comenzó asegurando que había visto a Olivia a las cinco en punto de la tarde, pero inmediatamente se desdijo cuando se le recordó que fue a esa hora cuando descubrieron el cuerpo. «Claro, claro, debió de ser un poco antes —rectificó con evidentes muestras de nerviosismo—. Yo no sé por qué subí a cubierta —continuó diciendo—. Quizá porque me pareció oír su risa a través del ojo de buey de mi camarote, y era todo menos alegre.» «¿Entonces usted también la vio u oyó hablar por el móvil?», preguntó uno de los guardias civiles. «Sí, estaba sentada de espaldas al mar sobre la barandilla de popa. Nunca pensé que pudiera ser tan peligroso. En ningún momento recordé que había una plataforma debajo, y ese fallo me perseguirá mientras viva. Ni siquiera me acerqué a donde ella estaba. Volví a bajar a mi camarote sin molestarla pues no quería interrumpir su conversación.» «¿Pudo oír usted lo que decía?» «Sólo tres palabras —explicó Fuguet—: "No-hay-tiempo."»

Aquí es necesario que haga una pausa para explicar algo que se supo muy poco después. Me refiero a la larga conversación telefónica que Olivia estaba manteniendo pocos minutos antes del accidente. Como el número quedó grabado en la memoria de su móvil, fue sencillo rastrear la llamada. Y saber quién era su interlocutor resultó decisivo para explicar una circunstancia más en la muerte de mi hermana. Se trataba de un médico, el doctor Pedralbes, un conocido especialista que en cuanto supo del accidente no tuvo la menor reserva en revelar el contenido de su conversación. Mi hermana sufría cáncer de páncreas. Le habían hecho pruebas unos días antes y fue ella quien llamó al médico para comentar una vez más los resultados. «Era una gran mujer —aseguró Pedralbes—. Tomó la noticia con mucha entereza. En cuanto a su llamada, dijo que era porque necesitaba que yo le volviera a explicar algunos pormenores del diagnóstico para algo importante que no quiso precisar» —añadió.

La Guardia Civil tuvo la amabilidad de darme en un aparte toda esta información sobre la llamada telefónica por ser la persona más allegada a Olivia, pero yo decidí compartirla con el resto de los presentes. Podía habérmela guardado, al fin y al cabo pertenecía a la intimidad de mi hermana, pero al mismo tiempo explicaba muy bien lo sucedido aquella tarde. Me pareció además que ayudaba a neutralizar las miradas sardónicas de madame Serpent y de Kardam Kovatchev, así como la muy inglesa y flemática suspicacia de Cary Faithful sobre cómo se había producido el accidente. Al fin y al cabo, es más que comprensible que uno se altere al hablar de tema tan delicado con su médico y pierda el equilibrio; es posible incluso que sufriera un pequeño mareo una vez que acabó su conversación telefónica. Así debió de suceder, puesto que el doctor Pedralbes estaba muy seguro de que la caída *no* se produjo mientras hablaban. «Me hubiera dado cuenta, como es lógico», enfatizó.

«Mi pobre hermana», pensé entonces, pero de inmediato no tuve más remedio que rectificar mi apreciación. Bien mirado, tenía algo de providencial la forma en que se habían producido los hechos y hasta en eso se manifestaba la buena estrella de Oli. Porque es evidente que, entre una enfermedad incurable que presagia una dolorosa agonía y una muerte imprevista y a la vez muy rápida, todo el mundo elegiría esta última. «Posiblemente ni siquiera sufrió», me dije, y en ese momento comencé a llorar. Era la primera vez que lo hacía. El doctor Fuguet me rodeó entonces con su brazo. «Haríamos cualquier cosa por ella ¿verdad?», dijo cariñosamente, y a mí me sorprendió tanto aquel plural como el comentario en sí, pero naturalmente no dije nada. No era el momento.

Hasta aquí la crónica de una muy breve investigación policial que, tras la llegada del forense, acabó con la misma conclusión que ya señalé antes: una caída accidental con resultado de muerte. Por eso no hace falta que diga que, apenas unos minutos más tarde, el fallecimiento de mi hermana Olivia era ya caso cerrado. Uno de esos sucesos que gustan tanto a la policía porque no dejan flecos ni dudas, todo resuelto y archivado sin molestos interrogantes que den lugar a especulaciones. «La acompaño en el sentimiento, señora», me dijo Padilla al despedirse, y lo mismo añadió su superior. Todo había acabado y ahora tocaba ocuparse de los preparativos para la incineración y el funeral, algo para mí no sólo penoso, sino también con la dificultad añadida de tener que organizarlos en una ciudad que no es la mía y sin apoyo de nadie. Vlad debió de darse cuenta de la situación, porque se ofreció a ayudarme en lo que pudiera necesitar. «Gracias», le dije, y una vez más se me saltaron las lágrimas. Se cerraba así una travesía que comenzara apenas veinticuatro horas antes, pero qué largas pueden ser a veces ciertas horas...

HISTORIA DE UNA DEDICATORIA

Supongo que a una persona más hábil que yo en esto de poner por escrito sus recuerdos, jamás se le ocurriría elegir como título para uno de sus capítulos uno tan cacofónico como el que acabo de teclear. Sin embargo, he aquí una de las ventajas de no escribir para la posteridad o la gloria: al diablo con la belleza de la prosa. «Historia de una dedicatoria» suena fatal pero sirve muy bien para encabezar lo que quiero narrar a continuación. La escena comienza en el mismo decorado que el capítulo anterior, esto es, en el salón del *Sparkling Cyanide,* minutos después de que desembarcara la Guardia Civil. Y lo primero que sucedió entonces fue que todos los allí presentes desenfundaron sus teléfonos móviles en perfecta sincronía y se los llevaron a la oreja. Esto es algo que tengo muy observado últimamente. En cuanto se produce algo fuera de lo común, ya sea un fenómeno meteorológico, un accidente o cualquier otro hecho extraordinario, la gente ya no se vuelve hacia la persona que tiene más cerca para comentar lo ocurrido como se hacía desde que el mundo es mundo, sino que tira de móvil para llamar a su madre, a su tía o al sursuncorda y dar el parte. Así pasó también ese día. Durante un buen rato, todos nos dedicamos (se dedicaron, sería mejor decir, puesto que yo no tenía a nadie a quien llamar) a procesionar uno detrás de otro, a lo largo del perímetro del salón, parlamentando con alguien. Según pude observar también en este caso, tras una primera llamada a su persona más cercana para contarle lo del interrogatorio policial, la segunda que realizaron fue a idénticos interlocutores. En concreto, a sus respectivos agentes de viaje apremiándoles para que les consiguieran billetes con los que salir de la isla («Cuanto antes, sí, sí de inmediato, ha ocurrido un imprevisto muy lamentable», etcétera). He dicho todos y tengo que rectificar. Este tipo de llamada la hicieron todos salvo Sonia San Cristóbal, Cary Faithful y Vlad Romescu. Los dos primeros porque tenían madre y ángel de la guarda respectivamente que se ocupaba de los latosos trámites relacionados con la intendencia, mientras que, en el caso de Vlad, era porque no tenía adónde ir.

—¿Qué vas a hacer ahora? —le pregunté acercándome de nuevo adonde se encontraba, y él sonrió encogiéndose de hombros.

—No es la primera vez que me toca empezar de cero —dijo—. Ya surgirá algo, o al menos eso espero.

A mí me hubiera gustado alargar un poco más aquella conversación pero no se me ocurrió nada que añadir. Como ya he dicho, él se había ofrecido a ayudarme con los trámites necesarios para la incineración y entonces me di cuenta de que ni siquiera le había dado mi número de teléfono, por lo que aproveché para hacerlo, una buena excusa para estar un ratito más con él. «También puedes usarlo cuando acabe todo esto», dije, y de inmediato me mordí la lengua por ser tan estúpida. Antes se derretirán los Polos como dos sorbetes que un hombre como Vlad me telefonee una vez acabados los trámites, me dije, pero bueno, no había que pensar en eso ahora. Lo que yo deseaba en ese momento (y en eso no me diferenciaba en lo más mínimo de todos los que procesionaban pegados a sus teléfonos organizando su partida) era salir cuanto antes del *Sparkling Cyanide.* «Y es que nadie desea dormir en un lugar donde se ha producido una muerte, si puede evitarlo», me dije mientras me detenía en echar un último vistazo a mi alrededor antes de bajar las escaleras camino de mi camarote. Era la última vez que realizaría ese recorrido y lo hice muy despacio. Por eso me fue fácil, una vez llegada al rellano inferior, observar que la puerta del camarote de mi hermana parecía cerrada pero no era así. Una fina línea de luz grisácea delataba que sólo se encontraba entornada, lo que, de alguna manera, incitaba a entrar. La empujé y se abrió sin emitir sonido.

Tal vez lo más terrible de una muerte es que no se produce de golpe sino que hay que esperar un sinfín de otras pequeñas muertes que van sucediéndose a continuación, lentas pero inexorables. Me refiero, por ejemplo, a las que se manifiestan en los objetos de la persona recién desaparecida y que durante un tiempo se diría que desdicen lo que acaba de ocurrir. Por eso, en el camarote de Olivia ella aún estaba viva. Lo estaba en su perfume favorito, que flotaba en aire, en el desorden de sus prendas desperdigadas aquí y allá tal como habían quedado después de vestirse a toda prisa para el almuerzo. Y lo estaba, sobre todo, en aquel almohadón de tira bordada en el que yo había reparado el primer día de nuestra llegada a bordo y en el que podía leerse «Hay amores que matan». En efecto, como si mi hermana acabara de reposar allí, una suave hondonada conservaba el hueco dejado por su cabeza, apenas un par de horas atrás. Lo cogí, no pude evitarlo. Al fin y al cabo, era de ella, de Oli.

Me apresuro a decir que aquel cojín no fue lo único que me llevé del *Sparkling Cyanide.* Media hora más tarde, cuando estaba a punto de cerrar la maleta, reparé en otro objeto. Me refiero al libro que alguien (Olivia ¿quién si no?) había dejado sobre mi cama la noche anterior. Distraídamente hice correr entonces mi pulgar sobre el filo de las hojas abriéndolo en abanico y entonces me di cuenta de que había en él una dedicatoria:

Para Ágata, que sabe encontrarme siempre que juego al escondite.

Eso decía. Luego, más abajo, al pie de esa misma página, escrita con la caligrafía tan particular de mi hermana, podían verse cuatro palabras y una flecha que señalaba hacia el interior del libro: *«El que busca, encuentra.»*

Sonreí tristemente. Qué típico de Oli era aquella recomendación. «Ya buscaré otro día», me dije, porque esas tres palabras no tenían significado alguno para mí, al menos en ese instante, y tampoco durante varios días. No lo tuvieron, por ejemplo, durante la ceremonia de cremación, que fue triste y solitaria. Apenas acudieron una docena de personas, y del barco sólo tres, Vlad, el doctor Fuguet, que volvió a mostrarse muy atento conmigo, y yo.

Como anécdota diré que Flavio Viccenzo, ese generoso marido que nos había prestado su barco para pasear por el Mediterráneo, tampoco asistió. Al principio anunció que lo haría, que estaba muy impresionado por lo ocurrido, que quería mucho a Olivia, que qué final tan inesperado y otro largo etcétera de amables y muy previsibles comentarios, pero a último momento llamó para disculparse. Y es que la ceremonia coincidió con el nacimiento de su hijo. Una ironía más, supongo, en todo este asunto. Y otra ironía fue lo sucedido con los paparazzi. Al llegar al crematorio, vi a dos o tres revoloteando por ahí. Sin embargo, en cuanto se dieron cuenta de que no había nadie digno de ser fotografiado, levantaron el vuelo.

Imagino que como rapaces que son, pronto olieron que allí no había más carnaza que despellejar.

Pero basta. No es mi intención detenerme en detalles tristes que nada añaden a la historia. Por eso, es mejor que vuelva a situarme en el mismo punto en el que comienza este relato. Me refiero a ese tan significativo día (sí, sí, ahora por fin explicaré por qué), justo a la mañana siguiente de la cremación de mi hermana, en que yo me encontraba tumbada sobre la cama de un hotelucho de Magaluf. Apenas faltaban unas horas para tomar el avión que me devolvería a Madrid y me dedicaba a repasar los recortes aparecidos en la prensa por si hubiese alguno que valiera la pena conservar. «Algo que sirva de último recuerdo», me dije, y fue en ese momento cuando mi vista se desvió hacia cierta foto. Lo curioso es que, en las escasas líneas que acompañaban aquella instantánea, no se hablaba para nada de Olivia y, de hecho, yo ni siquiera recordaba muy bien por qué la había recortado. Se trataba de una foto de Sonia San Cristóbal en chándal a la salida de un gimnasio, y estaba tomada en Madrid uno o tal vez dos días después de la muerte de Oli. *«Sonia San Cristóbal vuelve a la rutina después de vacaciones en el mar»*, era el pie de foto y no había más texto, por lo que dediqué unos segundos más a observar la imagen en busca de no sé bien qué. Tal vez, lo que pretendía era únicamente estudiar su gesto, su actitud, por si reflejaba de algún modo lo que habíamos vivido en el *Sparkling Cyanide.* Sonia tenía un brazo levantado y con la mano izquierda se cubría parte de la cara. Nada extraño, en realidad, supongo que muchas *celebrities* tienen este gesto más que mecanizado cuando prefieren que no las fotografíen, sobre todo cuando las sorprenden sin arreglar. Entonces lo vi. Seguramente no lo habría reconocido si ella misma no hubiera hablado tanto de ese objeto la noche anterior a la muerte de Olivia. Me refiero a aquel reloj carísimo que llevaba mi hermana en la muñeca antes de su muerte y que ahora podía verse en la de Sonia San Cristóbal. Intenté hacer memoria. ¿Cuáles habían sido las palabras de la chica al respecto? Ah sí, que era uno muy raro, que había un número limitado de ellos y que «Mataría por tener uno».

«Tonterías que se dicen y que no significan nada», pensé descartando la frase, porque yo, a diferencia de mi hermana, soy una persona racional, no con una imaginación calenturienta como la de Oli. Y de eso he presumido toda mi vida. Y seguiré haciéndolo. Y es lo sensato. Y sin embargo...

Sin embargo, cualquiera que haya hecho alguna vez un puzle sabe que a veces, cuando uno tiene armado todo un bello paisaje con las piezas, en apariencia bien colocadas en su sitio, ocurre de pronto que se topa con una nueva y díscola piececita que no encaja en ninguna parte. Sucede entonces que, otra pieza que también creía bien acoplada, ya no lo parece tanto. Y a continuación ocurre lo mismo con otra, y luego con otra más hasta que el paisaje antes perfecto no lo es en absoluto. Lo digo porque hasta ese momento yo había desechado sin dedicarles ni un minuto de mi tiempo todas las ocurrencias dichas por mi hermana Olivia en el tiempo que estuvimos embarcados. Sin duda, porque estaba acostumbrada a hacerlo desde niña. Oli era así, le gustaba provocar, escandalizar a todo el mundo. Además, ¿quién puede tomarse en serio que una persona diga que invita a unos amigos a cometer su asesinato? Nadie, y menos aún, cuando a la mañana siguiente, como remate a su broma, la propia Olivia se dedicó a escenificar su muerte de una manera tan estúpida. Pero ése es, me temo, el problema con los mentirosos y con los que les gusta demasiado llamar la atención, nadie les cree, incluso (o tal vez debería decir sobre todo) cuando dicen la verdad. Porque de lo que no había duda ahora era de que, ocurrencia o no, apenas unas horas después de su tonta provocación Olivia estaba muerta. ¿Coincidencia? Puede ser, a veces el destino es así, le gusta burlarse de los burlones, pero en todo caso no eran descartables otras posibilidades, por lo que decidí seguir tirando del hilo. En el curso del interrogatorio policial cada uno había explicado lo que estaba haciendo en las horas previas al accidente y cuál fue la última vez que había visto a Olivia. Se dieron muchos datos y todo parecía indicar que no había sucedido nada extraño. Sin embargo, ahora que tenía oportunidad de ver aquel reloj de Olivia en la muñeca de Sonia, otras piececitas de ese puzle tan bien resuelto, tampoco parecían encajar. Por ejemplo: la Guardia Civil en su interrogatorio se interesó por unas gafas de sol que aparecieron en la plataforma junto al cuerpo de Oli. Al mencionarlas, Cary Faithful dijo de inmediato que eran suyas y a nadie le extrañó entonces su despiste. Nada más natural que alguien se quite las gafas para nadar y después las deje olvidadas, incluso durante varias horas como en este caso. Sin embargo, como yo había podido observar, Cary usaba sus gafas oscuras *todo* el tiempo, incluso cuando no había sol. ¿Era entonces verosímil que no reparara en su extravío hasta que la policía le habló de ellas? Y en cuanto a Kardam Kovatchev, me dije, analicemos un poquito más su testimonio. ¿Es posible que estuviera, tal como él mismo dijo, a escasos veinte, o a lo sumo, treinta metros de Olivia cuando se produjo el accidente y sin embargo no viera *nada*? ¿Y el doctor Fuguet? ¿No había afirmado él, al principio de su interrogatorio, que vio por última vez a mi hermana hacia las cinco y luego tuvo que desdecirse a toda prisa en cuanto le dijeron que ésa era la hora en que se produjo la muerte? Ya me disponía a continuar con este ejercicio de buscar más faltas de concordancia en los testimonios del resto de los invitados cuando la mención del doctor Fuguet me trajo a la memoria las palabras de Olivia sobre él la noche anterior a su muerte:

Pedro Fuguet. Mi querido doctor Fuguet: si alguien realmente tiene motivos para odiarme ése eres tú. ¿Recuerdas cómo te utilicé en más de una ocasión y las cosas tan terribles que te viste obligado a hacer por mí?...

Entonces fue cuando otra de las piezas del puzle (una fundamental, dicho sea de paso) se negó a encajar. Pensaba yo ahora en el doctor Fuguet, tan bueno, tan silencioso, tan enamorado de Olivia que, según él mismo me había dicho, hubiera hecho *cualquier* cosa por ella, y sin embargo... ¿Dónde había oído yo una historia muy parecida a la que Olivia esbozara sobre él la noche anterior a su muerte? ¿Era posible que se tratara de la misma que yo había leído en mi blog de Corazones Solitarios apenas unos días antes de embarcar? Y por fin, a todas estas piececitas sueltas que giraban ahora en mi cabeza como otros tantos enigmas, o mejor aún, como incómodos torbellinos, había que añadir una más. Me refiero a esas ráfagas de conversación que yo había escuchado a través del ojo de buey en las horas previas a la muerte de mi hermana, desde mi camarote, mientras estaba indispuesta. Se trataba de la voz de Olivia, de eso estaba segura pero ¿no había alguien más con ella? Según los testimonios de Sonia, de Kardam y de Pedro Fuguet, mi hermana había hablado largamente por teléfono; ahora sabemos que con su médico, pero yo creía recordar otra voz, *otras* en realidad. ¿Las de quién? Y sobre todo ¿qué decían? Es verdad que no recordaba nada concreto, pero estas voces, unidas a las otras piececitas díscolas a las que antes he hecho mención, me parecían motivos más que suficientes para pensar que, por una vez en la vida, no iba a descartar toda esta información con un «Cosas de Oli».

Entonces fue cuando decidí guardar aquellos recortes de prensa para mirarlos en Madrid con más atención por si me podían dar alguna otra pista, igual que me había pasado con la foto de Sonia que antes he mencionado. Y para que no se me desperdigaran en la maleta o se ajaran sin remedio, opté por meterlos entre las hojas de ese libro, *La muerte de Roger Ackroyd,* que mi hermana había dejado sobre mi cama la noche antes de morir y que yo decidí llevarme del *Sparkling Cyanide* en recuerdo. Quién sabe, tal vez fue por azar que, al coger el libro para guardar los recortes, éste se abriera por la tercera página, aquella en la que podía leerse una dedicatoria escrita con la inconfundible caligrafía de mi hermana.

Para Ágata, que sabe encontrarme siempre que juego al escondite.

¿Así que quieres que juguemos como cuando éramos niñas, y tú te escondías por ahí Oli? —pregunté en voz alta y sin poder evitar una sonrisa—. Conociéndote, apuesto que te lo has pasado muy bien dejando unas cuantas pistas para que yo las siga. De acuerdo, acepto el juego; además, creo que ya sé por dónde empezar.

COMIENZAN MIS PESQUISAS

—Me alegro de que esté muerta —dijo Kardam Kovatchev alzando la barbilla al tiempo que me miraba derechito a los ojos—. No lo diría de un animal, creo no lo diría de ninguna otra criatura viviente, pero no me importa decirlo de tu hermana, yo soy así.

A continuación, se apoyó en el palo de la escoba que tenía en ese momento entre las manos y entonces pude apreciar, una vez más, el singular tamaño de sus bíceps. Ya sé que es muy común que los jóvenes parezcan culturistas de concurso o remedos de Hulk, pero el volumen de aquellos músculos me hizo reflexionar, una vez más, sobre las muchas contradicciones que adivinaba en el chico. A pesar de su aspecto neumático, a pesar también de las palabras tan duras que acababa de pronunciar sobre Oli, había algo tierno en su personaje, un cierto desamparo tal vez.

—Siento decírtelo tan claro, Ágata, pero, como la casualidad nos ha juntado, y como yo no tengo pelos en lengua...

Desde luego no era la casualidad la que nos había juntado, en absoluto. Es más, me había costado bastante dar con el nombre del establecimiento en el que él trabajaba ahora. Según sabía, después de varias averiguaciones aquí y allá, Kardam y Sonia se habían conocido cuando él era camarero en una de esas exclusivas y carísimas casas de reposo en las que se internan los privilegiados de este mundo cuando sufren algún revés. Sin embargo, al enterarse sus jefes de que salía con una de las pacientes (una con tentativa de suicidio, además) no le habían renovado el contrato y ahora trabajaba en una cafetería cerca de Manoteras. Qué contraste tan grande entre el decorado en el que nos habíamos visto la última vez y éste, pensé, pero según me dijo, él estaba orgulloso de su empleo y, sobre todo, de mantenerse fuera del círculo social de su novia. «Éste es el mundo real —añadió— el otro se vuelve calabaza todas las mañanas.»

No supe si lo de la calabaza era una metáfora tomada del cuento de Cenicienta o si obedecía a su forma de construir el idioma castellano, que era correcta pero bastante particular. En cualquier caso, no me detuve a averiguarlo. En realidad, lo que me había traído hasta allí era intentar descubrir, de la forma más sutil, de la que menos suspicacias levantara, cómo había llegado el reloj de mi hermana a la muñeca de Sonia San Cristóbal. Ya sé que cuando uno tiene sospechas de este tipo lo normal es acudir a la policía o, más novelísticamente, a un detective privado. Pero no tenía pruebas sólidas para hacer lo primero, y tampoco dinero para lo segundo, de modo que no me quedó más remedio que encarnar yo misma a la inefable señorita Marple. Un poco menos vieja que ésta y bastante menos gorda, espero (al menos en su encarnación Margaret Ruthernford), pero dispuesta a seguir en todo su conocido método. Como creo haber dicho alguna vez, no me interesa especialmente Agatha Christie, pero no hace falta ser gran experta en su obra para darse cuenta de en qué consiste el método Marple. Al crear este personaje, sin duda mi tocaya eligió dotarla de una de las armas femeninas más antiguas que se conoce y también una de las más eficaces: hacerse la tonta despistada y *fluster around,* como dicen los ingleses.

Por eso a mí, siguiendo su ejemplo, no me había costado mucho hacerle creer a Kardam Kovatchev que mi presencia en aquel barrio tan apartado se debía a que estaba aprovechando mis largas vacaciones como profesora de instituto para elaborar un estudio sobre el comportamiento de los jóvenes del extrarradio durante el verano, «algo muy necesario para nosotros los docentes, bla, bla, bla y ¡... Qué increíble casualidad encontrarte aquí!», le dije plantándole dos besos que le cogieron completamente por sorpresa. Desde los besos hasta el momento en que hizo aquel comentario tan poco amable sobre mi hermana que he transcrito más arriba, habían mediado un café con leche (desnatada, eso sí) y una coca-cola light. El tiempo suficiente para alterar por completo mis buenos propósitos de no tomar nada entre horas, pero también para poner en marcha mi estrategia Marple y llevar la conversación de temas generales a otros terrenos más propicios a la confidencia.

—Espero que no tomes a mal lo que te he dicho de Olivia —se disculpó él por segunda vez—. Al fin y al cabo, eres tan opuesta a ella como la noche y la mañana —explicó con su particular forma de hablar.

Por supuesto aproveché para decirle que no me molestaba en absoluto su comentario. También para añadir que mi mundo se parecía infinitamente más al suyo que al de Oli, y así, la conversación fue derivando hacia un terreno muy conveniente para mis intereses, uno que sin duda compartíamos Kardam y yo. Me refiero a aquel que transitan los que pertenecen a un ambiente pero tienen a una persona muy allegada en otro.

—... Por eso yo, las pocas veces que visitaba a Olivia, me sentía siempre incómoda —le confesé—. Jamás hubiera elegido para mí ese mundo, tan falso y a la vez tan previsible. Pero se trataba de mi hermana y no tenía más remedio que pisarlo de vez en cuando. ¿Qué pasó cuando tú entraste en el de Sonia? Por lo poco que te conozco, apuesto que hubieras preferido que ella se moviera en otros círculos ¿Cómo fueron vuestros comienzos?

La explicación que me dio duró una segunda coca light y un croissant a la plancha, chorreante de colesterol, mucho me temo. Era esa hora tonta de las once de la mañana cuando las cafeterías terminan de servir desayunos y aún no han empezado con los aperitivos, por lo que no había nadie más que yo en el local. Tampoco al jefe de Kardam se le veía en el horizonte, a Dios gracias. Y es que, por lo que dijo Kardam, deduje que se trataba de uno de esos castellanos viejos a los que no les gusta malgastar saliva, y mucho menos que la malgasten sus empleados. Una suerte en lo que a mí respecta porque, aunque sólo fuera por llevarle la contraria, Kardam se había mostrado muy locuaz. Así, comenzó contándome cómo, contra todo pronóstico, había sido Sonia quien primero se interesó en él, y luego pasó a explicarme que si se había fijado a su vez en ella no era por las razones por las que cualquier hombre se interesaría en una muchacha tan bonita. «Fue por Cósima», dijo, mencionando un nombre que todos habíamos oído en boca de Olivia la noche antes de su muerte. Esta vez me costó una cerveza 00 y un montón de panchitos conocer los detalles, pero creo que la sobredosis de calorías valió la pena. Por lo visto, Sonia le recordaba mucho a su hermana internada como ella en una institución, aunque en el caso de Cósima, de forma permanente e irremediable.

—Con dieciocho años sigue teniendo la edad mental de cuando pasó «aquello» en lo que tanto tuvo que ver la hija de puta de tu hermana —afirmó Kardam bajando la voz como siempre se hace cuando alguien desvela un gran secreto y a pesar de que no había nadie más presente—. La otra persona culpable de «eso» pagó hace tiempo por lo que hizo y, para que lo sepas todo, era mi propio padre. Yo no puedo, yo no sé olvidar ni perdonar, Ágata.

Inmediatamente me di cuenta de que mi interlocutor pertenecía a ese tipo de persona que prefiere sustituir artículos neutros o adjetivos demostrativos lo que no es capaz siquiera de nombrar. Por eso yo, al continuar con nuestra conversación, procuré evitar deliberadamente la palabra «parto» o la palabra «robo», o cualquier otra que pudiera resultarle dolorosa. Él debió agradecérmelo aun sin palabras porque fue relatando con detalle cómo había sido aquel singular alumbramiento.

—Qué historia tan terrible —dije sin poder evitar un escalofrío cuando por fin terminó de desgranar su relato—. Pero dime, tu...

—...Tú, tú deberías haber conocido a mi hermana entonces —me interrumpió—. Era un ángel de trece años, una verdadera belleza con el pelo muy negro y los ojos claros. Ni te imaginas en lo que se ha convertido.

Dejé que un silencio se interpusiera entre nosotros. Todo lo que tenía que ver con Cósima me interesaba cada vez más, por las muchas veces que aparecía relacionada, no sólo con Olivia, sino también con *otro* de los pasajeros del *Sparkling Cyanide.* Y es que una de las primeras cosas que yo había hecho a mi vuelta a Madrid fue consultar mi archivo de Corazones Solitarios y comprobar que, lo que Olivia dijo la noche antes de su muerte sobre el doctor Fuguet y aquel extraño parto, coincidía punto por punto con lo que le había escrito, apenas unos días atrás, uno de aquellos solitarios Corazones a la inefable madame Poubelle. Y a su vez, esta historia enviada por internet bajo el *nick* «Rapunzel», encajaba también con lo dicho por Olivia sobre Kardam Kovatchev y su hermana Cósima. ¿Era posible que se hubieran producido en nuestras vidas una sucesión de carambolas tan reiteradas e inverosímiles por las que personas en apariencia distantes y distintas coincidieran por azar a bordo del *Sparkling Cyanide*? Yo, la verdad, creo cada vez menos en las carambolas y más en la mano que las provoca: claramente la de mi hermana Olivia.

Sin embargo, en lo que se refiere a la relación entre Fuguet y Cósima, tendría que profundizar más adelante. Ahora lo que me interesaba averiguar era lo que me había llevado hasta allí y hacerme la encontradiza con Kardam Kovatchev. Me refiero al asunto del reloj. Cabía la remota posibilidad de que Olivia se lo hubiera regalado a Sonia en las pocas horas en las que yo estuve aislada en mi camarote desde la hora del desayuno hasta que se produjo el accidente, pero no parecía verosímil. Mi hermana a veces podía ser extravagantemente pródiga, pero dada su situación económica no me la imaginaba regalando algo de tanto valor. Era más lógico pensar que Sonia lo había cogido, o bien antes, o bien después de la muerte de Olivia. ¿Pero por qué?

Todo el mundo sabe, querida, que eres la bondad —y la estupidez, dicho sea de paso— encarnadas. Pero hasta las personas más pánfilas y estúpidas a veces son capaces de hacer cosas que uno ni imagina…

Algo así había dicho Olivia sobre Sonia al exponer las razones que cada uno tenía (*teníamos*, mejor debería decir) para cometer un asesinato. ¿Pero era esta chica tan tonta como decía Olivia? ¿Tanto como para matar a alguien y luego quedarse con una prenda suya, una especialmente llamativa además? Debo decir que, contrariamente a lo que se lee en las novelas, contrariamente también a lo que apunta el sentido común, en mi experiencia como depositaria de secretos ajenos en internet, la gente es capaz de hacer cosas increíblemente estúpidas a veces, pero ¿¿¿tanto???

Despejar esta incógnita era pues la principal razón que me empujaba a querer averiguar algo más sobre la personalidad de Sonia utilizando para ello a Kardam Kovatchev. Sin embargo, como no era de esperar que un hombre enamorado revelase indiscreciones sobre su novia, así por las buenas, sobre todo a una persona a la que apenas conoce, me pareció más útil adorar el santo por la peana. En otras palabras, tirarle de la lengua, *no* sobre Sonia, sino sobre su madre, mi querida madame Serpent. De este modo, y con un poco de suerte confiaba en que, en el curso de la conversación, surgiera algún dato que me sirviese para desvelar el enigma del reloj.

—Es una mujer increíble, una persona que admiro mucho —comenzó diciéndome Kardam Kovatchev contra todo pronóstico cuando le pregunté por ella. Por la poca simpatía que yo había detectado en el barco de doña Cristina hacia su «yerno», imaginaba que el sentimiento sería mutuo, pero, por el contrario, las palabras de éste parecían denotar gran respeto—. Su vida entera —continuó diciendo Kardam—, eso es lo que ella ha entregado a Sonia. Supongo que ya conocerás su historia... sentimental, digamos, porque desde que su hija es famosa, las revistas de chismes se dedican a contarla con sus más feos detalles, pero yo sólo puedo decir una cosa. Doña Cristina es capaz de todo por su hija. Así lo demostró, por ejemplo, cuando ocurrió «aquello».

Desde que Sonia ingresó medio desangrada en la clínica en la que yo trabajaba y hasta el día en que salió de allí varias semanas más tarde, día y noche, no se despegó ni un minuto de su lado. No dejaba que nadie más que ella la lavara, la atendiera; tampoco permitió que la relevaran, ni siquiera para comer. ¿Sabes que dormía acurrucada a los pies de Sonia? No en una cama, no en un sofá, en el suelo, como un animal, como un perro. ¿Entiendes lo que es eso, Ágata? No, claro que no. A vosotros los del primer mundo estas cosas os parecen grotescas, ¿se dice así en español?, ridículas. La gente del sanatorio se reía de ella, por supuesto, se mataban de risa. Qué primitiva, decían, de qué remota tribu es esta mujer que se comporta así, pero yo sé por qué lo hacía. Porque el verdadero amor es una devoción, ¿también se dice así en vuestro idioma?, es una esclavitud. Así lo vive ella y así lo vivo también yo. Doña Cristina mataría por su hija y no son sólo palabras. Pero vosotros los civilizados, los *sensatos*, no entendéis nunca nada.

Lo que yo no entendía y me tenía un tanto inquieta era la facilidad con que últimamente tantas personas empleaban la expresión «mataría por». Sonia la había utilizado, con una gran sonrisa, la noche anterior a la muerte de Olivia. También Pedro Fuguet había proclamado algo parecido al dirigirse a mí momentos antes de desembarcar del *Sparkling Cyanide*, y ahora Kardam afirmaba otro tanto de doña Cristina y también de sí mismo.

—Debió de ser muy duro para ella —dije sin saber qué comentar a continuación—. Para alguien tan fuerte como doña Cristina, me refiero. A la gente con un temple fuera de lo común le cuesta mucho comprender las debilidades de los otros, más aún si se trata de alguien muy cercano y querido. Y más difícil todavía es, pienso yo, entender que, como consecuencia de lo ocurrido, esa persona se enamore de alguien que no es ideal para ella —añadí consciente de que estaba pisando terreno resbaladizo.

Kardam podía muy bien sentirse ofendido por mis

palabras y dar por terminada nuestra conversación, pero una vez más me sorprendió su respuesta.

—Ella *sabe* —dijo y me miró fijamente, supongo que para comprobar mi reacción a sus palabras—. No lo dirá nunca pero es así. Me refiero a que conoce todos los defectos de su hija, también lo que es capaz de hacer y lo que no. Por eso comprende que, después de lo ocurrido con Sonia, ésta eligiera a un perro callejero como yo —añadió con un guiño casi imperceptible de sus ojos tan negros—. En realidad, doña Cristina entiende todo excepto una cosa, esa gilipollez de la compensación emocional.

—¿Compensación emocional?

—Así lo llama el psiquiatra tan elegante al que mandaron a Sonia una vez que salió del sanatorio. Un tipo que, tanto a doña Cristina como a mí, nos miraba con una cara que sólo le faltaba decirnos «Pasen ustedes por la puerta de servicio». Yo sólo lo vi una vez y nunca he estado presente en ninguna de las entrevistas que mantuvieron, pero Sonia, una vez terminadas sus sesiones, me lo contaba todo y nos reíamos de sus modales tan finos. Doña Cristina le tenía tanta *tirria* —así lo pronunció Kardam— como yo, y cuando pasó lo de los pendientes de la joyería y él salió con lo de la compensación emocional...

Entonces Kardam me contó cómo, apenas unos meses después de que le dieran el alta y cuando ya había vuelto a trabajar en Nueva York como modelo, sorprendieron a Sonia robando unos pendientes en una joyería de la avenida Madison. Ni siquiera unos muy caros, según dijo él. Unos que, incluso es posible, que los dueños le hubieran regalado a cambio de lucirlos en cualquiera de las muchas fiestas a las que Sonia tenía que acudir por su trabajo; de ahí que el robo fuera aún más incomprensible. Sin embargo, al tener lugar el delito en Estados Unidos, lo sucedido después —siempre según el relato de Kardam— fue complicado y doloroso. Como allí no se andan con miramientos con los infractores, más aún si son extranjeros, la chica pasó dos noches detenida. En cuanto se enteró de lo sucedido, doña Cristina voló desde Madrid no sólo para pagar los pendientes, sino para solucionar cualquier otro problema que pudiera surgir y, por lo visto, logró incluso que la noticia no trascendiera a la prensa.

—Aun así, y a pesar de que al final todo salió bien, ésa fue la única vez que la vi llorar —me explicó entonces Kardam bajando de nuevo la voz como si traicionara otro gran secreto—. También fue la única vez que habló conmigo a estómago abierto, ¿se dice así en español?, me refiero a que confió sus temores. «Lo tiene todo, Kardam, *¿por qué,* entonces? ¿Qué le han hecho a mi hijita? ¿En qué la han convertido? ¿Y qué pasará cuando ya no esté para protegerla?» Por supuesto, ni siquiera me escuchó cuando le dije que yo estaría siempre allí para cuidar de nuestra niña —continuó Kardam—. Estaba obsesionada con las consecuencias del robo. Yo no entiendo por qué le dio al asunto tanta importancia, sobre todo ella, una mujer que conoce la vida. No es tan grave tener los dedos ligeros, ¿no crees, Ágata? ¿Cuántas modelos, cuantas actrices han hecho lo mismo que nuestra niña? Más de una, te lo aseguro. De donde yo vengo no pasan estas cosas, naturalmente. Nadie roba lo que ya tiene sino lo mucho que le falta. Es un mundo extraño el vuestro aunque yo, por Sonia, intento entenderlo.

Kardam siguió hablando. De doña Cristina, de Sonia, de su elegante psiquiatra, de su teoría de la compensación emocional, de los pecados de los ricos, pero yo no lo escuchaba. En realidad, ahora que tenía una primera explicación de cómo había desaparecido el reloj de Olivia lo único que me preocupaba era planear cómo y por dónde iba a seguir con mis averiguaciones. Y es que, cuando uno empieza a tirar de una madeja y logra desenredar la primera parte de la trama, resulta casi imposible no seguir adelante, puesto que un cabo lleva a otro cabo y luego a otro y a otro... A mí, por ejemplo, cada vez me resultaba más difícil creer que Sonia San Cristóbal fuera tan simple como su novio, su madre y también Olivia daban a entender. Por lo poco que había hablado con ella, no me parecía tonta en absoluto. Al contrario, había un brillo extraño en esos ojos bellos y duros como dos aguamarinas. ¿Serían figuraciones mías? Quizá. Olivia decía siempre que las personas tontas pueden en ocasiones llegar a parecer muy inteligentes porque las cosas que dicen son tan insólitas, tan de aurora boreal, que a uno no le cabe en la cabeza que alguien pueda razonar así, y termina buscándole a sus afirmaciones todo tipo de interpretaciones y quintas derivadas. Tal vez por eso, porque todo era muy intrigante, y tal vez también porque estábamos en el mes de julio y las vacaciones de una maestra de Lengua y Literatura son largas y sobre todo aburridas, yo comenzaba a aficionarme a este juego de las adivinanzas tan distinto a todos los que había conocido hasta el momento. Y es que, en el pasado, me había conformado con ver la vida desde fuera, desde la barrera, como quien dice, o en el mejor de los casos a través de la maravillosa ventana de internet. Y en verdad lo es, maravillosa, me refiero, de modo que era mucho lo que había aprendido de la naturaleza humana gracias a madame Poubelle y su Club de Corazones Solitarios. Sin embargo ahora se me presentaba la oportunidad de continuar con este interesante estudio, no en el mundo virtual, sino en el real, ese que siempre había temido y esquivado. Un territorio que me había parecido inaccesible para alguien como yo. Y es que el mundo real, el que todos disfrutan y dicen amar tanto, era hasta hace muy poco el de Oli, mientras que el otro, el de las sombras, era el mío.

Pero las cosas habían cambiado. Olivia estaba muerta y yo viva; he ahí la gran diferencia entre nosotras.

«¿Qué pasaría —me pregunté a continuación— si me hiciese la encontradiza con otro —o mejor dicho otra— de las pasajeras del *Sparkling Cyanide*? ¿Qué nuevos hilos de la madeja desenredaría hablando con Sonia San Cristóbal, por ejemplo? ¿No era así, precisamente, como actuaban todos los detectives privados de todas las novelas policiales, buenas o malas que se han escrito en este mundo, entrevistándose uno a uno con los sospechosos para tirarles de la lengua? ¿Qué nuevas piezas de este curioso puzle lograría colocar en su sitio utilizando un sistema tan viejo y, por lo visto, tan eficaz?» Entonces aprendí que, cuando uno empieza a fingir y a mentir, descubre que ambas cosas pueden ser no sólo útiles sino también de lo más divertidas. Por eso fue que, con la más angelical de mis sonrisas, le hice a mi interlocutor la siguiente pregunta:

—Oye, Kardam, ¿me podrías decir cuál es la dirección del gimnasio de Sonia? Es que verás, en el barco ella mencionó que frecuentaba uno estupendo que, por lo que recuerdo, no quedaba demasiado lejos de mi casa. No lo anoté en su momento y ahora que he terminado este trabajillo sobre los jóvenes del extrarradio pienso que me vendría genial ponerme un poco en forma antes de irme a la playa. ¿Dónde dices que queda? Espera, espera, que voy a apuntar la dirección. ¿Tienes un boli?

TODOS MIENTEN

—Está mucho mejor muerta —comenzó diciendo Sonia San Cristóbal al tiempo que me observaba con su dos maravillosas aguamarinas un tanto empañadas en esta ocasión por el esfuerzo físico—. Mami insiste siempre en que tengo que tener un poquito de cuidado con las cosas que digo porque no todo el mundo las entiende. Pero también dice que lo que se desea para los demás debe ser lo mismo que se desea para uno.

—¿... Como dices? —pregunté, porque lo cierto es que no entendía su razonamiento.

—Muy fácil —rió Sonia—. Me refiero a que, ahora que sabemos cuáles eran las circunstancias personales de la pobre Oli cuando ocurrió su accidente, fue lo mejor que le pudo pasar, ¿no? Mami dice también que allá arriba se ocupan de que todo sea para bien en la vida de los seres humanos. Yo no soy tan de cristos y de vírgenes como ella, pero la verdad es que en este caso está clarísimo.

Nos encontrábamos en una de esas pausas ¡maravillosas! que los entrenadores personales conceden cuando lleva uno más de treinta minutos trabajando músculo sin resuello, y yo aproveché para indicarle a aquel tipo que con eso era suficiente. Que ya continuaría otro día, muchas gracias. Sonia a mi lado sudaba de un modo encantador. Apenas unas muy favorecedoras perlas coronaban su frente y labio superior mientras que yo lo hacía como un pollo desplumado. O al menos así se reproducía en la gran luna que teníamos enfrente. Supongo que los espejos de los gimnasios están pensados para favorecer, ora el narcisismo de los guapísimos y sílfides, ora la mala conciencia de los que no somos ni una cosa ni otra, pero maldita la gracia que me hacía vernos reflejadas allí. Sin embargo, y a pesar de las oprobiosas diferencias, me fue imposible separar la vista de aquella pulida superficie, de modo que tuve oportunidad de ver en ella toda la escena que voy a contar como si fuera en una pantalla de cine.

No me detendré demasiado en describir detalles ambientales o de vestuario, como que Sonia lucía unos minúsculos shorts grises acompañados de un top blanco y yo una vieja bermuda con un polo que daba un calor terrible; tampoco mencionaré que ella portaba un medidor de pulsaciones y un iPod y yo por mi parte un walkman del paleolítico inferior y un podómetro. Finalmente, no creo que merezca tampoco más de un par de líneas decir que, para continuar con mis averiguaciones detectivescas, en esta ocasión había preferido no fingir un encuentro fortuito como hice en el caso de Kardam Kovatchev, sino utilizarlo a él como coartada que explicase mi presencia allí sudando la gota gorda.

—... Sí, tu chico y yo nos encontramos por pura casualidad el otro día cerca de su trabajo y estuvimos charlando un buen rato. ¿No te lo dijo? Fue él quien mencionó que venías a este gimnasio y entonces pensé, ¿por qué no? Encima tuve la suerte de que, al llegar aquí vi la oferta de un día gratis para probar el circuito de máquinas, de modo que me dije: perfecto, aparte de ver a Sonia, que me cae tan bien, aprovecharé para quitarme un par de michelines; dos pájaros de un tiro.

Dicho esto, tuve la mala suerte de que «dos pájaros de un tiro» fuera, vaya por dios qué tonta casualidad, el mote con el que en aquel gimnasio se referían a cierta máquina superatómica que había a pocos metros más allá de donde nosotras estábamos, lo que hizo que Sonia se empeñase en que la probara de inmediato. «No *puedes* dejar de hacerlo. Es mega eficaz y una gozada, porque trabaja a dos niveles, uno interno y otro superficial. Ven, que yo te enseño», enfatizó mientras me empujaba hacia aquel potro de tortura con ese optimismo energético y a la vez tiránico que destilan los prosélitos del deporte y al que es inútil oponer resistencia. Por eso no fue hasta quince penosos minutos más tarde cuando pudimos retomar nuestra conversación. Miento. Fueron casi veinte los minutos que transcurrieron sin intercambiar palabra. Y es que mientras yo me encontraba aprisionada en el «dos pájaros de un tiro», Sonia aprovechó para subirse, alehop, a una barca de remo para trabajar sus impecables bíceps y tríceps. Y no contenta con eso, cuando por fin sonó la campanita salvadora de mi máquina, se empeñó en enseñarme a manejar el remo de la suya para que tonificara la cara interna de mi antebrazo. «Una zona rebelde y muy jodidilla», dijo textualmente. «Como si mi cuerpo tuviera alguna zona que no lo fuese», pensé, pero no me quedó más remedio que obedecer. Hace tiempo que me he dado cuenta de que los fanáticos del deporte y la vida sana ni siquiera conciben que a uno le espante lo que yo prefiero llamar el *mens sana in corpore insepulto*, de modo que es mejor capitular sin condiciones. Por fin, cuando ya estaba a un paso de la rotura fibrilar, Sonia me colgó del cuello una toalla a modo de guirnalda, o mejor aún, de corona de laureles y dijo: «Venga, corazón, creo que nos hemos ganado un buen zumo de pepinos, yo invito», y sonrió al tiempo que se dirigía hacia la puerta de la cantina, que Dios la bendiga.

Debo decir que, si las confidencias de Kardam me habían costado cafés con leche, cruasanes y otros engordantes alimentos, las de Sonia resultaron muy bajas en calorías: sólo dos batidos, uno de soja con cardamomo (no tan horrible como era de esperar dados los ingredientes) y otro de pepino con ginseng que aún no me había atrevido a probar. Pero no sólo tuve suerte en el aspecto dietético. No sé si se debió a las endorfinas, feromonas o cómo demonios se llamen esas sustancias opiáceas que por lo visto produce el ejercicio. O quizás se debiera a la camaradería que concita el deporte, o sencillamente al hecho de que Sonia es una de esas personas que no tienen demasiados filtros, pero lo cierto es que a los pocos minutos estábamos hablando de todos los temas que más me interesaban.

—... Sí, realmente fue una pena —comentó ella— que las cosas acabaran de un modo terrible cuando estábamos pasando unos días tan chulos. Un barco sensacional, unos invitados megainteresantes, y luego estaban las bromas superdivertidas de Olivia a propósito de su asesinato. Sólo ella era capaz de crear un ambiente tan superguay.

Eso dijo, y otra vez no tuve más remedio que preguntarme si hablaba en serio o me tomaba el pelo. A decir verdad, cada vez se me antojaba más difícil adivinar lo que podía esconderse dentro de aquella cabecita de belleza tan fuera de lo común. Y como era complicado, por no decir imposible, decidí recurrir por segunda vez al sistema que tan buen resultado me había dado con Kardam Kovatchev. Me refiero a ése del disparo por elevación o, lo que es lo mismo, a tirarle de la lengua —no sobre sus impresiones de lo ocurrido en el *Sparkling Cyanide*— sino preguntarle cuáles eran, según ella, las del resto de los pasajeros. Es un truco muy bueno, creo yo. Y es que la gente suele mentir mucho sobre sus propias apreciaciones, pero rara vez lo hace cuando reproduce las ajenas.

—¿Que qué pensó la gente sobre la broma de Oli? —repitió Sonia mientras daba buena cuenta de su batido de pepino—. ¿Te refieres a la primera broma de decir que cada uno tenía motivos para mandarla al otro barrio o a la segunda de fingir que ya la habíamos asesinado? A mí me gustó más la primera, fue superimaginativa. Pero creo que a los demás no les pareció tan *cool*. ¿Te acuerdas, por ejemplo, de lo que pasó al día siguiente, después del desayuno? Eso sí que fue curioso.

Aquí le tuve que recordar a Sonia que yo había estado ausente desde la hora del desayuno hasta que se descubrió el cuerpo de Olivia a las cinco de la tarde.

—No sabes lo mal que me sentía, estaba supermareada —expliqué, copiando sin querer la especial predilección de mi interlocutora por los aumentativos—. Megamal —insistí en la misma línea—. Por eso hubo lo menos cuatro horas que los demás compartisteis con ella y de las que yo no sé nada. Cuéntame qué pasó, por ejemplo, empezando por después del desayuno. ¿Ocurrió algo interesante?

—Al principio fue bastante rollo —dijo Sonia encogiéndose deliciosamente de hombros—, y es que ya sabes cómo son las mañanas en un yate: mucho sol, mucho baño, poca conversación y cada uno a su bola leyendo o hablando por teléfono. Lo que sí recuerdo, por ejemplo, es que mami estaba furiosa con Oli a causa de sus bromas y yo tuve que insistirle más de una vez en que no tenían importancia, cosas que se dicen para hacer unas risas. También Cary era de mi opinión, sólo que él utilizó para convencerla un proverbio inglés supersabio que dice algo así como «a palabras necias, oídos sordos». Mami replicó entonces que ese refrán era español de toda la vida y se fue a su camarote dando un portazo pero no sin antes explicarnos algo así como que el relativismo y el buenismo de nosotros los jóvenes está llegando a unos niveles de cretinez increíbles, por lo que ya nada tiene importancia y a ver adónde nos lleva eso. No volvió a subir a cubierta. Incluso pidió que le sirvieran el almuerzo en su camarote, y allí se quedó hasta la tarde, cuando mantuvo aquella larga conversación con Olivia.

—¿Qué conversación? —pregunté extrañada porque, durante el interrogatorio policial no se mencionó ningún encuentro de Olivia con otras personas más allá de la hora del almuerzo. Sólo se dijo que varios de ellos la habían visto, brevemente, mientras hablaba por teléfono poco antes de su muerte, nada más.

—Corazón —dijo entonces Sonia, revolviendo con una pajita su batido de pepino (bastante más tolerable de lo que cabía esperar dada la hortaliza, debo decir)—. Corazón, quien más quien menos *todos* tuvieron su particular charlita con tu hermana esa tarde, pero, como comprenderás, no era cuestión de irle con el cuento a la pasma.

Me sorprendió notablemente que Sonia utilizara esta última palabra. Seré una desfasada y una antigua, pero tengo la impresión de que nadie llama «pasma» a la policía a menos que haya tenido una relación directa con ella. Parece lógico que un quinqui hable de la pasma, por ejemplo; también que lo haga un díler o un camello, ¿pero una chica como Sonia? Aun así, no intenté indagar sobre la cuestión. Me pareció mejor seguir con mi táctica de hacer hablar a mi interlocutora de *otros* y no de ella. Además, sus próximas palabras explicaron, al menos en parte, por qué todos los invitados habían omitido dar a la policía información tan valiosa.

—Como es lógico, a la pasma había que contarle lo menos posible porque, si no, nos hubieran retenido allí vete a saber cuántos días. Y todo por un accidente muy triste, pero accidente al fin y al cabo. Eso al menos es lo que dijo mami, que siempre sabe lo que es mejor en cada caso. Y eso también debieron de pensar los demás, porque, como ya viste, cada uno evitó mencionar sus conversaciones privadas con Oli a la policía.

—¿Cuántos de ellos hablaron con mi hermana? —pregunté cada vez más sorprendida—. ¿En concreto a quién te refieres?

—Uf, yo qué sé, a mami, a Miranda, a Cary, a Kardam. Supongo que también a Fuguet...

—¿Pero de qué hablaron?

Sonia nuevamente se encogió de hombros.

—Ni idea, pero lo que sí puedo decirte es que durante la hora de la siesta, cuando se suponía que no había nadie en cubierta con Oli, esa barandilla desde la que tuvo la mala suerte de caer fue como un confesionario, por allí pasaron cada uno de ellos, uno detrás de otro.

—¿Quieres decir que *todos* mintieron al hacer su declaración a la policía?

—¿Y por qué no? —dijo Sonia con el mismo tono inocente y encantador que había mantenido durante toda nuestra charla. Sin embargo, de pronto, me pareció notar un cambio muy sutil en ella, un casi imperceptible y nuevo brillo en sus ojos al decir—: Pero un momento. ¿No estarás pensando ni por asomo que la muerte de Oli *no* fue un accidente, verdad Ágata? Eso es lo único de lo que estamos todos seguros —añadió, y puso tal énfasis en esta última palabra que no tuve más remedio que dudar de su veracidad.

Entonces me detuve en estudiar con más detenimiento ese extraño brillo de sus ojos y me pareció helado, incluso yo diría que cruel. De hecho, se trataba de uno que ya había llamado mi atención antes, mientras nos encontrábamos en el *Sparkling Cyanide*, sólo que entonces se había producido cuando ella creía que nadie la estaba observando. En cambio ahora no lo ocultaba, más bien al contrario. Sonia San Cristóbal me miraba a los ojos, lo que me hizo preguntarme lo mismo que había cavilado minutos antes: ¿miente o dice la verdad? Y sobre todo, ¿cómo es esta chica: tonta o condenadamente lista?

—Convéncete —me dijo entonces como si pudiera leerme el pensamiento—. *Todo* el mundo miente, y no sólo por razones malas sino simplemente prácticas. Yo misma puedo estarte mintiendo en este instante. ¿No crees?

—Sí —contesté yo— pero ¿por qué ibas a hacerlo? ¿Hay alguna razón?

Ella no respondió a mi pregunta sino que a su vez me hizo esta otra:

—Y tú, Ágata ¿no mientes nunca?

—Carámbanos —es lo único que acerté a decir y Sonia rió en voz alta.

—Me chifla esa antigualla de expresión que usas tan a menudo, creo que voy a copiártela. Es mucho más original que «coño», «joder» o todas esas que utilizamos el resto de los mortales y que, de tanto usarlas, ya no quieren decir nada. A ver qué tal queda mi pregunta ahora con una innovación tan superguay: Carámbanos, Ágata, ¿de veras tú no mientes nunca?

AGUJETAS

Al día siguiente de mi encuentro con Sonia San Cristóbal me quedé en casa con agujetas. Era finales de julio, hacía un calor sahariano y lo más parecido a un aparato de aire acondicionado que hay en mi apartamento es un viejo ventilador bastante ruidoso. Y al compás de aquellas perezosas aspas me entretuve en planear cuáles iban a ser mis próximos movimientos. Había una frase de todas las dichas por Sonia San Cristóbal durante nuestro encuentro que me revoloteaba en la memoria más que otras y era ésta: Todos mienten. Es cierto, qué duda cabe, la gente falta a la verdad a cada rato, más aún cuando ocurre algo que puede comprometerla. Incluso yo misma puedo estar mintiendo al escribir estas líneas. Cuando se lee un libro, tiende uno a pensar que el narrador es siempre veraz, tal vez porque, al confiarnos sus pensamientos, parece que está haciendo una confesión íntima. Sin embargo, hay multitud de ejemplos en literatura de narradores embusteros. De hecho, y sin ir más lejos, así es como está construida por ejemplo aquella novela que Olivia dejó en mi camarote con su dedicatoria. En *La muerte de Roger Ackroyd* da la casualidad de que, al final, el lector descubre que es el propio narrador, con el que se ha encariñado y en el que confía plenamente, quien ha cometido el crimen. ¿Por qué no iba a hacer yo otro tanto con este relato a pesar de que esto no es una novela sino la vida real? Al fin y al cabo no sería la primera ni tampoco la última vez que la realidad imite al arte. Pero bueno, qué bobadas estoy diciendo, estas no son más que tontas elucubraciones mías debidas, sin duda, al calor. Yo, por supuesto, no maté a mi hermana ¿Por qué iba a hacerlo? Además, si seguimos con la lógica de las novelas policíacas en las que todos los personajes que intervienen han de tener un motivo claro para cometer el crimen, había a bordo del *Sparkling Cyanide* varias personas con razones más poderosas que las mías. Y el campeón, a mi modo de ver, era Cary Faithful. «Las palabras de Olivia cuando desgranó los motivos de cada uno para desear su muerte fueron breves, pero también muy reveladoras», me dije, convencida de que, si hacía un pequeño esfuerzo, seguro que podía recordar exactas las que se referían a Cary. No tengo buena memoria para los números y los nombres se me olvidan sin remedio, pero la tengo en cambio para otras cosas: para retener discursos ajenos, por ejemplo. Son las ventajas de años dedicados a la docencia, se desarrolla una habilidad para retener lo que dicen los alumnos y, por extensión, cualquier interlocutor.

«Si no hiciera tanto calor», pensé. Y sin embargo yo creo que fue precisamente el lento ronroneo de las aspas de mi ventilador el que me trajo de pronto la voz de Oli aquella noche:

Cary Faithful. El gran Cary Faithful, el segundo hombre más sexy del planeta, por el que suspiran millones de mujeres. ¿Sabéis cuál es su secreto? Yo sí, y tengo grabada su «confesión». Digamos por el momento que se trata de un juego de niños. Y cuanto más guapos y jóvenes sean esos «niños», mejor.

«Grabada en su propia voz», «una confesión», «un juego de niños», ¿acaso no estaba claro lo que querían decir estas tres frases?

Sí, definitivamente mi candidato favorito era Cary Faithful. Creo que nadie podía desear tanto la muerte de mi hermana como él, concluí convencida.

Pasaron unos minutos. Las aspas de aquella antigualla continuaron girando sin que el calor se disipara en absoluto, al contrario, las palas parecían abrirse paso con suma dificultad en el aire, cortándolo en rebanadas. Entonces otro recuerdo de algo ocurrido en la última noche de Olivia acudió a mi memoria. Me refiero a sus palabras sobre aquellos «que aman demasiado y son capaces de hacer cualquier cosa para vengar o proteger a la persona que tanto quieren».

Cierto, me dije, he ahí otra buena razón para matar. ¿Y de cuántas personas a bordo del *Sparkling Cyanide* podría decirse que amaban «demasiado»? Curiosamente de muchas. Estaban por supuesto las dos a las que Olivia había señalado durante su discurso. Me refiero a Kardam Kovatchev, que adora a su hermana Cósima, y a Miranda, que tiene igual sentimiento por Cary Faithful, pero a mi entender había varias más. La madre de Sonia, por ejemplo, mi muy admirada madame Serpent, encajaba a la perfección en este apartado y ¿no debería contar este distinguido grupo con la presencia también de Pedro Fuguet? Sí, sin duda. Sólo que él a quien amaba demasiado era a Olivia.

Dije esto y me quedé cavilando. Pero en seguida me di cuenta de que el hecho de que Oli fuese el objeto de su amor no sólo no alejaba a Fuguet de toda sospecha, sino al contrario. Una mirada más al hipnótico ventilador y dos ideas al hilo de esta última reflexión acudieron a mi cabeza. La primera, intelectual, la otra muy de andar por casa. La intelectual estaba relacionada con cierta estrofa de uno de mis poemas favoritos escrito por Oscar Wilde cuando se encontraba cumpliendo condena en la cárcel de Reading. Me refiero a esa que dice: *«Each man kills what he loves most»* (Cada hombre mata aquello que más ama). Siendo así (y Wilde rara vez se equivocaba en sus apreciaciones sobre la naturaleza humana), el doctor Fuguet encajaba a la perfección en este apartado. Porque no sólo se mata para defender a quien uno quiere, sino que a veces se mata también para defenderse *de* quien más se ama.

El pensamiento doméstico, por su parte, estaba relacionado con un objeto que en ese momento descansaba sobre mi cama junto a dos cojines chinos. Hablo de aquel almohadón de tira bordada que me llevé del *Sparkling Cyanide* y que a mi regreso había colocado allí copiando, supongo, el estilo de decoración de mi hermana. Por supuesto no hizo falta que el ronroneo del ventilador me recordara cuáles eran las palabras que había en él bordadas. ¿Cómo olvidarlo si, además de verlo todos los días, se trataba de una piececita más que ahora encajaba muy lindamente en mi puzle? Rezaba así: *«Hay amores que matan.»*

Pero lo más curioso, me daba cuenta ahora, es que ese lema elegido por Olivia sin duda con toda deliberación, encajaba no sólo con Pedro Fuguet, sino también con todos y cada uno de los invitados a bordo, puesto que son muchos y muy variados los amores que pueden matar. Amores turbios como el que sentía Cary por los jovencitos. Amores desmedidos como los que tenían por protagonistas a Kardam, Miranda, y también madame Serpent; amores traicionados como el de Vlad Romescu o el de Sonia San Cristóbal; amores contra la voluntad de quien los siente, como el que profesaba el doctor Fuguet. Y por fin, para no quedarme fuera de la lista de sospechosos, amores como el mío. ¿Cómo definirlo? Bueno, para ser honesta debo reconocer que, si exceptuamos el amor de Cary por los efebos, creo que bien puede decirse que el mío por Oli era una mezcla de todos los demás. Amor traicionado, amor contra mi voluntad, amor desmedido... Y es que de todos estos sentimientos ambiguos están hechas en mayor o menor medida las relaciones fraternales y yo no soy ninguna excepción, me temo. Por eso, y sin ir más lejos, creo que Olivia sabía muy bien de lo que estaba hablando aquella noche cuando nos equiparó a Caín y Abel.

Las aspas de ventilador continuaron lentas, cortando el aire en grandes tajadas. Ahora que con esta enumeración de amores que pueden matar creía haber encajado una piececita más de mi puzle, el próximo paso era seguir adelante. Aún me faltaba hablar con muchos de los pasajeros del *Sparkling Cyanide* y ver qué contaba cada uno ellos. Y no importa que, como decía Sonia, todos mintiesen, eso había que darlo por descontado, lo importante era cotejar sus versiones para ir descifrando poco a poco la verdad. Ya había tenido oportunidad de conocer las versiones de Kardam y Sonia. ¿Por dónde seguir ahora? Lo más lógico era intentarlo con alguno de los dos pasajeros que vivían en Madrid, el doctor Fuguet o madame Serpent. Pensé ponerme en marcha. Incluso intenté levantarme del sofá en el que estaba tumbada. Pero, Dios santo, hacía tanto calor que cualquiera se echaba a la calle en aquellas circunstancias.

Las aspas del ventilador siguieron dando vueltas. Ni la temperatura ni las agujetas invitaban a la acción, la verdad, y sin embargo, bendita edad moderna, me dije, porque lo cierto es que hoy, para hacer las cosas más laboriosas, a veces basta con mover sólo un dedo. Y quien dice uno dice cinco o tal vez seis, que son los que yo utilizo sobre el teclado de mi ordenador puesto que pertenezco a esa generación que nunca aprendió a escribir bien a máquina. Todo esto viene al caso porque lo que hice a continuación fue ponerme de pie para dirigirme a mi ordenador. Se me acababa de ocurrir que, con un poco de suerte, ahora que estas nuevas piececitas de las muchas que Olivia iba dejando en mi camino encajaban en su sitio, tal vez la fortuna me regalara otra más y sin demasiado esfuerzo por mi parte. Por ejemplo: si esto fuera, en efecto, una novela, lo más probable es que, acto seguido, la heroína (en este caso yo) descubriera en la bandeja de entrada de su correo electrónico uno dirigido a madame Poubelle y a su Club de los Corazones Solitarios por ese anónimo internauta de *nick* Rapunzel tras el que, ahora ya no me cabía duda, se escondía el doctor Fuguet. Sí, hubiera sido literario y a la vez tan conveniente que en este mismo momento él escribiera a madame contando desde su punto de vista lo que había visto y oído en el *Sparkling Cyanide* y aportando nuevos y reveladores datos a mi historia. Literario, conveniente y también muy probable porque, según mi experiencia de años en internet, los que han probado suerte con las confidencias cibernéticas ya no pueden vivir sin ellas. Se vuelven yonquis de las confesiones. Y es que, una vez que alguien, por lo general una persona introvertida y solitaria, descubre el placer de desnudar su alma, se convierte en un tremendo exhibicionista. ¿Cómo lo diría? En algo así como en *striper* de su alma atribulada. Y tan segura estaba de que en cuanto abriera el correo iba a encontrarme con uno de Rapunzel que tuve que revisar tres o cuatro veces la bandeja de entrada para cerciorarme. Pero no. Allí no había correo alguno bajo ese *nick*, tampoco de ningún otro tras el que pudiera esconderse Pedro Fuguet.

Ya que hablo de madame Poubelle y su Club de Corazones Solitarios, diré que, si la bandeja de entrada no contenía mensaje alguno del, para mí, más interesante y solitario de los pasajeros del *Sparkling Cyanide*, estaba en cambio «petao» de muchos otros, que se dice ahora. Y es que desde el ya lejano día en que me había embarcado junto a los demás, madame Poubelle continuaba de vacaciones, por lo que mi correo amenazaba con estallar «¡¡¡Angustiada!!!» «Sálvame.» «Haciendo equilibrios en el pretil.» «Aiuto!» «Al borde de la catástrofe.» «Heeeelp»... He aquí algunos de los muchos «asuntos» que figuraban en mi bandeja de entrada, pero aun así me mostré del todo imperturbable. En otras circunstancias sin duda habría corrido a auxiliar a mis pobres corazones atribulados, y lo cierto es que me dio una pequeña punzada de mala conciencia al no hacerles ni caso, pero aun así, continué inflexible. «Ya me conectaré otro día —me dije llena de buenas intenciones—. Sí, sí, aunque tenga que trasnochar», prometí, pero de inmediato mi atención volvió a lo que me preocupaba en aquel momento, esto es: ya que no había noticias del doctor Fuguet, debía buscar el modo de entrar en contacto con él. Naturalmente siempre cabía la posibilidad de que fuera yo (oculta bajo el manto de madame Poubelle, naturalmente) quien escribiera a Rapunzel para interesarme por cómo estaba y si necesitaba algo. Sin embargo, una cierta intuición difusa aconsejaba no hacerlo. «Es mejor no tentar la suerte —me dije mientras repasaba por enésima vez mi lista de mails con la tonta esperanza de haber pasado por alto un correo suyo—. Esperemos un par de días más, no hay que ser impaciente», concluí. Y fue en ese preciso momento, cuando saltó aquel *pop up*.

Por lo general, detesto esa forma invasiva de publicidad que consiste en que, cuando uno está tranquilamente navegando por internet, plaff, se materializa un coche, un anuncio de viagra o vaya usted a saber de qué. No sólo lo detesto sino que lo considero contrario a los intereses del producto anunciado porque de pura ira yo suelo jurar en ese mismo momento que nunca compraré aquel maldito coche/medicamento/zumo/etcétera. Sin embargo, como resulta imposible no ver de qué anuncio se trata, leí por encima su texto y, para mi sorpresa, me pareció que estaba dirigido especialmente a mí:

*Tal vez eso que busques esté un poco más lejos de lo que piensas. En Londres, por ejemplo, y Vueling te lleva por sólo 30 euros.**
(* *Tasas no incluidas*).

No soy supersticiosa, no creo en los mensajes divinos; tampoco en los que supuestamente mandan los espíritus o almas en pena desde el Más Allá, y desde luego no imagino a mi querida hermana intentando ponerse en contacto conmigo a través de las nuevas tecnologías. No obstante, creo que no sorprenderé a nadie si digo que lo próximo que hice una vez leído este anuncio fue meterme en la página de Vueling y reservar un billete.

¿Haría en Londres el mismo calor sahariano que aquí en Madrid? ¿Debería avisar a Cary y Miranda de que me disponía a hacerles una visita o era preferible caer de improviso? Sin tener a nadie más que mi viejo ventilador y a mí misma a quien plantearle la cuestión, me contesté de forma negativa a ambas preguntas y luego pensé: «Sí, será muy agradable cambiar de aires, al menos por un par de días. Agradable y, con un poco de suerte, también fructífero. Realmente, ¡qué calor!»

CONFESIONES FRENTE A LA CASA DE MARY POPPINS

—Tu hermana está mucho mejor muerta —dijo Cary Faithful con una de esas sonrisas torcidas que los ingleses de clase alta creen, y no sé por qué, que les hacen parecer muy sexys.

Seguramente debió de añadir algo más para completar esta sentencia, pero yo no me enteré. Me había quedado suspensa en aquellas seis palabras suyas, no sólo por lo poco caritativas que habían sido sino porque, curiosamente, eran las mismas que habían pronunciado tanto Kardam Kovatchev como Sonia San Cristóbal en mis conversaciones con ellos.

—...Aun así me alegro de verte —eso iba diciendo Cary cuando volví a sintonizar con sus palabras—. ¿Quieres un Pimm's? —añadió al tiempo que me extendía un vaso metálico lleno de un líquido amarillento en el que flotaba una gran lasca de pepino.

De mis lejanos tiempos de veraneo en el sur Inglaterra en casa de mi tía la cantinera, yo recodaba una observación interesante respecto de los ingleses y sus relaciones sociales. A pesar de que se dice que poseen, aún hoy, un sistema de castas más rígido incluso que el que impera en su antigua colonia india, existe un lugar en el que todas ellas confraternizan en alegre compañía y es, precisamente, en un jardín. O al menos eso pensé yo al observar el ambiente que me rodeaba. Nos encontrábamos en unos de esos maravillosos *private gardens* que existen en Londres, me refiero a esas parcelas de terreno valladas, bendecidas con grandes árboles y bellas flores que hay delante de algunas casas, con frecuencia las más caras de la ciudad. Se trata de jardines de disfrute privado a los que sólo pueden acceder los vecinos de los chalés más próximos (nunca demasiados). Seres que tienen en común tan urbano vergel y, por supuesto, el generoso bolsillo que se requiere para vivir en tan grandes como privilegiadas viviendas unifamiliares. Todas idénticas, todas blancas, como las que yo tenía ahora delante, igualitas a la casa de Mary Poppins. Aparte de estos detalles, cada uno de sus propietarios suele ser de su padre y de su madre, tanto en lo que respecta a nacionalidad como a educación u origen de su fortuna, algunas de ellas sospecho que bastante oscura. Aun así, yo no sé si será porque aquello parecía un oasis en medio del asfalto, o simplemente se debiera al indesmayable amor de los ingleses por el *out doors* que acaba contagiándose también a los extranjeros, pero lo cierto es que, según tuve oportunidad de observar esa mañana, todos los allí presentes compartían Arcadia con una mezcla de tolerancia e indiferencia que me pareció de lo más agradable. La consigna que flotaba en el ambiente era más o menos ésta: coincidimos junto a las petunias, nos saludamos brevemente, yo te ofrezco algo de beber o de comer de mi cesta de picnic, tú lo aceptas y me ofreces otra cosa a cambio, pero, a partir de aquí, cada uno a lo suyo, juntos pero no revueltos, que es como mejor se está.

Antes de explicar un poco más quiénes eran los integrantes de este minúsculo Edén, creo necesario detenerme unos minutos en relatar cómo logré acceder a él. Si sólo los propietarios tenían llave y la entrada estaba prohibida a extraños, a menos que fueran invitados por uno de los vecinos, la fórmula que se me ocurrió utilizar fue el viejo truco del pariente de los recién casados. Me refiero a esa argucia que muchas veces he observado que utilizan algunos para colarse en las bodas y que consiste en decirles a los parientes de la novia que son invitados del novio y viceversa.

Antes de comenzar con mi estrategia me entretuve unos minutos en observar prudentemente desde el exterior. Y lo que descubrí fue lo siguiente: tres grupos distintos de vecinos, tres cestas de picnic carísimas y tres conversaciones animadas: una en inglés (la de Cary y Miranda), otra en ruso (la de dos jóvenes parejas que parecían sacadas de las páginas de Vogue), y la tercera en árabe, a cargo de un par de mujeres veladas que debían de estar pasando un calor monstruoso en aquel húmedo julio londinense. Hecha la primera inspección ocular, el momento de pasar a la acción no tardó demasiado en presentarse cuando un muchacho del grupo de los rusos se dirigió a la cancela con la intención, según le oí decir, de subir a su casa por un *frisbee.* De algo me tenía que servir haber pasado dos años en las brumas soviéticas durante mi infancia. Mi ruso anda muy oxidado pero bastó no sólo para entender este asunto del *frisbee,* sino también para acercarme a aquel vecino con un amigable *«izviniti payalsta»* y luego preguntar, ya en inglés y con cara de despistada, si estaba allí adentro su vecino el señor Faithful. Le expliqué a continuación a aquel joven que había quedado con Cary en su casa pero que como nadie contestaba a mis timbrazos, imaginé que estarían en el jardín, puesto que hacía un día tan maravilloso. Dicho esto seguí perorando bla, bla, con esa morosidad llena de datos y detalles absolutamente irrelevantes que hace que un interlocutor, con tal de verse libre de plasta tan inoportuno diga basta, (*jvatit!,* en ruso) y luego franquee la entrada al tiempo que señala el interior del jardín. Y más concretamente al fondo, bajo un frondoso sauce, donde podía verse a Cary, ataviado con una especie de braga náutica muy poco favorecedora y sus sempiternas gafas negras, tumbado al sol. A su derecha había un joven dormido sobre una toalla que lucía un traje de baño idéntico al suyo mientras que, un par de metros a la izquierda de ambos, como una solícita *nanny* de niños traviesos, Miranda trasteaba con una gran cesta de picnic, organizando la comida de ambos, calculé yo.

Como el truco del pariente de los novios sirve lo mismo para un roto que para un descosido, una vez que me acerqué al grupo de Cary no me costó nada hacerles creer tanto a él como a Miranda que si me encontraba allí era porque conocía a una de las chicas rusas. ¡No sabéis qué increíble casualidad!, enfaticé señalando hacia el lugar en el que acampaban sus vecinos eslavos, todos jovencísimos, todos guapísimos, todos nuevorriquisísimos, a juzgar por la categoría del barrio. Figúrate que Irina, sí, sí, la de los shorts malva que está ahí, resulta que es hija de Liena Petrovna. ¿Te acuerdas, por supuesto, de nuestro colegio en Moscú y de Liena, la gorda que se sentaba conmigo en clase, verdad Cary? Hay que ver la de viejas y entrañables amistades que retoma uno a través de Facebook, qué gran invento. ¿A que es guapísima Irina? ¿Quieres que te la presente?, pregunté incluso en una atrevida jugada que podría haberme salido fatal si Cary llega a aceptar. Y es que no deja de ser curioso: cuando comienza uno a inventar trolas (y yo hasta ahora había sido una persona poco dada a ellas) se acaba volviendo temerario. Algo así como un tahúr, un timbero o un jugador de ruleta rusa, que viene más al caso dado el contexto. Sin embargo, y como también dicen los rusos, existe un dios de los tahúres porque, a mi imprudente pregunta Cary contestó que no, que le importaban un rábano Irina y Liena la gorda. Que lo mejor de vivir en Londres es que uno no tiene que confraternizar con los vecinos más que lo imprescindible, incluso cuando se comparte jardín, y que ya hacía un rato que les había ofrecido a los rusos un Pimm's, por lo que ahora cada uno se dedicaba a tomar el sol sin estorbarse.

—Supongo que eso no impide que le ofrezcas uno también a Ágata —intervino entonces Miranda, tan solícita como siempre. Y luego, al tiempo que se ponía de pie, añadió—: Venga Cary, aquí tienes los vasos, allí la jarra, sírveselo tú mismo. Yo vuelvo en seguida, que tengo que subir a casa por un cascanueces.

Si fuera amiga de las frases fáciles, ahora diría que aquel oportuno cascanueces me sirvió para acceder al interior de la hermética cabeza de Cary Faithful y descubrir qué secretos pensamientos escondía. Por lo general huyo de este tipo de metáforas pero creo que en esta ocasión la voy a dejar porque no se me ocurre mejor manera de explicar lo sucedido a continuación. Y es que gracias al asunto del cascanueces, desapareció Miranda camino de la casa y estuvo ausente por lo menos quince minutos. Tiempo suficiente para que Cary y yo habláramos de muchas más cosas de las que jamás habría imaginado.

—Ven, sentémonos un poco más allá, en ese banco de la derecha —comenzó diciendo él cuando la vio alejarse y luego, señalando a aquel muchacho desconocido para mí que los acompañaba, añadió—: Es por no despertar a Paul, el pobre estuvo trabajando hasta tardísimo anoche, ni te imaginas.

A mí me habría gustado preguntar quién era Paul y en qué consistía su cansoso trabajo pero me pareció más prudente no hacerlo. Miré, eso sí, hacia su figura dormida, su indudable juventud, la forma inocente en que su cabeza reposaba sobre un pequeño almohadoncillo, como si una mano solícita se hubiera ocupado de que estuviera lo más cómodo posible. Y algo debió adivinar Cary en mi cara porque lo que dijo a continuación y sin más preámbulo fue aquello de que Olivia estaba mucho mejor muerta. He aquí pues la razón por la que me encontraba yo tal como empieza este capítulo: observando a Cary con desconcierto y en la mano un vasito metálico lleno de un líquido amarillo en el que flotaba una lasca de pepino.

Si no fuera porque los ingredientes del Pimm's son bastante inofensivos (en realidad es sólo una especie de ponche de un tipo de ginebra con limonada, el pepino es opcional) tendería a pensar que su efecto sobre las personas era muy similar a un *Sparkling Cyanide.* Hablo de aquel mejunje que Olivia nos sirvió la noche antes de morir y que, según quien lo tomara, tenía la virtud de soltar la lengua (la de Olivia) o ralentizar la capacidad de reacción (la de todos los demás). En este caso, debo decir, la capacidad ralentizada fue la mía y la lengua desatada la de Cary, porque dijo sin más preámbulo:

—¿Qué has venido a buscar, Ágata?

Yo no estaba preparada para una pregunta tan directa. Tanto con Kardam como con Sonia San Cristóbal, mi «interrogatorio», digamos, se había desarrollado del modo más cordial. Ahora en cambio, la expresión de Cary era de las que no invitan a cordiales divagaciones, precisamente.

—Piensas que no fue un accidente ¿verdad? —continuó diciendo—. A lo mejor crees que alguno de nosotros cumplió lo que ella misma había vaticinado y la mató. Tienes razón, posiblemente sucedió así, pero a mí no me mires, yo no sé nada.

Una vez caídas las máscaras, me pareció más apropiado dejarme de circunloquios y estrategias. ¿Quién decía aquello de que a los inteligentes y a los desconfiados hay que engañarlos siempre con la verdad, mostrarse con ellos lo más veraz posible para ganar su confianza y lograr que bajen la guardia? ¿No era Jacinto Benavente en *Los intereses creados*? Yo no consideraba demasiado inteligente a Cary pero sí muy desconfiado, por eso me decanté por hablarle de la manera más directa posible, sin esconderle nada.

—Yo tampoco sé qué pudo pasar, Cary. O mejor dicho, sí sé algunas cosas. Sé, por ejemplo, que Olivia era egoísta, manipuladora, que hizo daño a mucha gente, a todos nosotros en realidad. Por eso no me sorprendería que tuvieras razón y se tratara de una muerte... no natural, digamos. Una que, de ser así, nunca se descubrirá, me temo. Al fin y al cabo, la investigación ya está cerrada para la policía y lo cierto es que a ninguno de nosotros nos conviene que se reabra ¿No crees? Por eso, si quieres que te sea completamente sincera, no sé bien qué estoy buscando, supongo que en el fondo se resume sólo en esto: necesito comprender un poco más a mi hermana.

—No hay nada que comprender. ¿Tú crees que ella trató de entendernos a nosotros? ¿Que le importó un carajo lo que pudiéramos sentir o sufrir? ¿Sabes acaso lo que me dijo cuando intenté hablar con ella por última vez?

—¿Cuándo lo intentaste? —pregunté yo entonces porque me interesaba mucho marcar los tiempos, saber en qué momento cada uno los presentes había hablado con Olivia antes de su muerte.

Él se encogió de hombros con un gesto mitad de amargura, mitad de desdén. Estuvo pensando unos segundos y al final se decantó por esta respuesta:

—Yo qué sé, no lo recuerdo.

—¿Fue antes o después del almuerzo? —insistí.

—Después —dijo a regañadientes— pero no tengo ni idea de qué hora sería. Sólo recuerdo que, al subir a cubierta desde mi camarote, me crucé con la madre de Sonia

San Cristóbal, que regresaba al suyo. Apuesto que también ella intentó sin éxito convencer a Olivia de algo, razonar, suplicarle. ¿Y sabes lo que me dijo tu hermana cuando llegó mi turno? «Demasiado tarde», ésas fueron sus palabras. «Demasiado tarde para mí, Cary, y por tanto también para ti.» Después me miró con una de esas sonrisas suyas y añadió la muy hija de puta: «No me guardes rencor por lo que voy a hacer. Todo lo oculto sale a la luz tarde o temprano, Cary, tu secreto nunca estará a salvo.» Habló entonces de una grabación en la que, según ella, yo mismo relataba cosas terribles sobre mi vida. Explicó lo que contenía dicha grabación y mencionó detalles explícitos. Habló de delitos que ni siquiera soy capaz de repetir aquí. Pero todo es falso, falso, ¡te lo aseguro! Así se lo dije y ella rió, se reía tanto que yo… aunque al final no hice nada. Me habría gustado, te lo aseguro, pero no pude.

Miré a Cary. Un fino surco húmedo escapaba desde detrás de sus Ray-Ban negras. Él se las quitó un momento para limpiarlas, lo que me permitió ver sus ojos y, ese acto me recordó de inmediato lo sucedido con sus gafas después de la muerte de Olivia, por lo que aventuré:

—Tus Ray-Ban —dije—. Aparecieron junto al cuerpo de Oli, sobre la plataforma de bañistas. Estoy segura de que hay una buena explicación para ello, pero lo cierto es que la policía las encontró allí.

Él levantó la cara, desafiante.

—Sí, y ésa la mejor prueba de que yo no la maté. No soy tan estúpido como para cometer un asesinato y luego dejarme las gafas en el lugar del crimen. Precisamente porque las uso con más frecuencia que otras personas es imposible que se me hayan «olvidado», ¿no crees? Tal vez alguien que no sufra fotofobia hubiera tardado mucho en notar su falta, pero yo me di cuenta de inmediato, en cuanto llegué a mi camarote.

—¿Y por qué no volviste a buscarlas?

Cary dudó. Por primera vez me pareció que titubeaba, que se mostraba temeroso.

—Yo... —comenzó diciendo, pero se detuvo.

—¿Tú qué? —insistí en un tono deliberadamente provocador tratando de concitar el mismo enojo, el mismo odio hacia Olivia que le había hecho tan lenguaraz—. Vamos, Cary, contesta a mi pregunta.

—Soy yo quien va a contestarla —dijo una voz suave a mi espalda.

Me volví para ver la cara de Miranda. Su expresión era sonriente, muy serena, igual que la de una responsable institutriz inglesa que se ve obligada a intervenir para justificar la última travesura de su joven pupilo.

—Fui yo a buscarlas, Ágata, yo quien habló con tu hermana y largo rato, además.

—¡No, Miri! —intervino entonces Cary Faithful—, ¡no digas nada!

Pero Miranda no se detuvo. Continuó hablando y lo hizo de esa manera pausada, tranquila, que yo tanto había admirado en el *Sparkling Cyanide.* Ni siquiera la inclusión de tacos y duras palabras en su discurso parecía restar dulzura a lo que estaba diciendo:

—Está mejor muerta —comenzó—. Eso es lo que me he repetido una y otra vez desde que sucedió todo. Y es que esa grandísima hija de puta que fue tu hermana sabía muy bien lo que estaba haciendo con nosotros.

—¿A qué te refieres?

—A provocarnos, a llevarnos al límite, a buscar que la mataran.

—Vamos, eso no tiene el más mínimo sentido —intervine—, nadie actúa así.

—Olivia era muy lectora, ¿verdad?

—¿Mi hermana? En absoluto. No creo que haya leído

más de una docena de novelas en toda su vida. *Thrillers* en su mayoría.

—¿Y a Daphne du Maurier?

—A lo mejor vio la película que hizo Hitchcock sobre *Rebeca,* es posible, pero dudo que leyera la novela. Aunque no entiendo a qué viene esto ahora.

—¿Tú sabes cómo me llamo yo, Ágata? —preguntó entonces.

—Miranda —respondí, cada vez más sorprendida—. Miranda... sabía tu apellido pero ahora mismo no lo recuerdo.

—Tu hermana sí que lo sabía y me pregunto si, cuando planeó aquel viaje con todos nosotros a bordo, no lo hizo, precisamente, pensando en él. Es difícil saber si comenzó por mi apellido y a partir de ahí tramó todo lo demás, o si sólo se dio cuenta de la gran casualidad que suponía un nombre así durante la conversación que mantuvimos después de que yo subiera a recoger las gafas de Cary, y actuó en consecuencia.

—Te aseguro que no entiendo nada —tercié verdaderamente perpleja—. ¿A qué viene ahora Daphne du Maurier o tu apellido? ¿Qué relación tienen con lo que estamos hablando?

—Empecemos por el principio... —continuó Miranda, pero una vez más intervino Cary pidiéndole que no dijera nada. Ella por su parte y sin perder ese aire entre bondadoso e inflexible que tanto me recordaba a una *nanny,* le ordenó que callara y, a continuación contó lo siguiente—. Cary llegó a nuestro camarote tan alterado después de entrevistarse con Olivia que, de inmediato, me di cuenta de que debieron de hablar de algo muy grave. Por supuesto no pregunté nada. Yo nunca hago preguntas, ¿sabes? En realidad no hace falta, no existen secretos entre Cary y yo, él me lo cuenta todo. Por eso no me cupo la menor duda de que tu hermana le había acusado de algo tan terrible como falso así que, después de tranquilizar un poco a Cary, le pedí que se quedara en el camarote, que se tumbara en la cama y descansara porque iba a subir a recuperar sus gafas. Por supuesto me obedeció y yo...

—Miri, por favor te lo pido —interrumpió él una vez más y, en esta ocasión el gesto con el que ella le conminó a callar fue bastante más severo.

—Déjame, ninguno de los dos tenemos nada que ocultar —dijo.

Retomó entonces la palabra y contó cómo había subido a cubierta atravesando el gran salón interior.

—Era la hora de la siesta y todos parecían haberse retirado a sus camarotes. Aun así, me crucé con tres personas. Con Sonia San Cristóbal, que volvía a su cabina escuchando un iPod, con Kardam Kovatchev que, según me explicó, estaba tomando el sol en proa y entró en el barco un momento en busca de una coca-cola, y también con otra persona más.

—¿Con quién? —pregunté.

—Con ese silencioso doctor, ¿cómo se llama? Se me olvida su nombre. Estaba sentado en una de las grandes butacas del salón interior. Dijo que intentaba encontrar cobertura para su móvil, nos saludamos.

—¿Crees que, desde donde estaba, el doctor Fuguet pudo oír la conversación que mantuviste con Olivia minutos más tarde en cubierta?

—Supongo que sí pero a ráfagas. ¿No se dice siempre que las conversaciones en el mar son tan racheadas como el viento que sople en ese momento? Aunque si la oyó o no, da igual. No me importa que se sepa todo lo que le dije a esa hija de puta y que es, exactamente, lo mismo que estoy dispuesta a contarte ahora.

—Explícame entonces qué tiene que ver tu apellido en todo este asunto, sigo sin entenderlo.

—No seas impaciente, Ágata, lo sabrás en su momento. Te iba diciendo que, después de saludar al doctor, salí a cubierta. Encontré a Olivia medio tumbada en uno de esos cómodos asientos de popa. Estaba sola y parecía juguetear con su teléfono móvil. «Te estaba esperando», dijo. Me acerqué y sin más preámbulo le espeté que no comprendía su actitud, que qué demonios se proponía soltando toda aquella sarta de disparates sobre cada uno de nosotros la noche anterior y que qué demonios le había dicho a Cary minutos antes. «¿De veras no te ha contado tu novio de qué hablamos?», preguntó al tiempo que me miraba de un modo tan insolente que tuve que hacer verdaderos esfuerzos para no perder la paciencia. A continuación, y sin esperar a mi respuesta, señaló su teléfono móvil. «¿Sabes lo que es esto, Miranda?» Yo contesté que era obvio, pero ella dijo que no, que un teléfono es mucho más que un artilugio para comunicarse, es todo un mundo. «Uno lleno de cosas buenas y también muy malas, de secretos ajenos, por ejemplo. ¿Quieres oír ahora mismo uno muy interesante contado de viva voz por cierta persona que adoras? ¿Quieres descubrir lo estúpida que eres, Miranda? ¿Ver cómo tu novio te engaña y con quién lo hace?» Fue entonces cuando me abalancé para arrebatarle el puto teléfono pero ella lo puso en marcha y oí...

—¡Miranda, por Dios, no me habías contado esta parte! —intervino Cary.

Ella continuó. Había una extraña sonrisa en sus labios.

—...Oí la sarta de mentiras más grande que puedas imaginarte, Ágata. Se trataba de una burda y completa falsificación de la voz de Cary relatando cosas que son tan ajenas a su forma de ser que sólo de pensarlo dan náuseas. Para que sepas de qué calaña era tu hermana, te diré que aquella voz mencionaba con toda naturalidad historias en las que intervenían muchachos, chicos menores de dieciocho años. Hablaba de fotos, daba nombres... Pero no vale la pena mencionar nada más sobre esta basura. Tú me preguntabas por mi apellido y dices que no lo recuerdas. Yo te diré cuál es y tú, que eres profesora de Lengua y Literatura, seguro que atas cabos: me llamo de Winter.

Mi expresión debió traslucir no sólo ignorancia sino también gran desconcierto porque Miranda no esperó mi respuesta.

—Estoy empezando a pensar que tu hermana era bastante más culta que tú, querida, y desde luego más lista. Por eso, no le fue demasiado difícil darse cuenta de que, los que llevamos un apellido idéntico al de una persona que aparece en una novela célebre, solemos saberlo todo sobre dicho personaje. ¿Te imaginas llamarte Jane Eyre, por ejemplo, y no haber leído la novela de Charlotte Brontë aunque sólo fuera por curiosidad? Por eso, en mi familia todos conocemos al dedillo ese cuento de hadas políticamente incorrecto de nombre *Rebeca* que escribió Daphne du Maurier a principios del siglo pasado. Con dieciséis o diecisiete años, en casa hacíamos incluso concursos para ver quién recordaba más diálogos de la novela y el que ganaba siempre era mi hermano mayor, que se llama (cómo no) Maxi de Winter, igual que el marido y asesino de Rebeca. Yo, por mi parte, sólo comparto apellido con él, pero conozco de memoria la escena en la que la mata. ¿De veras no te acuerdas, Ágata? Es una de las más famosas de la literatura popular de los últimos tiempos. Mucha gente la conoce por la película de Hitchcock. Claro que el viejo Alfred no tuvo más remedio que «tunearla» un poco para que no resultara tan moralmente reprobable como lo es en el libro. Supongo que, de haber sido escrita en nuestros días, incluso la prohibirían —rió—. Según la versión de Hitchcock, durante una discusión con su marido, Rebeca cae hacia atrás y se mata, pero en el original, no es así en absoluto. «Violencia doméstica», diría un lector actual, o, lo que es lo mismo, acto desesperado de un marido cornudo que descerraja dos tiros a su mujer cuando ella le confiesa que está embarazada de otro. Como digo, ahora resulta muy difícil justificar la reacción de Maxi de Winter, pero los lectores de la época en la que está escrita la obra hicieron una lectura muy diferente, te lo aseguro. Primero, porque entonces no existía la multitud de casos de violencia contra las mujeres que hay ahora, y segundo, porque lo que plantea la novela es un interesante dilema literario y también moral: la responsabilidad o no del autor de un crimen cuando se trata de un suicidio inducido por la víctima.

—¿Suicidio inducido? No sé a qué te refieres.

—La situación que plantea Du Maurier en su libro es la siguiente: *¿Es posible que la víctima de un asesinato guíe la mano de su asesino para que lleve a cabo una acción que ella desea y, por las razones que fuere, no se atreve o no puede realizar?*

—Sigo sin entenderte, Miranda.

—Como bien sabes, la historia habla de cómo Rebeca, la difunta primera señora de Winter, ensombrece la vida de su pobre y apocada sucesora. Y es que la nueva Mrs. de Winter vive atormentada porque está segura de que su marido adoraba a Rebeca, una mujer que todo el mundo recuerda como bellísima, brillante y muy inteligente. Tan famosa se ha hecho esta historia gracias al cine que se habla incluso de un «síndrome de Rebeca» que afecta a las personas que viven bajo el influjo del fantasma de un amor o relación anterior. Sin embargo, en esta novela hay otra cuestión psicológica mucho más interesante. Sucede que, hacia el final del libro, la nueva señora de Winter descubre por boca de su marido que él no sólo no amaba a Rebeca sino que ésta era un ser despreciable, capaz de todos los vicios, de todas las maldades. Por esta razón (y siempre según lo confesado por de Winter a su nueva mujer), un día él decide pedirle el divorcio, a lo que Rebeca se niega rotundamente. Y no sólo eso, le asegura que está esperando un hijo de otro hombre y que ese hijo heredará Manderley. A continuación se ríe de él, lo humilla y provoca hasta tal extremo que de Winter acaba pegándole un tiro. Una vez muerta, Maxi embarca el cadáver de su mujer en un pequeño velero y hace que éste se hunda para fingir que ha sido un naufragio. No quiero aburrirte con detalles que sólo retrasan el paralelismo que quiero hacer con la historia de tu querida hermana, pero te diré que un año más tarde descubren el barco con el cadáver de Rebeca a bordo y el señor de Winter es acusado de asesinato. El mar ha consumido el cuerpo, por lo que no hay rastro de la herida de bala que la mató, pero la policía se da cuenta de inmediato de que el casco del barco fue manipulado para que se hundiese. Por tanto, sólo hay dos posibilidades: o bien Rebeca se suicidó (¿pero qué razón tenía para hacerlo si, cara a la galería, tanto su vida como su matrimonio eran felices, y ella, guapísima, y adulada por todos?), o bien alguien la mató. Todo apunta a lo segundo y el principal sospechoso es, por supuesto, el marido.

Sin embargo, cuando ya parece condenado sin remedio, se revela un dato que salva a de Winter de la horca. Se descubre que *sí* existía una razón muy poderosa capaz de explicar por qué Rebeca pudo haber decidido suicidarse o, lo que es lo mismo, ahogarse en las frías aguas del mar del Norte. Una forma de morir, dicho sea de paso, muy verosímil dada su indómita personalidad. Y la razón es que Rebeca padecía un mal tan doloroso como incurable. Nadie lo sabía más que ella, pero una providencial llamada a un gran especialista de Londres desvela, al final del libro, que le quedaban apenas unos meses de vida.

—Vamos, Miranda, ¿no intentarás decirme ahora que eso es lo que pasó con mi hermana, verdad? ¿Que como sabía que iba a morir nos convocó a todos con la peregrina idea de que alguno de nosotros le pegáramos un tiro o la tiráramos por la borda para acabar más rápido y sin tanto sufrimiento?

—No lo digo yo, lo dijo ella, invitándonos a su asesinato, ¿recuerdas?

—¿Pretendes acaso decirme que intentó provocarte, llevarte con sus mentiras y sus supuestas calumnias sobre Cary a un estado de ánimo tal que acabaras atentando contra su vida? Eso es completamente imbécil, Miranda, tú no eres el señor de Winter, no eres un marido que pierde el control porque su mujer le revela que es un cornudo. Es posible que algunos hombres actúen violentamente cuando se les provoca o se les veja, la prueba está en las estadísticas de la violencia machista, pero nosotras no matamos. O, en todo caso, matamos por otras razones.

—¿Cuáles crees que son las razones por las que mata una mujer, Ágata?

—Creo que los hombres matan cuando los agreden mientras que nosotras matamos cuando agreden a quienes más amamos, a un hijo, por ejemplo.

—Así es —dijo Miranda, y lo hizo con voz tan quebrada y queda que me costó entender sus palabras.

Ahora, recordando esta respuesta de Miranda de Winter, me doy cuenta de que, tal vez, debería haber prestado más atención a sus palabras, pero lo cierto es que yo estaba tan en desacuerdo con todo lo que ella me había dicho hasta ese momento que no me detuve a analizarla como se merecía.

—Bobadas —dije por tanto—, toda esta teoría tuya de que Olivia te estaba provocando porque te llamas de Winter, porque había leído la novela de du Maurier e intentaba copiar la forma de morir de Rebeca puesto que también ella estaba enferma y no quería enfrentar una agonía lenta y dolorosa, es una soberana estupidez. A mi hermana le importaba un rábano la literatura, posiblemente ni siquiera leyera nunca *Rebeca*. A menos que —continué, y me detuve con un pequeño escalofrío—... a menos que lo que me estés intentando decir con todo esto tan alambicado, es que tú, Miranda, empujaste a Oli para que cayera. Pero no, claro que no, eso también es inverosímil. Según me acabas de contar, Olivia estaba sentada en una hamaca en popa y no sobre la barandilla durante vuestra conversación. E incluso si hubiese estado sentada allí, requeriría mucha suerte (o mucha destreza) provocar una caída de modo que se desnucara.

—Yo nunca he dicho que hiciera algo contra tu hermana, Ágata. Lo único que afirmo es que *ése* era su juego, su propósito invitándonos a todos.

—Ridículo —respondí—. No sólo porque la noticia de que le quedaban apenas unos meses de vida la tuvo esa misma tarde en conversación telefónica con su médico, sino por otra razón. Puede que en las novelas un personaje induzca a otro para que acabe quitándole de en medio, pero en la vida real no hace falta ser tan fantasioso. Si uno quiere morir, se toma unos cuantos somníferos o mete la cabeza en el horno, no se montan estas historias tan complicadas.

—A menos que esa persona necesite que su muerte *no* parezca un suicidio, ¿no crees?

—¿Y por qué iba a necesitar Olivia semejante cosa?

Miranda se encogió de hombros.

—Eso lo ignoro —dijo, y por un momento reinó el silencio entre nosotras.

Fue entonces cuando aproveché para mirar a Cary. Él había seguido nuestra conversación en sepulcral silencio. Recuerdo, por ejemplo, que mientras Miranda relataba lo que le había dicho Olivia sobre sus secretas inclinaciones sexuales, yo había espiado brevemente la expresión de Cary Faithful. Pero nada en su rostro delataba más que un obcecado y ofendido silencio. Supongo que cuando se tiene una doble vida como la suya (y a mí a diferencia de lo que dice Miranda no me cabe la menor duda de que la tiene) acaba uno desarrollando un arte muy depurado para que el rostro no trasluzca lo que se piensa. Por eso, mientras Miranda desgranaba las graves acusaciones de Olivia sobre su persona, a Cary no se le movió un músculo. Ahora en cambio, una vez que la conversación había tomado otros derroteros y se hablaba de la curiosa teoría de Miranda sobre la forma de actuar de mi hermana, la fingida imperturbabilidad de Cary acabó resquebrajándose. Estaba pálido, jugueteaba sin darse cuenta con el cordón de su traje de baño, me dio lástima. Sólo cuando una voz ajena a los tres vino a alterar el silencio que se había instalado entre nosotros, la expresión de Cary volvió a retomar la misma bien cincelada indiferencia de antes.

—*Sorry, I was really zonked.*

Este comentario (¿qué demonios querría decir «*zonked*»?) lo acababa de hacer el cuarto miembro de nuestro particular picnic, que se acercaba ahora restregándose los ojos. Me refiero al muchacho que yo había visto antes dormitando cerca de Cary sobre una toalla. Me volví para mirarlo. En realidad, no había nada de extraordinario en su aspecto. Me pareció un chico recio, algo vulgar. ¿Cuántos años podía tener? Veinte, veintidós, no muchos más.

Entonces pensé con una no muy caritativa sonrisa que, de ser cierto el interés de Cary por los menores de edad, su relación con este joven debía durar ya unos cuantos años. «Paul es un viejo amigo nuestro —estaba diciéndome Miranda en ese mismo momento a modo de presentación—. Aquí donde lo ves, tan joven, se ocupa de recoger y redactar las memorias de Cary.»

—Que interesante —respondí, y a continuación me atreví a hacer una pregunta destinada a averiguar, indirectamente, cuánto de vieja era esa amistad.

—¿Hace mucho que las escribes, Paul? Debes de haber empezado casi de pantalón corto —reí haciéndome la simpática.

—Estaba aún en el colegio —respondió Miranda por él—. Lo conocimos hace cuatro o cinco años una vez que Cary fue a dar una charla a St. Michael's, una escuela para chicos desfavorecidos. Es increíble, Ágata, la labor tan extraordinaria que ha hecho tu antiguo compañero de colegio para ayudar a los chicos una vez acabados sus estudios, ni te imaginas.

—En efecto, ni me la imagino —dije yo, rezando mentalmente para que no se me notara el inevitable retintín.

Calculo que debí lograrlo, porque tanto Paul como Miranda continuaron hablando con naturalidad. Me contaron, por ejemplo, que Paul trabajaba ahora en su antiguo colegio en calidad de profesor de gimnasia, ayudando a integrarse a jóvenes conflictivos como lo había sido él. Hablaron de diversos programas de confraternización y luego Miranda pasó a explicarme cómo Paul compaginaba todas estas actividades con otras. —Fue totalmente iniciativa suya —dijo Miranda—. Me refiero a la idea de ayudar a Cary a escribir sus memorias. Trabajan tantas horas seguidas, ni te imaginas, a mí a veces me asombra.

Miranda continuó hablando y yo no me atreví esta vez a mirar a Cary. Temía demasiado lo que podría delatar mi cara. Lo que sí hice en cambio, fue dejar que la vista vagabundeara por el jardín, que llegase hasta los rusos que jugaban al *frisbee*, hasta las dos mujeres árabes del chador. A continuación miré más allá, fuera de aquel vergel, hacia la casa de Cary, esa que tanto me recordaba la de Mary Poppins. Y al hacerlo, no necesité imaginar de qué extraños juegos nocturnos serían testigos sus paredes, ni en qué consistirían esas largas sesiones de ambos hombres ante el ordenador, sino que pensé en ella. En la extraña institutriz que tenía frente a mí, en a esa Julie Andrews sin paraguas y sin sombrero de flores de nombre Miranda. ¿Qué papel jugaba ella en este inquietante remedo de una película de Walt Disney?

—Y ahora, chicos, basta de charla. La comida está lista y habrá que lavarse las manos. Venga, Cary y Paul, vosotros dos vais primero. Y mientras ellos suben a casa, ¿puedo ofrecerte otro Pimm's, Ágata? ¿A que está delicioso? Ven. Déjame que te sirva un poquito más.

MADAME POUBELLE
Y ÁGATA URIARTE RECIBEN CARTAS

A mi regreso a Madrid y con esta última conversación aún dándome vueltas en la cabeza sin saber cómo interpretarla, me encontré con que, en casa, me esperaban tres interesantes misivas. En realidad, sólo dos eran para mí porque la otra tenía como destinataria a madame Poubelle. Por supuesto que Madame tenía en la bandeja de entrada de su/mi ordenador multitud de otros correos provenientes de al menos dos docenas de Corazones Solitarios, pero estas pobres almas atribuladas mucho me temo que tendrían que esperar sine die o buscarse una nueva consejera sentimental, porque a mí solo me interesaba uno de ellos: aquel que tenía a Rapunzel como remitente.

Sin embargo, debo decir que, aun antes de abrir mi ordenador y descubrir el mencionado mail, aquella calurosa mañana de julio madrileño ya me había traído por correo ordinario dos cartas todavía más intrigantes. Sucedió que, al franquear la puerta de casa y aún con la maleta en la mano, me encontré con un par de sorpresas, una buena y otra mala. La mala fue la visión de todas mis plantas de interior desmayadas y medio muertas a causa de las altas temperaturas; la buena fue descubrir aquellos dos sobres de correo que alguien había deslizado bajo la puerta. «Portero holgazán —pensé al constatar ambos detalles, porque era evidente que, a pesar de la buena propina que le había dejado antes de irme, aquel tipo ni siquiera se había molestado en traspasar el umbral de casa—. Un momento, niños míos, ya mismo voy al rescate —dije a continuación, dirigiéndome sobre todo a mi kentia y a mi ficus enano, que son mis plantas preferidas y también las más delicadas—. Vuelvo en un periquete», añadí al tiempo que recogía del suelo los dos sobres y enfilaba rápidamente hacia la cocina por agua.

Sospecho que mis «niños» debieron de pensar que mi entrada en la casa fue sólo un espejismo producto del calor. Lo digo porque, en cuanto leí el contenido del primero de los sobres, y no digamos el del segundo, ya no volví a acordarme más de ellos durante horas.

Estimada señora Uriarte —así rezaba la hoja de papel que extraje del primero de los sobres—. *Mi nombre es Nelson Gutiérrez Müller y soy el abogado de su hermana Olivia. Como única heredera de la finada, le ruego se ponga en contacto conmigo a la mayor brevedad para un asunto de su interés.*

Aquellas escasas líneas venían escritas en un presuntuoso papel ocre coronado por una especie de óvalo en el que podía leerse «El tercer hombre». A continuación y en letra de imprenta pero muy pequeña, había una cita en la que no me costó demasiado reconocer cierto parlamento de dicha película protagonizada por Orson Welles. Da la casualidad de que es una de mis favoritas, por lo que, a pesar del tamaño minúsculo de la letra, supe en seguida que se trataba de ese tan célebre que pronuncia Welles al bajarse de la noria y recordarle a Joseph Cotten lo extrañas que son las contradicciones de la naturaleza humana. «Al fin y al cabo —le dice Welles a Cotten—, Italia durante treinta años tuvo guerras, terror y asesinatos, pero produjo a Miguel Ángel, Leonardo y el Renacimiento. En Suiza tuvieron amor fraternal, quinientos años de paz y democracia, ¿y qué produjo? El reloj de cuco.»

Qué típico de mi hermana es haber contratado un picapleitos con este lema de vida, pensé mientras trataba de imaginar qué aspecto físico podría tener el tal Nelson Gutiérrez Müller y cuál sería su nacionalidad. ¿Un cubano? ¿Un paraguayo con un abuelo nazi y otro criollo tal vez? Algo así tenía que ser. Sin embargo, lo que más me intrigaba de todo era qué podría esconderse tras aquellas escuetas líneas enviadas por dicho sujeto. ¿Me habría dejado mi hermana algún dinero? ¿una pequeña herencia o legado? Según mis noticias, Olivia estaba completamente arruinada cuando murió. ¿Se trataría entonces de algún objeto de escaso valor económico pero sí sentimental? ¿Algo relacionado con nuestra infancia quizá?

Lo mejor era sin duda dejar de elucubrar y llamar cuanto antes al número de teléfono que aparecía en el margen inferior de la carta para averiguarlo.

Eso mismo me disponía a hacer cuando me detuve a ojear, así por encima, el segundo de los sobres recibidos ese día. También éste presentaba una particularidad que llegó a intrigarme. En él figuraba el membrete de un hotel barato del sur de Mallorca y llevaba mi nombre escrito con mucha pulcritud en tinta negra. Instintivamente lo volteé para ver si había algún remitente y, al comprobar que no, rasgué el borde superior.

Querida Ágata —leí—. *Posiblemente te sorprenda que me ponga en contacto contigo por esta vía pero es que he perdido el número del móvil que me diste. También intenté llamarte al número de fijo que figura en la guía pero salta siempre el contestador, por lo que calculo que has estado de viaje. Pasaré muy brevemente por Madrid la semana próxima por un tema de trabajo y me encantaría verte. Ya tienes mi móvil pero, en caso de que seas tan descuidada como yo y lo hayas extraviado, te lo apunto a continuación. Es el 707989910.*

Deseando verte, te abraza,

Vlad Romescu

Leí dos veces seguidas estas escasas líneas y las dos me quedé enganchada en la penúltima de ellas, igual que un disco rayado.

Deseandoverteteabrazadeseandoverteteabraza

Hacía tantos años que no recibía algo remotamente parecido a una carta romántica que no paraba de repetir aquello. «Pero imbécil —me dije por fin saliendo del bucle—, deja ya de hacerte la novela. Ésta no es una carta de amor ni nada que se le parezca. Son palabras de pura cortesía.» Sin embargo, ya se sabe cómo es el corazón humano. Más aún aquellos que no palpitan desde hace añares como el mío, por lo que me costó bastante sofocar sus latidos. En realidad, esa pobre válvula no volvió a retomar su ritmo normal hasta que llamé a Vlad y terminé de hablar con él. Entonces no es que se serenase, es que se encogió la pobre. No porque Vlad estuviera antipático ni nada por el estilo. He de decir, en honor a la verdad, que se mostró muy cordial. Me contó que pensaba venir a Madrid, que estaba buscando trabajo y que tenía dos entrevistas relacionadas con el gremio de hostelería. Charlamos un rato y yo le ofrecí quedarse en casa para no pagar hotel. Sin embargo, incluso cuando agradeció mi propuesta, no hubo nada, ni en el tono de su voz y menos aún en el contenido de sus palabras, que pudiera alimentar aquel prometedor «deseando verte te abraza».

Ante evidencia tan poco alentadora, en cuanto cortamos, la tonta Doris Day que llevo dentro se empeñó en argumentar que la gente es siempre mucho menos expresiva de viva voz que por escrito, que he ahí, por cierto, el éxito (y también el peligro) de los sms, porque se escribe lo que realmente se *siente* a diferencia de lo que se dice, que siempre es más cauto, más moderado. Sí, todo eso y más argumentó, voluntariosa, Doris D, pero la Dorothy Parker que también habita en mí no se anduvo con contemplaciones, sino que se ocupó de bajarme de la nube rosa de un guantazo: «Los hombres que me gustan nunca se enamoran de mujeres como yo», ésas fueron sus sentenciosas palabras y dictamen, pero lo cierto es que, curiosamente, lograron que me sintiera más tranquila. Sí, creo que me procuraron esa serenidad adolorida pero no por ello menos útil que se alcanza cuando se da uno cuenta de que no hay nada que hacer ni qué esperar en el terreno amoroso.

Minutos más tarde ya había pasado yo página como quien dice y estaba delante del ordenador viendo qué correos había recibido mi alter ego, madame Poubelle. Y allí estaba. Me refiero a ese mail con remitente Rapunzel que yo tanto esperaba y que venía encabezado por el siguiente lema: *¿Puedo confiar en usted?* Mientras lo abría (y con las prisas abrí otro que no tenía nada que ver) traté de imaginar al siempre silencioso y tal vez precisamente por eso para mí muy atractivo doctor Fuguet escribiéndome ante su ordenador. ¿Cómo sería su casa? Y ¿cuál su estado de ánimo? ¿Me contaría en su correo todo lo vivido por nosotros en el *Sparkling Cyanide* visto desde un ángulo nuevo, revelador? ¿Habría él, como todos los demás invitados a bordo, hablado con Oli en la hora previa a su muerte? Y si era así, ¿qué se dijeron?

Cuando por fin logré abrir el mail, simplemente, al ver lo corto que era, en seguida me di cuenta de que mis expectativas iban a quedar bastante frustradas, la verdad. Para empezar, aquel *¿Puedo confiar en usted?* ya presagiaba un cierto recelo por parte de su remitente y luego venía el texto:

Hola, madame Poubelle —decía—. *Hace tiempo que no le escribo pero es que he estado de viaje* (eso ya lo sé, Pedro Fuguet, me dije con impaciencia, ¿qué más me cuentas?)... *Fue un viaje muy bonito en un barco con gente interesante por unos parajes de ensueño.* (Al grano, por favor, al grano.) *Resultó un placer un tanto desasosegante reencontrarme con una persona a la que quise mucho y a la que aún quiero* (bueno, por fin parece que vamos a entrar en materia), *sí, debo reconocer que aún amo a esa persona aunque, si quiere que le diga la verdad, madame Poubelle, me alegro de que esté muerta* (*et tu, Brute?* ¿Tú también Fuguet, amigo mío? ¿También tú utilizas la misma frase que todos los demás sobre mi pobre hermana?). *Es terrible lo que digo pero pienso que, en el caso de la persona a la que me refiero, tal vez sea mejor así, de hecho estoy seguro de que ése era su deseo.*

Confieso que al leer esta última línea me temblaban las manos sobre el teclado. ¿Qué quería decir Pedro Fuguet con que *ése* era su deseo? ¿A qué se refería? ¿Cuál, exactamente, era, según él, el deseo de mi hermana? ¿Se refería a algo parecido a lo apuntado por Miranda de Winter, tal vez? Era necesario continuar, seguir leyendo su correo para intentar averiguar un poco más. Lamentablemente, las próximas líneas no aclaraban nada respecto de este punto sino que se mostraban recelosas.

...*Pero en fin* —decían— *todo esto es algo que me resulta muy penoso y sobre lo que me pregunto si será mejor hablar o no* (Habla, por favor, hablar es siempre mejor que callar, venga anímate). *Creo que por el momento prefiero lo segundo* (carámbanos, o mejor dicho, coño, Fuguet, no me jodas, que es lo que habría exclamado Oli, coño, no me vengas con ésas ahora, por favor)... *sí, madame Poubelle, por el momento prefiero guardar silencio, pero necesito saber una cosa: en caso de que me anime a hablar ¿realmente puedo confiar en alguien?, ¿en usted, por ejemplo? Por favor, escríbame y convénzame para que me sincere, necesito que me den un empujoncito...*

Esperando su pronta respuesta le saluda muy atentamente,

Rapunzel

Después de leer esta carta casi tantas veces como la de Vlad Romescu, dediqué un buen rato a cavilar sobre cómo debía responderla. Es habitual comparar internet con un ancho y anónimo mar por cuyas aguas navegamos todos. Yo, por mi parte, comparo las confidencias que me llegan por este medio con la pesca de altura. Nunca en mi vida he tenido una caña en la mano pero da igual, la metáfora es perfecta: los que nos dedicamos a recibir confesiones ajenas nos parecemos mucho a pescadores. Lo digo porque cobrar una pieza es fácil cuando se trata de peces corrientes, sin interés especial, pero ocurre que, a veces, mordisquea el anzuelo un pez muy raro, un bello marlin, por ejemplo, y es fundamental no asustarlo, no tirar demasiado de prisa del hilo, darle carrete, saber cuándo cobrar y cuándo largar, para que no escape y se pierda en ese gran mar anónimo e inabarcable. Por eso, yo sabía que mi respuesta a Pedro Fuguet debía estar medida al milímetro para que tragara bien el anzuelo. Tenía que ser amistosa pero de ningún modo inquisitiva, incitante pero no insistente, cercana, familiar, pero a la vez perfectamente desapegada.

Al final, después de un sinfín de borradores me decanté por este:

Carámbanos, Rapunzel, me alegra mucho recibir tus noticias. En cuanto a lo que me dices de si es conveniente hablar o no, naturalmente la decisión es tuya. Yo sólo puedo decir que estoy aquí para servirte de receptáculo. Conoces, supongo, el significado de mi nombre, Poubelle. Exactamente eso es lo que soy, querid@, una papelera. ¿De detritus de la peor especie? ¿De material sensible o, lo que es lo mismo, peligroso para ti o para los demás? ¿De reciclaje, tal vez? Eres tú quien elige. Y lo que tú elijas será sin duda lo mejor.

Muy afectuosamente te saluda,

MP

Después de haber tecleado lo que antecede, pulsé enviar sin pensarlo dos veces. La pesca es así. Uno puede elegir el cebo, calcular la tensión de la caña y la distancia a la que desea lanzar la línea, pero una vez hecho esto, la suerte está echada, y sólo hay que esperar que piquen.

Sin embargo, este marlin en concreto podía tardar un tiempo en dar señales de vida, de modo que había otras muchas cosas que hacer mientras tanto, otras situaciones a las que prestar atención. Vlad por ejemplo, había anunciado su llegada para el lunes próximo y estábamos a martes. Tenía pues casi una semana. Tiempo suficiente para recibir respuesta del para mí cada vez más interesante doctor Fuguet; también para visitar a otro de los sospechosos, como doña Cristina, por ejemplo, y tiempo, por supuesto, para contestar a la primera de las tres cartas que había recibido ese día. Me refiero a la del abogado de mi hermana Olivia. Miré el reloj, las cinco y media de la tarde: hora perfecta, me dije, para llamar al teléfono que figuraba en el sobre del letrado.

¿Dónde tendría su despacho? Miré la dirección que figuraba en el membrete y me sorprendió comprobar que era en la calle de la Ballesta, por lo que calculé que Nelson Gutiérrez Müller podía ser tanto un joven abogado de campanillas como un viejo y humilde picapleitos: es lo que tiene vivir en un barrio en pleno proceso de reconversión.

Sin pensarlo más, marqué el número de teléfono que figuraba también en el membrete:

—¿El señor Gutiérrez Müller, por favor?

—Un momento —dijo una voz femenina muy agradable—, ahora mismo le paso —y me dejó escuchando una de esas musiquillas telefónicas que a veces describen muy bien cómo es su dueño.

Por si sirve de dato diré que, en este caso, se trataba de la inconfundible melodía de *El golpe.*

CON NELSON EN LA BALLESTA

Nelson Gutiérrez Müller no resultó ser ni cubano ni paraguayo descendiente de nazis sino español, al menos a juzgar por el acento, que no por su aspecto. Se me olvida siempre que España se ha convertido en un país multicultural, tal vez porque la transformación ha tenido lugar muy rápido y por aluvión. Por eso los Nelson Gutiérrez Müller de estos tiempos pueden ser como el individuo que ahora tenía delante. Un mulato bien parecido, una especie de Lenny Kravitz que me miraba desde detrás de su mesa de despacho vestido de Loro Piana. No es que yo sea especialista en marcas caras como mi hermana Olivia, pero da la casualidad de que hace poco leí en internet algo sobre esta sofisticada casa de modas, que es, a su vez, otra expresión de multiculturalismo: a pesar de su origen italiano, se especializa en prendas de vicuña andina, también cachemir pakistaní, y comenzó su exitosa andadura en Nueva York.

Y ahí estaba ahora aquel individuo como un figurín milanés: pantalón tostado, camisa rosa sin corbata y, para completar el *look,* unos calcetines lila.

—Supongo que te habrá sorprendido recibir mi carta —comenzó diciendo y tuteándome de entrada.

—Mucho —respondí mientras me dedicaba a cotillear su despacho. Las paredes grises, los altos techos estucados, los escasos muebles de diseño... y, en todo este muy previsible decorado minimalista encontré, sin embargo, dos notas discordantes: una gran bandera española que ondeaba junto a otra con los colores del arcoiris.

«Mejor no sacar ninguna conclusión apresurada», me dije tratando de ensamblar datos tan inconexos. Nelson Gutiérrez me miró, supongo que divertido por mi desconcierto y así comenzó nuestra conversación.

—Antes que nada, permíteme darte el pésame. Siento de veras la muerte de tu hermana.

Era la primera persona que me decía algo agradable sobre Oli, por lo que se lo agradecí del modo más sincero.

—Sí —añadió Gutiérrez Müller—, qué muerte tan inesperada. Por fortuna tu hermana era una persona precavida. A pesar de ser joven, tenía sus cosas perfectamente en orden; eso no es muy corriente, ¿sabes?

—Me lo imagino —respondí sin saber muy bien qué decir.

—Ojalá la gente fuera tan previsora como ella. En realidad no cuesta nada tomar ciertas medidas y se evitan así muchos problemas. Fíjate, en su caso, las instrucciones que me dejó no podían ser más sencillas. Se trataba de disponer que, en el supuesto de que a ella le ocurriera algo, yo debía ponerme en contacto contigo para...

Aquí Nelson hizo una pausa, supongo que para estudiar mi reacción. Por supuesto no le di el gusto de delatar ninguna. Entonces preguntó:

—¿Qué crees que te ha dejado tu hermana?

—Espero que me lo digas tú —respondí un tanto incómoda por la pregunta—. No tengo la menor idea.

—Ni yo tampoco —dijo él entonces—. En realidad mi cometido en todo este asunto se limita a hacer una pequeña gestión con Flavio Viccenzo, su ex marido. Una que, por cierto, no ha presentado problema, a pesar de que no había obligación alguna por su parte de colaborar.

—¿Qué gestión es ésa y qué tiene que ver conmigo?

—Simplemente se trataba de llamar a Viccenzo para decirle que era deseo de Olivia que ciertas pertenencias suyas que aún quedan en el antiguo domicilio conyugal pasaran a ser de tu propiedad. También especificó que debías ir a recogerlas.

—¿De veras es necesario? Preferiría que me las mandasen, si es posible. Además, ¿de qué pertenencias se trata?

Nelson se encogió de hombros.

—Yo que tú no me haría ilusiones. Ya sabes cómo son los ex maridos muy ricos, creen que todo lo que han regalado durante el tiempo que duró el matrimonio a sus mujeres vuelve a ser suyo una vez que se deshacen de ellas. Por eso no me extrañaría que por «pertenencias» se entiendan enseres de escaso valor.

—Yo no me refiero a su valor material —dije mientras una ola de infinita piedad por mi hermana me invadía; pobre Oli, qué mundo tan despiadado el suyo—. ¿Qué tengo que hacer —pregunté— para ponerme en contacto con mi ex cuñado, tal como quería mi hermana?

—También eso es parte de mi cometido. No tienes más que decirme cuándo te viene bien ir a casa de Viccenzo y concertaré la cita, incluso puedo acompañarte, si quieres.

—No creo que sea necesario —dije.

A continuación, Gutiérrez Müller cogió uno de los dos teléfonos móviles que había sobre su mesa y sin más dilación llamó a Flavio para concertar mi visita. Sin duda era un tipo resolutivo.

—Gracias —le dije mientras me ponía en pie en cuanto acabó su llamada telefónica.

Personalmente nunca he tenido contacto con un abogado de Nueva York de esos que tarifan por minutos, *«by the clock»* creo que es el término exacto, pero con gente como Gutiérrez Müller, uno tiene la inevitable sensación de que está malgastando su carísimo tiempo. Él, a su vez, se levantó y luego se ofreció a acompañarme hasta la puerta. Entonces recorrimos en silencio el largo pasillo que comunicaba su despacho con el vestíbulo de entrada. A ambos lados, varias puertas de cristal esmerilado tras las que se silueteaban diversas sombras daban la impresión de esconder otras tantas reuniones secretas. «Parecen cuevas de ladrones», pensé sin poder evitar un mínimo sobresalto, y aceleré el paso. No fue hasta el último minuto, cuando ya nos habíamos dado la mano, que él me dijo:

—No te pareces en absoluto a Olivia, nadie pensaría que sois hermanas.

—Sí —respondí—, eso nos decían siempre, desde que éramos niñas.

—Ella te admiraba mucho, supongo que lo sabes.

—¿Qué me *admiraba*? —repetí genuinamente sorprendida.

—Tengo la impresión de que le hubiera gustado ser tú —respondió él, y al ver mi cara de enorme extrañeza sonrió al añadir—: Oli decía que tú al menos eras libre.

BARBIE ME ENSEÑA SU ARMARIO

Hola, soy Kalina. Sí, sí, estábamos esperando tu visita. A Flav le hubiera encantado estar aquí para recibirte, claro, pero le es imposible, está superocupado. Con decirte que yo apenas lo veo... Voy a tener que pedirle una foto dedicada para ponerla en mi mesilla (risas). Pero ven, ven por aquí, no hagas caso de todas estas cajas y de este desorden, estamos en pleno cambio de decoración. ¿Te gusta el color *peach*? Ya sé que no se lleva nada, pero ¿sabes?, yo tengo mis propias ideas sobre decoración (más risas). Por aquí, por aquí, el cuarto de Olivia está arriba; bueno, *mi* cuarto ahora (más risas, éstas un poco tipo hiena).

Hay gente así, me temo. Como Kalina, la actual mujer de Flavio, a la que basta oír apenas medio minuto para quererla apagar o cambiar de emisora, como si fuera una radio. Pero claro, la vida no tiene esa aplicación, de modo que no me quedó más remedio que seguir oyendo su perorata mientras subíamos las escaleras camino de la que fuera la habitación de mi hermana. Lo que sí se puede hacer, e hice, fue prestar la menor atención posible a sus palabras y dedicarme a estudiar lo que me rodeaba, empezando por la propia Kalina. Como primer comentario diré que hablaba perfecto castellano con apenas un leve acento centroeuropeo y, como segundo, que no era tan guapa como yo esperaba. Por el sólo hecho de haber desbancado a Olivia, me la imaginaba espectacular, pero la suya era ese tipo de belleza androide que gusta a ciertos hombres y deja absolutamente indiferente a todas las mujeres. Una especie de valquiria de casi metro noventa de estatura pero con cara infantil. ¿Cómo decirlo? Algo así como el cuerpo de Uma Thurman coronado con el rostro de las gemelas Olsen antes de que se volvieran anoréxicas. Otra cosa que me dio tiempo a hacer mientras seguía sus larguísimas piernas escaleras arriba fue observar a mi alrededor. Sólo dos veces había estado en aquella casa y fue un par de años atrás, cuando la muerte de mis sobrinas. Claro que entonces no me había detenido a fijarme en detalles de ambiente. Tampoco había subido adonde se encontraban los dormitorios. De ahí que esta visita me pareciera como una tardía peregrinación al que fuera el territorio privado de mi hermana.

A pesar de que ahora estábamos en la «era Kalina» y parecía inminente su redecoración, aún podía notarse la mano de Olivia en casi todos los detalles. Reparé por ejemplo en que los picaportes eran de cristal de Murano, cada uno de un color distinto. En realidad estos y los cuadros, todos muy grandes, modernos y espectaculares, eran los únicos elementos policromáticos. El resto de la decoración, como las persianas de lamas de madera, las puertas y sus molduras, así como las paredes, estaba pintado en distintos y muy sutiles tonos de blanco roto, unos más grises, otros con un mínimo toque de verde, color magnolia, o algo así.

—Ya me dijo Flav que no te parecías en nada a tu hermana. Flav habla mucho de ella y yo le dejo que hable, así me entero de lo que le gusta y lo que no. Es importante cuando te casas con un tipo mucho mayor saber lo que le va y lo que no para hacer todo lo que a él le gusta, al menos al principio. Luego ya veremos. Ahora que ha nacido el niño, las cosas van a cambiar, claro. Ya no puede esperar que esté todo el día pendiente de él como una geisha: «Sí mi amor, no mi amor», yo no soy una geisha, soy más bien un géiser, eso dice mi madre, que es geóloga allá en Cracovia. ¿Y de qué le ha valido estudiar tanto, dejarse las putas pestañas entre libros?, de nada.

Algo así radiaba aquella chica cuando volví a sintonizar sus palabras. Tengo observado que los jóvenes de hoy (y esta chica no podía tener más de veintidós o veintitrés años) carecen de filtro; dicen todo lo que les pasa por la cabeza. Para mí que con esto de ser «superauténticos» y «supertransparentes» confunden la sinceridad con la diarrea mental. Pero en fin, acabábamos de llegar arriba, al primer piso. Una silenciosa «Salus» con cofia y uniforme a rayitas como las de mi época salió en ese momento de una de las habitaciones de la derecha, y lo hizo de puntillas al tiempo que cruzaba un dedo vertical sobre sus labios en señal de silencio.

—Parece que duerme mi ángel —dijo entonces Kalina—. Qué pena, quería enseñártelo, ¡es tan guapo! Y ni te imaginas lo ideal que tengo ahora el cuarto de niños, parece otro, nada que ver con lo que era antes, menuda cursilería.

Eso añadió, y yo no pude evitar una punzada de dolor al recordar que aquella habitación había albergado, no mucho tiempo antes, a las malogradas hijas de Olivia, mis sobrinas. Por supuesto la vida es así y todos acabamos ocupando el lugar de otro, pero nunca hasta ese momento había tenido yo tan vívida esa sensación de reemplazo, de usurpación. «Vamos, Ágata —me dije—, ésta ni siquiera es tu casa ni mucho menos tu vida, no son por tanto tus fantasmas.»

Y sin embargo, lo eran. Porque la sombra de Oli estaba todavía ahí, en cada mueble que ella había elegido con cuidado, en cada detalle, más aún cuando Kalina abrió la puerta del que ahora era su dormitorio.

—Aquí estamos. ¿Qué te parece? Es *mi* cuarto, para mí sola. Ventajas de tener un marido lleno de pasta y pelín prostático, digámoslo así. Es tan importante contar con un territorio propio... Sí, ya sé lo que vas a decir, que todo es demasiado «Olivia» aún. Pero dame tiempo. Hasta ahora he estado muy ocupada con el nacimiento del bebé. Además, a los hombres no les gustan los cambios bruscos. Por eso primero voy a empezar por redecorar todo lo de abajo, es demasiado blanco, demasiado frío para mí. Luego ya entraré a saco con mi habitación —dijo mientras señalaba lo que me pareció la más agradable de las estancias—. Mira, mira todo lo que quieras. ¿Qué te parece esto? ¿Y esto?

Kalina giraba y giraba señalando cosas. La cama doble, muy blanca, sobre cuyo pie reposaba una manta de piel color caramelo, la chimenea encendida, las paredes claras, el suelo de madera oscura.

—Y ahora ven a ver esto —dijo al tiempo que como una niña que enseña a una compañera de colegio los muchos secretos de la habitación de sus padres me cogía de la mano para arrastrarme hacia una puerta cerrada—. Dime si alguna vez has visto algo parecido.

Entramos entonces en el vestidor más grande que he visto en toda mi vida. Ni siquiera en las películas se ven *closets* así. Se trataba de un recinto largo y de más de cuatro metros de ancho en el que se alineaban todo tipo de prendas clasificadas por zonas. Estaba la zona de los zapatos con sus previsibles Jimmy Choo y sus aún más previsibles Manolos, largas filas de ellos que llegaban casi hasta el techo, todos nuevos, todos en posición de revista. Más allá pude ver la zona de jerséis clasificados por colores, por tonos incluso. Después venían por lo menos seis percheros repletos de vestidos de diversos largos, seguidos de la zona de los pantalones y la de las faldas. Más allá, las blusas, también clasificadas por colores y por tipos: las de diario, las de campo o fin de semana, las de fiesta... A continuación los cinturones y otros complementos, hasta llegar por fin a la parte del fondo, en la que, colorista y también un poco aterradora para alguien que ama los animales, pude ver la zona de las pieles, colgadas unas al lado de otras como bichos dormidos, de pelo largo, de pelo corto, de manchas, otros con plumas...

Cuántas de estas cosas, me preguntaba, eran adquisiciones de Kalina y cuántas habrían pertenecido a Olivia y ahora estaban a la disposición de la nueva señora Viccenzo. ¿Cómo se harían las cosas en el mundo de los ricos? ¿Se heredaría el vestuario al usurpar la plaza de la esposa anterior? Quizá no. Tal vez Olivia tenía pensado pasar a recoger sus pertenencias cuando la sorprendió la muerte. Aunque, según yo había leído en aquellas sórdidas revistas de chismes que recogieron su caída mortal, la separación de Olivia y Flavio se había regido por un «prenup» por el que era él quien fijaba las condiciones en un posible divorcio. De ser así y siempre según la extraña lógica de los ricos de este mundo, era posible que incluso cosas tan personales como trajes o zapatos y no digamos joyas pasaran de una esposa a otra, como quien cambia una barbie vieja por una nueva pero aprovecha todos los vestiditos de la anterior.

Se diría que Kalina adivinó lo que estaba pensando porque, con el mismo aire despreocupado de antes, dijo:

—¿Te gusta? ¿A que es súper? La primer vez que Flav me enseñó todo esto, me pareció que estaba entrando en la cueva de Alí Baba y los cuarenta ladrones, huy, qué tonta, de las mil y una noches quiero decir. Nunca había visto nada parecido y ¿sabes lo que hice? Inmediatamente me desnudé y empecé a probarme cosas, un vestido, unos zapatos, un abrigo de martas, un vestido de Azzaro. ¡Y me quedaba todo tan bien! parecían hechos para mí. Es una suerte que Olivia y yo fuéramos de la misma talla ¿No crees? Yo soy bastante más alta, lo menos seis o siete centímetros, pero como ahora se lleva todo cortísimo... Por supuesto Flav estaba encantado con mi striptease, así que estuve mucho rato poniéndome (y sobre todo quitándome) cosas para darle gusto. Los hombres son tan fáciles de entretener, facilísimos. En el fondo les gustan siempre las mismas cosas tontas, pero una chica debe saber leerles el pensamiento.

—*Senti, amore*...

Al oír estas palabras pronunciadas a nuestra espalda, Kalina y yo nos volvimos. Y allí estaba Flavio Viccenzo, de pie junto a la puerta. Su figura se reflejaba en los espejos del vestidor replicándose hasta el infinito.

—¡Flav! —dijo Kalina con un gritito de placer que me pareció de lo más convincente, y trotó hacia él.

Yo no sé si será por contagio de lo que se ve en televisión, pero tengo observado que las parejas actuales, a pesar de vivir juntas, cuando se encuentran en público se saludan como si no se hubieran visto los últimos cuatro siglos o como si uno de ellos acabara de llegar de algún largo y azaroso viaje. Algo así como proceden a hacer Brad Pitt y Angelina Jolie cada vez que se encuentran y hay una cámara cerca: beso de tornillo, profusión de cucamonas, arrumacos varios hasta el punto que dan ganas de decirles, pero oigan, puesto que viven juntos ¿por qué no se vienen ya besados de casa y así no nos dan la paliza con el espectáculo de su amor prefabricado? Y eso mismo (me refiero al tornillo, la cucamona, etcétera) procedieron a performar Flavio y Kalina mientras yo esperaba pacientemente con cara de circunstancias. Una suerte, en realidad, porque, al estar tan absortos, me dio tiempo a observar a Flavio sin miedo a parecer inquisitiva. Hay que reconocer que estaba guapo mi ex cuñado. Había engordado un par de kilos desde la última vez que nos habíamos visto, pero a sus casi cincuenta años conservaba esa belleza canalla de algunos italianos del Sur que a mí siempre me ha parecido tan peligrosa como irresistible. Ojos claros, pelo abundante, cuerpo bien formado y fibroso que imagino le costaría sus buenas horas de gimnasio mantener. Observé que vestía de un modo juvenil para su edad pero este dato no me llamó excesivamente la atención; hoy a todo el mundo le da por vestirse como si tuviera veinte años: polo lavanda, luego una chaqueta de un leve color tiza y pantalones vaqueros. Lo que menos me gustó fue el calzado. No sé qué pintaban una especie de zapatillas de deporte grises sin duda carísimas pero que le daban un aspecto macarra.

—Hola, Ágata —dijo él al cabo de unos minutos al tiempo que extendía hacia mí una mano que me pareció perfectamente manicurada—. Siento tanto lo de Oli, de veras, ha sido terrible.

Agradecí sus palabras y él continuó:

—Por supuesto, en cuanto recibí la llamada de su abogado le dije que estaba encantado de que vinieras a casa a recoger sus cosas, faltaba más.

—A mí no me hubiera importado que me las mandaran de alguna manera, no era mi intención entrometerme ni molestar —respondí.

—No molestas en absoluto. Además, Gutiérrez Müller insistió en que era deseo expreso de la pobre Oli que vinieras en persona. Ya sabes cómo era tu hermana —rió Flavio—, le gustaba mangonearnos a todos un poco. «Tú haz esto, tú lo otro.» Yo la quería mucho.

Observé que, al oír esto, Kalina corrió a colgarse del cuello de su marido como si fuera una guirnalda hawaiana y luego se mantuvo así un buen rato en tan incómoda postura. Supongo que era su forma de decir «aquí estoy yo». Y dio resultado, porque él a su vez comenzó a hacerle unas distraídas cosquillitas en una oreja mientras me decía:

—En realidad yo tendría que haberme ido hoy a Ginebra. Ando con bastantes líos de trabajo, pero me alegro de estar aquí y quería saludarte, Ágata. ¿Le has dado ya las cosas de Olivia? —preguntó volviéndose hacia su mujer.

—Qué va, estaba aprovechando para enseñarle mis cosas. Para una vez que tengo alguien que las vea… —dijo Kalina, y había en sus palabras un deje amargo que me sorprendió.

Pero en seguida volvió a ser la misma de siempre al decir:

—Claro que Ágata no es precisamente mi público ideal, apuesto que ni siquiera sabe quién es Jimmy Choo.

—Ven, Ágata —dijo entonces Flavio, librándose por fin del abrazo de su mujer—. Supongo que estarás deseando ver qué te ha dejado tu hermana.

Kalina y yo seguimos a Flavio y éste se dirigió entonces hacia el dormitorio. Una vez allí, miró unos segundos a su alrededor como quien intenta hacer memoria y a continuación fue hacia una comodita inglesa que había junto al ventanal. Abrió uno a uno los cajones y por fin extrajo del último de ellos algo que se encontraba oculto bajo unas prendas de ropa.

—Aquí están sus cosas —dijo mientras me entregaba una caja no más grande que una de zapatos—. En la carta que Olivia dejó a su abogado decía dónde debía buscarla —añadió a modo de explicación—. Yo ni siquiera sé qué contiene, soy muy respetuoso con la propiedad ajena.

Me mordí la lengua para no decir que era verdaderamente asombroso que aquello fuera todo lo que tenía mi hermana «en propiedad». En realidad si no lo hice fue porque entonces todavía albergaba la esperanza de que aquel receptáculo contuviera algún objeto de valor, uno o dos relojes importantes, por ejemplo, o algunas joyas. Y me apresuro a señalar que si ése era mi deseo no se debía tanto a la ambición de heredar algo valioso (aunque hacerlo le habría venido muy bien a mi maltrecha economía, la verdad) sino que mi interés tenía que ver con mi hermana. Era triste pensar que todo lo que le quedaba después de un matrimonio con un tipo tan rico cupiera en una caja de zapatos.

Tal vez fue este anhelo el que me hizo abrirla allí mismo sin más demora para comprobar qué había dentro. Flavio se alejó educadamente al tiempo que aprovechaba para hacer una llamada de teléfono, pero Kalina, igual que haría una niña y, a pesar de su metro noventa de estatura, se puso de puntillas detrás de mí para espiar qué contenía la caja.

Yo, por mi parte, también reaccioné como una niña y me alejé intentando ocultarle su contenido, pero ni falta que hacía. Allí no había joyas, ni relojes. Aparte de un sobre a mi nombre, que no abrí en ese momento, lo único que encontré fue una colección de fotos sujetas con una cinta. Deshice el lazo y comencé a pasarlas una a una, distraídamente al principio. Sin embargo, se me fue encogiendo el corazón al ver que contenían retazos de la vida de Olivia que debieron ser los más felices de su existencia. La colección comenzaba con una instantánea de mi hermana tomada en la clínica muy pocas horas después del nacimiento de su segunda hija. Era fácil deducirlo puesto que en ella podía verse a Olivia en camisón, regordeta y emocionada, con Caridad en brazos y a la izquierda Clarita dando la mano a la recién nacida. Las tres o cuatro siguientes mostraban a las dos niñas jugando en el jardín vestidas iguales mientras Olivia y Flavio se abrazaban en un segundo plano. Seguí pasando instantáneas. Parecían clasificadas por orden cronológico y era como un pequeño muestrario de momentos felices hasta que llegué por fin a una foto que me hizo lanzar un grito ahogado. Y es que Olivia había guardado en aquella caja no sólo la vida de las niñas sino también su muerte. Ante mí tenía ahora una instantánea de su hijita Caridad, maravillosamente vestida de blanco, entre puntillas y lazos, en apariencia dormida, a no ser por el detalle terrible de que no descansaba en una cuna sino en un féretro tan blanco como fúnebre. «Dios mío», exclamé, y una vez más fui consciente de la presencia de Kalina, estúpida Kalina, que de nuevo se acercaba con la intención de ver algo. Era mi deber que no lo hiciera. Era necesario, y así lo hice, preservar de la curiosidad ajena aquella imagen de la carita cerúlea de mi sobrina y la forma cuidadosa con que alguien había plegado sus bracitos en cruz sobre el pecho.

¿Por qué, Dios mío, por qué Olivia guardaría semejante imagen? ¿Cómo era posible que hubiera fotografiado a su hija muerta? Por supuesto yo sabía que, en otros tiempos, era costumbre retratar a los niños fallecidos a temprana edad para guardar de ellos un recuerdo, pero jamás pensé que alguien como Oli sintiera la necesidad de hacer cosa parecida. Me temblaban las manos. Ya no me atreví a seguir ojeando el resto de las fotos por miedo a encontrarme con una nueva sorpresa. Quién sabe, tal vez la siguiente bien pudiera ser de la otra niña, de Clarita su hija mayor, muerta también un par de meses después que su hermana.

—Vamos, Kalina, ¿no ves que Ágata se está emocionando con los recuerdos de Oli? Dejémosla unos minutos a solas si ella lo desea.

Era la voz de Flavio la que se entreveraba con mis pensamientos, algo lejana, amortiguada. Alcé la cabeza y vi que él había dado por concluida su llamada telefónica y se acercaba a la parte de la habitación en la que estábamos Kalina y yo. Si era verdad lo que Flavio había dicho hace un rato, él (y posiblemente también su mujer) debían de desconocer el contenido de aquella caja. Y yo me incliné a pensar que no me había mentido. De otro modo, creo que le hubiera sido muy difícil mantener el aire despreocupado y ligero con el que a continuación se dirigió a su mujer:

—*Senti, tesoro,* ¿por qué no hacemos una cosa? Yo voy bajando y os espero en mi despacho. Cuando terminéis, pasaros por allí, así me despido de Ágata. Claudio y yo estamos trabajando duro.

Si no hubiera estado tan conturbada por el contenido de la caja que tenía entre manos, es posible que me hubiera detenido a cavilar sobre Flavio y su «trabajo». ¿En qué consistía y, sobre todo en qué situación financiera se encontraba ahora? ¿No habíamos quedado en que estaba arruinado? Todo en aquella casa, en aquel ambiente, parecía desmentirlo, pero yo empezaba a darme cuenta de que las ruinas de los muy ricos son algo así como los caminos del señor, perfectamente inescrutables.

Sea como fuere, lo cierto es que nada de eso me preocupaba en aquel momento. Mi único afán era cerrar de una vez aquella caja, olvidar lo antes posible su contenido, recuperar cuanto antes el dominio de mí misma para sonreírle a Kalina y decir:

—Bueno, bueno, creo que será mejor que me vaya despidiendo, supongo que tú también tendrás cosas que hacer.

—¿No quieres quedarte un ratito más? Incluso podríamos comer juntas, son casi las dos.

—Gracias, pero supongo que querrás almorzar con tu marido y ese tal Claudio —respondí un tanto sorprendida por la invitación.

—Con Flav no se puede contar nunca, y Claudio… bueno, es su secretario, nada más. Venga, quédate, así te puedo enseñar otras cosas bonitas. ¿Te gustaría ver el gimnasio, por ejemplo? ¿Y el invernadero? ¿Y el cuarto del bebé? Seguro que ya se ha despertado.

Decliné la invitación lo más gentilmente que supe y ella, para mi creciente sorpresa, pareció apenada. ¿Es posible, me dije, que una chica como Kalina no tenga nada más interesante que hacer que comer con una desconocida o enseñarle su casa?

—Es agradable tener con quien hablar un poco —dijo ella como si una vez más hubiera leído mi pensamiento. Pero lo que no me aclaró es por qué carecía de con quién hacerlo. Seguramente una chica tan guapa, casada con un hombre influyente, contaría con un montón de amigas, otras tantas Kalinas en su misma circunstancia, con sus mismos gustos, qué se yo.

—Por lo menos pásate un minuto a decirle adiós a Flav, él quería despedirse de ti.

Dicho esto las dos descendimos en silencio la escalera y nuevamente me dediqué a mirar a mi alrededor, aunque en esta ocasión la casa me pareció más sombría. Bobadas mías, claro, el camino era el mismo que el de llegada. Atravesamos el vestíbulo, a continuación dos salones que ya había visto antes y no nos detuvimos hasta llegar a una puerta corredera en la que Kalina llamó con los nudillos antes de abrir. Allí estaba de nuevo Flavio, tan amable como antes. Se había quitado la chaqueta. Entonces se acercó para darme un beso.

—Adiós, Ágata, espero que si nos volvemos a ver, sea en circunstancias más agradables —dijo, y ya no añadió nada más porque su expresión amable se transformó de pronto al sonar el teléfono—. Ahora, si me perdonas... —añadió, dando por terminada la conversación.

Toda la escena no pudo haber durado más de un par de minutos y, sin embargo, mi recuerdo de ella es muy vívido. No tanto por lo que acabo de narrar sino por lo que sucedió después. Salíamos Kalina y yo del despacho, ella insistiendo en que me quedara a comer, yo agradeciendo e inventando otra excusa, cuando nos cruzamos con un nuevo personaje. Por un momento me pareció que se trataba del mismo Flavio Viccenzo que se hubiera vuelto a poner la chaqueta. Es verdad que, en este caso, no era color tiza sino gris piedra, y el polo en vez de lavanda era verde pero, por lo demás, todo era idéntico. Un vaquero y unas deportivas negras completaban la indumentaria del recién llegado.

—Éste es Claudio —dijo Kalina, sin detenerse en más presentaciones—. ¿Almorzaréis conmigo? —le preguntó, y aquel muchacho, que era algo más alto que Flavio y con marcas de acné que afeaban unos rasgos que de otro modo hubieran sido perfectos, sonrió.

—Mira, tú vete comiendo sola que a lo mejor llegamos al postre.

Su acento, tan foráneo como el de Kalina y el de Flavio, denotaba que tampoco era español. Pero no fue eso lo que me llamó la atención. Ni siquiera me entretuve en hacer una de mis consideraciones favoritas, esa de que hoy en día los españoles empezamos a ser una rareza en Madrid y viva la multiculturalidad. Porque lo que me vino a la cabeza al ver a aquel joven y su forma de vestir fue el recuerdo de algo dicho por Olivia la noche antes de su accidente. Me refiero a las razones de Vlad para desear su muerte, razones que tenían mucho que ver con los cambiantes gustos sexuales de su marido. ¿Por qué demonios los gays que, por lo que sea, eligen no salir del armario cometen el estúpido error de vestirse igual que sus amantes? ¿No se dan cuenta de que canta traviata?, me dije. Y en lo que a las personas más allegadas a ellos se refiere, añadí, ¿cómo es posible que no vean lo que está más claro que el agua?

Inevitablemente, al pensar esto último miré a Kalina y ella pareció sonreír:

—Por favor, quédate. Si no es a comer conmigo, al menos un ratito más. ¿De veras que no quieres que te enseñe el resto de la casa? ¿La sala de cine? ¿La de Bikram yoga? ¿La bodega? Todo es sensacional, de verdad, te lo juro.

EN EL NIDO DE LA SERPIENTE

¿Cómo hace uno para interrogar sin que se note demasiado a una persona suspicaz, taimada, lista como el diablo que, encima, sabe más por ídem que por vieja? Lo digo porque todo esto y mucho más era sin duda la próxima de las invitadas del *Sparkling Cyanide* a la que me disponía a entrevistar.

Siempre según el método habitual de las novelas policíacas que yo había decidido copiar para seguir el juego propuesto por mi hermana Olivia, me tocaba ahora tirarle de la lengua al más correoso de todos mis personajes: la madre de Sonia San Cristóbal, la inefable y para mí más que interesante madame Serpent. Es muy conveniente también, y siempre según el método que he mencionado, que la entrevista se realice en el hábitat natural del individuo a sonsacar. Porque ya me he dado cuenta de que lo que no revela él o ella seguro que lo chivan las cosas que le rodean. «La elocuencia de los objetos», creo que es el término específico, aunque yo prefiero llamarlo el secreto lenguaje de los detalles.

Y lo cierto es que en este caso fueron muchos los que llamaron mi atención desde el mismo momento en que se abrió la puerta de la casa de doña Cristina. Empezando, sin ir más lejos, por la persona que me franqueó la entrada.

—Madame Serp... La señora Cristina —rectifiqué a toda prisa, y aquella muchacha sonrió amablemente al preguntar de parte de quién.

Mientras le daba mi nombre, me interesó comprobar que se trataba de una empleada rubia, española, a juzgar por el acento, perfectamente uniformada de gris y con un bonito delantal blanco de broderí. La nacionalidad de la chica no tendría mayor importancia hace unos años, pero en los tiempos que corren, es todo un detalle para el secreto lenguaje de los ídem al que antes hacía alusión, sobre todo, por el contraste que presentaba con otras varias señoritas que tuve oportunidad de ver minutos más tarde. Y es que después de preguntar si el motivo de mi visita era privado o de trabajo (mitad y mitad, contesté yo por las dudas), aquella muchacha me hizo entrar en una especie de oficina adyacente. Allí se alineaban por lo menos una decena de elegantes mesas ante las que se encontraban otras tantas señoritas muy concentradas en las pantallas de sus ordenadores. Muchachas jóvenes, de aspecto burocrático, vestidas y peinadas de modo sobrio pero chic. Y el contraste al que me refiero con la señorita que me abrió la puerta venía dado, sobre todo, por sus rasgos físicos. No pude corroborar mi hipótesis porque ellas realizaban su trabajo en perfecto silencio, pero estoy segura de que eran todas de origen andino, peruanas, ecuatorianas tal vez.

—Buenos días —saludé con la clara intención de salir de dudas, pero aquellas damas laboriosas se limitaron a responder con una leve inclinación de cabeza.

Entonces intenté espiar qué se veía en las pantallas de sus ordenadores. ¿Serían estas chicas *brokers* conectadas con la bolsa de Nueva York o algo así? ¿Corredoras de apuestas? ¿Intermediarias en el negocio del amor o, lo que es lo mismo, concertadoras de citas entre clientes y *escorts* de lujo? Imposible saberlo pero, conociendo los antecedentes laborales de doña Cristina, me inclinaba por esto último. Atravesamos aquel *pool* de señoritas y, tal como había hecho días antes en casa de Flavio y Kalina, me dediqué a observar el ambiente. En realidad es lo que más me gusta de mi recién estrenada labor como señorita Marple, admirar casas. No es que se me haya desarrollado un hasta ahora inexistente interés por la decoración de interiores, es por el asunto del secreto lenguaje de los detalles que mencionaba antes.

—Espere aquí —indicó mi guía una vez que llegamos a la siguiente habitación.

—Tome asiento, por favor, la señora la atenderá en unos minutos.

Si aquélla era la antesala del despacho de doña Cristina, tenía, desde luego, un aire de lo más coquetón. *«Cosy»*, creo que es la palabra adecuada. Era como, si una vez atravesada el área industriosa de la casa, me encontrara ahora en la más personal. Telas con dibujos de Fortuny, adornos precolombinos, alfombras suecas, muebles ingleses... si tuviera que hacer un diagnóstico «decoratril» de la estancia, me inclinaría por decir que el estilo era «ecléctico». En cambio, si lo que se me pide es un diagnóstico... psicológico, digamos, añadiré que para mí doña Cristina, como ocurre con las personas inteligentes de extracción humilde, había ido absorbiendo por ósmosis el gusto estético de su selecta clientela. Y puesto que a lo largo de su carrera se había relacionado con personas de lo más variopintas, también sus gustos lo eran.

—Siéntese donde prefiera —repitió aquella chica tan agradable antes de desaparecer por una puerta lateral, de modo que obedecí dispuesta a obtener más información a través de los objetos durante la espera.

Sin embargo, no tuve ocasión de hacerlo porque, apenas unos segundos más tarde, la puerta se abría dejando paso a madame Serpent.

—Qué sorpresa —dijo, pero lo cierto es que ni el tono de su voz ni el hecho de que se abstuviera de preguntar qué demonios hacía yo en su casa parecían denotar tal sentimiento.

A continuación me escoltó a la habitación contigua, que era grande, espaciosa y en la que reinaba una única mesa de trabajo tan desprovista de papeles, enseres e incluso teléfono que me llamó la atención. En aquel neutro y frío decorado desentonaban muchísimo dos imágenes pías. Una de un Cristo crucificado con faldita de colores, y otra en escayola de uno de esos eccehomos dolientes, sangrantes y llagados que si uno no hubiera visto varios parecidos desde su más tierna infancia serían fuente de más de una pesadilla. Vaya contraste con el resto de la decoración, pensé, pero tampoco me dio tiempo a hacer demasiadas conjeturas sobre el particular porque en seguida empezamos nuestra conversación y yo necesitaba todas mis neuronas libres de distracciones para no levantar suspicacias en dama tan avisada como ella. Si alguien alcanza a leer mi relato —cosa que veo cada vez más posible porque voy cogiéndole gusto a esto de contar pesquisas detectivescas y a lo mejor me animo y lo convierto en una novela—. (*Invitación a un asesinato*, se podría llamar. ¿Por qué no? Es un título intrigante y cuenta con el aliciente de que se trata de una historia real, aquí no hay nada de ficción.) Pero bueno, vuelvo al principio de la frase, porque si al final me decido a convertirme en escritora, tengo que aprender a no irme por las ramas. Decía que si alguien alcanza a leer este relato, quizá, llegado a este punto, se pregunte si también doña Cristina, igual que había hecho el resto de los invitados del *Sparkling Cyanide,* me soltó aquello de «Tu hermana está mejor muerta». Y la respuesta es sí, aunque en su caso tardó un par de minutos más en hacerlo. Yo había decidido utilizar con ella mi método Jacinto Benavente, el mismo que usé con éxito en el caso de Cary Faithful. Me refiero a ese truco que aconseja que a los inteligentes y a los desconfiados hay que engañarlos primero contándoles la verdad, y dejar las mentiras para más tarde, cuando ya han bajado la guardia. Por eso, no me fui ni un poquitín por las ramas y le confesé así, a bocajarro y mirándola a los ojos (eso siempre queda muy bien) que tenía ciertos motivos para pensar que la muerte de Olivia no había sido un accidente. «Pero por supuesto —me apresuré a añadir— no tengo la menor intención de ir con esta sospecha a la policía. Soy la primera a la que no le gusta que la autoridad meta las narices en su vida —enfaticé, y ella asintió todavía con cierta desconfianza, por lo que insistí—: Nada de polis. El caso está cerrado y es mucho mejor para todos. Sin embargo mi problema, doña Cristina, es de otro tipo muy distinto y creo que usted es la única persona que conozco que puede comprenderme. Mi preocupación es la siguiente: ¿Cómo puedo dormir tranquila sin saber si el espíritu de mi hermana descansa en paz o no? —dije, e inmediatamente me di cuenta de que había dado con el argumento perfecto—. Lo único que me angustia —continué con redoblado énfasis— es averiguar si Olivia tuvo tiempo de sosegar su alma y por tanto no va a vagar por ahí o aparecérseme cualquier noche de éstas para darme un susto de muerte.»

Fue entonces cuando ella dijo aquello de «Tu hermana está mucho mejor muerta», mientras me observaba con unos ojos negros y duros como dos escarabajos (o mejor aún, como dos cucarachas). Yo, por mi parte, le aguanté la mirada, porque si importante es hacerlo cuando una dice la verdad, lo es más aún cuando se cuenta grandísima trola. «Como usted bien sabe, doña Cristina —dije entonces— mis relaciones con Olivia no eran, en fin, no sé si me entiende...»

Aquí no recuerdo si fui yo quien se detuvo o ella quien interrumpió en mitad de la frase.

—... Más mala que una víbora, así era su hermana, hijita. Y ni falta que hace que me explique cómo eran sus relaciones con ella. Tuve día y medio para aguaitarlas a ustedes a bordo de aquel barco platudo y yo soy perro viejo, no se me engaña muy fácil que digamos. —Me alarmé al oír esto, naturalmente. A lo mejor me estaba pasando de lista, y doña Cristina leía en mí como en un libro abierto. Sin embargo, sus próximas palabras me dieron cierta esperanza.

»—Sus relaciones con su querida hermana eran tan malas como las del resto de nosotros, aún peores, diría yo. Por eso comprendo perfectamente lo que me dice de su espíritu. Además, que las ánimas de la mala gente descansen en paz es más importante que lo hagan las de las personas buenas. Al fin y al cabo éstas ya están en armonía con el Más Allá. En cambio, aquel que fue tremendo bicho en vida, es peor todavía como alma en pena, si lo sabré yo.

Dijo esto y se quedó pensativa, por lo que no pude evitar preguntarme en qué oscuros fantasmas propios estaría pensando. Seguramente, una mujer con tanto pasado como ella tendría más de un esqueleto en el armario y alguna que otra alma errabunda perturbando sus noches. Pero sea cual fuere aquel espíritu, lo cierto es que se convirtió en un inesperado aliado mío, porque lo siguiente que dijo la doña fue:

—Cuente conmigo, hijita. Entiendo perfectamente su preocupación. ¿En qué puedo ayudarla?

—Gracias, se lo agradezco no sabe cómo. Para empezar, me gustaría hacerle una pregunta muy concreta: ¿Habló usted con mi hermana después del almuerzo o en algún momento cercano a la hora en que se produjo su muerte?

—No —contestó ella de modo rotundo.

Primera mentira, pensé yo, recordando que su propia hija me había dicho que sí lo hizo y durante un buen rato además. Visto lo visto, decidí no seguir por esa línea sino utilizar el segundo truco que tan buen resultado me había dado en interrogatorios anteriores, ese que consiste en preguntar a los sospechosos no por acciones propias, sino por las ajenas.

—Y dígame, ya que mi hermana era… bueno, ya sabemos cómo y por tanto hizo daño a muchas personas, a todos nosotros en realidad, ¿cree usted que alguien pudo querer matarla?

Doña Cristina achinó los ojos y luego juntó las yemas de sus dedos de un modo sacerdotal que me recordó más aún a la emperatriz aquélla de *55 días en Pekín* antes de decir:

—No es mi intención, niña, hacerle ahora un discursito sobre el bien y el mal, no es mi estilo hacer filosofías, yo no sé filosofar, pero le voy a decir una cosa: se mata más por amor que por odio en esta vida. En cuanto a buenos y malos, no creo en semejante distinguimiento. Las personas buenas hacen cosas que le dejan a uno boquiabierto de vez en cuando, mientras que las malas… hasta un reloj parado da la hora exacta dos veces por día, ¿no le parece?

Lo que a mí me parecía era que tanto una afirmación como la anterior sonaban extrañas o cuanto menos paradójicas, por lo que merecían una explicación más extensa. Así se lo dije y ella sonrió al responder:

—En lo que se refiere a la primera, no se trata de ninguna paradoja como usted dice, sino de una verdad muy simple. Se mata con más frecuencia por amor que por odio porque son las personas que queremos quienes más daño nos pueden hacer ¿no'scierto? Nada que ver con las que uno no quiere nada. Puede ocurrir además que se acabe matando a una persona, *precisamente* porque uno la quiere mucho. Y es que el amor es algo terrible, niña. Pero bueno, ya le dije que no me gusta filosofar. ¿Qué estaba diciendo, por dónde iba? Ah sí, hablábamos, en general, de que las personas buenas a veces hacen cosas tremendas que le dejan a una sorprendidísima. Pero seguro que sobre ese punto no es necesario que le explique más, pasa todos los días. Ni los buenos son buenos todo el tiempo, ni los malos son…

—Me ha gustado mucho la frase ésa del reloj —la interrumpí—. ¿Cómo era? ¿Me la puede repetir?

Madame Serpent se encogió levemente de hombros y luego dijo:

—Supongo que ahora con los relojes que no tienen agujas la cosa cambia y un reloj parado sólo da la hora exacta una vez por día, a diferencia de los clásicos, que la dan dos. Pero qué importa, niña, sea una o sean dos, lo que apunta ese sabio refrán está muy clarito. El ser humano es tan imprevisible que igual que una persona bondadosa e íntegra puede hacer, de pronto, algo inexplicablemente cruel, lo mismo ocurre al revés. Por eso, a lo mejor, su hermana de usted, que era grandísima víbora, hizo algo lindo antes de morir que nosotros desconocemos. Sí, es muy probable. Ahora que lo pienso, estoy casi segura. Y ésa es la explicación de que no se le haya manifestado la difunta como alma en pena.

Yo sentía gran admiración por madame Serpent, pero con esta explicación me pareció que empezaba a desbarrar seriamente. No era de espíritus ni de almas errabundas de lo que deseaba hablar, en absoluto, de modo que decidí reconducir el tema y hacerle una pregunta más directa.

—Mire, doña Cristina, la considero a usted muy observadora y buena juez de la naturaleza humana, de ahí que me voy a permitir preguntarle algo más comprometido: ¿Si tuviera que señalar a uno de nosotros como sospechoso de la muerte de mi hermana, a quién elegiría?

Ella achinó por segunda vez los ojos y luego tardó varios segundos en contestar. El tiempo suficiente para que yo recordara otra de las cosas que me había dicho su hija Sonia días atrás, me refiero a eso de que todo el mundo miente. Y puesto que madame Serpent me había mentido ya al menos una vez al negar que había hablado con Olivia, ¿no eran mayores aún las posibilidades de que volviera a hacerlo al contestar la pregunta tan directa que le había planteado?

—El doctor Fuguet o Vlad Romescu —pronunció doña Cristina muy despacio, y el sonido del primer nombre, y no digamos el del segundo, me produjo ese no siempre agradable tumulto interior que llaman mariposas en el estómago.

—¿Cómo dice? —pregunté, y ella sonrió, supongo que notando mi turbación.

—Ya me oyó, niña. Usted pide los nombres de mis candidatos a asesino y se los estoy dando bien clarito. Suponiendo que alguien matara a su hermana, para mí los que tenían más razones (y también oportunidad) de hacerlo eran ellos.

Descarté por un momento el nombre de Pedro Fuguet, pero no así el de Vlad.

—¿Pero por qué él?, ¿por qué Vlad y cuáles podrían ser sus motivos? —pregunté, y yo misma me di cuenta de que mi tono era innecesariamente apremiante.

—La razón, tanto de uno como de otro, es la misma que le he dado hace un rato. Porque se mata más por amor que por odio.

—¿Usted piensa que Vlad amaba a Olivia? Ni hablar, no lo creo ni por un minuto. Es gay —añadí sintiendo cómo, el pronunciar ese tan socorrido eufemismo inglés que significa «alegre», me hacía sentir todo lo contrario.

—Ágata —replicó entonces la doña usando por primera y única vez en toda la conversación mi nombre de pila—, no me sea antigua ni fundamentalista, como se dice ahora, señorita, parece mentira.

—¿Cómo dice?

Madame Serpent juntó las yemas de los dedos del mismo modo sacerdotal en que lo había hecho antes y luego comenzó a hablar.

—Mire muchacha, creo que usted ya es grande como para que tenga que hacerle un mapita de cómo son ciertas cosas en la vida. Pero como no hay más ciego que el que no quiere ver y como su ceguera es muy habitual en ese mundo necio en el que ustedes se mueven…

—¿A quiénes se refiere?

—A todos ustedes los honorables de este mundo. A los de las viditas virtuosas, a los no pecadores, a los que creen que las cosas son sólo como se ven desde el lado de arriba de la cobija y nunca miran abajo.

—¿Arriba y abajo de la cobija?

—Sí, querida, ésa es la verdadera línea que divide el mundo, lo demás son cojudeces. La gente piensa que el mundo se divide en ricos y pobres, en tontos y necios, en guapos y feos, pero lo cierto es que se divide también, y sobre todo, en arriba y abajo de la frazada.

—¿Quiere decir con eso que hay personas que están arriba y otras que están abajo?

—No me sea boba, niña. Son las mismas personas, las

mismitas. Lo que pasa es que, vistos desde arriba, todos son lo que ustedes llaman «normal». La gente es tan linda, sí, y tiene ocupaciones tan respetables, ama a los suyos, hace deporte, da lechuguita al canario, cuida su jardín. Todo es perfecto arriba de la cobija, todo limpito, sano y sobre todo, perfectamente *comprensible* ¿No'scierto? Nada que ver con lo que pasa abajo. Porque abajo, mi querida, toda esa gente normal y limpita ya no lo es tanto. Los buenos parroquianos se asombran cuando de pronto se descubre, por ejemplo, que un ciudadano, un vecino suyo perfectamente respetable, resulta que guardaba en su computadora toda una colección de fotos de niñitas desnudas. «Era un hombre ejemplar, dicen azorados, adoraba a su mamá, era un marido ideal, un padre devoto.» ¿Qué sorpresa, no? Ni imaginaban qué pasaba con aquel tipo debajo de la frazada. Pero la situación que le expongo no es más que el caso aislado que salta a las páginas de los diarios. Sin embargo, sin llegar a otros tan extremos y reprobables, todas, ¿me entiende?, todas las personas tienen un arriba y un abajo. Más feo, menos feo, más perverso o menos perverso pero siempre oscuro y por supuesto inconfesable; ni se imagina las cosas que yo podría contarle con nombres y apellidos. Mire, si no fuera tan vieja y no tuviera otros asuntos entre manos, a lo mejor me dedicaba a escribir algo sobre el viejo arte de amar y también sobre este asunto de la cobija. Lo malo es que no me iban a creer, nadie me creería. Y eso que lo tienen ustedes delante de sus narices; basta, para hacerse una idea, con leer los clasificados de los periódicos, por ejemplo. ¿Vio cuántas páginas ocupan? Y ¿de veras nunca ha hecho el instructivo ejercicio de estudiarlos un poco? De hacerlo comprendería que basta con levantar una puntita del manto de respetabilidad que cubre la vida íntima de las personas para entender de lo que hablo. La entrepierna de cada uno es mucho más complicada de lo que a la gente le gusta reconocer. Sólo tiene que observar, como muestra, el modo en que crece de día en día la sección de contactos eróticos y las ofertas tan estrafalarias que contiene. Pero eso los bienpensantes no quieren oírlo ni mucho menos verlo. Es mejor convencerse de que cosas así son desviaciones; vicios, lo llaman ustedes. Y sin llegar a historias raras (de las que también podría estar hablándole lo menos una semana), le voy a decir una cosita que tal vez no sepa o no quiera saber pero que le ayudará a captar lo que intento decirle sobre Vlad Romescu, que es por donde empezó esta instructiva disertación. Hablando ahora de personas completamente normales, sin desviaciones ni vicios, le diré que la frontera entre aquellos a los que les gusta la banana y los que prefieren la papaya es muy tenue, mucho más de lo que la gente cree.

—¿Cómo dice, señora?

—Sí, mi querida, ya me entendió. Que en el caso de algunas personas es muy fina la línea que separa la heterosexualidad de la homosexualidad, por lo que hay gente que la cruza todo el rato de ida, también de vuelta, y sin problemas ni traumas. ¿Y sabe por qué? La respuesta a ese difícil enigma también es muy simple: porque lo único que la gente quiere es que la quieran y lo busca por donde sea.

—Si lo que trata de decirme con todo esto es que Vlad buscaba amor a través del sexo, primero con Olivia y luego con su primo, me parece bastante repugnante. Y más repugnante aún es la idea de que pudo haber matado a mi hermana por despecho amoroso o algo así. No lo creo en absoluto.

—La de las sospechas es usted, no yo, pero lo que sí le aseguro es que, le guste o no a su moral burguesita y no pecadora, existe otro mundo bajo las sábanas. Y sin el de «abajo» no se entiende ni papa lo que pasa arriba, téngalo muy en cuenta a la hora de seguir con sus... pesquisas. ¿No es ese el nombre que le dan en las novelas de asesinatos al tipo de diligencias en las que anda metida?

Me levanté para irme. Me estaba perturbando demasiado aquella conversación. No sólo por la sombra que proyectaba sobre una persona que me resulta muy agradable, sino también por la expresión que iba adquiriendo el rostro de doña Cristina. Me miraba ahora con una media sonrisa que hacía brillar sus ojos de un modo que los convertía en cálidos, extrañamente bellos. Por un momento pensé que había perdido la partida, que a punto estaba de convertirme en burlador burlado, en alguacil alguacilado.

Pensé que no había conseguido engañar ni por un momento a mi interlocutora y que ella estaba aprovechando mi tonta osadía de intentar tirarle de la lengua para reírse de mí y darme la información que más le convenía. Seguramente con el fin de desviar mis sospechas de otras personas, de sí misma por supuesto, pero también (o mejor dicho sobre todo), de su hija Sonia. «Debo salir de aquí cuanto antes», me dije, porque otras virtudes no tendré pero creo que soy capaz de darme cuenta de cuándo estoy a punto de perder una partida. Además, una retirada a tiempo es casi una victoria, o al menos eso dicen.

—¿Alguna otra cosa más en la que pueda ayudarla, señorita? —rió ella—. ¿Necesita un consejo, una protección, un embrujo por si se le aparece una de estas noches el espíritu de su hermana de usted? Mire, con todo gusto le puedo regalar un escapularito del Cristo de los Temblores para que la proteja. Es de lo más milagrero, lo tengo aquisito nomás, espere.

Entonces vi cómo se acercaba a su desnuda mesa de trabajo y abría uno de los cajones. Extrajo de él varios objetos hasta encontrar al fin un escapulario de fieltro pequeño y bastante feo que procedió a colgarme del cuello sin que yo pudiera decir esta boca es mía.

—Lo que es la vida —añadió entonces con lo que me pareció genuina sorpresa—, mire lo que acabo de encontrar revolviendo cosas. ¿Ve esto? Es un libro, estaba en mi camarote del *Sparkling Cyanide* pero resulta que está dedicado a usted. ¡Qué curiosa circunstancia!, ¿no le parece? Tuve intención de dárselo a bordo, pero claro, con todo lo que pasó, al final ni me acordé. Se llama *Némesis,* y la dedicatoria habla de usted y también de un tal Mycroft o Microsoft o algo así... Ah, ¿cómo? ¿Que no conoce a nadie de ese nombre? ¿Se le ocurre algún motivo de por qué estaba en mi camarote y no en el suyo...? Vaya, así que usted también encontró otro librito de la misma colección en su mesita de noche, qué interesante, ya pues. A lo mejor es que su querida hermana quería fomentar en nosotras el sano hábito de la lectura, ¿no le parece? Sí, seguro que es eso, ella pensaba *tanto* en los demás, ¿no'scierto...?

PARTE III
NÉMESIS

—

... Querida señorita Marple:
Tiene usted una aptitud natural para la justicia y eso la conduce a tener un don para el crimen.
Me la imagino en este momento tricotando una batita o una bufanda.
Si prefiere continuar con su labor de aguja es decisión suya, pero si prefiere servir a la causa de la Justicia, espero que encuentre mi propuesta, lanzada desde el más allá, interesante.
«Dejemos que la justicia mane como agua clara y la rectitud como un torrente inacabable.»
Atentamente suyo se despide,
Amos Rafiel

AGATHA CHRISTIE,
Némesis

SIN NOTICIAS DE RAPUNZEL

La lista de sospechosos con los que debía entrevistarme para seguir con el juego propuesto por Oli iba adelgazando de modo inquietante. Y digo inquietante porque me quedaban apenas dos por interrogar y, de momento, no tenía la más remota idea de quién podía ser el asesino. Claro que, según madame Serpent, me restaba por hablar, precisamente, con los dos personajes que a ella le despertaban más sospechas: el doctor Fuguet y el guapísimo Vlad Romescu. Él había anunciado su llegada a Madrid para el próximo lunes y, según dijo, me llamaría para vernos.

Estábamos a viernes por la tarde, de modo que me quedaban más de dos días para averiguar algo interesante sobre el último y para mí más enigmático pasajero del *Sparkling Cyanide.* Por supuesto que lo más sencillo hubiera sido que Mahoma fuera a la montaña y no la montaña a Mahoma. Lo que quiero decir es que habría sido novelesco y a la vez comodísimo que Rapunzel le escribiera a madame Poubelle para hacerle una detallada y a la vez reveladora confesión de lo vivido por Pedro Fuguet a bordo de nuestro espumoso cianuro. Sin embargo, hace ya tiempo que me he dado cuenta de que la vida real tiene la irritante costumbre de no parecerse en nada a las novelas, y menos aún a las de detectives, de modo que yo seguía sin noticias de mi internauta favorito. ¿Y si por ejemplo, me había equivocado en mis deducciones y tras el *nick* Rapunzel se escondía otra alma atribulada, otro corazón solitario que nada tenía que ver con Olivia y su pasado? O peor aún ¿y si Rapunzel era Pedro Fuguet pero había descubierto por *algo*, por algún detalle de mi carta, por ejemplo, que madame Poubelle y Ágata Uriarte eran la misma persona? Improbable el primer interrogante, me dije, porque ¿cómo iba a haber otro Corazón Solitario con una experiencia tan similar a la de Fuguet? Y directamente imposible el segundo. ¿Cómo iba a darse cuenta de que yo era madame Poubelle? Es muy difícil desenmascarar a un bloguero a menos que intervenga la Justicia. ¿Y qué otro modo había para descubrir que era yo? ¿Por mi forma de expresarme? ¿Por mi particular uso de tal o cual palabra? Yo hablo igual que todo el mundo, no uso términos raros.

«Diablos», me dije, porque la cabeza me echaba humo con todas estas cavilaciones y encima hacía un calor insufrible en Madrid. Eran las cuatro, me había despertado hacía un momento de una agradable siesta y, después de regar mis plantas y trastear un rato por ahí arreglando cosas, decidí sentarme ante mi mesa de trabajo con ánimo de poner en orden las ideas. A continuación, encendí el ordenador sin esperanza alguna. Y es que, esa misma mañana, había estado navegando para ver si se me ocurría alguna idea que ayudara en mis pesquisas o por si recibiera un correo de mi esquiv@ Rapunzel, pero silencio total. Tampoco ahora había mail suyo, de modo que me desentendí del ordenador para ocuparme de otras cosas. Como, por ejemplo, de echar un vistazo más detenido a aquel libro de bolsillo que doña Cristina me había entregado el día anterior. Volví a leer entonces la dedicatoria a la que ella hizo alusión y que yo, hasta el momento, sólo había ojeado de pasada. Decía así:

A mi hermana Ágata para que, en caso de emergencia, sepa que puede consultar con Mycroft H.

¿Mycroft H? Desde luego, si ésta era otra pista sembrada por Oli, no parecía tener nada que ver con Agatha Christie. El único personaje de este nombre que conozco es el hermano listo de Sherlock Holmes, ese con el que consulta cuando tiene un caso especialmente complicado. Y sí, hasta la inicial H coincidía, por cierto. ¿Pero qué demonios pintaba el hermano de Holmes en una dedicatoria escrita dentro de un libro de Agatha Christie y, sobre todo, quién demonios sería Mycroft en nuestra particular historia? Entonces recordé ciertas palabras de mi hermana dichas el mismo día de su muerte. «Tu problema, querida, es que no sabes pensar fuera de la caja», eso había sentenciado antes de añadir, que ella, en cambio, lo hacía siempre y con gran éxito. ¿Y qué más había añadido Oli? Ah, sí, que pensar fuera de la caja consistía en salirse del carril, del marco habitual de pensamiento, relacionar, por tanto, cosas dispares y, a veces, sumar peras con manzanas. Muy bien, tal vez aquello del pensamiento fuera de la caja más adelante me diera una idea que me ayudara a dilucidar por qué Olivia había decidido dejar ese libro precisamente en el camarote de doña Cristina y no en el mío. Sin embargo ahora había otras averiguaciones más urgentes que hacer. Como, por ejemplo, saber de qué trataba aquella novela y también qué diablos quería decir la palabra Némesis. ¿No era el nombre de una diosa griega o algo así?

Si algo tienen de inigualable las nuevas tecnologías es su virtud de conferir conocimientos instantáneos sin el esfuerzo de leer o estudiar nada de nada. Por eso yo, en menos de cinco minutos, no sólo sabía el significado de Némesis sino también la trama entera de la novela, incluido el nombre del asesino. «Dentro de poco —me dije sentenciosa— todos seremos analfabetos funcionales llenos de información precocinada», pero bueno, qué más daba eso ahora, que Dios bendiga a san Google, patrón de los curiosos impacientes.

La primera entrada sobre Némesis que vi se ocupaba del significado de la propia palabra (diosa de la justicia retributiva, según me entero ahora, eso significa Némesis). Y en segundo término venía un resumen de lo más útil e informativo sobre el libro de Agatha Christie: *Némesis,* leí, novela escrita en 1971, bla, bla, bla. El argumento habla de una visita que emprende Miss Marple para conocer los más bellos jardines de Inglaterra, bla bla, bla... Sin embargo, el súbito interés de la señorita por el paisajismo oculta un extraño encargo, el que le ha hecho una persona ya fallecida para que resuelva cierto asesinato que ha quedado impune bla, bla. El desenlace de la trama desvela que la persona que ha cometido el crimen lo hizo por amor bla, bla, bla.

Me detuve a pensar unos segundos. Desde luego había allí dos o tres datos que llamaron mi atención. Se hablaba de Miss Marple y de su amor por los jardines, por ejemplo, se especificaba cómo era el asesino o asesina, y por supuesto estaba el dato más interesante de todos, el hecho de que una persona muerta encargara desde la tumba a otra la investigación de un asesinato. «Igual que has hecho tú conmigo, ¿verdad, Oli?», pensé en voz alta y con una sensación de pequeño triunfo. Qué típico tuyo es este juguecito. Apuesto que donde quiera que ahora te encuentres, querida, estarás divirtiéndote mucho con él.

Dejé entonces *Némesis* sobre la mesa y me puse a buscar el otro libro, el que Olivia había dejado en mi camarote, por si podía establecer entre ambos alguna relación. ¿Dónde lo había puesto? Miré por la biblioteca y luego revolví en los cajones de mi escritorio hasta que por fin lo encontré en el último de todos. Estaba junto a esa especie de caja de zapatos que contenía las escasas pertenencias de Olivia que yo había recogido antes de ayer en casa de Flavio Viccenzo. Hablo, por supuesto, de aquellas terribles fotos, también de un sobre que, ahora me daba cuenta, ni siquiera había abierto, supongo que por no tener que enfrentarme una vez más con a la imagen de las niñas muertas. «Ya lo haré dentro de un rato», me prometí al tiempo que volvía a dejar la caja en su sitio para hojear *La muerte de Roger Ackroyd.*

La-muerte-de-Roger-Ackroyd…, vocalicé muy despacio, como quien intenta resolver un enredado acertijo, pero aquellas cinco palabras no me decían nada de nada. La primera vez que había cavilado sobre dicha novela, allá en el *Sparkling Cyanide*, lo único que me había llamado la atención era lo que la había convertido en tan célebre, el hecho de que estuviera escrita en primera persona por el propio asesino, un tal doctor Sheppard. Pero ¿qué más pistas podía haber en la historia? Tal vez la clave oculta estuviera en otra cosa, en el nombre de dicho asesino, por ejemplo, o en su aspecto físico, o por qué no, simplemente en su profesión. ¿No sería ésta la pista que Oli me quería dejar?

Lentamente coloqué *La muerte de Roger Ackroyd* encima de *Némesis* como dos mitades de una misma y perfecta esfera que se encuentran al fin, porque ahora sabía muy bien lo que debía hacer... No, no podía quedarme allí sentada esperando un correo del doctor Fuguet que tal vez no llegara nunca. «Tengo que ir a su casa y hablar con él», me dije. ¿Y qué método iba a utilizar esta vez con mi nuevo sospechoso? ¿El método Jacinto Benavente? ¿El de hacerme la encontradiza con él por la calle? ¿Ir quizá a su consulta fingiendo que acudía como paciente? Lo ideal, tal como había hecho con los otros invitados del *Sparkling Cyanide*, era visitarle en su propia casa por aquello del secreto lenguaje de los objetos. El interés de la señorita Marple por la jardinería en *Némesis* me dio además otra idea adicional. De la lectura del primer y ya muy lejano correo de Rapunzel recordaba la descripción de su casa y sobre todo de su pequeño jardín, que según él, era, junto a internet, su afición más preciada. Muy bien, a mí también me gustan las plantas aunque a veces se me olvide regarlas. Todo era cuestión, por tanto, de utilizar ese compartido interés nuestro para entablar conversación, muy sencillo en realidad.

Entonces, cuando ya me disponía a dejar lo que estaba haciendo para vestirme e ir al encuentro del doctor Sheppard (perdón, del doctor Fuguet, quiero decir), volví de pronto sobre mis pasos. Se me acababa de ocurrir que la señorita Marple jamás hubiera hecho lo que estaba yo a punto de hacer. Me refiero a tener un sobre dirigido a ella por la persona que desde la tumba le había encargado una investigación y ni siquiera echarle un vistazo. Me dirigí a mi mesa, abrí la caja que me había dejado Olivia, y allí estaban. Aquellas terribles fotos, me refiero. Se me antojaron centinelas que vigilaban la presencia de ese sobre con mi nombre en él. Me preguntaba ahora qué podía contener, tal vez una nota de Oli, sin duda apenas unas líneas, a juzgar por la extrema delgadez del sobre, y en efecto, cuando al abrirlo por fin pude comprobar su contenido, me di cuenta de que se trataba de un único papel, un pequeño resguardo de aspecto oficial y burocrático. «Registro de seguros de vida», podía leerse en el encabezamiento, y por encima de éste campaba el escudo del Ministerio de Justicia, seguido de una dirección, nada más. Bueno sí, también había un número de cinco cifras. Lo volteé por si hubiera algo escrito detrás; estaba en blanco. Evidentemente, lo más sencillo era acercarse a dicho registro para averiguar de qué se trataba, pero ya estaría cerrado a estas horas y, encima, hoy era viernes, qué mala suerte. Sin embargo, se me ocurrió que existía un modo bastante rápido de averiguar algo más y que no entrañaba mayor dificultad que marcar un número de teléfono. ¿Cómo se llamaba aquel original abogado de mi hermana Olivia? Seguro que él podía ayudarme y, quizá, incluso explicar qué era ese volante. Miré el reloj: las cuatro y diez, una hora posiblemente demasiado temprana para que un abogado estuviera en su bufete después de una presunta comilona con clientes. Sin embargo, tuve suerte, porque, aunque la secretaria que me atendió dijo que no había llegado aún a la oficina, se ofreció para conectarme con su móvil. A continuación quedé a la escucha de una musiquilla durante un buen rato (esta vez no era la de *El golpe*, por cierto, sino la de *La sirenita*).

—¿Señor Müller? —dije por fin—. ¿Está usted ahí?

—Al aparato —respondió, y al oír su voz me pareció oír también un cadencioso clic, clic.

Ya me había pasado con ocasión de nuestra primera y única entrevista. Siempre que hablaba con él me lo imaginaba contando su valiosísimo tiempo (y cobrándolo, naturalmente) por minutos, por segundos incluso. Pero bueno, me dije, esto es sólo una consulta telefónica y sobre una cliente suya además, de modo que olvidemos el cliclic.

—Plataforma vibratoria —dijo él a modo de explicación. ¿Con quién hablo?

—Soy Ágata Uriarte, señor Müller, ¿se acuerda usted de mí?

—Perfectamente, pero es *Gutiérrez* Müller, y de tú, ¿recuerdas? —corrigió él, poniendo especial énfasis en la pronunciación muy castiza de la z.

—Sí, claro —respondí, obediente—. Verás, te llamo por una consulta rápida, no te robaré más de un par de minutos. Resulta que recogí por fin las pertenencias de mi hermana Olivia de casa de su ex marido, tal como quedamos, y entre ellas había un sobre con una especie de volante de un ministerio o algo así. Si pudieras adelantarme qué es, me harías un gran favor porque si no, no podré salir de dudas hasta el lunes. Espera, espera, voy a leerte exactamente lo que dice.

Repetí entonces lo que había impreso en aquel escueto billete a la espera de la respuesta de Gutiérrez Müller.

—¡Vaya, parece que estás de suerte! —dijo él—. Siempre pensé que tu hermana era una persona muy hábil, qué tía más lista. Muy buena noticia para ti, Ágata.

—¿Para mí?

—Eres su pariente más directa, ¿no? Aunque debo decir que es una forma bastante particular de hacer las cosas...

— Perdona, pero no entiendo nada. ¿A qué te refieres?

—Me refiero a ese papelito que tienes en la mano. Está claro que es un volante con el que acceder a un registro que existe en el Ministerio de Justicia. Uno pensado para personas que desean dejar constancia de que han hecho un seguro de vida a favor de un determinado individuo.

—¿Y eso es muy común?

—Más normal hubiera sido decírmelo a mí y no dejarlo en un registro, pero bueno. A veces se usa cuando alguien desea dejar un dinero a un beneficiario que no es su heredero directo, pero también se recurre a este método para puentear impuestos. Olivia era de esas personas que detestan Hacienda, de modo que estoy por apostar que ésa es la razón por la que lo ha hecho de este modo. Sí, le pega muchísimo. Y es muy hábil por su parte además, porque ésta es una forma perfecta de ser generosa después de muerta casi sin desembolso por su parte. Algo imprescindible en el caso de tu hermana, me temo.

—¿Quieres decir que alguien que carece de medios económicos puede, como si dijéramos, dejar una herencia a quien elija, simplemente, al hacerlo beneficiario de su seguro?

—Bingo —respondió Gutiérrez Müller—, evidentemente que sí. Lo único que hay que procurar es poner mucha atención a las cláusulas del contrato que se pacta con la compañía aseguradora para que nada invalide la póliza o impida su pago, algo que también pasa a menudo.

—¿Y cuáles pueden ser esas cláusulas?

—Son tantas, no sé. Está claro que no se paga lo mismo si la muerte se produce por enfermedad que si es por accidente, por ejemplo. Hay seguros que contemplan el suicidio; otros en cambio lo excluyen por completo. Todo esto se puede pactar con la aseguradora y tiene como resultado una cantidad mayor o menor para el beneficiario.

—¿Y crees que yo puedo ser esa beneficiaria?

—Tú eres la que tiene el volante, ¿no?

Se me nublaron los ojos. ¿Era posible que Olivia hubiera hecho algo tan maravilloso por mí, por una hermana con la que nunca tuvo una relación demasiado próxima? Y de ser así *¿Por qué?* ¿Qué había cambiado en ella durante el tiempo en el que apenas nos habíamos visto? ¿Habría existido una Olivia distinta a la que yo nunca llegué a conocer? Por un momento me acordé de algo que había dicho doña Cristina San Cristóbal en nuestro encuentro. Aquello de que hasta un reloj parado da la hora exacta dos veces a día.

—¿Estás ahí, Ágata? Oye, si quieres podemos ir juntos al Registro y ver de qué tipo de póliza se trata. Mira que me extraña que Oli no me consultara para nada. Pero bueno, todo eso da igual ahora. Tengo verdadera curiosidad profesional por ver cómo hizo las cosas tu hermana. No es políticamente muy correcto decirlo, claro, pero hay que ver qué bien le ha salido la jugada. Sin ella proponérselo, por supuesto, porque una muerte por accidente es lo que más dinero da al beneficiario. Y quién iba a imaginar que muriera tan joven, por una caída estúpida, además.

—¿Mi hermana nunca te dijo que estaba enferma?

—Nunca... ¿Lo estaba?

No respondí a esta pregunta pero creo que mi silencio fue más que elocuente.

Gutiérrez Müller volvió a insistir en que quería acompañarme al registro ya que había aún varias incógnitas por despejar, como la cuantía del seguro, por ejemplo.

—No soy experto en esto, claro, pero para que te hagas una idea, por una póliza de sólo 200 euros se consigue alrededor de un millón, o incluso más. Una buena pasta por una inversión minúscula, ¿no crees?

Luego insistió en que, a todos los efectos, era conveniente salir de dudas, que desde luego no había que esperar a que la compañía de seguros se pusiera en contacto conmigo, que menudas eran algunas de ellas, etcétera, pero yo ya no lo escuchaba. En ese momento mi única preocupación era por dónde iba a continuar mis pesquisas, cómo averiguar y cuanto antes qué había pasado realmente esa fatídica tarde a bordo del *Sparkling Cyanide.* Ahora más que nunca se lo debía a Oli, y tenía todo el fin de semana por delante. Ya habría tiempo el lunes de ocuparse del dinero, de ver qué me había dejado, ella que no tenía nada, ni un céntimo a su nombre, y que sabía iba a morir muy pronto. Dios mío, Oli.

Un reloj parado. Un mandato desde la tumba para descubrir un crimen. Némesis, la diosa de la justicia retributiva... Todas estas ideas revoloteaban inconexas dentro de mi cabeza junto con esta otra: la imagen del doctor Sheppard, o mejor dicho, del doctor Fuguet, mi penúltimo sospechoso. Eran casi las cinco, ¿me daba tiempo de acercarme hasta su casa hoy mismo? Por qué no, son muy largas las tardes de julio.

ROSAS SIN ESPINAS

—Carámbanos, pero si es Pedro Fuguet, el mundo realmente es un pañuelo. ¿De veras vives aquí? Mira tú qué sitio tan estupendo, a un tiro de piedra de Madrid, y parece que estamos en el campo. ¿Y ese rosal? Hay que ver lo bien que está a pesar de este calor sahariano… ¿Que qué hago por aquí? Y, ya ves, dando una vuelta… Qué amable invitarme a pasar un momento a tu casa, no quiero molestar, claro. A lo mejor estabas trabajando o metido en internet… Sí, si yo también soy superadicta, estoy todo el día conectada. ¿Cuál es tu *nick*? Tal vez hayamos coincidido en algún foro sin saberlo…

Algo por el estilo era lo que pensaba decirle al doctor Fuguet asomándome con cara de tonta por encima de la tapia de su jardín. Una estrategia de acercamiento poco imaginativa, lo reconozco, incluso un pelín temerario el detalle de preguntarle por su *nick;* pero lo cierto es que nada de esto llegó a tener lugar. El hombre propone y Dios dispone, se dice siempre y, en este caso lo que dispuso fue que, apenas entrar en la calle en la que él tenía su casa, sufriese yo el más furioso e inopinado ataque por parte de un yorkshire terrier enano que hincó sus dientes finos como estiletes en mi pantorrilla. El sol caía a plomo derritiendo el asfalto. No había un alma en la calle y la única persona que acudió a mis nada discretos gritos de dolor fue Pedro Fuguet.

—Vamos, *Heathcliff*, vuelve a tu casa, niño malo, venga, fuera de aquí —exclamó, y luego, después de explicarme que *Heathcliff* era el terror del barrio y que sus dueños no ganaban para denuncias porque la criatura tenía la mala costumbre de cavar una salida por debajo de un seto y atacar a los viandantes, me invitó a su casa a reponerme del susto.

—Pasa y tómate algo. Supongo que querrás esperar a que vengan mis vecinos para hablar con ellos, aunque lo mejor de todo es que te dé su teléfono. Trabajan hasta tarde y no creo que vuelvan antes de las ocho o las nueve. A ver, déjame que le eche un vistazo a esa pantorrilla. Bueno, bueno, creo que de ésta no te vas a morir.

Di por bien empleado el dolor de la dentellada. Mi pobre gemelo izquierdo mostraba dos hendiduras minúsculas y profundas como la picadura de una víbora, pero a cambio me ahorré tener que dar tontas explicaciones sobre qué hacía en un barrio tan apartado, puesto que nuestra conversación inicial giró exclusivamente alrededor de *Heathcliff* y sus muchas víctimas. Además, era agradable dejarse atender por alguien de manos tan solícitas. «Mira, ven, siéntate aquí, junto a la ventana, estarás más cómoda. Es una herida superficial y *Heathcliff* tiene todas sus vacunas, no te preocupes, ya he tenido que socorrer a otro par de damnificados, por eso lo sé. De todas maneras, te voy a hacer una cura. No, no, no es ninguna molestia, en seguida traigo el botiquín. Espera aquí, tengo que subir al tercer piso, que es donde está mi cuarto de baño. Esta casa es pequeña pero muy alta, igual que la torrecita de un cuento de Grimm.»

«Sí, como la de Rapunzel», pensé en responderle alardeando de entendida en literatura popular, pero preferí no levantar innecesarias suspicacias mencionando ese nombre.

Pedro Fuguet se dirigió entonces hacia el hueco de la escalera y calculé que tardaría unos cuantos minutos en volver, lo que me daba oportunidad de echar un buen vistazo a mi alrededor. Creo que, inconscientemente, lo que buscaba eran vestigios del paso de Olivia por aquella casa, su influjo en la vida de Fuguet. Pensaba, que igual que ocurría en casa de Flavio, la personalidad de mi hermana reinaría oculta, tal vez en la elección de los muebles o en el color de las cortinas. Oli era de esas personas que dejan su impronta en la vida de otros. Con un poco de suerte, tal vez podría incluso encontrar alguna foto de ellos dos en los tiempos en los que se veían. Pero nada. Por más que intenté descubrir la sombra de mi hermana en alguna parte, ni los muebles, ni las cortinas, ni uno solo de los enseres la recordaba. La casa de Fuguet era como él mismo. Discreta y solitaria, con cortinas azul grisáceo que entonaban bien con los muebles, sencillos y recios, mientras que las paredes pintadas en ocre invitaban a una cierta melancolía. Me acerqué entonces a una mesa camilla que había al fondo del salón en la que se agolpaba media docena de fotos en marcos de madera. Miré hacia arriba para ver si bajaba Fuguet, pero ningún ruido delataba su regreso, de modo que me permití estudiar las fotos una a una. Eran todas antiguas y de personas mayores. Seguramente se trataba de sus padres, también y posiblemente de sus abuelos u otros allegados vestidos de ese modo tosco pero aseado que hace pensar en una familia de pequeños agricultores. Sin duda el mundo de Pedro Fuguet y el de mi hermana Olivia debían de haber tenido pocos por no decir ningún punto en común.

—La buscas a ella, ¿verdad? No está. No está en ninguna parte.

Me volví, y allí, junto a la escalera, se encontraba Fuguet con el botiquín en la mano. Una vez más me pareció muy alto y desvalido, igual que su torrecita de Rapunzel.

—¿Cómo dices? —pregunté.

—Lógico, tú eres su hermana y es normal que la busques en lugares en los que sabes que ha estado. Yo lo hago, o mejor dicho, lo hacía. Es difícil acostumbrarse a pensar que ya no volverá. Figúrate que hace un rato, cuando te vi en la calle, me pareció que la estaba viendo a ella.

—Olivia y yo no podíamos parecernos menos —dije asombrada.

—Cierto, pero igual que tú la buscas en esta casa porque sabes que ha estado aquí, yo la busco en ti aunque seáis tan distintas. A lo mejor eso es lo que te ha traído hasta mi puerta, sin darte cuenta, Ágata. Yo no creo en las casualidades.

Preferí, por prudencia, no preguntarle a qué casualidades se refería, y aprovechar su mención a Oli para hablar un poco de ella y de lo que habíamos vivido juntos en el *Sparkling Cyanide.*

—Nunca podré olvidar aquellos días —dije—, apenas fueron dos pero pasaron tantas cosas... Lo que más lamento es haber estado ausente en las últimas horas de la vida de mi hermana. Eso y no haberla visto con demasiada frecuencia en el último año. Quién sabe, es posible que cambiara mucho hacia el final de su vida, tal vez para mejor...

—¿Mejor? Olivia era siempre la misma. Capaz de lo más terrible pero también de lo más maravilloso y extraordinario, así la recuerdo yo. Mejor dicho, no es que recuerde, es que ahora *sé.*

—¿Y qué sabes? Cuéntame por favor. Me gustaría tanto conocer qué pasó en esas tres horas que estuve ausente, indispuesta. Lamentablemente, nada que puedas decirme cambiará los hechos, pero ¿qué viste tú? ¿Coincidiste con alguien en cubierta en aquella hora previa a su muerte? Me daría mucha paz saber cómo fueron sus últimos minutos, necesito averiguarlo…

—¿Qué quieres saber, Ágata? Lo mejor es que preguntes y yo te contestaré lo mejor que sepa —dijo mientras indicaba que me sentase en una de las sillas que había junto a la ventana para proceder a desinfectar la herida.

Acto seguido se agachó para examinarla mejor. Trabajaba despacio y de un modo muy suave; me gustó el contacto de su piel.

—¿Hablaste con Olivia antes de que muriera? —inquirí—. ¿A quién viste en cubierta y a qué hora?

Fuguet no contestó a la primera pregunta pero sí a la segunda.

—No soy muy bueno calculando el tiempo, pero si el accidente se produjo a las cinco, creo que yo y ese muchacho búlgaro, ¿cómo se llama?, Kalim o Kardam, fuimos los últimos en estar cerca de Oli. Recuerdo que acababa de sentarme en el salón interior cuando él entró de cubierta a coger un refresco.

—Olivia en ese momento estaba fuera, a muy escasos metros, hablando por teléfono, ¿no es así? Supongo entonces que tanto tú como él pudisteis oír lo que decía.

Tengo la impresión, y no quiero ser mal pensada, de que a esta última pregunta Pedro Fuguet contestó con las mismas, idénticas palabras que había utilizado en la investigación policial, tal como haría una persona que se ha aprendido un muy conveniente guión.

—…Yo estaba en mi camarote cuando de pronto decidí subir e instalarme en el salón —dijo—. No sé por qué lo hice, tal vez porque antes me había parecido oír la risa de Olivia a través de mi ojo de buey, que era todo menos alegre. Y sí, es verdad. Desde donde estaba en el salón interior la podía ver hablando por el móvil, también escuchar su conversación fuera. Se encontraba sentada de espaldas al mar sobre la barandilla de popa. Al cabo de unos minutos volví a bajar a mi camarote sin molestarla, no quería interrumpir.

—Ahora sabemos que estaba hablando con su médico, ese tal doctor Pedralbes. ¿Pudiste oír qué decía?

—Sólo tres palabras —respondió Fuguet—: «No-hay-tiempo.»

—¿A qué crees que podía referirse?

—Estaba gravemente enferma, también eso se descubrió una vez muerta gracias a Pedralbes, ¿no? Supongo por tanto que se refería a que le quedaba poco tiempo de vida.

—Kardam estaba contigo en ese momento. ¿Crees que también él pudo oír sus palabras?

—En efecto —respondió Pedro Fuguet mientras sus dedos recorrían mi pantorrilla, muy suaves, muy sedantes, aunque de pronto los detuvo y me miró como si hubiese recordado algo.

—Ahora que hago memoria —dijo, y sus dedos reanudaron la cura (que por cierto estaba resultando demasiado larga y cuidadosa para una herida tan superficial)—, Kardam comentó algo pero no le di importancia en aquel momento. Al llegarnos la voz de Olivia desde el exterior con su «No hay tiempo» él comentó como para sí: «Entonces para mí tampoco.»

—¿Y qué crees que pudo querer decir?

—Son cosas que se dicen, tonterías, supongo.

—Tal vez lo fueran si no le hubiera pasado nada a Oli, pero los comentarios que parecen intrascendentes ya no lo son tanto cuando cambian las circunstancias.

Además, si alguien realmente odiaba a Olivia era él. ¿No crees que se refería a que debía actuar cuanto antes o algo así?

Fuguet levantó la cabeza lentamente para mirarme mientras daba por terminada la cura.

—No estarás pensando que la muerte de Olivia no se debió a un accidente, ¿verdad?

—No, claro que no —mentí al ver cuánto le alteraba dicha posibilidad—, sólo te preguntaba por las palabras de Kardam; son muy extrañas.

Fuguet, que durante todo este tiempo había estado en cuclillas para mejor atenderme, se puso de pie. Ahora me miraba desde lo alto de sus casi metro noventa de estatura.

—Olvida lo que te he dicho, Ágata, olvídalo todo. Lo último que yo haría sería proyectar siquiera la sombra de una sospecha sobre otra persona. La muerte de tu hermana fue un accidente.

Me pareció que la voz le vibraba demasiado al decir esta última palabra. Su tono, en cambio era sereno, tranquilo y me miraba, siempre me miraba.

—Será mejor que me vaya —dije al ponerme de pie—. Ya me siento mucho mejor y creo que, en lo que a *Heathcliff* y sus dueños se refiere, haré lo que me has indicado, los llamaré por teléfono. No sabes lo que agradezco tu cura —añadí mientras le tendía la mano a modo de despedida.

Él la tomó entre las suyas sin decir palabra y luego se dirigió a la puerta para abrirla. A continuación se hizo a un lado para dejarme pasar y salimos al patio. Pude ver entonces y con todo detalle el jardín de Fuguet, el mismo por el que tantas veces había transitado mi hermana Olivia. Era muy alegre en comparación con el oscuro interior de la casa. Caminábamos en silencio, de modo que comencé a hacer un comentario sobre lo bien cuidado que estaba todo, sobre su único rosal, sobre la suerte de vivir casi en el campo, lejos del bullicio de la ciudad, pero él no me dejó terminar. Se había acercado al rosal y, con un movimiento tan rápido como experto, cortó la mejor rosa que en él había.

—Me gustaría que la guardases de recuerdo, no tiene espinas.

—No hay rosal sin espinas —sonreí—. Al menos eso dice el tópico.

—Éste sí. Se las quito una a una. Lo hago desde que ella murió.

A mí entonces sólo se me ocurrió preguntar:

—¿Por qué dijiste antes que yo te recordaba a Olivia, Pedro?

Él no respondió a mi pregunta sino que me hizo esta otra:

—¿Te puedo llamar algún día, Ágata? Me gustaría mucho volverte a ver.

COMIENZA UNA SEMANA DE PASIÓN

Se dice siempre que las desgracias nunca vienen solas y yo ignoro si la sabiduría popular tiene un dicho equivalente para las alegrías, porque me parece que a éstas también les gusta moverse en cuadrilla. Según tengo entendido, a la buena suerte encadenada la llaman algo así como aristotiquia, y tiene que ver con los caprichos de la diosa Fortuna que tanto disfruta jugando con nosotros, pobres mortales.

Todo este retórico (y muy poco original) preámbulo viene al caso porque de pronto me di cuenta de que Agatita Uriarte, es decir, yo misma, se encontraba en una situación desconocida desde su muy lejana adolescencia, por no decir inédita: la de tener en perspectiva nada menos que dos citas románticas. Sí, ya sé que la expresión es un poco exagerada dado el caso, pero no deja de ser cierto que tanto Pedro Fuguet como Vlad Romescu habían manifestado su deseo de verme, de modo que mi hasta ahora virgen (y mártir) carnet de baile se encontró de pronto con *overbooking:* «Dos tíos, dos, y en una misma semana», me dije. Y ¿cómo los iba a compaginar? ¿cómo simultanearlos? Por suerte para mí, Pedro Fuguet (que empezaba a gustarme bastante, dicho sea de paso), después de decir que quería volverme a ver, había añadido que llamaría pasados un par de días, a su vuelta de un congreso de médicos. Perfecto. Hasta de los detalles de agenda parecía ocuparse la diosa Fortuna porque así me daba tiempo a ver a mi guapísimo Vlad Romescu, que había anunciado su llegada al día siguiente y al que tenía toda la intención de reiterar mi invitación a quedarse en casa para que se ahorrara el hotel.

Y así fue cómo de pronto yo, la reina de los corazones solitarios, comencé mi particular semana de pasión (en el menos evangélico sentido del término), y lo hice con la recepción de esta llamada telefónica:

—¿Ágata? ¿Ágata, eres tú? Te oigo fatal, espera, espera que voy a ver si afuera hay algo más de cobertura.

Ruido de platos, cucharillas y algarabías varias siguieron a estas palabras y, poco después, volví a oír la voz de Vlad Romescu, esta vez más nítida. Decía estar en una cafetería cercana a mi casa y me telefoneaba, tal como habíamos quedado.

—Pero es solo para saludarte, no te preocupes...

Y yo:

—¿¡...!?

Y él:

—...que no, descuida, puedo ir a un hotel, aún me queda algo de dinero.

Y yo:

—..., ... ¡¡¡!!!

Y él:

—Bueno, sí, si te empeñas...

Y yo:

—¡...!

Él:

—Vale, está bien. Pero no hace falta que vengas a buscarme, ya voy yo para allá.

Yo:

—...¿¡...?!

Y por fin él:

—¿Segundo interior izquierda? Perfecto, ahora te veo, un beso.

Si he transcrito la conversación de Vlad entera y la mía sólo con exclamaciones, puntos suspensivos y cosas así, no es por hacer un ensayo de estilo tipográfico ni por coquetería literaria sino porque me aturullé tanto al oír su voz al otro lado del teléfono que los puntos suspensivos que he puesto corresponden casi todos a tartamudeos o a tontas repeticiones. No sólo porque el aturullo parece mi estado habitual cada vez que hablo de (o peor aún con) Vlad Romescu, sino porque, mientras lo invitaba a quedarse en casa, me dio por recordar las sospechas respecto de él que madame Serpent había expresado apenas un par de días atrás. «Pero ¿qué demonios estás haciendo? —me dije aún con el auricular en la mano—. ¿De veras te conviene meter en casa a un hombre como Vlad? ¿No hubiera sido más sensato verle un rato y ya está? Porque ¿qué sabes de él en realidad? Muy poco y casi nada bueno. Que, según Olivia, por ejemplo, es un tipo dispuesto a irse a la cama con la (y también con el) primero que pasa por su lado, pero siempre que le convenga por algo. Un gigoló por tanto, un chapero también. Y según madame Serpent, es posible que, por encima de todo sea un asesino, bonita pieza.»

Es muy común en mí. Hago una cosa y acto seguido empiezo a ver todos los inconvenientes. Pero ahora ya era tarde para echarme atrás. Vlad estaba a un paso de casa, acercándose rápidamente a mi portal, a punto de llamar al telefonillo, y yo allí, con el auricular en la mano, sin poder no ya resolver sino siquiera empezar a pasar ni una sola de las cuentas de este intrigante rosario de dudas y misterios que acabo de desgranar.

¿Y qué hice con toda esta procesión de interrogantes rondándome la cabeza? Parece mentira, pero lo único que alcancé a hacer fue atusarme el pelo. Y no para espantar así los malos pensamientos de dentro, qué va, sino porque lo tenía fatal, vaya greñas, un horror, a juzgar por la imagen que me devolvía el espejo que hay cerca de la mesita del teléfono. «A ver cómo lo adecento un poco, por Dios, mejor me hago una coleta, y ¿qué tal un poco de colorete y algo de rimmel? No, no, que no me da tiempo a hacerlo bien y seguro que quedo como un payaso... venga, un toquecito de polvos, sólo un brochazo, y luego una coleta rápida, que debe de estar al caer. ¿Ves?, qué te dije, ya está aquí, oh desastre. Ding-dong.»

Para seguir con el relato ordenado de cómo fue desarrollándose el susodicho rosario de acontecimientos a partir de este momento, supongo que ahora tendría que dedicar unas líneas a explicar nuestro reencuentro. Relatar, por ejemplo, el instante en que abrí la puerta y allí estaba él, tan rubio, materializado como una divina aparición en mi oscuro y bastante maloliente descansillo (misterio glorioso). Explicar también que su sonrisa espectacular no se le torció ni un poquitín al entrar en casa y verme ahí, con la coleta a medio hacer, el colorete mal puesto y tremenda cara de pánfila (misterio gozoso). Y por fin (misterio doloroso porque de todo tiene que haber en la viña del Señor) señalaré que el equipaje que traía era mínimo, por lo que no tuve más remedio que presagiar que la visita iba a ser más corta que un amén Jesús.

Sí, así fue el comienzo de aquella estadía que se inauguró con un beso de bienvenida y unas palabras de gratitud «por darme "albergo"», pronunciado tal cual, con "o" y no con "ue", y envuelto en ese maravilloso acento italiano que ni siquiera requiere el apoyo de su belleza física para derretir corazones. Y para decirlo todo, añadiré que, no bien cerramos la puerta, se acabó el rosario de mis dudas, al menos durante un buen rato. Hasta la hora de irnos a la cama para ser exactos. Pero vamos por partes, porque antes de eso ocurrieron varias cosas que necesito contar.

Pasaré velozmente por nuestras palabras iniciales. Me detendré apenas en transcribir las razones de su visita a Madrid y que eran las mismas que ya he explicado antes (buscar trabajo, abrir nuevas posibilidades, cambiar completamente de ocupación).

Tampoco creo que merezcan más de un par de líneas sus amabilidades por mi acogida («Sabía que iba contar contigo, Ágata. Mañana muy temprano tengo una entrevista en el centro de Madrid, por la tarde otra en La Moraleja y luego me vuelvo a Palma por la noche, no quiero abusar de tu hospitalidad»). Y así pasaron los primeros diez o doce minutos, tan formales. Después entramos en la intendencia, con las particularidades propias de cualquier acomodo —uno no demasiado cómodo, me temo.

«Es que ya ves —le dije—, esta casa sólo tiene dos dormitorios, uno es el mío y el otro lo he convertido en cuarto de trabajo. Pero eso en seguida lo arreglamos; me llevo el ordenador a mi habitación y el resto es todo es para ti. Además, el sofá éste es feo pero bastante grande. No, no, de veras que no es ningún trastorno, y ahora voy a darte también unas toallas; tendremos que compartir cuarto de baño, pero de eso ya tenemos práctica desde el *Sparkling Cyanide,* ¿verdad?»

Creo que fue al mencionar el nombre de aquel cianuro espumoso cuando noté que se le tensaba la mandíbula, un síntoma que, según tengo entendido, suele asociarse con agresividad contenida. Pero quiá, yo ya no pensaba en esas tonterías, adiós aprensiones y temores, porque era delicioso ver cómo mi casa se iba transformando en otra muy distinta a medida que él la ocupaba. Observar, por ejemplo, el modo en que la balda de mi cuarto de baño daba acogida a sus objetos de aseo, a su cepillo de dientes, ahora junto al mío en vasos idénticos; a su *after shave* y su colonia, codeándose con mi Nenuco de toda la vida («¿De veras usas Old Spice?», pregunté al reparar en aquel inconfundible frasco de cerámica blanca que hacía años no veía. «Es mi favorita desde que tengo dieciocho años —dijo él—. Tu querida hermana opinaba que era más apestosa que el pachuli»).

Ésa fue la primera y por el momento única mención que se hizo de Olivia. Pero, si su fantasma rondaba por ahí, desde luego no se materializó para darnos la lata. Es más, creo que mi carcajada al oír el comentario sobre el Old Spice nos acercó un tanto.

«Pues a mí me encanta como huele, es supervaronil», dije, e inmediatamente me di cuenta de la metedura de gamba, qué majadera, apuesto que enrojecí hasta la raíz del pelo. Sin embargo, él no pareció notarlo, estaba deshaciendo la maleta y a cada rato me preguntaba dónde podía acomodar tal cosa o tal otra. Hacía tantos años que no compartía vivienda con alguien, que me fascinó observar cómo sus escasas pertenencias se iban apoderando del cajón de la única de mis cómodas; su chaqueta y una camisa del armarito del vestíbulo, «la deliciosa colonización del territorio de uno por otro —me dije—, esa que se vuelve usurpación cuando se acaban las ilusiones pero que tan extraordinaria es en sus comienzos».

—¿Puedo dejar esto aquí, Ágata? No me gustaría descolocar tus cosas.

Vlad me miraba ahora como un escolar aplicado. Llevaba bajo el brazo un par de libros, y de su hombro derecho colgaba la funda de lo que parecía un antiguo y voluminoso ordenador portátil. Yo ya había trasladado mi querido Hewlett Packard de su habitación a la mía, pero me faltaba aún despejar el resto de los objetos del escritorio.

—Verás lo que voy a hacer —dije—. Cogeré dos o tres cosas y el resto se puede quedar aquí mismo, en esta esquina. Así tú puedes instalar tu ordenador.

Acto seguido, aparté varias carpetas con facturas, cartas de bancos, cosas así. Lo único que había de mayor volumen sobre mi mesa de trabajo era aquella caja que me había dado Flavio Viccenzo con las pertenencias de Oli y, antes de retirarla, volví a guardar dentro la carta del registro para que no se traspapelara. «En cuanto se vaya Vlad, mañana lunes, iré a ver qué me ha dejado Oli», pensé, y al hacerlo no pude evitar sentir un ahogo de profunda pena por mi hermana muerta. Pero fue sólo un segundo. En seguida volví a la deliciosa colonización de la que hablaba antes, a ver cómo Vlad iba colocando sus pertenencias sobre mi vieja mesa de trabajo.

—Ven, deja el maletín del ordenador en aquel estante. ¿Y estos libros, de qué son, Vlad?

—Espero que sean mi futuro —dijo él, y acto seguido rompió a reír, supongo que para que su declaración no pareciera exagerada—. Son recetarios de cocina; se acabó el mar, bienvenidos sean los fogones.

Entonces me explicó algo de su vida inmediatamente anterior a su empleo en el *Sparkling Cyanide* y que había trabajado en Sorrento en una cantina regentada por su madre, «que, por si no lo sabías, es una de los muchos parientes pobres de mi querido Primo Flavio, por lo que me será facilísimo el *downshifting*», dijo, así, en inglés y yo tuve que esperar que continuara con su relato para deducir el significado de aquel «palabro» por su sentido dentro de la frase, pero por fin creo que lo entendí. *Downshifting* debe ser algo así como descender en la escala laboral y decantarse por un trabajo menos glamouroso que el que a uno le corresponde por sus aptitudes, pero que tiene, en cambio, más compensaciones emocionales.

—Antes incluso de que tuviera lugar el accidente de tu hermana y la ruina de mi querido primo ya tenía pensado mandarlo todo a paseo, de modo que no importa. Sólo habrá que seguir bajando aún más, a las entrañas del monstruo, eso es todo.

—¿De qué monstruo?

—Del círculo de los ricos, de esa sociedad figurona y estúpida de la que todos dicen querer escapar pero que, al final, los tiene cogidos por los huevos. Sin embargo, yo ya he entendido cómo son las cosas en ese particular y selecto círculo del infierno: *Lasciate ogni speranza voi ch'entrate*: Abandonad toda esperanza vosotros que entráis aquí. No, no hay escapatoria. No se puede salir del infierno. Sólo ascender o descender, y la gente piensa que subir es lo acertado, por eso el mundo está lleno de gilipollas matándose por asomar la jeta y figurar. Pero no, la única manera de huir es bajar y cuanto más profundo, mejor.

Me desconcertó absolutamente este pequeño discurso de Vlad. No me esperaba un razonamiento así de sus labios. Tal vez estaba condicionada por los comentarios de Olivia sobre el muchacho. De ellos había sacado la impresión de que mi hermana no tenía buen concepto de las dotes intelectuales de Vlad y menos aún de las culturales.

—¿Y hasta dónde piensas descender en los infiernos, Vlad?

—Hasta las calderas, hasta los fogones —rió una vez más—. Las dos entrevistas de mañana son para ayudante de cocina, para pinche ilustrado, pero qué más da a estas alturas. Lo único importante es que, ahora, gracias a mi paso por aquel infierno glamouroso, tengo unas inmejorables referencias «domésticas». Soy un siervo, sí, pero de lujo. Es lo que tiene haber trabajado en un megayate, impresiona a todo el mundo.

A mí me habría gustado preguntarle qué tenía que ver el ser capitán de barco con convertirse en ayudante de cocina, y si eso, más que *downshifting* no era un desbarrancadero, pero no me atreví. Además, lo próximo que dijo de alguna manera daba respuesta a mi pregunta:

—Da igual lo que hayas sido en el pasado —dijo—. Lo importante es lo que estés dispuesto a hacer en el futuro. Algo así le gustaba sentenciar a tu querida hermana que, como sabes, era muy práctica además de muy hija de puta.

Era lógico que se nos apareciera. El espectro de Olivia, me refiero, o el de su recuerdo, al menos. Por eso vi materializarse a continuación una oscura sombra. En concreto, la del triángulo amoroso formado por ella, Flavio y el muchacho. También la del recuerdo de cómo Olivia se las había arreglado para acabar humillando a Vlad, lo que explicaría su odio y quién sabe si también la muerte de mi hermana. «Pero no —me dije de pronto—. Esta vez no iba a dejar que Oli se saliera con la suya.» No iba a permitir que me estropeara, como tantas veces mientras estuvo viva, un pequeño paréntesis de felicidad junto a un hombre, como el que estaba disfrutando ahora mismo. Ya habría tiempo más adelante, mañana por ejemplo, de regresar a mi particular círculo del infierno, el de las dudas, el de las conjeturas. De ahí que lo que hice fue cambiar bruscamente de tema. Y para ello aproveché que estábamos hablando de calderas y fogones y que era casi la hora de la cena para fingir que miraba el reloj y me sorprendía muchísimo de lo tarde que era.

—¡Pero bueno, aquí estoy dándote palique cuando seguro que tendrás ganas de comer algo! —dije, y estoy convencida de que él me agradeció el cambio de tercio—. ¿Qué tal si cenamos mientras sigues contándome tus planes de futuro? Lo malo es que vamos a tener que bajar a la calle a pillar bocado. En la despensa de alguien que está a régimen por los siglos de los siglos como yo no hay más que conservas, verduritas, pastas dietéticas y cosas así. ¿Te hace un chino, o prefieres la tasca fusión de la esquina? Yo invito.

¿Cómo acabamos Vlad Romescu y yo en la cama esa misma noche? ¿De qué modo pasamos de los duelos y quebrantos de una despensa vacía a un divino (y de lo más inesperado) revolcón? Por increíble que parezca, la culpa de todo la tuvo el general Bonaparte.

Nos habíamos quedado en el momento en que yo, para cambiar de tercio, le pregunté a Vlad si tenía hambre, y luego añadí que tendríamos que bajar a la calle a tomar algo porque en casa no había más que conservas y alimentos dietéticos. No lo he comentado hasta ahora pero me apresuro a decir que, a diferencia de los días anteriores, aquella noche de julio madrileño era misericordiosamente fresca, supongo que gracias a las extravagancias del cambio climático. Tampoco he mencionado que mi casa es pequeña y no muy agraciada pero tiene en cambio un balcón que no está nada mal, lleno de las plantas que tanto me gustan. Digo todo esto porque, a mi propuesta de bajar a la calle, Vlad interpuso otro plan. Él lo llamó «Operación fondo de despensa».

Le pregunté qué demonios era eso y entonces me dijo que ya lo iba a ver, que no fuera impaciente, que el mejor cocinero es el que consigue improvisar, y que la susodicha operación era algo parecido a la anécdota de Napoleón con el «pollo a la Marengo». Como yo cada vez estaba más in albis, me preguntó si no conocía la historia del famoso cocinero Dunand en tierras de Italia. Dije que no, claro, y Vlad me contó cómo, durante una de las muchas batallas napoleónicas ocurrió que los austriacos llegaron a cortar los suministros franceses y dejaron a las tropas gabachas completamente desprovistas. «Napoleón —explicó entonces— era de los que no perdonan una buena comida, de modo que mandó recado a su cocinero a través de uno de sus ayudantes: "Apáñeselas Dunand, usted es el chef y yo a las siete, ceno." El pobre Dunand, que le tenía bastante miedo a Napoleón, mandó entonces a varios soldados para que buscaran por los alrededores cualquier tipo de alimento y, al final reunieron estos ingredientes: dos pollos, unos cuantos cangrejos, tomates, cebollas, aceite, huevos y un par de ajos. Dunand, por su parte, tenía guardada media botella de coñac, y con todo esto hizo el milagro, por lo que, desde ese momento, el pollo a la Marengo, que así se llama en honor a la batalla de aquel día, pasó a ser uno de los platos más conocidos de la cocina francesa. Supongo que Dunand no llamaría a lo suyo "operación fondo de despensa" —continuó diciendo Vlad—, pero viene a ser lo mismo que me dispongo a hacer hoy en tu cocina. A ver qué hay por aquí, Ágata, y seguro que también nosotros podremos obrar algún milagrito.»

Eso dijo mientras iba abriendo una a una las puertas de todos mis viejos armarios de cocina y, apenas hora y media más tarde, ya estábamos sentados a una mesa (una antes bamboleante mesita de bridge plegable y ahora bien afianzada en sus cuatro patas y cubierta con un bonito mantel) en mi terraza llena de plantas y amenizados por una música suave («cualquier cosa menos música brasileña» fue su extraña petición) mientras que en nuestros platos, humeantes y deliciosos, reinaban unos «espaguetis a la Ágata» recién salidos de mi yerma cocina.

—Aún no entiendo cómo lo has hecho —le dije mientras me servía una segunda copa de «clericot», una especie de cóctel también salido de la operación fondo de despensa. Por supuesto yo había presenciado, paso a paso, todo el proceso creativo pero (y éste es un truco que alguna vez le vi usar a Oli con mucho éxito) como a los «artistas», más aún si son hombres, les encanta que les pregunten por sus creaciones, le pedí a Vlad que me explicara un poco el *making of* de ambas delicias.

—Ya lo has visto —respondió él—. Con una solitaria lata de mejillones, otra de anchoas, un paquete de palitos de mar y un chorro de coñac, sale un falso changurro para chuparse los dedos. Y si luego lo sirves sobre unos espaguetis, nadie es capaz de distinguirlo del auténtico, de modo que ¡*voilà* los espaguetis a la Ágata! —añadió.

Repetí plato nada menos que tres veces porque no era momento de contar calorías, al diablo con la dieta. Y a los espaguetis con changurro hay que sumar además el agradable acompañamiento del clericot bien frío que, ahora sé, es una especie de sangría de vino blanco salida, en este caso, de la resurrección de una pera, un puñado de fresas y dos naranjas que dormían en mi despensa junto a un bric de Don Simón. Y fue supongo el clericot lo que más contribuyó a soltar nuestras lenguas una vez acabados los espaguetis. Por eso, después de que Vlad me contara que todos sus planes de futuro dependían de lo que ocurriera en las dos entrevistas de trabajo que tenía a la mañana siguiente, después de que yo le diera ánimo diciéndole que seguro que no tendría problema en encontrar empleo, que alguien capaz de elaborar delicias tales con un par de latas, un tetrabric y cuatro frutas mustias es sin duda un gran cocinero, después de todo esto, digo, intenté, tal como había hecho con el resto de los invitados del *Sparkling Cyanide*, llevar la conversación hacia lo vivido en aquel barco las horas previas a la muerte de mi hermana. Sin embargo, mucho me temo que la Miss Marple que en mí habita andaba tan mareada de clericot como servidora, de modo que la conversación se desvió una vez más a los futuros planes de Vlad. Me dijo entonces que tenía más esperanzas en el trabajo de La Moraleja que en el de Madrid capital. «Pero pase lo que pase tendré que volver mañana a Palma para arreglar un montón de cosas, un viaje muy corto, me temo.»

—Que estés aquí ya es una gran alegría —dije, y él me dedicó una sonrisa dulce y a la vez tan triste que no tuve más remedio que tomarme de golpe media copa más de clericot para disimular.

¿Y qué importaba ya que la cabeza me diera vueltas o que Vlad rellenara por tercera o cuarta vez mi vaso pero, en cambio, no el suyo? ¿Qué importaba que él pareciera más despierto y yo cada minuto que pasaba más curda? Un día es un día, me dije.

Mis siguientes recuerdos son de Vlad recogiendo los platos de la mesa mientras hablábamos de esto y de lo otro. Y luego, lo recuerdo también regresando de la cocina con una segunda jarra de clericot.

—Venga, Ágata, otro sorbito. ¿Nunca te han dicho que estás muy guapa cuando te brillan los ojos?

Y lo próximo que recuerdo es su dulce respiración a mi espalda mientras dejaba el clericot en la mesa para darme un beso, uno solo, en la nuca.

Cuando se habla de los efectos positivos del alcohol se menciona siempre el esbozado más arriba. Me refiero al delicioso «bah, qué importa» que hace que uno se sienta tan bien, tan libre. Sin embargo, mi efecto alcohólico preferido es otro del que se habla menos. Me refiero a esa capacidad suya de ralentizar el tiempo de modo que se vuelve menos fugaz e inasible. Precisamente a ese delicioso efecto cámara lenta debo, por ejemplo, estos simpares recuerdos: Vlad y yo besándonos camino de mi habitación: «Ven, quítate la blusa, y esto también. Mira que eres tonta, no hace falta que te tapes, tienes un cuerpo precioso. No, no digas nada, Ágata, sólo siente.» Y yo obedeciendo a veces y otras incluso tomando la iniciativa, como cuando lo fui llevando hasta el borde de mi cama y aparté después los muchos almohadones con los que la había adornado copiando el estilo de mi hermana Olivia. Y a un rincón fueron a parar mis dos viejos cojines chinos pero no así aquel otro de tira bordada en el que podía leerse «Hay amores que matan», que cayó junto a la pata izquierda del cabecero, del lado de Vlad. Pero cualquiera se fijaba entonces en detalles tan irrelevantes, porque lo único que me importaba en ese momento era ver cómo una mano demorada iba recorriendo mi cuerpo, y sentirla emprender caminos inexplorados, no sólo porque hacía añares que no me iba a la cama con nadie, sino porque estoy segura de que no son nada transitados. Qué extraño. «¿Será así como hacen el amor dos hombres?», recuerdo haber pensado por un segundo pero en seguida ahuyenté tan estúpido pensamiento porque aquellos dedos sabios, también aquella lengua no menos andariega, recorrían ahora pliegues que desde luego no figuran en anatomía masculina alguna y lo hicieron con una cadencia, con una maestría, que anulaba toda posible reserva. «Bésame Ágata, quiéreme —dijo, y así lo hice y no me permití pensar en nada más hasta mucho más tarde, cuando sonriente y jadeante, Vlad rodó hasta su lado de la cama para decir—: Vaya con la niña, quién lo diría.»

A mí me habría gustado preguntarle: ¿Qué ha pasado entre nosotros, Vlad? ¿Qué significa esto? ¿Es una burla? ¿Una estrategia? ¿Qué buscas en mí? Pero no lo hice, porque las preguntas más importantes en esta vida casi nunca llegan a plantearse, y menos aún en la cama, so pena de que se rompa más de un hechizo. Y luego él me besó en la frente dándome las buenas noches como un niño bueno y toda la escena hubiera acabado del modo más dulce si, al girar sobre sí mismo, Vlad no hubiera visto en el suelo, a menos de un metro de él, aquel almohadón de tira bordada de Olivia que, por supuesto, reconoció al instante. «Tu hermana está mucho mejor muerta», fue su comentario antes de arrojarlo al otro lado de la habitación. Yo, en ese momento, sentí un escalofrío y una extraña sensación de alarma pero no como cabía esperar, porque sus palabras fueran las mismas que habían pronunciado todos los invitados del *Sparkling Cyanide,* sino por la extraña carcajada que las acompañó. Una, que tenía la particularidad de bajar y luego subir de volumen hasta ahogarse en una nota muy aguda, casi infantil. ¿Dónde demonios había oído yo una risa así y en qué circunstancias?

No lo supe hasta un par de horas más tarde, cuando con esa contundencia cruel que tienen los sueños para irrumpir en la realidad y destruir las más bellas vivencias o convertirlas en espejismos, me desperté de pronto con el recuerdo de una risa idéntica. Entonces me vi de nuevo en mi camarote del *Sparkling Cyanide* y sentí incluso el mismo mareo que la tarde en la que Olivia perdió la vida. La cabeza me daba vueltas y en mi estómago revoloteaba un entrevero de alcohol con huevos rancheros. Pero nada de esto hubiera tenido mayor importancia, si entre ese vértigo no se hubiera abierto paso el recuerdo de un sonido proveniente del exterior de la nave. El de la inconfundible voz de mi hermana Olivia que decía: «Vamos, hazlo,

Vlad», y luego, sí, aquella risa masculina e infantil que he mencionado: dos datos ahora muy nítidos, los mismos que hasta el momento yo tantas veces había intentado invocar repitiéndome: recuerda, recuerda…

AL DÍA SIGUIENTE

Lo siento, pero no pienso hacerlo. Me niego a intentar reproducir aquí lo que es una noche de insomnio, dudas y sospechas junto a un cuerpo que uno ha deseado mucho y por fin logra acunar entre sus brazos. Y no lo haré porque no tengo ganas de rememorar todo lo se siente al descubrir que puede una estar durmiendo con un asesino. Un verdadero escritor seguro que no perdería la ocasión de relatar los hechos curiosos que ocurren en estas circunstancias y cómo, con la inestimable ayuda de las sombras, cobran protagonismo ciertos objetos que acaban enseñoreándose de la noche. En mi caso fueron dos esos desagradables intrusos. Uno se encontraba muy cerca de nosotros, junto a la cama; al otro le dio por apostarse fuera de mi ventana y golpear el cristal, muy al estilo del comienzo de *Cumbres borrascosas.*

En realidad, el primero de ellos ni siquiera se puede decir que fuera un intruso, puesto que se trataba de mi viejo reloj despertador, que se dedicó a acompasar mis horas insomnes. En circunstancias normales es del todo inaudible, pero ahora sé que, cuando la noche se alarga y crecen las dudas, hasta a los despertadores discretos les da por volverse habladores, de modo que el mío se dedicó a repetir con cada tic tac: tonta estúpida, ¿de veras creías que ésta era una noche de amor? Cuándo aprenderás que las novelas rosa no existen, tic, tac, y así continuó partiendo la noche en minúsculos sístoles y diástoles que no se acababan nunca.

El otro intruso, el exterior al que antes he hecho mención, era una rama de árbol, desconocida para mí hasta ahora, lo juro, que se erigió en acompañante aún más incómodo. Porque si el reloj se ocupaba de rebanar el tiempo en minúsculas tajadas, aquella rama lo pautaba como un impertinente y descarnado dedo que picoteaba en el cristal para recordarme: ¿y mañana qué? No tendrás más remedio que hacer de tripas corazón y fingir que aquí no pasa nada, que todo está bien, hasta que, por fin, él salga de tu vida, y se vuelva a Palma. Esto te pasa, tonta, más que tonta gilipollas, por salirte del guión. ¿Dónde demonios se ha visto que la señorita Marple se encame con uno de sus sospechosos?

Sin embargo, como la noche se hace eterna cuando no llega el sueño, al final resulta que a una le da tiempo a pensar de todo. Incluso a cambiar de registro y desdecir tanto a los tic tacs inmisericordes como a los dedos acusadores. Por eso, no pocas veces a lo largo de aquella noche, me sorprendí pensando todo lo contrario. Cavilando, por ejemplo, que por mucho que yo hubiera logrado, al fin, recordar las palabras de Olivia seguidas de una carcajada por parte de Vlad, en realidad ni una cosa ni otra probaban nada. ¿Por qué iban a hacerlo? Yo ni siquiera sabía a qué hora tuvo lugar el encuentro entre ambos. Cabía la posibilidad de que se hubiera producido mucho antes de la hora del accidente, y entonces, ni las palabras de Oli ni la risa de Vlad tendrían la menor importancia.

Supongo que fue esta idea la que me permitió dormir al rayar el día porque lo próximo que recuerdo es el alegre repiqueteo de la ducha en el cuarto de baño seguido pocos minutos más tarde de la aparición de Vlad en la habitación con una pequeña toalla anudada a la cintura y otra aún más pequeña en la mano con la que se secaba encantadoramente el pelo.

—*Senti, tesoro. ¿Dormi bene?*

La cabeza me daba mil vueltas, tenía un regusto ácido en la lengua y un zumbido en el oído izquierdo, pero por primera vez en mi vida agradecí tener tan monumental resaca. Y es que el clavo matutino me proporcionaba una coartada inmejorable para no tener que levantarme de la cama, también para mostrarme muy poco comunicativa.

—Creo que me pasé un pelín con el clericot —dije, sintiéndome la reina del eufemismo—. Soy incapaz de mover un músculo —añadí, y él rió.

—Entonces sigue durmiendo, princesa. Apenas son las ocho de la mañana.

—¿Te vas ya? —dije, mitad sintiéndolo, mitad deseándolo.

—Sí, tengo dos o tres gestiones antes de las entrevistas.

—¿Qué piensas hacer con el equipaje? —pregunté a sabiendas de que su respuesta me permitiría averiguar si volvería a verle antes de irse al aeropuerto o no.

—He pensado que es mejor que me lo lleve, al fin y al cabo no pesa casi. Si luego me da tiempo a pasar por aquí y despedirme, estupendo, pero así no ando con agobios.

«Esta es la última vez que le veo», me dije, y todo lo vivido la noche anterior, tanto lo bueno como lo malo, comenzó a parecerme casi irreal. Por supuesto era mucho mejor que regresara a Mallorca sin pasar de nuevo por casa. Mejor para Miss Marple, que así tenía el camino libre para continuar con sus pesquisas, mejor también para Ágata Uriarte y su tonto corazón romántico. Dicho esto y sin embargo, esta pobre válvula mía no pudo evitar conmoverse un tanto al ver cómo, con el mismo aire desenvuelto de antes y aún a medio vestir, Vlad, que había salido de la habitación camino de la cocina, regresaba ahora con una gran bandeja en las manos.

—Para que veas que la operación fondo de despensa funciona también por la mañanita temprano —dijo al tiempo que depositaba junto a mí un desayuno compuesto por un café con toda la pinta de auténtico capuchino, unas deliciosas tostadas con aceite y un zumo de frutas que no tengo ni idea de dónde logró sacar, supongo que de la resurrección de una manzana y un par de limones, que eran la únicas fuentes de vitaminas frescas que quedaban en la casa.

—Así ya no me siento tan culpable de esa tremenda resaca tuya —me dijo—. Prométeme que después del desayuno te volverás a dormir al menos un rato. Hoy no hay cole.

Me quedé mirándole mientras iba y venía por la habitación, vistiéndose, recogiendo sus cosas, guardándolas en la maleta, una a una, para que todo volviera ser como antes de su llegada, sin la maravillosa colonización de sus pertenencias entre las mías. Dentro de poco, ya no estarían sus libros entre mis libros, ni su cepillo de dientes junto a mi viejo Oral-B compartiendo balda en el cuarto de baño y, por fin, como último vestigio de su paso pude percibir, cuando se acercó a darme el beso de despedida, aquel inconfundible aroma a Old Spice. El mismo que tanto detestaba Olivia, el mismo que, con un poco de suerte, quedaría flotando por ahí como recuerdo de su fugaz paso por mi vida.

Respiré hondo para atraparlo, para que esta nueva vaharada siguiera conmigo en la cama cuando él se fuera.

—Adiós, Ágata, gracias por todo —dijo—. Te llamaré

desde el aeropuerto para contarte qué pasa con las entrevistas. Se acercó a mí. Yo tontamente adelanté la mejilla para que la besara pero él lo hizo en los labios.

—¿Por qué? —pregunté entonces a sabiendas de que es una pregunta que no debe hacerse nunca.

Sobre todo porque ese «por qué» no se refería a este último beso o nuestra noche juntos sino también a tantas otras incógnitas, como el afecto que siempre me había demostrado o el hecho de que me buscara después de la muerte de Oli.

—Mira que eres tonta, princesa. ¿Cómo que por qué? Porque quiero que me quieran. ¿Te parece poco?

MISS MARPLE RECAPITULA

Yo no sé si fue por conjurar el inevitable vértigo que produce una cama vacía, o si fue por efecto de aquel capuchino tan delicioso, o quizá todo se debió a que las últimas palabras pronunciadas por Vlad, que eran las mismas, por cierto, que me había dicho un par de días antes sobre él madame Serpent, pero el caso es que en cuanto Vlad desapareció por la puerta, no perdí ni un minuto y salté de la cama. La resaca, en principio, no es la consejera ideal cuando una quiere poner en claro las ideas pero ese día descubrí que melopea y clavo matutino comparten un mismo efecto y virtud. Y es que, si una ralentiza los minutos y lo vuelve todo a cámara lenta, el otro hace tres cuartos de lo mismo. No de un modo agradable, es verdad, pero sí muy concienzudo, muy demorado, igual que un viejo contable puntilloso, lo que es de lo más útil cuando una quiere recapitular.

Como cualquier lector de novelas de detectives sabe, una vez que el investigador de turno termina de entrevistarse con los sospechosos, lo que suele hacer es sentarse con ánimo de resumir lo que ha oído y cotejar versiones y puntos de vista. Muy bien, con la inesperada visita de Vlad a mi casa, se cerraba mi ronda de entrevistas, de modo que ¿por qué no empezar con tan necesaria labor? Salté de la cama como digo y me dirigí a la habitación contigua, esa que Vlad y yo habíamos preparado la víspera para que él pasase la noche pero que, al final, quedó sin uso. No estaba mi ordenador, puesto que lo habíamos retirado para hacer sitio a las cosas de Vlad, pero mejor así, me dije. Porque cuando uno recapitula no hay nada como el viejo papel y lápiz. Ni excel ni power point, lo ideal, me dije, era hacer una columna con los nombres y otra con los datos interesantes que me habían revelado cada uno ellos y luego cruzar versiones.

«KK», comencé escribiendo con letra bien clarita. Y es que Kardam Kovatchev fue mi primer entrevistado y a mí me gusta proceder con orden. ¿Qué cosas interesantes recordaba de nuestra conversación? Ésta había tenido como finalidad primordial tirarle de la lengua para averiguar por qué Sonia llevaba el reloj de Olivia en su muñeca. Y la conclusión a la que llegué después de oír a Kardam fue que a esta chica parecía gustarle demasiado lo ajeno, lo que la convertía en cleptómana, pero no necesariamente en asesina.

«¿Verdad o no?», apunté aplicadamente en el borde del folio y luego volví a hacer memoria para ver qué más me había dicho KK. Ah sí, que la madre de Sonia, doña Cristina San Cristóbal, habría hecho cualquier cosa por su hija. «Igual que yo», añadió Kardam, de modo que esto último también lo apunté en mi lista. A continuación, añadí otros dos datos recogidos aquí y allá. Por un lado, el hecho, para mí evidente, de que Kardam Kovatchev era, entre todos nosotros, el que más detestaba a Olivia y con razón. Él incluso no tuvo inconveniente en afirmarlo varias veces y así lo parecían corroborar también las palabras dichas a Pedro Fuguet cuando ambos se encontraron en el salón interior del *Sparkling Cyanide* muy cerca de la hora de la muerte.

Mi segunda entrevistada fue Sonia San Cristóbal y ella me dijo algo que, a pesar de su obviedad, me había sido muy útil: recordarme que todos podían estar mintiendo. Sin embargo, lo más interesante de su confesión fue otro dato. El hecho de que, durante el tiempo que yo estuve indispuesta en mi camarote, cada uno de los invitados del *Sparkling Cyanide* se había acercado adonde estaba Oli para hablarle a solas. Un hecho cuya veracidad pude corroborar más tarde hablando con el resto de los pasajeros. Dicho todo lo anterior y uniéndolo al dato de la cleptomanía, ¿era posible que Sonia fuera tan tonta como para matar a Olivia y luego quedarse con algo de su propiedad, algo tan fácil de rastrear, además? ¿Era tonta de remate como decía Olivia o, por el contrario, muy astuta, como yo creía adivinar a través del extraño brillo de sus ojos? ¿Quién sería más perspicaz analizando comportamientos ajenos, Oli o yo?

Junto a las iniciales «CF» escribí escuetamente todo lo que me había dicho Cary Faithful. «Cary reconoce que habló con Olivia más o menos una hora antes de su muerte —anoté—. Lo hizo para suplicarle que no revelara cierta conversación grabada que Oli guardaba en su poder. Una completamente falsa según él (completamente cierta, según yo). Además, las gafas de sol de Cary aparecieron junto al cadáver sobre la plataforma de bañistas aunque según él ésa era su mejor coartada. «Imposible que las dejara "olvidadas" en el lugar del crimen —explicó— porque alguien que sufre fotofobia se da cuenta inmediatamente de que las ha perdido.» ¿Verdadero o falso?

Miranda-de-Winter, o para abreviar, «MdW». He aquí un testimonio muy revelador: ella, que siente adoración por Cary, había subido a cubierta justo después de que su chico regresara, muy alterado, al camarote de ambos. Su intención, según dijo, era recuperar las gafas de Cary. Sin embargo al encontrarse cara a cara con Olivia, le recriminó su forma de tratar a Faithful y la discusión que mantuvieron fue tan desagradable que acabó olvidando el asunto de los anteojos. Según su propio testimonio, Oli le había hecho escuchar también a ella la antes mencionada grabación de Cary, que Miranda se apresuró a calificar de «rematadamente falsa». Sin embargo, por lo que yo había tenido oportunidad de observar en Londres en aquel curioso desayuno sobre la hierba del que fui testigo, las inclinaciones sexuales de Cary no eran ningún secreto para ella. Según Miranda, Olivia después de hacerle escuchar la grabación había intentado provocarla, llevarla al límite. Y he aquí una de las teorías más curiosas hasta el momento sobre la muerte de mi hermana: esa de que Oli sabía que se enfrentaba a una muerte dolorosa e inminente, por lo que decidió buscar el modo de que uno de nosotros acabara con su vida de forma rápida e indolora, igual que hace el personaje de Rebeca en la novela del mismo nombre. No dejaba de ser una hipótesis atractiva pero también bastante fantasiosa y novelesca, porque, como bien le dije yo a Miri aquella mañana en que hablamos, si uno desea irse de este mundo, hay muchas formas de hacerlo sin recurrir a método tan rocambolesco. A menos, claro está, que Olivia quisiera que su muerte no pareciese un suicidio. Pero ¿qué razón podía haber para algo así? De momento no se me ocurría ninguna.

Después de Miranda de Winter mi próxima entrevistada había sido Cristina San Cristóbal, y fueron muchas las cosas interesantes que me dijo, de modo que prefiero enumerarlas:

1) Que se mata más por amor que por odio.

2) Que por lo dicho en el apartado 1, sus sospechosos favoritos eran, por este orden, Pedro Fuguet y Vlad Romescu.

3) (Y esto no sé si tiene que ver con la muerte de Oli, pero desde luego sí tiene que ver con mi guapísimo Vlad Romescu) que hay que mirar debajo de la cobija para entender lo que pasa arriba. Porque según dijo —y supongo que de esto ella sabe un rato— en lo que se refiere a la sexualidad de ciertas personas, las cosas no son negras o blancas, como en el caso de Vlad, por ejemplo.

El próximo de mis sospechosos, de acuerdo con el orden en el que los había entrevistado, era Pedro Fuguet, pero decidí anotar primero lo que recordaba de Vlad Romescu. No hubo razón especial para hacerlo así, salvo que prefería poner cuanto antes negro sobre blanco lo que recordaba de ayer y de esta mañana, por si descubría algo nuevo. ¿Qué era lo que me había sobresaltado tanto anoche? En concreto, la voz de mi hermana que decía «Vamos, hazlo, Vlad» seguido de una risa infantil, la misma que había oído anoche, en mi cama. Es verdad que ahora, lejos de los fantasmas nocturnos, mis temores parecían desdibujados, porque ni siquiera sabía en qué momento había tenido lugar dicha conversación e incluso recordaba haber oído otras muchas voces después de aquellas tres palabras de Oli, no tan claras como éstas, es cierto, pero voces al fin y al cabo. Sin embargo en las tres palabras de mi hermana reconocí un dato muy interesante en el que ni siquiera había reparado anoche: el hecho de que encajasen con algo dicho por Miranda de Winter. En efecto, ese «Vamos, hazlo» casaba a la perfección con la teoría de Miranda de que Olivia buscaba incitar, provocar a todos y cada uno de nosotros. Era evidente que Vlad se había reído de sus pretensiones. ¿Habrían hecho otros lo mismo?

Estaba llegando al final de mi lista. Ya sólo me quedaba el último de los pasajeros del *Sparkling Cyanide*, el doctor Pedro Fuguet. ¿Cuál era el detalle más interesante de su testimonio? Sin duda el relacionado con la hora y el momento de la muerte. Según sus palabras, él se encontraba sentado en el salón interior del *Sparkling Cyanide* cuando sucedió todo. Por lo visto, desde allí oyó la conversación de Olivia con su médico y el momento en que ella dijo: «No hay tiempo.» La hora de la conversación telefónica había quedado grabada, por tanto he ahí un dato inapelable: exactamente las cuatro treinta y cinco.

Entonces fue cuando empecé a pensar que necesitaba a alguien con quien compartir y discutir sospechas. Es un clásico de las novelas de detectives, ¿no? Ellos suelen tener siempre a otra persona con quien comentar e intercambiar información. Poirot tiene al capitán Hastings, por ejemplo; mi alter ego, la señorita Marple, utiliza a su apuesto sobrino Raymond West. Incluso algunos personajes como Sherlock Holmes cuentan con dos ayudantes: el doctor Watson y el hermano mayor de Sherlock, Mr. Mycroft, para los casos que parecen irresolubles. Sin embargo, y una vez más, me temo, tampoco en esto se parece la vida a las novelas de misterio: yo no tenía a nadie a quien confiarle mis dudas.

Por un momento se me ocurrió una posibilidad. ¿Qué tal si le pedía ayuda al abogado de Olivia, al multicultural y bien parecido Nelson Gutiérrez Müller? Lo pensé pero en seguida deseché la idea. Como ya he dicho, me da la impresión de que pertenece a la estirpe de abogados que tienen un cuentaeuros o taxímetro adosado a sus chaquetas de Prada y yo carezco de medios para consultar tan gravoso oráculo. O al menos *carecía* de ellos hasta que llegó a mi poder aquel volante del ministerio de Justicia y su registro de seguros. Es verdad, ahora, gracias a Oli, era potencialmente más rica que antes, me repetí. Sin embargo, bien mirado, ese volante (que hoy mismo tenía pensado ir a comprobar) presagiaba posibles caudales. Pero escondía además otro mensaje de mi hermana y era el siguiente: si ella, tal como me había señalado el propio Gutiérrez Müller, decidió llevar a cabo toda la gestión con la compañía aseguradora a espaldas de él, alguna razón tenía que haber para ello, lo que sin duda me inhabilitaba para utilizar sus servicios.

¿Qué rumbo tomar entonces? Bueno, concluí cansada de tanta cábala, si todo continúa como hasta ahora, lo más probable es que Olivia se ocupe de poner algún Mycroft en mi camino.

LA VIDA NO SIGUE IGUAL

Todo lo que voy a contar sucedió como un rosario de acontecimientos aislados pero a la vez con una evidente ilación, igual que si fueran cuentas de un collar de abalorios. Lo primero que ocurrió fue que, al entrar a mi dormitorio para vestirme e ir al Registro, me detuve delante de la apagada pantalla de mi ordenador. Pertenezco a esa nueva estirpe de criaturas que comparte dos tics irrefrenables, uno es consultar a cada rato el teléfono móvil por si hay mensajes (en el mío no demasiados); el otro, mantener encendido el ordenador a todas horas a la espera del sonido que acompaña el *pop-up* de «tienes un e-mail». Delicioso cascabeleo de fondo porque en mi caso (o mejor dicho, en el de madame Poubelle) suele ser bastante frecuente. Como ya he señalado, madame llevaba fuera de servicio varias semanas, por lo que muchos de sus corazones solitarios la daban, supongo, por desaparecida en el ciberespacio. Sin embargo, aún así, seguían llegando algunos despistados mails que yo archivaba sin tomarme siquiera la molestia de abrir, a la espera de noticias del único de los corazones solitarios que podía interesarme. Hablo, naturalmente, de mi viejo amigo Rapunzel, que tan olvidada me tenía de un tiempo a esta parte.

Y sin embargo, de pronto ahí estaba. Sí, sí, era él.

«Gracias Rapunzel —le dije mientras me apresuraba a abrir su correo—, gracias Pedro, por permitirme acceder de nuevo a tu torrecita tan alta y aislada y, con un poco de suerte, también a algo nuevo para mis investigaciones.»

Abrí a toda prisa el mail (lo que me hizo ignorar sin querer a otros dos o tres corazones solitarios y desesperados, pobres almas) y leí con avidez:

Querida madame Poubelle:

Lamento no haberme comunicado antes con usted, pero lo cierto es que me ha pasado algo muy extraordinario que me gustaría contarle. Qué bien —me dije al leer esto—. Así tengo acceso a lo que piensa no sólo uno de mis sospechosos, sino también un hombre al que encuentro cada vez más interesante... *Se dice siempre que el mayor problema de nosotros, los corazones solitarios, es que nos gusta más el mundo virtual que el real y por eso somos incapaces de vivir...* Igual que me pasa a mí, pensé entonces, y una vez más reparé en cuánto nos parecemos Pedro Fuguet y yo. Pero no había que dejarse llevar por sentimientos romanticones y atolondrados... *en realidad* —continué leyendo— *todo es más simple de lo que parece, madame, y yo por fin lo he descubierto. Vivir consiste, sencillamente, en tener la suerte de encontrar en el mundo no-virtual una persona con la que compartir...* ¿Te refieres a mí? —pensé recordando aquella rosa sin espinas que él me había regalado en nuestro último encuentro—. ¿Es posible? *Una persona en la que nunca pensé hasta este momento, puesto que ya ha fallecido...* Claro tonta, no podías ser tú, una vez más es Olivia, siempre Olivia... *aunque vive en otra. ¿Cree usted en la transmigración de las almas, madame Poubelle?...* Desde luego que no creo. Un giro esotérico no, por favor, qué desilusión... *Yo no, por eso me inclino a pensar que se trata de otro fenómeno que no alcanzo a comprender del todo. Verá usted, madame, todo empezó hace unas cuantas semanas cuando acudí a la llamada de una antigua amiga que me convocó a pasar unos días en un barco...*

(A continuación Rapunzel, o lo que es lo mismo, el doctor Pedro Fuguet, hacía un relato de lo que había sido nuestra llegada a bordo del *Sparkling Cyanide;* también un esbozo de cada uno de nosotros (—apenas unos datos básicos, edad aproximada, relación con Olivia y poco más—). Luego, contaba lo sucedido la noche en que Olivia expuso las razones que cada uno tenía para desear su muerte. Y más tarde, después de relatar por encima lo ocurrido al día siguiente, daba cuenta de que ella había sufrido una caída mortal. Eso era todo. ¡Nada más! Ni un dato nuevo para mis pesquisas y menos aún (y de esto no pude más que congratularme) una confesión de culpabilidad por su parte.

Todo lo dicho suponía un jarro de agua fría para la señorita Marple y sus pesquisas detectivescas, es cierto, pero en cambio, no puedo decir que lo fuera también para mí, Ágata Uriarte. Y es que si el correo de Pedro Fuguet no revelaba nada nuevo sobre la muerte de Olivia, contenía una agradable sorpresa. Hela aquí en sus propias palabras:

... si usted recuerda los lamentables episodios de mi vida que le he relatado en correos anteriores, sabrá que esa persona fallecida de la que le hablo es la misma a la que tanto amé y por la que hice cosas terribles que —puesto que usted las conoce— prefiero no tener que repetir. Sin embargo, como la vida a veces nos complace con algún regalo inesperado, ahora que esa persona ha muerto me parece haberla encontrado en otra. Sí, sí, ya sé que suena extraño, madame, pero tengo la corazonada de que lo que sentí por ella, de alguna manera lo puedo reencontrar en alguien de su familia y en este caso, de forma menos dolorosa para mí.

Fuguet no daba ningún nombre, pero el resto de la carta hasta despedirse estaba dedicada a consideraciones varias sobre si era posible que dos personas que no se parecen en nada, ni física, ni espiritualmente, aunque pertenecieran a la misma familia, puedan llegar a «fundirse» (ésa era su expresión) cuando una de ellas muere. También hablaba de la posibilidad de que, una vez fallecida esa persona, pudiese, de alguna manera, trasladar lo mejor de ella a otra.

Todo lo que decía era un poco paranormal y los hombres con un *coté* esotérico no son los que más me fascinan y, sin embargo, lo cierto es que el corazón se me aceleró al descubrir que yo le interesaba mucho más de lo que podía siquiera soñar al silencioso y reservado doctor Fuguet. Y, más aún, enterarme de que lo que le atraía de mí era que yo parecía tener *sólo* las cualidades positivas de mi hermana. Dicho esto, lo más curioso de todo era algo que notaba de un tiempo a esta parte y que de alguna manera encajaba también con las palabras de Pedro. Me refiero a lo mucho que había aumentado mi... *sex appeal*, digamos, desde la muerte de Olivia, hasta el punto de que empezaba a parecerse un poco al de ella. Pero claro, un cambio de este tipo no es algo que le preocupe a una, al contrario. Tampoco parecía inquietar en lo más mínimo a madame Poubelle, que ya había cogido carrerilla y estaba contestándole a Rapunzel con su habitual prudencia.

Carámbanos, Rapunzel, el destino es un gran bromista y siempre le han gustado estas pequeñas paradojas como las que relatas en tu carta. Además, esa segunda persona que mencionas suena de lo más interesante, ¿por qué no quedas con ella y a ver qué pasa?

Escribí esto y no me sentí muy orgullosa que digamos. Me parecía mal por mi parte utilizar a madame Poubelle como alcahueta cuando lo que tendría que estar haciendo es usarla para averiguar algo más sobre la muerte de Oli. ¿Pero bueno, a quién podía perjudicar que la señorita Marple se tomara unas pequeñas vacaciones forzosas? Además, a lo mejor así se le aclaraban las ideas, andaba un poco perdida últimamente.

UN ENCUENTRO INESPERADO

Antes he comparado los acontecimientos de aquellos últimos días con las distintas cuentas de un collar de abalorios. Y si la primera cuenta era el doctor Fuguet y su carta, la segunda y la tercera llevaban también el nombre de pasajeros del *Sparkling Cyanide*. Hablo de Vlad Romescu y de doña Cristina San Cristóbal. Uno y otra irrumpieron de pronto en mi vida, el primero sólo por teléfono (llamaba para decir que no había habido suerte con las entrevistas, que se volvía a Mallorca, que sentía no haber pasado por casa a despedirse de mí, que me mandaba un besito muy fuerte); la segunda, en carne y hueso (más de lo primero que de lo segundo, dada su particular fisonomía).

—¡Doña Cristina! —exclamé al verla avanzar hacia mí envuelta en una de esas veraniegas túnicas que tanto parecen gustarle (color naranja y amarillo canario en esta ocasión)—. ¡Qué casualidad tan grande verla por aquí!

Y en verdad lo era. Porque si todos los encuentros «casuales» de los que se habla en esta historia habían sido provocados por mí, juro que no tuve nada que ver en que, esa mañana, al doblar la esquina camino del Registro, allí estuviera ella, brazos en jarra.

—A ver si miramos un poco por dónde vamos —dijo con su habitual aire de malas pulgas, y las dos nos quedamos mirándonos, en la acera.

Me habría gustado preguntarle qué hacía por este barrio tan lejano al suyo y a esas horas de la mañana, pero doña Cristina no es de las personas que incitan a que uno indague en sus actos. Más bien al contrario, es ella la que suele hacer las preguntas.

—¿Cómo van las pesquisas? —inquirió irónica—. ¿Algún descubrimiento interesante? ¿El nudo se aprieta alrededor de los sospechosos?

Le dije que no había nada nuevo, y seguramente ahí habría acabado nuestra casual conversación si ella no me hubiera hecho una pregunta sarcástica.

—¿Y no se le ha aparecido a usted la finada tal como temía? La vez que me vino a ver para jalarme de la lengua dijo que la razón de su visita era pedirme consejo para esquivar el peligro de que grandísima víbora se materializara como fantasma. La veo a usted de lo más contenta, incluso relinda diría yo, por lo que imagino que no ha habido apariciones molestas.

Se rió como sólo ella sabe hacer, dejándome ver esa dentadura perfecta que yo recordaba de otros encuentros y que debió de costarle un platal.

—No, no se me ha aparecido —reconocí—, al menos de momento.

—No lo descarte, del todo, niña. Aunque quién sabe, los finados tienen formas muy diversas de comunicarse con nosotros, pobres mortales.

(Otra con ideas esotéricas pensé.)

—No creo demasiado en los espíritus —dije a continuación, tratando de poner fin a una charla que empezaba a resultar un poco cansina—. Tampoco creo en los mensajes que se mandan desde el Más Allá.

—Es que a lo mejor el mensaje no viene del más allá sino que ya está en el más acá.

—¿En el más acá?

—Desde luego no es una conversación para tener en mitad de la calle, pero ¿no me diga que su hermana de usted no le dejó alguna cartita, un sobre con últimas voluntades o algo así? Era más mala que el curare, pero muy ordenadita y organizadora la doña. Seguro que le dejó algo escrito, qué se yo, una encomienda.

—En efecto, lo hizo —respondí, cada vez más molesta por tener que darle explicaciones a madame Serpent sobre cosas que no eran de su incumbencia.

Además, ahora que conocía la generosidad póstuma de Olivia para conmigo, me molestaba su modo de referirse a ella. Por eso le conté lo del volante que obraba en mi poder y mi conversación con Gutiérrez Müller el viernes explicándole de qué se trataba.

—... Da la casualidad de que ahora mismo voy a pasarme por ese registro del Ministerio de Justicia y averiguar qué me ha dejado. Así que ya ve, mi hermana se acordó de mí después de todo. Un seguro a mi favor, algo completamente inesperado y muy generoso por su parte, de modo que preferiría que no continuara hablando mal de ella.

—¿Y cómo sabe que es al suyo?

—¿A mi qué? —respondí ya al límite de mi paciencia.

—A su favor, tontita mía.

—¿A favor de quién va a ser si no? El resguardo lo tengo yo.

—Los mensajes del más allá —o los del más acá, como este caso— son muy interesantes, pero es menester saberlos leer de forma correcta. Que usted tenga ese volante no quiere decir, necesariamente, que sea la beneficiaria, ¿no'scierto?

—Bobadas. ¿Por qué me lo deja a mí entonces?

—Ahí tiene otro misterio curioso a cargo de su querida hermana, pero uno muy fácil de resolver, sólo tiene que ir a ese registro y averiguar. También debe de haber alguna razón por la que decidió dejarle a usted ese papelito y no a otra persona, como a un abogado, por ejemplo. ¿Sabe una cosa? Estoy empezando a pensar que necesitaba usted un *coach*, ¿no es así como ahora los llaman? O dicho en palabras llanas, alguien con las ideas claras que le diera una manito. Dos cabezas piensan mejor que una y lo que no ven dos ojos lo ven cuatro —rió—. Por cierto —dijo—, es curioso que nos hayamos encontrado aquí, no más, en la calle, ¿no'scierto? Si no creyera firmemente que su hermana de usted está friéndose como un anticucho en las calderas de Pedro Botero, estaría por asegurar que se las ha arreglado para que coincidamos en esta veredita alegre con luz de luna o de sol.

Dicho esto empezó, como si tal cosa, a tararear *Fina estampa;* luego me plantó dos besos a modo de despedida y la vi partir. Corría una tenue brisa muy impropia del mes de julio y esa túnica amarillenta suya la hacía parecer envuelta en una nube sulfurosa. Ya me disponía a hacer algún comentario sarcástico sobre esta última particularidad cuando sonó mi móvil, sobresaltándome. El nombre que figuraba en la pantalla era el último que yo había incorporado a la lista de mis contactos, apenas unos días atrás. «¡Pedro Fuguet!», exclamé sin poder evitar una gran sonrisa, y es que estaba casi segura de que llamaba para concertar una cita tal como habíamos quedado.

—... Síííí, ¿dígame? ¡Pero qué ilusión!

A QUIEN PUEDA INTERESAR

Éste es el (pen)último capítulo de la historia de mi hermana Olivia que comencé a escribir en aquel hotelucho de Magaluf poco después de su muerte, y mi deseo es esmerarme para que sea lo más fiel posible a su recuerdo, también a los acontecimientos que lo componen. He pensado mucho en cómo darle forma al final de esta larga confesión que lleva por título «Invitación a un asesinato», y por fin he elegido esta fórmula burocrática de «a quien pueda interesar» por ser la más desapasionada de todas. No quiero que se trasluzcan mis sentimientos, creo que Oli lo hubiera preferido así, ella odiaba los sentimentalismos.

Ocurre a veces que un problema que parece irresoluble cambia de signo al aparecer un mínimo dato, una piececita del puzle que aunque pequeña e incluso obvia es la que confiere sentido a todo lo demás. Dicha pieza obraba en mi poder desde hacía tiempo, sólo que yo la había encajado equivocadamente en otra esquina del rompecabezas, y allí no hacía más que emborronar el paisaje. Me refiero a ese famoso volante para el Ministerio de Justicia que recogí en casa de Flavio junto con otras y muy escasas pertenencias de mi hermana. He repetido a menudo a lo largo de esta extensa confesión que Oli nunca hacía nada a humo de pajas. Por eso, yo tenía que haber comprendido desde el principio que no era casual que el volante se encontrara junto a las fotos de sus hijas muertas. Sin embargo, no caí en ello. Tampoco me precipité a averiguar qué diablos me había dejado Oli, primero porque hubo un fin de semana por medio, y segundo porque siempre pensé que, si dicho volante obraba en mi poder, significaba que yo era la beneficiara. Cósima Kovatchev. He ahí el nombre de la verdadera beneficiaria. Reconozco que tuve que releerlo un par de veces, porque no me lo esperaba en absoluto. Y sin embargo, en cuanto lo hice, todo el resto de las piececitas a las que antes he hecho mención se colocaron en su sitio como por ensalmo. La primera de todas corresponde al hecho de que esta muchacha es hermana de Kardam Kovatchev, el vengativo novio de Sonia San Cristóbal. Pero, mucho más importante para nuestra historia, Cósima es, además, aquella niña de trece años a la que arrebataron a su hija recién nacida. Por lo que yo había podido averiguar, ella nunca logró recuperarse de tan desdichado parto y desde entonces entraba y salía de distintas instituciones mentales a cual más sórdida. Una vez encajada esta pieza fundamental, el resto de lo que yo había ido averiguando en conversaciones con cada uno de los pasajeros del *Sparkling Cyanide* cobró de pronto un nuevo y revelador sentido. ¡Claro!, me dije, ahora lo comprendo todo, es muy sencillo. Tal como declaró a la Guarda Civil el médico de mi hermana, el doctor Pedralbes, Oli sabía desde tiempo atrás que estaba mortalmente enferma. Posiblemente fue entonces cuando lo urdió todo. Tengo que comprobar los datos con Gutiérrez Müller o con alguien que entienda de seguros, pero por lo que dice la propaganda que a veces leo en los periódicos, contratar una póliza de vida no requiere un examen médico demasiado exhaustivo si uno es aún joven. Lo único que se requiere es *no morir por una enfermedad que se estime contraída antes de la firma de dicho seguro*. Supongo además, y usando el más elemental sentido común, que las compañías aseguradoras no pagarán lo mismo en caso de que la muerte se deba a un suicidio, por lo que ella necesitaba que pareciera un accidente... o un asesinato.

«¡Dios mío!», exclamé, porque ahora cobraban sentido para mí las ocurrencias de Oli a bordo del *Sparkling Cyanide*, todas sus bromas extravagantes. La primera, reunirnos tras la cena para explicar las razones por las que cada uno deseábamos su muerte. Aquel particular aquelarre tenía sin duda como finalidad poner en evidencia nuestros ocultos motivos y crear un clima de incertidumbre. El truco funcionó. De hecho, mientras yo peleaba en mi camarote con mi muy poco glamourosa colitis, todos ellos fueron desfilando ante Olivia para suplicar su silencio. Y aquí es donde adquiere de pronto sentido la hasta ahora absurda teoría de Miranda de Winter. Ésa de que, igual que Rebeca, la protagonista de la novela de Daphne du Maurier, Olivia, al saberse desahuciada, intentó poner fin a su vida con un sufrimiento menor que la agonía que conlleva un cáncer. Siempre según Miranda, mi hermana habría tratado de incitarla, de provocarla a ella, y es de suponer que también a todos los demás, llevarlos hasta el límite de su paciencia. He aquí, por cierto, donde encaja otra de las piececitas del puzle. Me refiero a esa conversación que yo recordaba haber oído desde mi camarote, aquel «Hazlo, Vlad», seguida de una extraña risa por parte de Vlad Romescu. Desde luego sonaba como una petición extemporánea y completamente absurda por parte de Olivia. Pero ¿y si uno de nosotros *no* se había reído tal como hizo él? ¿Y si Olivia había conseguido su propósito? ¿Qué argumentos esgrimiría para lograrlo? ¿Qué le había dicho a cada uno de ellos? Mi hermana podía ser tan elocuente como cruel cuando se lo proponía.

Un nombre se me vino entonces a la cabeza, el de Kardam Kovatchev, seguido de un latinajo, uno muy elemental cuando se trata de descubrir la autoría de un asesinato: *qui prodes?*, ¿a quién beneficia? A pesar de lo que puede leerse en la mayoría de las novelas de detectives, la resolución de un enigma, uno de la vida real me refiero, suele estar siempre en la explicación más sencilla. ¿Qué pasaría, me pregunté a continuación, si Olivia de alguna manera hubiera hecho saber a Kardam que su muerte beneficiaba directamente a su hermana?

La-explicación-más-sencilla... repetí, porque llegado a este punto estaba segura de tener mi candidato perfecto a asesino. KK, me dije con una pequeña sensación de triunfo, él era quien más te odiaba, ¿verdad Oli? Pero ¿qué dijiste para convencerle? ¿Cómo utilizaste tu muy afilada lengua? ¿Le explicaste lo de tu enfermedad, también lo de la póliza de seguros y que ésta sólo podría cobrarse si la muerte se debía a un accidente?

Me quedé callada a la espera de la respuesta de mi hermana. Y es que, mirando hacia atrás, es fácil darse cuenta de que, desde el principio, ella se las había arreglado para dirigir todo este extraño juego desde su tumba. ¿Y qué otras pistas has dejado por ahí para que yo pueda seguir adelante, Oli? ¿De veras lo planeaste todo para beneficiar a la persona a la que más daño habías causado y después se lo hiciste saber a su hermano para que te ayudara a morir? ¿Fue así como sucedió todo?

Había en esta hipótesis muchos elementos que encajaban con la extravagante personalidad de mi hermana y también con la forma de ser de Kardam. Pero ¿cómo comprobar si era cierta o no?

En este estado de ánimo me encontraba cuando salí del Registro. No sabía bien qué hacer ni a quién dirigirme. Era evidente que tendría que entrevistarme con Kardam y ver qué podía averiguar para redondear mi tesis. Tal vez necesitara confrontarlo con las nuevas evidencias que acababa de descubrir. Sin embargo, me dije, lo mejor era ir en compañía de alguien que pudiera ayudarme en situación tan delicada, hacerlo con Gutiérrez Müller, por ejemplo. «Sí, es mucho más prudente —resolví—. Además —añadí con una sonrisa entre triste y orgullosa—, apuesto que cuando le cuente todo lo que acabo de descubrir, Müller no podrá por menos que admirar el temple de Oli y el modo en que lo dispuso todo.» Qué extraña era realmente esta hermana mía.

Miré el reloj. Las cuatro y media. «Carámbanos», me dije entonces, porque de pronto me di cuenta de que, a pesar de mi gran descubrimiento, la vida continuaba. Y de un modo muy agradable, además. La llamada de Pedro Fuguet a la que he hecho mención en el capítulo anterior tenía como finalidad quedar para vernos, y yo había aprovechado para invitarle a cenar a casa. Sí, yo, la de la dieta perpetua, la de la despensa yerma, a excepción de dos o tres productos de régimen y un par de frutas mustias. Y es que ahora, gracias al paso del bello Vlad por mi vida, había aprendido algunos trucos del fondo de despensa, como él lo llamaba, o de la cocina de la resurrección, que es como me gusta llamarla a mí por los milagros que obra con dos o tres cositas de nada. ¿Y Vlad? ¿He dicho ya que había vuelto a Mallorca sin éxito tras sus entrevistas de trabajo? Aun así, me llamó un par de veces más para preguntar cómo seguía su princesa. Asombrada, así estaba esta princesa que nunca ha sido otra cosa que rana, pero he aquí otro de los efectos de esta curiosa historia sobre mí. ¿También de esto te ocupas desde el más allá, Oli? De que aumente mi *sex appeal*, mi desbordante atractivo? Eso dije y me reí, claro, porque yo nunca he creído en el influjo de los espíritus desde el otro mundo. Además, mi intención en ese momento era de lo más terrenal. Tenía que pasar por el supermercado y comprar unas cuantas cosas para una cena que se anunciaba muy agradable. Como aún soy novata en esto de la «cocina fondo de despensa», pensaba ensayar una apuesta segura, los espaguetis a la Ágata que me había enseñado Vlad. ¿Y de bebida un clericot o tal vez un *Sparkling Cyanide* en honor a Oli? Bueno, eso ya tendría tiempo de decidirlo camino del súper. Lo único que tenía claro por el momento era que la señorita Marple no tendría más remedio que tomarse otras vacaciones forzosas, al menos mientras yo me dedicaba a mi segunda cena romántica.

No duraron mucho las vacaciones de Miss Marple, me temo. Apenas el tiempo que tardé en ir a la compra y volver con los ingredientes de la cena porque allí, en mi propia casa, me esperaba la última y fundamental pieza del puzle que configuraba la muerte de mi hermana Olivia. Debo decir que lo que sentí al encontrarme con ella fue, al menos al principio, sólo una alegría *voyeur*. *Voyeur*, sí, porque la piececita de la que hablo tenía forma de correo electrónico dirigido a madame Poubelle y el remitente no era otro que mi muy esquivo Rapunzel. «Consideraciones para antes de una cita romántica» era el asunto que figuraba en su encabezamiento, por lo que inmediatamente pensé que tampoco este correo añadiría nada a mis investigaciones detectivescas pero que, en cambio, prometía ser iluminador sobre nuestra cita. «Qué suerte que me escribas ahora, Pedro —me dije mientras lo abría—, esto es lo que yo llamo información privilegiada. Así sabré qué piensas de mí y cómo te planteas nuestro encuentro —añadí—, porque ¿no es esto lo que desea cualquier persona que comienza a conocer a otra que le resulta cada vez más atrayente? ¿Ser capaz de leer sus pensamientos, conocer sus más secretas intenciones? Y sin embargo, ahora empiezo a comprender por qué la Providencia, el Destino o quien quiera que se ocupe de estos menesteres, juiciosamente declinó concedernos este don.

Querida madame Poubelle —así decía el correo de Rapunzel escrito horas atrás y de forma tan atropellada que había descuidado incluso dejar los correspondientes espacios entre algunas palabras—, *lescribo con cierta prisa y con la esperanza de que me conteste en cuanto reciba estaslíneas, porque sería de gran ayuda saber suopinión antes de la noche. Tengo una cita con una persona que me resulta no sólo agradable sino muy atractiva.* (Qué bien, me dije al leer esta parte, igual que me ocurre a mí, esto promete). *En mi último correo lepreguntaba a usted si creía posible que las cualidades positivas de una persona fallecida se transfirieran, una vez muerta ésta, a otra de su misma sangre. Juiciosamente me contestabausted que no creía en nada parecido pero —y reproduzco textualmentesuspalabras, «Carámbanos, Rapunzel, todos sabemos que el destino es un gran bromista al que siempre le han gustado las pequeña paradojas. Además, esa segunda persona de la que hablas suena de lo más interesante, ¿por qué no quedas con ella y a ver qué pasa?» Bien, madame, le he hecho caso, esta noche tenemos nuestra primera cita y sé que con ella podría llegar a ser feliz. Sin embargo, sé también que una sombra se interpondrá siempre entre nosotros y acabará un día ganándonos la partida y es ésta: yo maté a su hermana.*

Yo maté a su hermana
Yomatéasuhermana

Por más que lo intentaba se me hacía imposible continuar la lectura. Las letras en mi pantalla bailoteaban trenzándose y destrenzándose en un macabro e inacabable ballet. Por eso tuve que hacer un verdadero esfuerzo para volver a un texto que, a juzgar por su extensión y atropellamiento, presagiaba ser una confesión en toda regla.

...En una carta anterior meindicó usted que reparara bien en su nombre y en su muy conveniente significado. «Me llamo Poubelle, papelera en francés, caja de desperdicios», eso me dijo y es a esa particular virtud suya a la que quiero apelar. Toda alma necesita un estercolero, madame, y usted un día se ofreció para ser el mío. Por eso creo que, al final, sólo voy a pedirle que me escuche, no hace falta que me conteste, nisiquiera aspiro a que me comprenda, sé lo difícil que sería hacerlo.

Sin duda recuerda la historia que le conté de aquella persona a la que tanto amaba y que tanto me hizo sufrir. Sabe también que ella me invitó a pasar unos días a bordo de un barco muy bien llamado Sparkling Cyanide *junto a otros siete invitados. ¿Cree usted que se puede matar por amor, madame? No, no me conteste aún. Si lo hace ahora, seguro que se equivoca. Cuando se habla de algo así inmediatamente piensa uno en crímenes pasionales, en violencia machista, en «la maté porque era mía.» Y nada más lejos de mi caso, señora. Yo hablo de algo muy distinto. Escuche, se lo ruego:*

Aquí la confesión de Fuguet relataba con más detalle que en correos anteriores los hechos que tuvieron lugar en el *Sparkling Cyanide,* haciendo hincapié sobre todo en las dos bromas de Oli. La primera, al confrontarnos a todos con nuestras razones para odiarla; la segunda, al fingirse muerta, broma que, en palabras de Pedro Fuguet, «fue la más reveladora de las dos».

Leer esto último me hizo recordar de pronto ciertas palabras de mi hermana pronunciadas mientras charlábamos en su camarote antes del desayuno el mismo día de su muerte: «Cuando uno se finge muerto, acaba viendo en las caras de las personas que están a su alrededor no sólo quién le quiere y quién no, sino incluso quién está dispuesto a darle matarile.» Sí, éstas fueron sus exactas palabras y, según Pedro Fuguet, algo muy similar le había dicho Olivia poco antes de morir. Fuguet relató cómo esa conversación se había producido en los diez o quince minutos previos al accidente. Pero todo había comenzado (según su propio relato) varios minutos antes con él sentado en el salón interior del barco desde donde tuvo oportunidad de oír la conversación que Olivia sostenía con su médico. «Claro —me dije al leer estas líneas—, he aquí otra minúscula piececita que aún le faltaba a mi puzle: Oli llamó a su médico, no para comentar su diagnóstico ni buscar en él consuelo, como yo erróneamente creía hasta ahora, sino para darle a conocer a Fuguet de esta forma indirecta su enfermedad, las características de la misma y el poco tiempo de vida que le quedaba.»

... Una vez oída su conversación —continuaba relatando Pedro Fuguet en su correo electrónico— *salí a cubierta con intención de confortarla, de decirle que lucharíamos juntos como otras veces, que la ayudaría en todo: «Tú y yo contra el mundo, Oli», ¿no es eso lo que solías decirme en tiempos? Verás como lo conseguimos, nunca se sabe con esta enfermedad, mira que...*

La siguiente parte del testimonio de Fuguet era tan vívida que me permitió escenificar los últimos minutos de la vida de mi hermana como si estuviera presenciándolo todo desde una de las blancas tumbonas del *Sparkling Cyanide.* Vi entonces a Olivia sentada sobre la barandilla de popa, de espaldas al mar. Y a Pedro Fuguet de pie frente a ella. Olivia, aún con el teléfono en la mano, sonreía. «Ya ves, Fug —dijo encogiéndose levemente de hombros— así son las cosas. Por eso me alegro tanto de que estés conmigo. Como antes, como siempre.» Pedro redobló entonces sus palabras optimistas, sus protestas de que no podía ser cierto, que tenía que someterse a nuevas pruebas, consultar otros médicos, y ella detuvo sus argumentos con un único gesto de la mano: «Ya lo he probado todo, lo sé desde hace meses.» Y fue en ese momento cuando añadió aquellas dos palabras que yo había oído también en boca de Vlad Romescu: «Hazlo, Fug», acompañadas de una sonrisa. «Hazlo, te lo ruego», repitió mientras inclinaba su cuerpo levemente hacia él, como en una súplica, como en una plegaria. Lágrimas corrían ahora por ese rostro que un día fuera tan bello y hoy, extrañamente, volvía a serlo en todo su esplendor.

¿Se ha fijado, madame? —rezaban las últimas líneas de la confesión de Pedro Fuguet—. *En los momentos más cruciales de la vida, las palabras siempre están ausentes. Lo están mientras viene uno al mundo, por supuesto, y también mientras se cumple con el postrero y más importante trámite por el que todos hemos de pasar. Incluso somos muchos los que elegimos callar mientras hacemos el amor. No me refiero ahora al físico, sino también y sobre todo al gran, el inmenso amor que me llevó ese día a inclinarme hacia ella y darle un último beso en la boca. Estoy seguro de que Oli se había preparado. No sólo por el lugar en el que estaba sentada que, ahora me doy cuenta, no era casual, sino por el aspecto que presentaba aquella tarde. Su vestido blanco, como una novia; su pelo suelto, al hacer del viento. Estaba tan*

guapa, y entonces fue cuando vi, una vez más, esa sonrisa de la que yo le decía siempre que poseía la virtud de derretir corazones y también conciencias. El resto ocurrió muy rápido. Soy médico, madame y quien está capacitado para preservar la vida lo está también para quitarla del modo más indoloro. Por eso puedo decirle que fue fácil. Primero tomé su cabeza entre mis manos, con todo el amor, con toda la devoción que siempre sentí por ella y fingí que deseaba besarla de nuevo. Luego un movimiento rápido, muy preciso, un crujido y ya está. Eso fue todo. A continuación empujé suavemente su cuerpo y cayó. Juro que sonreía aún cuando golpeó la plataforma. Ése es mi mejor consuelo, ella siempre confió en mí…

Las lágrimas impidieron que continuara con la lectura. Me preguntaba ahora si Olivia le había contado a Fuguet lo de la póliza de seguros, su plan para favorecer a Cósima, su necesidad de que la muerte se produjera no por enfermedad sino por causa fortuita. Pedro Fuguet no hablaba de ello en las líneas que venían a continuación, pero yo me inclinaba a pensar que sí. Era el argumento perfecto, el más sólido sin duda, para que él la ayudara a cumplir su propósito.

«Dios mío —me dije entonces—. ¿Y ahora qué hago, cómo debo proceder?» Aquel correo electrónico estaba escrito horas antes pero yo no lo había leído hasta ese momento, las ocho y media de la tarde. En menos de una hora, Rapunzel, o lo que es lo mismo Pedro Fuguet, tocaría al timbre. Yo le abriría, cenaríamos, y si la velada se desarrollaba más o menos en la misma línea que mi encuentro con Vlad Romescu era probable que acabáramos en la cama, sólo que esta vez (y de verdad) yo estaría durmiendo con el asesino de mi hermana. El mismo que llevaba semanas intentando desenmascarar porque así lo había dispuesto Olivia al dejar tantas y tan evidentes pistas en mi camino. Como el libro de Roger Ackroyd, por ejemplo, en el que el asesino es un médico. O como el de *Némesis* que se encontraba en el camarote de doña Cristina y en el que, por un lado, una persona muerta encarga desde la tumba la investigación de un asesinato, y por otro al final resulta que el asesino mata a la víctima por lo mucho que la ama. Luego estaba también aquel almohadón de tira bordada con su leyenda explícita… sí, tantas y tan evidentes piedras de Pulgarcito dejadas por Oli, igual que en uno de nuestros lejanos juegos infantiles. Y aún había además otras piedritas menos evidentes pero igualmente útiles, como el nombre de Miranda de Winter o como el libro dejado a doña Cristina con una dedicatoria que sugería consultar con Mycroft Holmes en caso de dificultad. «¿También estos dos detalles los planeaste de antemano? —le pregunté a Olivia como si estuviera delante—. No, perdona, te considero hábil, Oli, pero no hasta ese punto. Más bien me inclino a creer que el apellido de Miranda, por ejemplo, fue el que te dio la idea de imitar la forma de morir de Rebeca, como bien señaló Miri cuando hablamos en Londres, y no al revés. En cuanto a que doña Cristina y yo nos encontrásemos por la calle para que ella me diera la idea que acabó resolviéndolo todo al modo de Mycroft Holmes, me parece más un guiño del destino que tuyo. De hecho, yo no necesitaba en absoluto la intervención del hermano listo de Sherlock, iba ya camino de ese Registro y en seguida descubriría tu bello gesto.

«Qué curioso —me dije entonces, y siempre en voz alta, como si hablara con mi hermana— resulta que, al final, va tener razón ella, doña Cristina, me refiero a eso del reloj parado. Porque tú cumples admirablemente con esa metáfora suya, Oli: has dado la hora exacta, y dos veces además. La primera es obvia, tu forma de planearlo todo para resarcir a Cósima, la segunda ya no lo es tanto y tiene que ver conmigo.» Entonces me puse a pensar en cuánto había cambiado mi vida desde la muerte de mi hermana. Por supuesto no creo en esa teoría de Pedro de que las virtudes positivas de Oli estuvieran traspasándose a mí de alguna manera misteriosa. Pero lo que sí es cierto es que, una vez muerta ella, me estaba convirtiendo en una persona desenvuelta y segura, más atrayente, incluso. «Porque yo siempre viví a tu sombra, Oli: la hermana guapa y la fea, el ángel y el conguito, la cigarra y la hormiga. No, más evidente aún: Abel el bello, el indolente, pero que está tocado por la caprichosa mano de Yavé, frente a Caín, el torpe, al que todo le sale mal por mucho que se afane. Sin embargo, ahora que no estás, ya no hay sombras a mi alrededor. Por eso pienso que no me queda más remedio que ser muy fiel a tu memoria y hacer exactamente lo que tú deseabas que hiciera. Y ¿cuál era tu idea al inducirme a investigar tu muerte? Por lo general un encargo de estas características tiene por finalidad desenmascarar al asesino y llevarlo ante la Justicia. ¿Es eso lo que quieres que haga, Oli, delatar a Pedro? ¿Por eso dejaste tantas pistas en mi camino, para que yo revelase la verdad y me ocupara luego de que se hiciera justicia? Dime, ¿cómo has podido hacerme semejante putada? Supongo que porque un reloj parado da la hora exacta dos veces, pero no más...»

ANTES DE QUE AMANEZCA

Escribo estas líneas finales de mi relato en mi viejo Hewlett Packard. Son las cinco de la mañana y está oscuro. Apenas una mínima línea gris anuncia que alumbra por el Este una nueva y posiblemente muy calurosa mañana de julio. Cuento las páginas que llevo escritas. 353 en total desde que comencé a hacerlo en aquel hotelucho de Magaluf, y trece desde el capítulo anterior que encabecé con un «A quien pueda interesar» como una carta burocrática, como una confesión de parte, también. Calculo que necesitaré aún otras seis o siete para narrar cómo acabó todo. No debo extenderme más. No dispongo de tiempo, *él* podría despertar y entonces...

Por eso no voy a detenerme en contar cómo llegó Pedro Fuguet a mi casa y lo que yo pensaba en el momento de abrir la puerta. Baste decir que me debatía entre dos posibilidades. Olvidarlo todo y tener una cita romántica con alguien que había llevado a cabo lo que yo consideraba un gran acto de amor, o hacerle caso a la prudencia. Y ésta me recordaba que por mucho que me gustara Pedro, cara a la Justicia, las razones por las que había actuado no servían en absoluto para absolver a alguien de asesinato. Me agradase o no, él había matado a mi hermana. «¿Qué te parece que haga, Oli?», le pregunté entonces porque, a pesar de los pesares, me he acostumbrado a hablar con ella como si estuviera aquí, igual que cuando éramos niñas.

Por supuesto no me contestó, ella nunca lo hace, de ahí que, a la espera de alguna nueva indicación suya, continué ante mi viejo Hewlett Packard escribiendo lo sucedido desde que Pedro Fuguet entró en mi casa.

Y lo que pasó fue que la velada resultó maravillosa. Los espaguetis a la Ágata me quedaron deliciosos, porque últimamente hasta mis dotes culinarias han mejorado y una cosa fue llevando a otra y una copa a otra (todas ellas de aquel brebaje llamado *Sparkling Cyanide*). Pero ya se sabe el efecto que dicho mejunje tiene sobre las conciencias y más aún sobre las voluntades. Por tanto, creo que bien puedo poner como excusa el alcohol para explicar cómo por segunda vez en el lapso de tres días acabé en la cama en una primera cita. Y fue una experiencia aún más tierna y completa que la vivida con Vlad, pero aún así y lamentablemente, no puedo permitirme recrear sus extraordinarios pormenores. Lo más urgente ahora es decidir qué diablos voy a hacer con el texto que tengo delante de mi pantalla. Si estoy ante ella a horas tan peregrinas es porque poner una duda negro sobre blanco ayuda mucho a aclarar las ideas. Escribir es ordenar el caos, dicen los clásicos, y qué razón tienen. Por eso ahora sé que existen dos soluciones posibles para mí. O hago lo que es deber de todo buen ciudadano y denuncio un asesinato, o si no, selecciono las 354 páginas que llevo escritas con tanto esfuerzo y luego le doy a la tecla supr. ¿Por qué no? Tiene algo de divino esa potestad de borrar la parte de la vida que a uno menos le gusta con sólo un movimiento de los dedos sobre el teclado. Además, nadie tiene por qué saberlo. Ni siquiera ese hombre que ahora duerme confiado en mi cama como un niño grande.

«¿Qué haces, Ágata?» Es la voz de Pedro que me interrumpe. Puedo verlo a la luz del ordenador. Está apoyado en uno de sus codos, su largo cuerpo medio erguido entre las sábanas.

—Nada, no podía dormir y me he puesto a contestar correos.

—¿A estas horas?

—Tontas costumbres de personas solitarias como yo —le digo riendo—. Para nosotros no hay horas buenas ni malas.

—Ven, vuelve a la cama, amor.

Lo hago despacio. Regreso a su cuerpo suave y desnudo entre mis mejores sábanas, esas que heredé de mamá. Las mismas que ella guardaba en el armario de la ropa blanca sin usar y entre las que solía ocultarse mi hermana Olivia, cuando jugábamos al escondite hace tantos años. Pero no. No quiero pensar ahora en Oli. Tampoco en lo que voy a hacer dentro de unas horas, cuanto amanezca. La noche tiene al menos esa ventaja, es una tregua, un santuario. Ya lo he decidido. Por la mañana iré a la policía. Es lo que haría cualquier ciudadano responsable, entregar al asesino de su propia hermana. Si al menos Pedro me confesara lo sucedido, si se sincerase conmigo... Pero sé que nunca lo hará, no es posible porque, ¿cómo puede contar que sus manos están manchadas de mi misma sangre? Y —como él escribió en su correo— esa sombra, esa gran mentira estará siempre entre nosotros. Porque las mentiras tienen ese terrible poder, crean agujeros negros en las relaciones, zonas oscuras que se hacen cada vez más grandes e insalvables a medida que trascurre el tiempo. Así, tarde o temprano, el fantasma de Olivia se acabará imponiendo entre Pedro y yo: Olivia, siempre Olivia. ¿Por qué me hiciste averiguarlo todo, Oli? Tengo la terrible sospecha de que lo que tú en realidad deseabas era que yo hiciese exactamente lo que estaba haciendo hace unos minutos. Escribir tu historia para que todos vieran lo lista que eras, lo bien que encajan las piececitas del puzle que ideaste, cada una de las cuentas de ese collar de abalorios que fuiste engarzando poco a poco desde antes de tu muerte. Sí, creo que por fin lo voy comprendiendo. Siempre fuiste terriblemente exhibicionista. Por eso querías que yo, tu hermana menor, la tonta, el ratón de biblioteca, la profe de literatura, escribiera tu historia y luego la diera a conocer. Sabías que lo haría, me conoces bien, estabas por tanto segura de que no podría vivir con esa gran mentira. ¿Y tú, que todo lo preveías, no pensaste ni por un momento que Pedro y yo tal vez pudiéramos acabar juntos? No, claro que no. Porque en nuestras vidas tú eras la brillante que se casó cinco veces y yo la rara, la solterona. Sin embargo, ahora que lo pienso, se me ocurre una posibilidad aún peor: tal vez *sí* lo previste, pero no te importó en absoluto. Sigues siendo la misma Oli, la misma grandísima egoísta de siempre, hermanita.

—¿Qué escribías antes, amor? —me pregunta él.

—Nada —le digo—, tonterías de alguien que se ha acostumbrado a verter sobre un papel o una pantalla todo lo que le pasa por la cabeza, como hacen las almas solitarias.

—¿Escribías, a lo mejor, al Club de los Corazones Solitarios? —me pregunta, y yo me sobresalto al oír el nombre de mi blog, pero se trata de una coincidencia, claro. Tampoco es tan original como apelativo.

Me río para despistar y luego dudo si abrazarme a él.

¿Pero por qué no hacerlo por última vez? Son nuestros postreros minutos juntos, pronto llegará el día.

—Sí —le digo entonces, buscando refugio en el cuenco de su cuerpo.

Él está tumbado frente a mí y yo me vuelvo para acomodar mi espalda contra su pecho y acurrucarme ahí, «Como cucharitas guardadas juntas en un cajón», dice él, y me dejo acunar de este modo; me hace sentir protegida.

—No has contestado a mi pregunta, Ágata.

—¿A cuál, vida mía?

—A la del Club de los Corazones Solitarios.

Sus brazos rodean ahora mi cuerpo y yo me aferro a ellos como una niña que al buscar el abrazo de su padre busca también absolución previa antes de que se descubra su última travesura.

—Supongo que te refieres a esa fantástica canción de los Beatles, *Sargent Pepper's Lonely Hearts Club Band*, así se llamaba aquel álbum, era uno de mis favoritos.

—No me refiero ahora a los Beatles precisamente, sino a tu blog, mi querida madame Poubelle.

Nuestros cuerpos parecen uno solo, de geografía variable. Lleno de curvas y valles el mío, largo y rocoso el suyo. Prefiero no moverme ni un centímetro de donde estoy por si esto es un espejismo y se desvanece.

—¿Cómo has dicho? ¿Tú sabías entonces que era yo? ¿Por eso me escribiste ayer ese correo antes de venir?

—No se me ocurrió otra forma de contártelo todo, Ágata. Tenía que hacerlo. No como te decía en mi correo para descargar mi conciencia, precisamente, sino para que lo supieras. Tenía que evitar que la sombra de tu hermana viviera siempre entre nosotros.

—¿Cómo diablos te diste cuenta de que era yo? Es completamente imposible entre todos los millones de cibernautas que hay en la red. ¿Crees que también esto lo planeó Olivia?

—Oli era lista y manipuladora pero no hasta ese punto —ríe él—. Yo creo más en las casualidades, en las causalidades mejor dicho, y sobre todo creo en las palabras jurásicas.

—¿Jurásicas?

—Carámbanos, Ágata, sólo tú y la inefable madame Poubelle habláis así. Nunca me alegraré tanto de que seas una antigualla. Pero dime... ¿qué haces amor, adónde vas ahora?

Me he puesto en pie. Estoy desnuda. Sin responder a la pregunta de Pedro, me dirigiré ahora a mi ordenador, que aún está abierto, porque entre mis muy jurásicas costumbres está también la de no apagar los aparatos y desconocer las virtudes de los *standby killers*. Por eso no me llevará más de unos segundos entrar en word, pinchar en el documento al que he puesto por título «Invitación a un asesinato» y abrirlo.

Mis dedos corren rápido sobre las teclas. Casi tanto como mis pensamientos, que ahora se dirigen una vez más y por última vez a mi hermana para decirle:

—Adiós, Oli. Si lo que querías era la pequeña y póstuma gloria de que tu historia se hiciera pública, lo siento querida. Ya nada se interpone entre Pedro y yo, ni siquiera tu sombra. En el futuro, cuando te recuerde, también yo borraré de mi memoria esta última piedra de Pulgarcito. Me refiero a cómo pretendías que, al final, cuando descubriese al asesino, escribiera un libro contando tu historia. Lo siento, pero me quedaré con la piedrecita anterior y el modo como planeaste tu muerte, con tanta astucia, con tanta generosidad también. No siempre se puede ganar,

Oli, y así como los relojes parados como tú dan la hora exacta dos veces al día, los relojes en buen funcionamiento y puntuales como creo ser yo, a veces omitimos, deliberadamente, una campanada. Mala suerte, hermana, ya nadie sabrá lo lista que eras. Mira qué fácil es borrar la huella de un asesinato. ¿Ves? Sólo tengo que pinchar «Edición», luego «Seleccionar todo», y luego, tecla Supr. ¿Te das cuenta qué sencillo? Tú siempre fuiste bastante torpe con los aparatos, verdad, pero no importa, yo con mucho gusto te explico cómo va esto. Y para rematarlo, ¿ves esa ventanita que pregunta «¿Está seguro de que desea eliminar el documento "*Invitación a un asesinato*"?» Pincho aquí, donde dice «Sí», y adiós para siempre, Oli. A partir de ahora Pedro y yo te recordaremos sólo por lo bueno que hiciste y, en especial por unirnos. Gracias, tesoro.

ÍNDICE

Parte III

Némesis

Impreso en Liberdúplex, S. L.
Ctra. BV 2249, km 7,4 (Polígono Torrentfondo)
08791 Sant Llorenç d'Hortons (Barcelona)